Jan Philipp Zymny

HENRY FROTTEY

Sein erster Fall: Teil 2 – Das Ende der Trilogie

Ein Roman in Schwarzweiß

Prosa bei Lektora

Bd. 43

Jan Philipp Zymny

HENRY FROTTEY

Sein erster Fall: Teil 2 – Das Ende der Trilogie

Ein Roman in Schwarzweiß

Lektora

Lektora, Paderborn

Erste Auflage 2014

Lektora GmbH
Karlstraße 56
33098 Paderborn
Tel.: 05251 6886809
Fax: 05251 6886815
www.lektora-verlag.de

Druck: Standartu spaustuve, Vilnius
Cover: Markus Freise
Lektorat: Lektora GmbH
Satz: Lektora GmbH

Printed in Lithuania

ISBN: 978-3-95461-020-4

„Ist es Wahnsinn, so hat es doch Methode.“
Polonius

Kapitel 1: Mord in the Jugendherberge

Da war er nun – der berühmte Privatdetektiv Henry Frottey erwachte in dieser altehrwürdigen Jugendherberge – und fühlte sich erst mal doof.

Seine Gedanken rasten immer noch nach den Ereignissen der letzten Tage. Ob er wohl lieber von einem Dutzend entengroßer Pferde oder von einer pferdegroßen Ente niedergetrampelt werden wollen würde? Leider kam er zu keinem befriedigenden Ergebnis und musterte missmutig sein Zimmer.

Anscheinend war alles zu seiner vollsten Zufriedenheit hergerichtet worden, sogar die dreihundert Ü-Eier und die eine Million Snickers hatte man ihm in die Minibar gelegt, genau wie er es angeordnet hatte. Henry dachte nicht daran, auch nur eine der Süßigkeiten tatsächlich zu essen. Nein, er wollte sie nur in seiner Nähe wissen, falls er plötzlich die Schlacht der Spartaner gegen die Perser bei den Thermopylen nachspielen wollte. Das Wiederaufführen historischer Schlachten mit Süßkram gehörte zu seinen liebsten Hobbys. Nur dafür hatte er überhaupt Urlaub genommen …

Doch halt! Was war das?! War das etwa ein Mord?! – Nein, „das“ war nur eine Visitenkarte, die auf seinem Hochbett lag. Darauf stand:

„Willkommen in der Jugendherberge Wüppenhorst, Mr. Frottey“

Das konnte doch wohl nicht wahr sein! Der Privatdetektiv ärgerte sich, dass sein Name wie Handtücher klang.

Zornig blickte er aus dem Fenster, um sich abzulenken. Auf der Straße fuhr ein Käfer vorbei und Henry wunderte sich, denn so was sah man heute nicht mehr häufig. Der Käfer steuerte einen grauen Citroën 2CV, im Volksmund auch als „Ente“ bekannt, über die Fahrbahn.

Hm, dachte der Privatdetektiv und wollte gerade diese aufmüpfige Visitenkarte zerknüllen, da hörte er einen Schrei. Einen Schrei, wie ihn ein Mädchen mit dem Vornamen Sändi ausstieß, das sich gerade im Gemeinschaftsbad die Zähne putzen wollte, dann aber überraschend von einer 1,86 Meter großen, dreiundsiebzig Kilogramm schweren Person mit schwarzgefärbten Haaren mit einem Nagelknipser das Rückgrat durchgeknipst bekam.

Henry konnte über neuntausend verschiedene Mordszenarien am Geräusch unterscheiden, quasi jedes Instrument aus der Symphonie des Todes heraushören.

Kurz überlegte Henry, ob er der Person helfen sollte, die da geschrien hatte. Er legte sich wieder auf sein Hochbett, um schärfer nachdenken zu können und eventuell schon mal Kräfte zu sammeln für eine gezielte kriminalistische Aktion wie eine Verhaftung, eine Verfolgungsjagd oder eine Untersuchung des Tatorts. Kurz darauf war er eingeschlafen. Jemandem, der so einen Schrei ausstieß, war auch nicht mehr zu helfen, da brachte es gar nichts, wenn er jetzt rumstresste.

Als er wieder erwachte, fühlte er sich ganz kribbelig. Er hatte auf seinem Arm gelegen, daraufhin war erst dieser eingeschlafen und dann sein restlicher Körper. Außerdem hatte er geträumt, dass er auf dem Gasometer in Oberhausen stand und auf einem irrwitzig kleinen Dudelsack „Pokerface“ von Lady Gaga spielte. Dann hatte es angefangen, Batterien und Döner zu regnen, worauf Henry die Hose runterließ, im Kreis pinkelte und rief: „Tsk! Tsk! Tsk! Ich bin ein Rasensprenger!“

Henry träumte immer einen Kack, das war unglaublich. Ob das wohl damit zusammenhing, dass er als Kind so häufig Bronchitis gehabt hatte? Damals hatte er oft mit einem Handtuch über einer dampfenden Schüssel gehangen und inhaliert. Er konnte sich allerdings nicht dafür verbürgen, was seine Mutter ihm sonst noch hineingemischt hatte. Die war nämlich ein komischer Vogel. In Wahrheit war seine Mutter ein weiblicher Albatros – eine Albatrine –, aber das tut jetzt nichts zur Sache, dachte der Detektiv.

Er sah auf die Uhr. Mist, gleich neun! Er musste sich beeilen, wenn er rechtzeitig im Speisesaal ankommen wollte. Sein Rhythmus durfte nicht gestört werden. Henry aß nämlich stündlich, ganz egal was, damit, wenn jemand ertrank, er sagen konnte, dass er noch nicht wieder ins Wasser dürfe. Immerhin war er Privatdetektiv und nicht David Hasselhoff.

Hastig verließ er sein Zimmer. Vor dem Klo auf dem Flur hatte sich eine Traube aus Gästen der Jugendherberge gebildet. Sie schmeckte vorzüglich. Die Leute starrten in den Waschraum, in dem eine Frauenleiche lag. Jemand rief: „Ist ein Arzt anwesend?"

„Ja!", kam es aus der Menge.

„Gott sei dank", sagte der Erste, holte ein Klemmbrett hervor, machte einen Haken darauf und fragte: „Ist ein Maurer anwesend?"

„Hier! Hier! Hier! Ich! Aber ich bin auch Rennfahrer", meldete sich ein Mann. Er hatte keine Arme und Beine. Wie meldete der sich dann eigentlich?

Henry verfolgte im Hintergrund, wie die Anwesenheit einiger Berufsgruppen geprüft wurde. Auch selbstständige Landschaftsarchitekten, Raketenwissenschaftler und Hausmeister waren ordnungsgemäß vertreten. Wie hypnotisiert starrte er auf die Blutlache, die sich wie der Phlegethon über den grau gekachelten Grund des Gemeinschaftsbades ergoss.

Das arme, arme Mädchen. Da muss jemand gerechtigkeitsfördernd aktiv werden – oh, es wird Zeit zu essen, dachte Henry und wollte sich unauffällig aus der Gruppe entfernen. Jedoch erkannte ihn ein x-beliebiger Mitbürger: „Entschuldigung, sind Sie nicht der berühmte Privatdetektiv Henry Frottey?"

„Pfff ... ungern", sagte Henry und ärgerte sich, dass sein Name wie Bademantel klang.

Vollkommen unbemerkt schlich er weiter, bis er den Frühstücksraum erreicht hatte. Am Tisch gegenüber lästerten zwei Frauen über ihn, aber es war okay, denn sie benutzten die Gebärdensprache und Henry verstand nicht. Trotzdem regte er sich auf! Er schrie durch den Raum: „Wer gebärt, der lügt!", dann fiel ihm jedoch ein, dass sie ihn ja gar nicht hören konnten. Wütend bewarf er sie mit Islam und – zack! – Burkas. Die Frauen waren nun verhüllt und konnten nicht mehr verstehen, was sie sich deuteten. Es ist, als würden zwei schwarze Gespenster einen komplizierten Ghettohandschlag aufführen, dachte der Detektiv und machte sich auf zur Bushaltestelle vor dem Haus. Warum, blieb auch ungeklärt.

Lange Zeit stand er da, ohne dass ein Bus sich näherte. Gerade, als der Privatdetektiv ausrasten wollte, ging eine sehr, sehr hässliche Frau vorbei und Henry dachte: Hoffentlich ... macht die das nicht noch mal.

Sie ließ es. Erleichtert atmete der Privatdetektiv auf. Plötzlich schoss ein Wagen mit verdunkelten Scheiben um die Ecke und hielt mit quietschenden Reifen vor ihm. Die Beifahrertüre flog auf und der Fahrer, ein Mann in Anzug, Hut und Sonnenbrille, rief Henry zu: „Steigen Sie ein! Keine Zeit für Erklärungen!"

Die Nackenhaare des erfahrenen Ermittlers stellten sich wie elektrisiert auf. Lange Zeit hatte er auf diesen Moment gewartet und viele Jahre mit der Vorbereitung verbracht. Nun wusste er, was zu tun war und reagierte sofort. Er brauchte nur den Bruchteil einer Sekunde, um die Situation richtig einzuschätzen und dementsprechend weiter zu verfahren. Zögern war weder angebracht noch erforderlich. Wenn sich einem eine derart einmalige Chance bot, musste man sie unverzüglich ergreifen. Man durfte nicht zaudern, nicht lamentieren und keine Unsicherheit zeigen, sondern musste im selben Augenblick handeln; quasi keine Sekunde ungenutzt verstreichen lassen. Welchen Sinn hätte es gehabt, zu verzögern oder gar Zeit zu schinden? Viele Anfänger brauchten einfach zu lange, weil sie sich in unnötigen Eitelkeiten ergingen, wie unauffällig nach links und rechts zu schauen oder den Mantelkragen hochzustellen. Aber er nicht. Nicht Henry Frottey! Er war Profi, darum handelte er auch unfassbar schnell. So schnell, dass es einem unerfahrenen Beobachter vorkommen mochte, als habe der Privatdetektiv überhaupt keine Reaktionszeit. Aktion – Reaktion. Der Impuls machte gar nicht erst den Umweg über sein Gehirn, sondern äußerte sich direkt in einem Wort:

„Nein!“, brüllte Henry und knallte die Wagentüre zu, genau so, wie es seine Mutter ihm damals beigebracht hatte. Nur Anfänger stiegen zu fremden Männern in Autos mit verdunkelten Scheiben. Henry lebte nach drei einfachen Regeln: 1. Niemals zu einem Fremden ins Auto steigen. 2. Alle Angestellten müssen sich die Hände waschen. Und die 3. Regel … fiel ihm gerade nicht ein, aber sie war wohl mit Abstand die wichtigste, dessen war er sich absolut sicher.

In dem Moment offenbarte die geschulte Beobachtungsgabe des Detektivs ihm eine Frau im roten Cocktailkleid. Ein rotes Kleid? Das verwunderte ihn.[1]

Die Frau war aber sehr dick. Tatsächlich trug sie das Cocktailkleid nur am linken kleinen Finger. Henry stieg in die Dicke ein.[2]

---

1 Anm. d. Verlags: Dies verwundert die Hauptfigur, da dieser Roman, wie eingangs erwähnt, in Schwarzweiß spielt.

2 Anm. d. Autors: Hä?

Er hatte sie mit dem Bus verwechselt.[3]

Das tat ihm echt leid und er wollte sich gerade entschuldigen, doch da merkte er, dass die Frau von innen wie ein Raumschiff ausstaffiert war. Brücke, Holodeck, Warp-Antrieb – alles da. Er startete die Frau und flog mit ihr in den Weltraum davon. Dabei drang die Dicke in Galaxien vor, die noch nie ein Privatdetektiv zuvor gesehen hatte. Hinterm Mond wollte Henry rechts abbiegen.

Er erinnerte sich daran, wie sein Großvater ihm den Unterschied zwischen rechts und links erklärt hatte. Sein Großvater hatte gesagt: „Junge, rechts ist da, wo der Daumen links ist.“ Das hatte jahrelang auch tatsächlich funktioniert, doch jetzt fand Henry heraus, wie man seine Hände umdreht. Wütend und völlig frustriert wendete er sein Raumschiff und kehrte zur Erde zurück. So merkte er nicht, was dort hinter dem Mond bereits lauerte.

Sarim Mosk, eigentlich Sarim al Shalad ibn Dürüm Zwiebelscharfallesdrauf bin Mosk, betrat den Tatort. Er war der zuständige Kommissar und das, was man allgemein unter erfolgreicher Integration verstand. Manchmal wunderte er sich, wie sich die Gesellschaft für seine Erfolge auf die Schulter klopfte. Er gehörte zu den letzten Polizisten, die noch ernsthaft arbeiteten.

Sein Blick glitt über die Szenerie. Das Gemeinschaftsbad einer Jugendherberge. Duschen, Waschbecken und Toilettenkabinen. Alles mit Blut bespritzt und mittendrin ein mit einer schwarzen Plane verhüllter Körper. Überall wuselten die Leute der Spurensicherung herum, machten Fotos, leuchteten das Zimmer mit Scheinwerfern aus oder verpackten gelangweilt Nebensächlichkeiten in Tüten.

„Also, was haben wir hier?“, fragte Sarim in die Runde und nahm sich einen Kaffee von einem jungen Polizisten, der, etwas grau um die Nase, neben der Türe stand, als sei

3 Anm. d. A.: Aha!

er allein zum Zwecke des Kaffeereichens dort aufgestellt worden.

„Ein Mädchen. Schätzungsweise vierzehn Jahre alt", antwortete der Gerichtsmediziner und schlug die Abdeckung zurück. Der Kaffeeträger stieß auf und wandte den Blick ab. „Augenscheinlich eine Albina, halb asiatischer, halb europäischer, vermutlich schottischer, Abstammung. Sie hat keine Abwehrverletzungen an Armen oder Händen, nur diese eine Wunde am Rücken."

„War das die Todesursache?"

„Höchstwahrscheinlich."

„Dann hat sich wohl jemand von hinten an sie rangeschlichen und sie überrascht", mutmaßte der Kommissar.

Der Gerichtsmediziner nickte und deutete auf den Rücken der Leiche: „Sieht aus, als ob ihr jemand mit einem Bolzenschneider oder etwas Ähnlichem das Rückgrat durchtrennt hat."

„Wie bitte?" Sarim Mosk beugte sich herunter. Deutlich erkannte er die Verschiebung der Wirbel ober- und unterhalb der Verletzung.

„Es war kein Bolzenschneider, sondern ein Nagelknipser." In der Türe lehnte Henry Frottey. Er trug eine Sonnenbrille, rauchte, kaute dabei Kaugummi, spielte Jo-Jo, betrachtete seine Fingernägel, schnipste eine Münze und mischte ein Kartenspiel. Mal wieder hatte er sich nicht entscheiden können, was er tun wollte, um möglichst cool zu wirken. Ein Mangel an Geschicklichkeit und zusätzlichen Armen führte nun dazu, dass er auf der Zigarette kaute, sein Kaugummi Feuer fing und Münze und Karten wild durch die Luft flogen, während sich das Jo-Jo bedrohlich fest um seine Stirn schnürte. Einzig die Sonnenbrille saß perfekt. Henry wäre angesichts dieses vermasselten Auftritts am liebsten explodiert, doch in dem Moment tauchte hinter ihm ein Polizist auf und versuchte, sich vorbeizudrängeln.

„Herr Kommissar, Entschuldigung, ich habe ihn auf dem Parkplatz gefunden, wie er huckepack auf einer stark übergewichtigen Frau ritt und dachte, Sie …“ Entschlossen schob er sich zwischen Henry und dem Kaffeeanreicher durch, verhedderte sich mit dem Bein in einem Kabel und fiel. Dabei riss er seinen jungen Kollegen und einen der Scheinwerfer mit sich zu Boden. Der siedend heiße Kaffee landete auf dem Privatdetektiv, die Lampe hinter ihm, während ein Knabenchor über den Flur geführt wurde, welcher für ein Seminar angereist war und nun einen anderen Teil der Herberge beziehen musste.

Aus der Perspektive von Sarim Mosk ergab sich nun folgendes Bild: Vor ihm in der Türe ein nasser Henry Frottey mit ausgebreiteten Armen, schmerzverzerrtem Gesicht und einem Jo-Jo um sein Haupt gewickelt, welches von einem hellen Schein illuminiert wurde. Dazu erklang der sakrale Gesang des Chors.

„Jesus Christus.“ Die Worte plumpsten eher aus dem Mund des Kommissars, als dass er sie aussprach, schließlich war er Muslim.

„Wie haben Sie mich gerade genannt?!“, brüllte der begossene Privatdetektiv.

„Das war gar nicht mal an Sie gerichtet“, gab Sarim zurück, schüttelte den Kopf und fügte in Gedanken hinzu: „Wie egozentrisch.“

„Ach so. Ich dachte, Sie nennen mich ein nach altem Feta stinkendes, begriffsstutziges Radieschen, das so ein grausam entstelltes Gesicht hat wie nach einem Unfall mit Säure oder wenn man mit einer Schere läuft und dann in einen Gartenhäcksler fällt …“

„Wie um alles in der Welt ist es überhaupt möglich, sich so sehr zu verhören, dass derartiger Unsinn dabei rauskommt? Sind Sie schwerhörig, Mann?“

Sarim Mosk rieb sich mit Daumen und Zeigefinger den Nasenrücken und wandte sich ab, während der ungeschickte Polizist wieder auf die Beine kam. „Entschuldigung, lassen Sie mich Ihnen helfen, das wegzumachen." Er kramte ein Taschentuch aus seiner Hosentasche und ging auf Henry zu.

„Ach, egal, ich bin erstaunlich saugstark", meinte der Privatdetektiv. Danach schien er sich über seine eigene Bemerkung zu ärgern.

„Kann mir mal bitte jemand erklären, was hier los ist? Und wer sind Sie eigentlich?", fragte Kommissar Mosk und deutete mit dem Kinn auf Henry Frottey. Langsam wurde ihm das alles zu ungrau. Er wollte endlich in Ruhe seinen Job erledigen.

„Ich bin der berühmte Privatdetektiv Henry Frottey und ..."

„Nie von Ihnen gehört", unterbrach Sarim. „Würden Sie jetzt endlich den Tatort verlassen?"

„Nein, lassen Sie ihn, Herr Kommissar. Ich kenne ihn. Außerdem wusste er, dass die Mordwaffe ein Nagelknipser war!", rief der Kaffeeschlepper aus.

Sarim Mosk wandte sich an den Gerichtsmediziner und sah ihn zweifelnd an.

„Genaues kann ich erst nach der Autopsie sagen, aber möglich wäre es", meinte dieser und zuckte mit den Achseln. „Vielleicht erspart er dir 'ne Menge Arbeit."

Langsam atmete der Kommissar aus, schaute gen Himmel und murmelte: „Warum ich? ... Na gut! Soll er halt machen."

Währenddessen sammelten sich auf der dunklen Seite des Mondes die letzten interstellaren Kriegsschiffe der außerirdischen Octofrmbl. Sie waren große Wesen mit unterschiedlich vielen, kräftigen Tentakeln, welche einen kurzen, trapezförmigen Rumpf und einen voluminösen Kopf mit enormen Facettenaugen trugen. Über der Mundöffnung befand sich ein Riechfeld aus feinen Zotten, das an einen Schnauzbart erinnerte. Abgerundet wurde das

Ganze durch eine magnetische Spiralantenne, die mittig zwischen den Augen saß und der Kommunikation diente. So, wie die Menschheit untereinander Informationen über Schallwellen austauscht, kommunizierten die Octofrmbl, indem sie mit lustig hüpfenden Spiralantennen unterschiedliche elektromagnetische Wellen produzierten. Sich zu unterhalten bedeutete in ihrer Sprache so viel wie miteinander schwingen.

Ihr Plan war es, die Erdlinge von ihren diktatorischen Herrschern zu befreien, da jene für einige terroristische Anschläge auf dem Planeten Octognomp IV verantwortlich gemacht wurden. Im Zuge dieser Befreiung wollte man der Menschheit die Octokratie bringen. Ein Herrschaftssystem, bei dem man bei jeder Entscheidung so viele Stimmen abgeben darf, wie man Tentakel besitzt.

Doch das alles waren vorgeschobene Argumente der octofrmbl'schen Anführer, um ihre wahren galaktopolitischen Gründe zu verbergen. Nur auf der Erde gibt es größere, natürliche Vorkommen einer halbstabilen Zwischenform von Energie und Materie, die sich ausgezeichnet als Raumschifftreibstoff nutzen lässt – nämlich Aspik. Die Erde sollte also in eine Art galaktische Privattankstelle der Octofrmbl verwandelt werden.

Henry Frottey ging auf ein Knie herunter und untersuchte die Leiche, wie es alle seine Detektivvorfahren getan hatten, indem er sie aus sicherer Entfernung mit einem Stock pikste. Was seine Ohren ihm bereits verraten hatten, bestätigten ihm nun seine Augen. Ein schöner Satz, wie ich finde. Das arme Mädchen war hinterrücks erknipst worden. Er durchsuchte ihre Taschen und förderte neben Badeutensilien ein Portemonnaie mit einem Schülerausweis zu Tage. Neben dem Bild stand in großen, grauen Glyphen der Name des Opfers:

Sändi McLin Wu.

Aha, ein Mitglied vom Clan der McLin Wu also. Die McLin Wus waren eine angesehene Familie von Zwergalbinochinesoschotten. „Angesehen" bedeutete in diesem Zusammenhang, dass Leute Geld bezahlten, um sie anzusehen, da sie Teil einer Schaustellergruppe war, die sich um den bekannten Dichter und Seefahrer Käpt'n Hansen President Jamaica Rumverschnitt scharte.

Auch gründlichste Untersuchungen brachten kaum weitere Hinweise ans Licht. Da half nur noch eins: scharf nachdenken und kombinieren. Henry griff in die Innentasche seines Mantels. Zum Vorschein kam sein Denkhelm. Mit geübtem Griff tauschte er seinen normalen Hut gegen die aus Bronze gefaltete Alternative.

Zwei Schneemänner von der Spurensicherung amüsierten sich hinter seinem Rücken über den Anblick, den er bot. „Den braucht er bestimmt, damit die Außerirdischen seine Gedanken nicht lesen können", flüsterte der eine.

„Wenn man bei dem überhaupt von »Gedanken« reden kann", spottete der andere zurück.

Die hatten ja keine Ahnung. In Wahrheit war es genau umgekehrt. Der Denkhelm funktionierte auf Grund seiner konischen Bronzeform als eine Art Megaphon, das seine elektromagnetischen Gehirnwellen verstärkte und direkt in den Weltraum sandte. Seine Gedanken waren das Einzige, das die extraterrestrische Bedrohung davon abhielt, die Menschen auf der Erde zu zermalmen. Das vermutete er wenigstens.

Die letzten Formationsmaneuver der octofrmbl'schen Flotten waren abgeschlossen. Auf der Brücke des Flaggschiffes saß der Kommandant der Invasion, der böse und überaus finstere Lord Jannik, auf einem octonomisch geformten Sessel. Lord Jannik gehörte als Kommandant einer Angriffsflotte zur Elite seines Volkes, darum hatte er acht Fangarme. Die meisten trugen ihrem sozialen Stand gemäß sechs oder sieben, doch alle waren sie gleich geboren worden mit fünf Tentakeln.

„Bereit zum Angriff, Mylord“, meldete ein unterer Offizier mit sechs Fangarmen. Der Kommandant winkte ab. Er schwang mit keinem, der nicht mindestens sieben Tentakel hatte.

Die Invasion konnte beginnen. Verhältnismäßig kurz würde der Angriff dauern, immerhin waren diese Erdenwürmer hoffnungslos unterlegen. Die systematische Ausbeutung der Aspikvorkommen allerdings würde Monate in Anspruch nehmen.

„Mylord, uns erreicht ein Signal von der Erde.“ Lord Jannik hob einen Tentakel und die Nachricht wurde über das Kommunikationssystem der Brücke, eine gigantische magnetische Spiralantenne, die mittig im Raum stand, ausgegeben.

Was nun an die Antennen der Außerirdischen drang, war für sie schlussentlich psychische Folter, übertragen durch Elektromagnetismus. Eine grotesk sinnlose Abfolge von Frequenzen, viel zu laut und vielfach überlagert. Einige Offiziere kauerten in Fötusstellung auf dem Boden, während ein Crewman sich bereits im Wahn die Spiralantenne abgerissen hatte. Der Angriff hatte nicht mal begonnen und war bereits abgewehrt worden – unbewusst, durch die Gedanken des Henry Frottey. Hier ein Auszug:

»Zwölftonmusik erklingt.
Ein Spatz landet auf Emmentaler und zieht sich
selbst auf links.
Henrys Gedankenstimme:
„Sie wurde mit einem Nagelknipser ermordet.
Nagelknipser – Fußpflege.“
Sieben Zwerge knabbern an Schneewittchens
verhornten Füßen.
Pavarotti, als Gondoliere verkleidet, treibt auf

einem Muffin dahin und singt so ungefähr:
„LALALALALA LAAAAA!"
Ein riesiges Auge betrachtet drei Streichhölzer und eine 9-V-Blockbatterie.
Henrys Gedankenstimme:
„Fußpflegestudios werden oft von asiatischen Frauen betrieben."
Zwei Pandabären wollen ein Spa eröffnen und werden von der chinesischen Regierung gezwungen, sich fortzupflanzen.
Ein Elektrobeat kommt zur Zwölftonmusik hinzu.
Günther Jauch breitet seine Nasenflügel aus und gleitet auf dem Wind davon. Er landet auf Emmentaler.
Henrys Gedankenstimme:
„Ein berühmter Liebhaber von asiatischen Fußpflegestudios war der Jazztrompeter Miles Davis."
Der im Weltraum schwebende Kopf von Miles Davis wird mit Hummus und Spaghetti-Eis gefüttert.
Es ertönt Beethovens Neunte, von einem alten Faxgerät intoniert.
Ein Kaninchen, das nicht auf den Namen Dr. Butze hört, betreibt ein Internetcafé in Sansibar und verspürt Weltschmerz.
Henrys Gedankenstimme:
„Weitere berühmte Trompeter sind Elefanten."
Elefanten in Tutus tanzen die Nussknackersuite im Bolschoi und im Publikum sitzt nur Günther Jauch und faucht die ganze Zeit.
Schwanensee in einer Interpretation von Rudis Tilsiter-Tanzkapelle.
Der Emmentaler gebiert den Kopf von Miles Davis, der ausruft: „Seitenbacher Müsli!"
Henrys Gedankenstimme:
„Elefant + Rückgrat. Ein Rückgrat hat vierunddreißig Wirbel. Die Quersumme aus vierunddreißig ist sieben. Es gab sieben Zwerge, die die Füße pflegten, also

Nagelknipser, also Elefant. Elefant und sieben. Das Opfer ist vierzehn, also zwei mal sieben Jahre alt. Zwei. Von Toiletten gibt es zwei Sorten. Männer und Frauen.“«

„... und darum muss in der siebten Kabine dieser Toilette ein Elefant sein!“, rief der Privatdetektiv und riss die Türe derselbigen auf.

In die etwa einen mal einen Meter große Zelle war ein echter Elefant eingelassen worden. Das Rüsseltier war wohlauf, obwohl seine Augen deutlich hervortraten und die Stoßzähne vorne abknickten. Zur Begrüßung trompetete er leise eine kleine Melodie. Henry erkannte sie als den Jingle aus der Seitenbacher-Müsliwerbung. Sein Verdacht hatte sich bestätigt. Wie so oft hatte er recht gehabt.

„Was zur Hölle?!“, rief Sarim Mosk aus, während den meisten anderen einfach nur der Mund offen stehen blieb. Sofort fragte er sich, wie der Mörder einen ausgewachsenen Elefanten unbemerkt in die Jugendherberge und speziell in diese Toilettenkabine geschafft hatte und vor allem – warum überhaupt? „Woher wussten Sie das?“

„Beobachtung, Deduktion, und man muss außerdem amtlich einen an der Murmel haben“, antwortete der angebliche Privatdetektiv und klopfte an seinen Schädel. Sarim Mosk war nicht zufrieden. Erbost wandte er sich an die versammelten Kriminalisten.

„Warum hat keiner von euch bemerkt, dass da ein Elefant drin ist?!“

„Er war eben sehr leise“, meinte der Kaffeeanreicher.

„Wie war das gerade?!“ Eine derartige Respektlosigkeit wollte sich der Kommissar nicht bieten lassen.

„Regen Sie sich ab. Die konnten ihn gar nicht finden. Dieser Fall gehört ins Reich des Anormalen, das ist nicht Ihr Gebiet“, intervenierte Henry. Er war in seinem Element.

„Ach, aber Ihres, oder was?“

„Aber hallo“, gab der Privatdetektiv zurück und machte auf dem Absatz kehrt. Es war Zeit für einen dramatischen Abgang.

Wer außer ihm vermochte derart verstrickte Umstände aufzuklären? Umstände, wo ein normales Gehirn völlig im Dunkeln tappt. Umstände, so mysteriös, dass ihre systematische Enthüllung höchstens weitere Unklarheit schüfe. Umstände, die paradox genug waren, dass sie nur durch noch mehr Verwirrung maximal weit verwirrt werden konnten, um sie zu einem undurchsichtigen Knäuel der Konfusion zu spinnen, welches schlussendlich das Kätzchen der Wahrheit anlockt.

Diese Ermittlungsmethode hatte Henry Frottey sich selbst ausgedacht. Außerdem war er der Einzige, der sie aktiv anwendete, was ihn ungemein …

„Entschuldigung, könnte ich ein Autogramm haben?“ Ein Kaffeebecher wurde ihm entgegengestreckt. Geistesabwesend kritzelte er darauf herum und wollte sich dann auf den Weg machen.

„Würden Sie noch einen trockenen Einzeiler raushauen für mich?“

„Ähhhhh …“, machte der Privatdetektiv. Er hatte nicht zugehört.

Zügig schritt er auf die Bushaltestelle vor dem Haus zu, stieg in den Bus, später in einen anderen und danach in den dritten. Insgesamt musste er achteinhalbmal umsteigen, dann endlich konnte er in den Sonnenuntergang davonfahren. Der öffentliche Personennahverkehr war eine Farce.

Der junge Polizist Jakob Paletos stand im Eingangsbereich einer Jugendherberge. Er kam frisch von der Polizeiakademie, weshalb man ihn kaum etwas anderes machen ließ als Kaffee holen und Berichte schreiben. Dies war sein erster echter Fall und trotzdem hatte er bereits sein großes Idol kennengelernt. Immer noch hielt er den signierten Kaffeebecher in den Händen.

Ihm war klar, dass der Privatdetektiv viel zu tun hatte, aber er war auch der Meinung, dass ein schmissiger Spruch zum Abschied durchaus drin gewesen wäre.

Jakob blickte auf den Kaffeebecher. Er konnte die krakelige Handschrift kaum lesen. Der Privatdetektiv schrieb wie ein Fünfjähriger. Laut sprach er aus, was er zu erkennen glaubte: „Ich überhebe den Knall – Henrob Frottolio … Was soll das denn bedeuten?“

Kapitel 2: Down in Schikargo

Keuchend atmete die Stadt den menschlichen Schmutz aus den Bars auf die Gehwege. In der Ferne ging grau die Sonne auf und das Verbrechen war noch wach, denn das Verbrechen schläft nicht. Wie ein hyperaktives Kind, das die unheilige Erkenntnis gewonnen hat, dass Zucker pur auch ganz gut schmeckt, hopst es durch die Nacht, wühlt in Mülltonnen und lauert mit zitternden Fingern in dunklen Ecken, immer auf der Suche nach mehr.

Eine dem Autor unbekannte Person stolperte durch die dreckigen Gassen, auf dem Kopf schwarzes Haupthaar und in der Tasche einen blutverschmierten Nagelknipser. Überall um sie herum lungerte Gesindel, drückten sich finstere Gesellen in den Schatten[4] und tummelten sich zwielichtige Gestalten, die letzten Deals abwickelnd, bevor das erste Licht des neuen Tages sie bannte. Nicht, dass man bei Tag sicher gewesen wäre. Nein! Hier gab es so viel Abschaum, dass man den Schichtbetrieb eingeführt hatte und bei Sonnenaufgang wurde nur getauscht.

Diese Stadt – Schikargo, benannt nach ihren Hauptexportartikeln Skiern und Kargohosen – war ein Dreckloch. Ein Babylon. Ein Sodom und Gomorra. Ein Wuppertal. So was hatte man noch nicht gesehen. Huiuiui, war es dort verkommen. Und wie immer, wenn Sittenlosigkeit und lockere Moral regieren, hatten die Menschen einen Riesenspaß dabei. Bars und Casinos hatten oft tagelang ohne Pause auf. Selbst starke, kräftige Männer wurden am

4 Finstere Gesellen sind im Gegensatz zu verbreiteten Vorurteilen sehr nett zueinander.

helllichten Tag im Park überfallen, und das von unschuldigen, jungen Frauen.

Dies alles sah der Unbekannte und erkannte, dass er genauso ein Teil des Ganzen war wie zum Beispiel die Kindergärtnerin, die unter der Hand mit Ritalin dealte, die Mafia, die vor lauter Übeltäterei kurz vor dem Burnout stand, oder die Polizei, die ohne ein gewisses Bestechungsgeld zu kaum noch was zu gebrauchen war.

Wenn irgendwo ein Verbrechen geschah, und der Begriff „Verbrechen" war in Schikargo sehr locker definiert, tauchte die Polizei zwar auf und untersuchte alles, doch ließ dann erst einmal die Arbeit ruhen. Irgendjemand würde sie schon noch für das Einstellen der Ermittlungen bestechen.

Als diese Praxis immer gängiger wurde, verabschiedete der Stadtrat kurzerhand ein Gesetz, das es Polizeibeamten erlaubte, im Monat ein bestimmtes Maß an Bestechungsgeldern anzunehmen, und sparte so ihre Gehälter. Natürlich gab es auch ein paar weiße Schafe in der Herde, doch der Großteil der Polizisten war hauptberuflich blind, taub und stumm.

Vor einem weißen Haus blieb der unbekannte Humpler stehen und zückte den blutigen Nagelknipser. Langsam näherte er sich der Türe. Ob er wohl einen Mord begehen würde?, fragte sich der Autor. Sein Finger suchte die Klingel, auf dem Schild daneben stand:

„Dr. Visago – Arzt für Füße und Gesicht"

Zweimal knipste die unbekannte Person bedrohlich mit dem Nagelknipser ins Leere, dann drückte sie auf den Knopf. Mit ihren schätzungsweise 1,86 Metern Körpergröße musste sie sich dazu weder besonders hochrecken noch bücken. Ein Klopfgeräusch ertönte. Verwundert drückte der Fremde noch mal auf die Klingel. Es klopfte erneut.

Als die Türe geöffnet wurde, sagte er: „Hey, Ihre Klingel stammt doch aus einem Leslie-Nielsen-Film, oder?"

Der Unbekannte wandte den Kopf zur Türe und erspähte einen weißhaarigen Mann – so einen Opa- oder Onkeltyp, verwirrt, aber freundlich lächelnd, mit großer Nase im Bärchenschlafanzug.[5]

„Kommen Sie doch erst einmal rein, mein Guter. Möchten Sie einen Kaffee oder Tee oder einen Becher heiße Butter?" Der Mann mit dem Nagelknipser lehnte ab, wurde hereingezogen und auf einer Couch drapiert. Bedrohlich knipste er in Richtung des Arztes.

„Was kann ich dieses Mal für Sie tun?", fragte dieser. „Hat es wieder mit Ihren eingewachsenen Zehennägeln zu tun? Da hilft bestimmt gutes altes Schweineschmalz."

„Sie haben mir diesen Nagelknipser gegeben."

„Und?"

„Und?! Er ist stumpf!" Zur Bekräftigung seines Argumentes knipste der Unbekannte in ein Blatt Papier. Ein schwacher Knick blieb zurück. „Er ist so stumpf, dass ich bei der Fußpflege abgerutscht bin und mir das Teil volle Kanne in den großen Onkel gesäbelt hab!"

„Aber, aber, Herr Hassmilch …"

Huch! Äh, Moment mal … Hier liegt anscheinend eine Verwechslung vor. Der Unbekannte, der sich als Herr Hassmilch herausstellte, ist gar nicht der Mörder aus dem ersten Kapitel! Da hab ich mich anscheinend vertan. Entschuldigung bitte.

In der Tat handelt es sich um einen Mann namens Kuchengott Hassmilch, der sich wegen seiner problemati-

5 Anm. d. A.: Ich stelle mir vor, dass Doktor Visago in diesem Buch von Leslie Nielsen gespielt wird.

schen Zehennägel in Behandlung befindet und eine gewisse Ähnlichkeit mit dem gesuchten Mörder aufweist.

Dieser wiederum bleibt wohl weiterhin im Dunkeln. Das kann jedem mal passieren. 'Tschuldigung noch mal. Schnell weiter mit Henry Frottey.

Bei Anbruch des Mittags saß der Privatdetektiv in seinem Büro. Ein leicht schäbiger, grauer Raum, über dem er in einer engen Zweizimmerwohnung hauste. Überall stapelten sich Akten, viele davon seltsam beschriftet: „Der Sockendieb im Trockner", „Wer hat den Keks aus der Dose geklaut?", und ein ganzer Karton trug den Titel: „24 Stunden Antitranspiration – Die größte Lüge der Menschheit". Henry suchte die Kriminalität im Kleinen und fand sie auch.

Gerade letzte Woche hatte er das Mysterium gelöst, wie die Milch vor seine Haustür kam. Dabei hatte er eine ruchlose Gang ausgehoben, die arglosen Bürgern in den frühen Morgenstunden Molkereiprodukte auf die Schwelle schmuggelte. Sie nannten sich selbst „Die Milchmänner". Ihr Plan war einfach, aber diabolisch. Mit Hilfe von Glasflaschen, der Sonne und einem bequemen Service jubelten sie der Bevölkerung Milch unter, der es auf Grund der morgendlichen UV-Strahlung massiv an Calcium und Vitaminen gebrach. Eine derartige Teufelei konnte der Privatdetektiv nicht tolerieren. Er war ein Mann, der seine Spurenelemente brauchte.

Plötzlich klingelte das Telefon und gleichzeitig klopfte es an der Türe. Henry atmete tief durch, konzentrierte sich und handelte.

Verdammt, dachte er noch, als er mitten im Raum stand, die Türe an sein Ohr presste und das Telefon anschrie, es möge doch endlich hereinkommen. Irgendwann brach das Klingeln schließlich ab und der Privatdetektiv konnte sich wieder beruhigen. Langsam stellte er das Portal an seinen angestammten Platz zurück und setzte sich hinter seinen Schreibtisch.

Herein kam eine umwerfend schöne Frau. In jedem Fall gibt es eine umwerfend schöne Frau. Schon, als sie die Türe öffnete, wusste Henry, dass sie Ärger bedeuten würde. Instinktiv griff der Privatdetektiv nach seiner Magnum. Auch die unnahbarsten Frauen waren weich geworden, als er ihnen ein leckeres Eis angeboten hatte.

„Möchten Sie ein Eis, schöne Frau?", fragte Henry und lächelte verführerisch.

„Danke, aber ich bin laktoseintolerant", antwortete sie.

„Na, dann nicht", meinte der Privatdetektiv, zuckte mit den Achseln und steckte das Magnum wieder in den Holster.

„Und Sie sind wirklich der berühmte Privatdetektiv Henry Frottey?" Die schöne Frau sah ihn skeptisch an. Henry ärgerte sich, dass sein Nachname wie Waschlappen klang. Unterm Tisch ballte er die Faust.

„Warum sollte ich es nicht sein?"

„Weil Sie mir Eis anbieten … Vielleicht sind Sie nur ein Eismann, der sich als Detektiv ausgibt."

„Nein, nein, hahaha, das wäre ja verrückt!", lachte er und schob verlegen mit dem Fuß eine Langnese-Kühlbox hinter einen Aktenstapel.

„Schade", sagte die unbekannte Schöne und leckte sich leicht über die Lippen. „Ich steh auf Eismänner."

Verdammt!, dachte er. Schnell das Thema wechseln. „Äh … Mit wem hab ich eigentlich das Vergnügen?" Henry musterte sie. Die Schöne schob eine Visitenkarte über den Schreibtisch. „Lady Maria Strumbert", las der Privatdetektiv und überlegte, dass es wohl ein französischer Name und darum das letzte T stumm war.

„Tja, Lady Strumber, was kann …"

„Es heißt *Lady Strum*, Mr. Frottey", unterbrach die Frau und blinzelte ihm zu.

„Ach so", grummelte der Privatdetektiv. „Ich dachte, nur das T sei stumm."

„Nein, tatsächlich ist die ganze zweite Silbe stumm."

Vier Buchstaben ohne Nutzen an seinem Nachnamen zu führen, das muss Dekadenz sein, dachte Henry und nickte anerkennend.

Generell war die Familie Strum für ihren unverschämten Reichtum bekannt, den sie durch ihr Textilienimperium erworben hatte. Ihre erfolgreichsten Artikel waren Socken und Kargohosen gewesen. Als sie dann vor Kurzem so reich geworden waren, dass sie bis in die fünfte Generation nicht mehr arbeiten mussten, hatte das Familienoberhaupt Adalber Strum, Maria Strums Schwiegervater, aus einem Anflug von Größenwahn heraus entschieden, dass die Sockenproduktion eingestellt und durch sein Steckenpferd Käse ersetzt werden sollte. Dementsprechend änderte er das Familienmotto zu: Res primus id olet – Hauptsache, es stinkt.

„Ach, ich darf gratulieren? Haben Sie nicht erst kürzlich in die Strum-Familie eingeheiratet?"

„Das habe ich. Vielen Dank, und genau darum geht es", sagte Lady Strum, schlug die Beine übereinander und zündete sich eine Zigarette an. „Oder besser gesagt um meinen Mann – Horatio Strum." Sie blies Rauch zur Decke hinauf und entblößte dabei ihren eleganten Hals. „Er wurde entführt."

Der Privatdetektiv horchte auf. Entführung, das tägliche Brot eines Detektivs und in Schikargo durchaus an der Tagesordnung.

Für Töchter von Familien, die was auf sich hielten, gehörte es zum guten Ton, sich mindestens einmal vor der Hochzeit entführen zu lassen. Das suggerierte Wohlstand, denn nur, wo es was zu erpressen gab, wurde auch entführt.

Doch dieser Brauch sorgte auch für Neid und Missgunst unter den alten Damen reicher Sippen. Beim nachmittäglichen Kaffee wurde dann zwischen Keksen und Pflaumenkuchen der neueste Klatsch verbreitet:

„Weißt du, wen sie wieder entführt haben?“
„Nee, wen denn?“
„Die Tochter vom Knüst.“
„Nein!“
„Doch. Schon das dritte Mal diesen Monat.“
„Nein!“
„Wenn ich es dir doch sage.“
„So ein Angeber, der Knüst, so ein Angeber.“
„Jaja, ja … der hat doch gar nicht so viel Geld. Weißt du, was ich gehört habe?“
„Nein.“
„Der entführt seine Tochter selbst.“
„Nein!“
„Doch, doch. Damit wir denken, der wär so reich.“
„Nein. Nein, so ein Angeber. So ein alter Lump. Entführt seine Tochter selbst!“
„Ja, und das dreimal allein diesen Monat.“
„Manche Menschen haben keinen Anstand.“
„Schlimm so was. Ganz fieser Charakter.“
„Schrecklich.“
„Kein Funken Ehre im Leib, nein.“
„Dass wir da nicht drauf gekommen sind!“
„Ich könnte mir auch in den Arsch beißen!“

Der Privatdetektiv holte sein Notizbuch hervor. Ein erfolgreich gelöster Entführungsfall würde ihn finanziell über Monate hinweg absichern. „Haben Sie denn schon einen Erpresserbrief erhalten?“, fragte Henry.

„Ja, hier, ich habe ihn mitgebracht“, sagte Lady Strum und reichte ihm ein Blatt Recyclingpapier, auf das die typischen ausgeschnittenen Lettern geklebt waren. Auf Grund von Größe und Schriftart vermutete der Detektiv, dass sie aus der Schikargoer Tageszeitung stammten. Kein gutes Indiz. Dann widmete er sich dem Inhalt und las laut vor:

„Sehr geehrter Herr Strum,

hiermit möchte ich Ihnen mitteilen, dass es mir durch Trug und List gelang, Ihren werten Herrn Sohn in meine Gewalt zu bringen. Es liegt mir durchaus fern, Geld, Gold oder anderen weltlichen Tand von Ihnen zu fordern. Mein Anliegen ist viel eher folgendes. Ich will Ihnen einen wirtschaftlichen Rat geben: Es war ein Fehler, die Sockenproduktion einzustellen. Denken Sie an unsere Vereinbarung!

Ich erwarte Ihre Antwort bis heute Abend und verbleibe hochachtungsvoll, Ihr

E. von E.“

„Wann haben Sie das erhalten?“ Hoffentlich war es nicht schon zu spät. Henry fürchtete um seine Bezahlung.

„Heute morgen mit der Post“, sagte Lady Strum und blies erneut Rauch Richtung Decke. Dann fuhr sie fort: „Aber das spielt keine Rolle. Mein Schwiegervater hat verlauten lassen, dass er niemals von der Käseproduktion zurücktreten wird. Und seinen Sohn eh nie wirklich gemocht hat. Mit anderen Worten, Mr. Frottey, mein Mann ist eigentlich schon tot.“ Rauch stieg auf.

Eine Pseudowitwe, dachte Henry. Die Abgeklärtheit jedoch, mit der sie ihren frisch Angetrauten für verloren erklärt hatte, verwunderte ihn, doch das bedeutete auch, dass sie Single war.

„Und was wollen Sie, das ich jetzt tue?“

„Ich möchte ...“

RING! RING!

„Oh, Entschuldigung bitte. Mein Telefon“, sagte Lady Strum und ging ran.

Die geht aber ran, dachte Henry und bewunderte die Schöne, welche eine entzückend hingebungsvolle Art selbst bei einem Telefongespräch an den Tag legte. Obwohl der Anrufer sie natürlich nicht sehen konnte, vollführte ihre Mimik einen Tanz zur Musik ihrer Stimme. Hingerissen beobachtete der Privatdetektiv seine Klientin, bis sie wieder auflegte.

„Das war mein Anwalt, Mr. Frottey." Henry erwachte wie aus einer Trance und ärgerte sich, dass sein Name wie Bettwäsche klang. „Er berichtete mir, dass mein Antrag angenommen sei. Ab heute ist nun auch die erste Silbe meines Nachnamens stumm", erklärte Lady _. Eine neue Zigarette wurde entzündet.

„Schön und gut, Lady _ …", setzte Henry an.

„Sie lernen schnell", warf sie ein, lächelte und verbarg ihr Gesicht hinter einem Schleier aus grauem Dunst.

„Was soll ich denn jetzt in Bezug auf Ihren mehr oder weniger verstorbenen Ex-Mann in spe tun?"

„Ich möchte …"

RING! RING!

„Oh, wie amüsant, wir haben den gleichen Klingelton", bemerkte Henry und hob ab. Es knackte in der Leitung und eine stark verfremdete Stimme redete drauflos: *„Passen Sie jetzt gut auf. Ich weiß, wo Sie sind und was Sie tun."*

„Das ist aber nett. Es ist immer schön zu wissen, dass sich jemand für einen interessiert", sagte der Privatdetektiv und legte auf. „Gut – dann ist ja alles klar."

Henry Frottey erhob sich von seinem Stuhl und ging in Richtung Türe. „Ich mache mich sofort an die Arbeit!" Ohne zu wissen warum überhaupt, stürmte er in die mittägliche Dunkelheit der taghellen Nacht davon. Es war gerade 13:73 Uhr.

Lady _ blieb allein in dem unaufgeräumten Detektivbüro zurück. Weder Zorn noch Verwirrung noch Enttäuschung spiegelte sich in ihrem Gesicht. Nur ein süffisantes Lächeln. Langsam erhob sie sich und schritt um den Schreibtisch herum. Sie griff nach Henrys Telefon. Die brennende

Zigarette immer noch im Mundwinkel, wählte sie. Als ein Knacken die erfolgreich hergestellte Verbindung verriet und sich niemand auf der anderen Seite meldete, sagte die Schöne nur drei Worte:

„Er hat angebissen." Grauer Dunst umspielte ihre vollen, zu einem sanften Lächeln gebogenen Lippen.

Vor der Haustüre war Henry Frotteys blinder Aktionismus in taubstummes Desinteresse umgeschlagen. Was sollte er jetzt tun? Ins Büro konnte er nicht mehr zurück, nicht nach dem Abgang. Der Detektiv blickte sich um.

Auf der anderen Straßenseite stand ein einsamer Verkehrspylon. Vielleicht war er von Bauarbeitern dort vergessen worden, überlegte Henry. Moment mal, in letzter Zeit hatte es hier doch gar keine Bauarbeiten gegeben. Das konnte nur eins bedeuten ...

Aus dem spitzen Ende des Hütchens quetschte sich ein menschlicher Kopf heraus. Kein Zweifel, das konnte nur Kegel-Günther sein. Kegel-Günther war ein mieser, kleiner Gauner gewesen, der alles beim Wetten auf Rennsteine verloren hatte.

Das Steinerennen erfreute sich in Schikargo großer Beliebtheit, nachdem die Zustände bei den Pferderennen untragbar geworden waren. Es gab so viele unterschiedliche kriminelle Organisationen, dass de facto alle Pferde gedopt waren und damit ständig gleichzeitig ins Ziel kamen. Also suchte man eine Alternative, die auf keinen Fall gedopt werden konnte: Steine.

Nach dem großen Backstein-Derby 1973 war Kegel-Günther vor seinen Gläubigern in einen Verkehrspylon geflüchtet. Mit dieser neuen Situation war er recht mittelglücklich, denn obwohl er bis heute von keinem Inkassounternehmen entdeckt worden war, kam er schon nach kurzer Zeit mit der Außenwelt nicht mehr zurecht und entschied sich, für immer das Innere des grau-weiß gestreiften Zauberhutes zu bewohnen. Im Laufe der Jahre hatte sich sein Körper an die neue Umgebung angepasst, sodass sein Skelett ohne die spitz zulaufende Stütze kollabiert wäre.[6]

Kegel-Günther war Henry Frotteys bester Informant für die Machenschaften der Unterwelt, denn unfreiwillig dauerhaft als Verkehrshütchen verkleidet, bekam dieser einige der krummsten Dinger mit. Jeder dritte Straßenraub wurde aufgeklärt, indem Henry ihn fragte, wer es gewesen war. Der Schutz seiner perfekten Tarnung gestattete es ihm, für die Gerechtigkeit zu streiten.

„Hey, Henry!", rief Kegel-Günther.

„Hey, KG. Wie geht's? Alles nach oben spitz zulaufend?", grüßte der Privatdetektiv zurück und überquerte die Fahrbahn.

„Alles wie immer", antwortete die Mischung aus Mensch und Baustellensicherung. „Wusstest du schon, dass der Jahrmarkt wieder in der Stadt ist?"

„Was?! Seit wann?!" Henry war total hibbelig. Nicht nur war das eine gute Möglichkeit, sich vor der hübschen Frau in seinem Büro zu verstecken, Henry liebte den Jahrmarkt abgöttisch.

„Seit zwei Tagen, aber du, ich muss dir noch was sagen …"

„Keine Zeit, ich muss weg. Der Jahrmarkt ist in der Stadt!", rief der Privatdetektiv im Laufen. „Ich komm später wieder. Danke für den Tipp!"

Lächelnd blickte Kegel-Günther dem Davonrennenden hinterher. Er mochte den wirren Privatdetektiv, der auf den Jahrmarkt ging, auch wenn seltsame Dinge in Schikargo geschahen. Die Stadt war im Wandel. Günther spürte es im Wasser. Das Abwasser murmelte davon in den verdreckten Kanälen. Eine unbekannte Bedrohung bemächtigte sich der Unterwelt und plante etwas Großes, etwas, das nicht nur die Stadt, sondern die Gesellschaft selbst verändern würde. Entsetzliches.

6 Vgl. Evolutionstheorie von Lamarck.

Vor Henry erstreckte sich der Rummel in seiner ganzen Pracht. Die Zelte und Buden waren auf einer großen Wiese am Stadtrand aufgestellt worden, die schon jetzt am Nachmittag vor schaulustigen Leuten nur so wimmelte.

Die Begeisterung des Privatdetektivs kannte keine Grenzen. Wie ein kleines Kind rannte er mit schlackernden Armen umher und bestaunte die Attraktionen, Ausstellungen und ganz besonders die Abnormitäten. Überall gab es etwas zu entdecken, was natürlich ein glücklicher Umstand für Detektive und Archäologen ist.

Nachdem er alles einmal grob in Augenschein genommen hatte und mit den wichtigsten Fahrgeschäften gefahren war, machte er sich auf den Weg, jene Wunderlichkeiten genauer unter die Lupe zu nehmen, die ihn besonders interessierten.

Henry Frottey war ein Jahrmarkt-Profi. Eine einfache bärtige Lady, ein vom Teufel besessener Pudel oder ein Junge, der anstelle eines Kopfes nur ein riesiges Auge auf seinem Hals thronen hatte, konnten ihn nicht mehr hinter dem Ofen hervorlocken. Da musste es schon etwas besonders Ungewöhnliches geben und das gab es hier en masse, denn dies war auch kein gewöhnlicher Jahrmarkt. Das hatte Henry gleich erkannt. Dies war einer der seltenen Jahrmärkte, die von dem berühmten Dichter und Seefahrer Käpt'n Hansen President Jamaica Rumverschnitt ausgerichtet wurden, jener selbst war aber nie anwesend.

Bald hatte der Privatdetektiv das erste Objekt seines Interesses erreicht, einen verrückten Weltuntergangsprediger. Dieser stand auf einer kleinen Holzkiste zwischen dem Zelt einer Wahrsagerin und dem Stand eines Wunderheilers und schwadronierte. Im Regelfall traf man Weltuntergangsprediger nur in Amerika an, wo sie mit selbstgemachten Schildern bekleidet Straßenecken in New York bevölkerten. Henry fand sie sehr unterhaltsam mit ihren zerzausten weißen Haaren, den abgerissenen Kleidern und der heiligen Aufregung in der Stimme, mit der sie ihre Botschaft hinausposaunten. Beliebte Themen waren neben dem Ende der Welt durch die Apokalypse das Ende der Welt durch Außerirdische und natürlich das Ende der Welt durch die Regierung.

Doch dieser hier schien anders zu sein als seine amerikanischen Kollegen. Er redete gar nicht so viel vom Ende, auch sah er nicht ganz so weihnachtsmannartig aus und er trug kein Schild vor der Brust. Nachdem Henry sich ein Eis gekauft hatte, trat er näher.

„... alle wurdet ihr getäuscht. Lügen haben sie euch erzählt von Gott und davon, wie die Wirklichkeit tatsächlich aussieht. Ich aber sage euch: Es gibt gar keinen Gott! Mit ziemlicher Sicherheit ... wahrscheinlich ... also vielleicht, keine Ahnung ...“

Das war schon recht ungewöhnlich, denn normalerweise waren Weltuntergangsprediger äußerst religiös. Ein atheistischer Prediger. Der Privatdetektiv spitzte die Lauscher.

„JEDENFALLS! Was ich eigentlich sagen wollte ... hab ich vergessen ... trotzdem: Dies ist gar nicht die wirklich echte Wirklichkeit. Nein! Wenn ihr über all das nachdenkt, was ich euch gerade erzählt habe, dann werdet ihr das auch erkennen. Macht einfach mal die Augen auf. Es liegt genau vor eurer Nase, aber ihr wollt nicht hinsehen. Denkt an meine Worte.“

Als der Mann auf der Kiste geendet hatte, verfiel Henry in frenetischen Applaus. Schade eigentlich, dass er zu spät gekommen war und das meiste der Rede verpasst hatte, aber das, was er gehört hatte, war doch recht originell gewesen.

Doch der Privatdetektiv war nicht der Einzige, der Beifall bekundete, auch ein dürrer, alter Mann schlug begeistert die Handflächen aufeinander. Er sah ein bisschen aus wie ein Guru.

Der Applaus irritierte den Redner auf der Kiste sichtlich. Er verbeugte sich unsicher und sagte dann: „Vielen

Dank, ich mache jetzt eine Pause. Die nächste Vorstellung ist dann um sechs Uhr."

Begeistert zog der Privatdetektiv zur nächsten Attraktion. Vor einem großen Zelt stand ein durchschnittlich aussehender Mann. Bei genauerer Betrachtung fiel Henry Frottey auf, dass er ihn überhaupt nicht näher hätte beschreiben können. Er war eine Art Mann ohne Eigenschaften. Alles an ihm war absolut generisch – seine durchschnittliche Statur, sein Allerweltsgesicht, seine grauen Augen. Niemand hätte von ihm ein Phantombild zeichnen können. Als der Detektiv herangekommen war, hob der Mann zu sprechen an: „Guten Tag, Fremder. Ich bin Doktor Ulrich und dies ist mein Kabinett des Gewöhnlichen." Er wies auf das Schild über dem Zelteingang, welches das Gleiche verkündete.

„Wir warten noch auf den anderen Besucher und dann kann die Vorstellung beginnen." Henry wunderte sich. Nur zwei Besucher auf einmal?

„Oh, äh, ich dachte, ich könnte einfach so rein."

„Der zweite Besucher wird gleich kommen", erwiderte Doktor Ulrich und machte eine beschwichtigende Geste. Wer mochte wohl der geheimnisvolle zweite Besucher sein? Eigentlich interessierte es Henry überhaupt nicht. Das war bestimmt nur irgendein Typ, irgendein Freak, ein Statist in seiner Jahrmarktepisode.

Wenig später war der unbekannte Dritte endlich aufgetaucht. Ein aristokratisch aussehender Mann in einem teuren, maßgeschneiderten Anzug. Das einzig Bemerkenswerte an ihm war, dass er einen dieser plattfüßigen Wasservögel wie einen Schoßhund auf dem Arm trug, und auch der war sehr gut gekleidet. Henry schenkte ihm keine weitere Beachtung. Nur ein weiterer exzentrischer Reicher, der den Jahrmarkt nicht richtig wertschätzte, sondern ihn nur besuchte, um vom einfachen Volk gesehen zu werden.

Gemeinsam betraten sie das Kabinett. An den Wänden entlang zogen sich Schaukästen und Ausstellungsstücke auf beiden Seiten vom Eingang bis zu einer kleinen Bühne, vor der zwei Stühle bereitgestellt waren.

Der Reiche wollte schon Platz nehmen, als Doktor Ulrich verlauten ließ, man solle doch bitte die Exponate in Augenschein nehmen, bevor die Vorstellung beginne.

Interessiert schritt Henry die Runde ab und betrachtete alles ganz genau. Der Name über dem Zelt hatte nicht zu viel versprochen. Alles in den Regalen und Vitrinen war weder besonders noch außergewöhnlich. Hier reihten sich Belanglosigkeiten an Staubfänger und Alltägliches.

Henry war begeistert. Er erspähte einen Elefanten – zumindest die Plastik eines Dickhäuters, die wohl als eine Art Spielzeug gedacht war –, eine Nachttischschublade ohne Inhalt, einen feuchten Teebeutel, der zusammen mit einem Stück Laminat auf einem Podest stand, den Buchstaben E, geschrieben mit Kuli auf ein Blatt Druckerpapier, eine einzelne Mandel, ein Häuflein Asbest und in einer fein ziselierten Vitrine … nichts. Sogar mit einem Schild darunter, auf dem „Nichts“ stand. Verrückt.

„Bitte nehmen Sie nun Ihre Plätze ein“, forderte Doktor Ulrich und verschwand hinter die Bühne. Der Privatdetektiv hörte, wie ein schwerer, mechanischer Hebel umgelegt wurde, bevor das Licht erlosch.

Dann erleuchtete ein einzelner Spot einen Spiegel auf der Bühne. Die Reflexion zeigte die beiden Gäste des Kabinetts und aus dem Off klang die Stimme von Doktor Ulrich.

„In einer Zeit, in welcher der Mensch von Erstaunlichem umzingelt ist und der Alltag voller Wunder ist, in dieser Welt des Außergewöhnlichen ist das Normale das wahrhaft Absonderliche!“

Und dann begann die Vorstellung …

Henry trat aus dem Zelt und war ein bisschen durcheinander. Er konnte sich nicht entscheiden, ob das nun die gewöhnlichste oder außergewöhnlichste Erfahrung des ganzen Jahrmarktes war. Mittlerweile war es dunkel und ganz schön voll geworden, der Privatdetektiv schlenderte zwischen den Menschen hindurch und bewunderte die verschieden grau flackernden Lichter. Der ganze Jahrmarkt blinkt wie eine Kirmes, dachte Henry und freute sich. Bei Nacht eröffnete sich einem eine völlig andere Welt.

Nachdem Henry sich Zuckerwatte besorgt hatte, stand er am Rand des Feldes und beobachtete das lustige Treiben. Hinter ihm waren nur noch die Wohnzelte des fahrenden Volkes, weshalb hier eine gewisse Ruhe herrschte. Er entspannte sich und überlegte. Hatte er nicht irgendwas vergessen?

„Pssst", machte es hinter ihm. Der Detektiv wollte sich nicht umdrehen. Immer wenn es irgendwo im Dunkeln hinter ihm *Pssst* machte, bedeutete das Arbeit.

„Pssst", insistierte die Dunkelheit. Wenn ich es ignoriere, hört es womöglich auf, dachte Henry und starrte beharrlich weiter Richtung Rummelplatz. Vielleicht trat da bloß irgendwo Gas aus.

„PSSST!", brüllte das Dunkel hinter ihm. Mittlerweile fand er das ganz schön albern. Ignorieren half wohl nichts. Hier musste er sich anders aus der Affäre ziehen. Henry wirbelte herum. „Boah, was ist denn?"

Zwischen den Zelten erkannte er die schemenhafte Gestalt eines Mannes mit Hut. Weiterhin schien er der Dunkelheit zum Trotze eine Sonnenbrille zu tragen. Einer von den Blues Brothers?, dachte der Privatdetektiv und wartete auf Antwort. Die Gestalt blickte sich um und sagte dann: „Nähert sich der Winter, fliegt die Rohrdommel tiefer als gewöhnlich, und wenn Fuchs und Hase sich gute Nacht sagen, dann kann es sein, dass ich hier in meiner Tasche geheime Mikrofilme habe."

Henry zog die Augenbrauen hoch. Das war offensichtlich Geheimagentensprache, doch er verstand den Dialekt nicht. Eigentlich beherrschte er die verbreitetsten Varianten wie das Hochgeheimagentisch, Platt- und Ostgeheimagentisch. Was der andere gerade gesagt hatte, ergab in keiner Mundart, die der Privatdetektiv kannte, einen Sinn. In einer stark veralteten Form des Mittelhochgeheimagentisch hatte der andere Henry sogar gerade einen Heiratsantrag gemacht.

„Ähm … ja, also, ich weiß nicht, was ich sagen soll …“, erwiderte er und ging vorsichtshalber einen Schritt zurück. Plötzlich schallte eine dritte Stimme zu ihnen herüber.

„Entschuldigung, waren es Fuchs und Hase oder Fuchs und Igel?“

„Fuchs und Hase“, wiederholte die Gestalt vor Henry.

„Ja, danke, dann hab ich das richtig verstanden. Ich bin nicht gemeint“, sagte die körperlose Stimme und verstummte.

„Ach so! Fuchs und Hase! Entschuldigung, ja, ich, hier“, meldete sich ein Vierter zu Wort und stolperte aus dem Dunkel hervor. „’Tschuldigung, ich war kurz eingenickt … Ähm, wenn der Hase dem Fuchs entwischt, der Herbst drei Wochen länger dauert und die Rohrdommel fürs Erste in ihrem Nest bleibt, dann kann es sein, dass ich das Geld dabei habe.“

Während die beiden ihre Geschäfte abwickelten, ging Henry langsam rückwärts und ärgerte sich, dass er anscheinend einen neuen Kurs in Geheimagentisch belegen musste. Er hatte kein Wort verstanden. Das war äußerst ungünstig, denn wie sollte er so …

Plötzlich fiel der Privatdetektiv beim Rückwärtsgehen über eine der kreuz und quer aufgestellten Spannleinen, purzelte in eines der Zelte und landete zu Füßen eines kleinen Albinochinesen. Einen Moment sahen sich beide verdutzt an, dann rief der Albinoasiate mit zornigem chinesischen Akzent: „Waaasduma’eninmeinZeeelt?!“

Der Privatdetektiv rappelte sich auf, erst jetzt merkte er, wie klein sein Gegenüber tatsächlich war, und sagte:

„Entschuldigung bitte, es war nicht meine Absicht, hier reinzuplatzen. Mein Name ist Henry Frottey und ...“

„Ah, schön, dass Sie zu uns gefunden haben, Mr. Frottey“, sagte der kleine weiße Mann. Sein Akzent war auf einmal verschwunden, doch Henry fiel das nicht auf. Er ärgerte sich, dass sein Name wie Schlafanzug klang.

„Wir haben gehört, dass Sie die Ermittlungen im Mordfall unserer Tochter übernommen haben. Natürlich werden wir Ihnen, so gut wir es vermögen, zur Seite stehen.“

„Vielen Dank“, sagte Henry. „Genau deswegen bin ich hier.“ Der Privatdetektiv sah sich in dem geräumigen Zelt um. Neben drei Betten, einer Kochstelle und einigen Kisten stand ein runder Tisch in der Mitte des Raumes. An ihm saß eine weinende Frau, ebenfalls Albina und kleinwüchsig, vor einem Foto von Sändi McLin Wu.

„Demnach sind Sie also der Vater“, stellte Henry fest und sah zu dem Chinesen herüber, der sich zu seiner Frau begab und sie in den Arm schloss.

„Sie haben es erfasst. Ich bin Shao Lin Wu und das ist meine Frau Sarah McKenneth. Wir arbeiten hier auf dem Jahrmarkt als ...“

„Ich weiß, ich weiß“, sagte der Privatdetektiv und sah sich um. „Wieso hatten Sie Streit mit Ihrer Tochter?“

„Woher wissen Sie das?“, schluchzte Sarah McKenneth und fixierte Henry. Er sah ihr in die verweinten Augen und antwortete: „Ich zähle drei Betten. Gewöhnlich wohnt Ihre Tochter also mit Ihnen in diesem Zelt. Da ich aber ansonsten ausgesprochen wenige Dinge sehe, die einer Vierzehnjährigen gehören würden, muss ich davon ausgehen, dass Sändi sie mit in die Jungendherberge genommen hat. Außerdem fanden wir sie im Badezimmer. Wäre sie gestern Morgen eingecheckt, wäre ihre erste Handlung wohl kaum gewesen, sofort duschen zu gehen. Nein, man richtet sich zuerst ein. Die Vermutung lag nahe, dass sie schon länger dort wohnt. Da Sie aber gerade mal seit zwei Tagen in der Stadt sind, hat sie anscheinend die erste sich bietende Gelegenheit genommen, um symbolisch auszuziehen. Pubertierende Mädchen haben ein gewisses Talent zur Dramatisierung. Diese Geste wäre nicht nötig gewesen, wenn der Zeltsegen gerade hinge, also ..." Der Privatdetektiv hielt inne.

Diese Überlegungen waren viel zu logisch für sein Gehirn. Was geschah hier? Hatte sein Gehirn nach dem Getöse des Jahrmarktes mit all seinen Wundern und Fabulantastereien nicht mehr die Kondition, den kreativen, schillernden Strudel aus chaotischem Quatsch aufrechtzuerhalten, der seine Gedankenwelt ausmachte? Das musste es sein. Er wurde müde. Sein Verstand fuhr langsam runter und wurde klar. Wo er so darüber nachdachte, manchmal lag er nachts stundenlang wach und war vernünftig ...

Henry sah die beiden Eltern an: „Worüber haben Sie sich gestritten?"

Sändis Mutter weinte heftiger und presste unter Tränen heraus: „Über nichts ... nichts Wichtiges ..."

„Die üblichen Diskussionen, die man mit Teenagern führt", fügte Shao Lin Wu hinzu und schüttelte traurig den Kopf. „Sändi hatte das Schaustellerdasein satt. Sie wollte wie eine normale Familie in einem Haus wohnen, normale Freunde haben und auf eine normale Schule gehen."

„Und einen Schülerausweis hat sie ja dann sogar schon gehabt", ergänzte der Detektiv.

„Was?" Sarah McKenneth sah auf und ihrem Mann klappte die Kinnlade herunter: „Das war uns nicht bekannt."

„Soso", sagte Henry mit einem Ton, als ob er sie beide für sehr verdächtig hielt. In Wahrheit war er sich aber ziemlich sicher, dass sie unschuldig waren. Wieso sollten sie eine profitable Einnahmequelle wie ihre zwergwüchsige albinochinesoschottische Tochter umbringen? Das Motiv fehlte.

Was war denn nur los mit ihm? Wo kam denn die ganze Vernunft her? Er musste dringend ins Bett. Für Henry war der Rummel immer das Highlight des Jahres, aber man musste auch wissen, wann es genug ist. Er musste das jetzt schnell beenden.

„Hatte Ihre Tochter irgendeine Verbindung zu Elefanten?"

„Wie bitte? Nein. Wir sind ein Jahrmarkt und kein Zirkus", sagte der Zwergchinese und schaute den Detektiv verwirrt an.

„Soso", sagte Henry noch einmal und machte sich sogar eine Notiz. In Wahrheit spielte er nur Tic Tac Toe gegen sich selbst. „Ich werde vielleicht später noch einmal auf Sie zurückkommen. Sagen Sie am besten Bescheid, wenn Sie die Stadt verlassen wollen." All das diente nur dazu, eine diffus-bedrohliche Atmosphäre zu schaffen, manchmal brachen Leute unter dem Druck zusammen und erzählten ihm später noch das ein oder andere Geheimnis.

Als Henry Frottey das Zelt verließ, lag sich das Schaustellerpärchen weinend in den Armen. Der Abend war recht ermüdend, spaßig und sehr aufschlussreich gewesen. Anscheinend hatte Sändi McLin Wu es geschafft, sich ohne ihre Eltern in einer Schule anzumelden. Dem würde noch nachzugehen sein, doch jetzt musste der Detektiv nach Hause, Bubu machen.

Kapitel 3: Where's the Mord?

Am nächsten Morgen erwachte Henry aus sehr albernen Träumen[7]. Er überprüfte kurz, ob er sich über Nacht in eine gigantische Kakerlake verwandelt hatte. Man konnte nie wissen. In jenen Tagen verwandelten sich die Menschen im Schlaf zu allem Möglichen. Abends schlief man seelenruhig nebeneinander ein und beim Aufwachen lag man neben einem Integralhelm. Rentner verwandelten sich im Schutze der Dunkelheit in Tacker, Gelstifte und andere Büroartikel. Immer häufiger wurden Kinder in Taucheranzügen geboren.

Bei Henry Frottey schien alles in Ordnung zu sein. Langsam stand er aus dem Bett auf und öffnete das Fenster. Doch er schloss es direkt wieder, denn draußen lag der Duft des Verbrechens in der Luft. So lüftete es sich nicht gut.

Nachdem er sich kurz umgesehen hatte, konnte er die Wurzel des üblen Gestanks ausmachen. Er kam aus der Wohnung seiner Nachbarin, der alten Mrs. Cadladi. Vermutlich kochte sie wieder ihren gefürchteten Siebenfleischbrei. Das war auch irgendwie ein Verbrechen gegen die Menschheit, denn nur die sieben verschiedenen Fleischsorten mit den sieben mal sieben, zu Recht von der Vereinigung internationaler Köche geächteten, Gewürzen kreierten ein Gericht jenseits von Haggis. Hätte es eine

7 Daher stammt eigentlich die Bezeichnung „Albtraum". Früher, als die Menschen noch keinen Fernseher hatten und daher noch nicht so viel Gewalt und Gruselfilme kannten, träumten sie fast nie schlecht, dafür aber häufig albernes Zeug. Solche Träume nannten sie dann Albträume. Heute hat sich die Bedeutung dieses Wortes gewandelt.

Möglichkeit gegeben, dass ein Haggis und ein Mett-Igel zusammen nach einem Akt süßer Fleischeslust ein stinkendes, hässliches Baby geboren hätten und man hätte das mit Leberwurst eingerieben, es wäre nicht annähernd so schlimm gewesen wie der Siebenfleischbrei.

Mit einem Würgen schmetterte Henry das Fenster zu und fragte sich, wann ihn diese Perversion zum Vegetarier machen würde. Dann bemerkte er, dass er ja eben schon das Fenster geschlossen hatte. Er war ein bisschen verwirrt und fragte sich, wie das möglich war und ob das Fenster jetzt de facto wieder geöffnet war. Kurz dachte er darüber nach und kam dann aber zu dem Schluss, dass sich ein Fenster schon rein logisch nicht durch zweimaliges Schließen öffnen ließ. Das wäre ja lächerlich. Er öffnete das Fenster erneut, und genau wie der Privatdetektiv es vermutet hatte, war es nun ordentlich verschlossen. Zweimal zu ergab eben noch lange nicht einmal auf, so wie zweimal Unrecht noch lange kein Recht ergibt.

Rasch zog er sich an, verließ die Wohnung und klopfte bei seiner Nachbarin. „Kommen Sie rein! Ich koche gerade!“, schallte es aus der Wohnung zurück. Das hab ich gemerkt, dachte Henry und trat ein.

„Huch, ist das ein hoher Teppichboden – ach, das sind ja Katzen“, entfuhr es dem Privatdetektiv, als er die Türe geöffnet hatte. Jetzt erinnerte er sich. Die Frau hatte die Bude voller Katzen. Scheiße.

Auf dem pelzigen Boden aus Felis silvestris catus wankte er bis in die Küche, wo er die Herrin der lebendigen Auslegeware antraf.

„Hallo, Herr Frottey!“, begrüßte ihn die verrückte Alte und Henry ärgerte sich, dass sein Name wie Duschvorleger klang. „Ich koche gerade Örps …“ Das hab ich gemerkt, dachte Henry. „Örps“, so nannte sie den Siebenfleischbrei manchmal. Das war Finnisch oder Dänisch oder so und bedeutete grob übersetzt „Rülpsen“.

„Würden Sie bitte etwas leiser kochen, der Gestank zieht bis in meine Wohnung rüber." Ihm war aufgefallen, dass es kein Adverb dafür gab, etwas weniger geruchsintensiv zu tun. Kurzerhand hatte er ein Wort genommen, das dem am nächsten kam.

Seine Nachbarin sah ihn vorwurfsvoll an, als ob man Picasso gebeten hätte, er solle doch nicht so kubistisch malen. „Danke", sagte der Detektiv und wandelte auf dem wuselnden, maunzenden Meer zurück wie der Katzenjesus höchstpersönlich. Mit einem lauten Krachen schlug er die Türe hinter sich zu.

Unterdessen stieg Lady _ aus dem Himmelbett. Bevor ihre Füße den Boden berührten, hechteten ihr zwei Diener entgegen, je einen Pantoffel in Händen, und fingen sie auf.

Das Anwesen der Familie Strum war ein stattliches Herrenhaus mit einer ungewissen Anzahl von Zimmern. Da es für reiche Leute ausgesprochen wichtig ist, Gebäude mit vielen Zimmern zu bewohnen, waren in das Strum-Anwesen in einige der sehr großen Räume kleinere Räume hineingebaut worden und in diese manchmal sogar noch kleinere, und so weiter ... Die kleinsten Türen waren gerade mal drei Elektronen hoch und befanden sich permanent in einem quantenphysikalischen Zustand, in dem niemand zu sagen vermochte, ob sie geöffnet oder geschlossen waren. Sie mussten erst von speziellen Türphysikern mit anderen Elementarteilchen beschossen werden[8], um festzustellen, ob man sie zuerst öffnen musste oder sofort nicht hindurchgehen konnte.

8 Physiker beschießen gerne sehr kleine Dinge mit anderen kleinen Dingen und bauen dann sehr große Maschinen drumherum, um festzustellen, was dabei passiert. Die Definition einer Weltformel, welche ausnahmslos alles erklärt, scheitert hauptsächlich daran, dass sich ein paar sehr kleine Dinge nicht mit anderen kleinen Dingen beschießen lassen. Moderne Physik ist der Pistolero unter den Wissenschaften.

Auf einem Teppich, der aus Nasenhaaren von Prominenten geknüpft war, schritt Lady _ ins Badezimmer. Sie sandte den Diener hinaus und machte sich etwas zurecht. Dann stand sie noch eine Weile vor dem Spiegel aus poliertem Perlmutt, ihr süffisantes Lächeln lächelnd. Schließlich entspannten sich ihre Gesichtszüge kurz und dann setzte sie die schmerzverzerrteste Trauermiene auf, die die Welt je gesehen hatte. Sie war keine gute Schauspielerin. Sie war brillant.

Nachdem ihre Morgentoilette abgeschlossen war, ließ Lady _ Bad und Schlafzimmer hinter sich, stieg in die Hausmagnetbahn und fuhr in den westlichen Speisesaal zum Frühstück.

Im Erdgeschoss angekommen, entdeckte Henry Frottey drei Hipster vor seinem Büro. Es kam hin und wieder vor, dass sich Jugendliche dieser Art in seinem Flur sammelten, da sie den abgeranzten Raum mit der Aufschrift „Henry Frottey“ für einen undergroundigen Waschsalon hielten.

„Wie oft muss ich euch noch sagen, ich wasche eure Wäsche nicht?“, sagte Henry entnervt und versuchte, sie fortzuscheuchen. „Kusch! Kusch! Hinfort mit euch!“

„Never, dude! Wenn wir bei dir unsere Sachen waschen, weißt du, wie hardcore underground das ist?“

„Interessiert mich nicht. Ihr dürft hier nicht waschen!“ Henry hatte die Nase voll. Er konnte das nicht nachvollziehen. Es war ja nicht so, dass die selbst keine Waschmaschine gehabt hätten. Es ging nur darum, dass sie zu ihren Freunden sagen konnten, dass sie ihre Klamotten an einem Ort waschen ließen, von dem die anderen vermutlich noch nie gehört hatten.

„Gonna tell you something, dude. Wir geben dir ’nen Fuffi und du wäschst unser Zeug, deal?“ Fünfzig Mäuse waren zwar nicht zu verachten, aber es ging ums Prinzip.

„Nein, und dabei bleibt’s.“

„Give me a hint: Warum nicht? Stehen wir nicht auf der Gästeliste or something?“

„Es gibt keine Gästeliste. Lasst mich in Ruhe!“

„You bastard, ey, wir sind so hip, dass wir es zu mainstream finden, nicht mainstream zu sein scheiße zu finden. Diese Nichtmainstreamigkeit müssen wir aufrecht erhalten und darum müssen wir unseren hippen shit im am wenigsten bekannten Waschsalon der Stadt waschen und das ist nun mal deiner, Alter“, sagte der Hipster.

„Versteh ich nicht!“, sagte Henry. „Ist mir aber auch egal! Ich bin kein Waschsalon. Haut endlich ab!“

„Up here!“, entgegnete der junge Mann und zeigte dem Privatdetektiv den Vogel. „Weißt du, wie wenig mainstream es ist, seine Wäsche in einem Detektivbüro zu waschen? Das macht quasi keiner, mega-genial!“

„Weil es bescheuert ist!“ Mittlerweile war er richtig verzweifelt und versuchte, das Thema zu wechseln: „Wie heißt du überhaupt?“

„Rick. Rick Trolinski“, antwortete der Typ in Röhrenjeans und Häkelpulli. Seine beiden Freunde lachten freudlos. Einer, ein besonders schmaler Kerl mit einer Fensterglasbrille, sagte sogar *Lol*, machte dann aber einen gequälten Gesichtsausdruck, als würde er sich vor irgendwas ekeln. Henry nickte zu ihm herüber.

„Warum guckst du, als hättest du auf ein Center Shock gebissen?“

„Dude, Center Shock, voll retro“, meinte Rick und lächelte anerkennend. „Er hat *Lol* gesagt. Das ist ganz schön behämmert.“ Seine Kumpanen murmelten zustimmend. Sie alle hatten das, was sie Undercut nannten, Henry aber liebevoll als umgedrehte Halbglatze bezeichnete, also oben auf dem Kopf ganz viele und an den Seiten fast gar keine Haare.

„Wieso? Ich dachte, *Lol* wäre genau euer Ding. Oder *Yolo*, oder so.“

„Ey, dude, Jugendsprache ist voll für'n Arsch. *Yolo* ist doch *Carpe Diem* für Vollidioten. *Carpe Diem* ist auch viel mehr retro", erwiderte der Dritte.

„Viel mehr retro?", zitierte Henry und schüttelte den Kopf.

„Ja, oder *Swag*. Was soll das überhaupt bedeuten? *Cool* konnte ich noch nachvollziehen ... so mit kühl und der Art, wie man sich gibt und so ... Aber *Swag*? Das wird alles immer abstruser, nur um irgendwelche Worte zu benutzen, die unsere Eltern nicht kennen. Lächerlich", fügte Rick hinzu und schüttelte seinerseits den Kopf.

„Voll für'n Arsch", schloss der Lol-Sager. Der Privatdetektiv betrachtete die Halbstarken, die, von ihrer eigenen Jugendkultur gebeutelt, sich so verzweifelt nach dem Chic des Alters sehnten.

„Ihr seid seltsame junge Menschen."

„Maybe", sagte Rick und wandte sich an seine Freunde: „Aber wir sind nicht so strange wie die Songs der Erregbaren Schnürsenkel. Great music."

„Wer sind die Erregbaren Schnürsenkel?", fragte der Lol-Sager und guckte leicht verwirrt aus der Wäsche.

„Anfängerfehler", meinte der Dritte noch, bevor Rick Trolinski mit einem zufriedenen Grinsen verlauten ließ: „Oh, you probably never heard of them", und sein iPhone herausholte, um ein paar Songs vorzuspielen. Von dem, was sich hier anbahnte, hatte Henry schon mal gehört. Die drei würden sich in einen Hipster-Showdown hineinsteigern. Während der nächsten Stunden würden sie versuchen, sich gegenseitig damit zu übertrumpfen, wessen Musik undergroundiger, wessen Klamotten vintage-iger und wessen Einrichtung „mehr retro" ist. Eine gute Gelegenheit für den Detektiv, unbemerkt in sein Büro zu verduften. Er stellte ihnen noch drei Club Mate raus, damit sie im Flur nicht verdursten mussten, und als er die Türe schloss, erklärte Rick gerade, dass die Erregbaren Schnürsenkel so underground wären, dass sie ihr nächstes Album nicht auf CD, sondern als Textdokument im Selbstverlag veröffentlichten.

Endlich in seinem Büro, ließ sich Henry Frottey in einen Sessel fallen und überblickte das Chaos. Er brauchte eine gewisse Grundunordnung, um sich wohl zu fühlen. Das Innere nach außen tragen und so weiter.

Die Begegnung mit den Jugendlichen vor seiner Türe hatte ihn nachdenklich gemacht. Er erinnerte sich an das, was die Eltern von Sändi McLin Wu gestern zu ihm gesagt hatten. Da war ein einzigartiges Mädchen, das sich verzweifelt danach sehnte, normal zu sein und diese normalen Jugendlichen wollten um alles in der Welt einzigartig sein. Paradox, wie die Pubertät so spielt ... Puberdox, dachte der Privatdetektiv.

War er auch so schwierig gewesen, als er jung war? Moment, wie alt war er eigentlich? Der Privatdetektiv versuchte sich krampfhaft an seine Geburt zu erinnern. Es gelang ihm nicht. Vielleicht war er gar nicht geboren worden, sondern existierte einfach. Wie wahrscheinlich war es, dass er auf natürlichem Weg in diese Welt gekommen war, wenn er sich nicht daran erinnern konnte? Er fühlte sich auch nicht besonders natürlich. Wäre er ein Pilz oder ein Wasserstoffatom im interstellaren Raum gewesen, würde er sich bestimmt zugehöriger fühlen als in dieser menschlichen Form.

Vielleicht war er ja schon immer einfach da gewesen. Ein Kontinuum im Raum. Im Universum gefangen, ohne wirklich ein natürlicher Teil davon zu sein. Henry versuchte, sich an die Entstehung des Universums zu erinnern. Es gelang ihm nicht. Das beunruhigte ihn ein wenig. Irgendwann, als er noch ein kleiner Privatdetektiv gewesen war, hatten Raum und Zeit und Henry anscheinend einfach angefangen zu existieren. So aus heiterem Himmel heraus.

Das war vielleicht ein sehr henryozentrisches Weltbild, aber die einzige gesicherte Aussage, die er machen konnte, war, dass das Universum existierte, solange er da gewesen war, um diesen Zustand zu überwachen. Und wenn er sich weder an seine noch an die Geburt des Universums erinnern konnte, konnte er ebenso gut so alt wie die Zeit selbst sein.

Zumindest fühlte er sich alt, als hätte er schon alles erlebt, ohne dabei gewesen zu sein. Vielleicht war seine Seele alt. Manchmal wurden Menschen ja auch alt geboren. Wenn die Eltern schon selber alt waren, konnten sie manchmal keine Kinder mehr kriegen, sondern nur noch Erwachsene. Das macht viele Eltern sehr traurig, wenn sie keine Kinder mehr kriegen können, denn von Erwachsenen hat man ja nichts. Erwachsene steigen aus dem Geburtskanal, setzen sich einen Hut auf und sagen: „Guten Tag, Mutter. Danke für die Geburt. Ich geh zur Arbeit."

Vielleicht war es ja bei ihm auch so gewesen. Oder wahrscheinlich nicht – schließlich konnte er sich an seine Kindheit erinnern ...

Scheiße! Er sollte doch den Mann von der einen da ... Dings! NA! .... Die schöne Frau ... Lady _ ! Den sollte er doch suchen! Jetzt ist der bestimmt schon tot!

Verdammt, hab ich ganz vergessen, dachte Henry und sprang auf. Nun musste er zum Anwesen der Familie Strum rennen und Abbitte leisten. Warum hatte er nur so viel Zeit auf dem Jahrmarkt vertrödelt?

„Ich bereue nichts!", rief der Privatdetektiv und rannte zur Türe hinaus und durch die ganze Stadt, bis er vor dem Portal der Familie Strum vor Erschöpfung kollabierte. Er warf noch einen letzten Blick auf den Springbrunnen in der Einfahrt. Auf der Spitze der Fontäne tanzte eine güldene Gummi-Ente. Dann wurde Henry entgültig ohnmächtig.

Hinter seinem Schreibtisch versuchte Kommissar Sarim Mosk, die Fakten zu ordnen. Da war dieses Mädchen – eine Zwergalbinochinesoschottin. Er schüttelte den Kopf.

„Kann es so einen genetischen Zufall überhaupt geben?“, murmelte er. Von dem Gerede aufgeschreckt steckte Jakob Paletos seinen Kopf zur Türe herein.

„Ist was, Chef?“

„Nein, nein, ich rede nur mit mir selbst“, antwortete der Kommissar und winkte ab.

Er kramte aus einem Aktenstapel den Bericht der Gerichtsmedizin hervor. Dort stand es schwarz auf weiß: Diese Sändi war tatsächlich mit einem Nagelknipser das Rückgrat durchtrennt worden. „Dafür war eine ungeheure Kraft vonnöten“, schrieb der Gerichtsmediziner. Sarim sah auf.

„Wenn das jemand mit bloßen Händen gemacht hat, dann suchen wir nach einem richtig aufgepumpten Kerl“, sagte Sarim versonnen.

„Ist was, Chef?“ Paletos stand wieder in der Türe.

„Sie sind aber ganz schön übereifrig, kann das sein?“

„Ja, Chef“, sagte der junge Polizist und salutierte ein bisschen.

„Dann machen Sie sich mal nützlich und sagen Sie Schmidtmeier, er soll mir eine Liste der stärksten Männer von Schikargo besorgen.“

Jakob Paletos dachte kurz nach und meinte dann zögernd: „Das geht leider nicht, Chef.“

„Warum nicht?“

„Schmidtmeier arbeitet nicht mehr an dem Fall.“

„Ach ja, die warten ja jetzt auf ihr Bestechungsgeld … korruptes Pack!“, empörte sich Kommissar Mosk. „Die sitzen allesamt bloß hinter ihrem Schreibtisch, kassieren fürs Nichtstun Bestechungsgelder und leben damit in Saus und Braus, während ich mir hier zum Nulltarif den Arsch aufreiße!“ Der Kommissar schüttelte erneut den Kopf, als versuche er, böse Gedanken loszuwerden und wandte sich dann seinen eigenen Notizen zu.

Das Seltsamste an dem Fall war gar nicht mal das Mädchen oder die Todesart, sondern dass dieser Privatdetektiv schon vor Ort gewesen war und die Mordwaffe kannte.

„Wer ist der Kerl?“, murmelte er, dann las er weiter. Es musste doch wenigstens ein bisschen Klarheit in die Ereignisse zu bringen sein. Irgendwas musste er übersehen haben.

Apropos übersehen – seine Notizen handelten unter anderem von dem Elefanten in der Jugendherberge, den niemand bemerkt hatte. Ihm lag ein Bericht vor, dass keiner der umliegenden Zoos ein Rüsseltier vermisste.

„Das kann doch nicht wahr sein.“

Frustriert schmiss er den ganzen Aktenberg vom Schreibtisch. Da war kein grauer Faden, keine Spur, keine hilfreiche Anmerkung. Etwas Derartiges hatte sich in Schikargo noch nicht ereignet, und der Einzige, der eine Ahnung zu haben schien, war dieser seltsame Henry Frottey.

„Warum ist ein einzelner Privatdetektiv erfolgreicher als ich mit einem ganzen Team von Kriminalisten? Das kann doch nicht sein“, presste Sarim Mosk zornig hervor und stand abrupt auf.

„Ch-Chef?“

In der Türe stand immer noch Jakob Paletos. Er hatte sich nach der kurzen Schimpf-Arie des Kommissars aus Angst nicht vom Fleck bewegt, aber erst jetzt den Mut gefunden, sich wieder zu Wort zu melden.

„Ach, Sie sind immer noch da?“, meinte Sarim, wandte sich ab und verschränkte die Arme: „Ich versteh nicht, wieso ein Amateurdetektiv, der in Jugendherbergen rumhängt, anscheinend ein besserer Ermittler ist als ich.“ Er wies auf die zahlreichen Diplome von der Kriminalistikolympiade an seiner Bürowand.

„Machen Sie sich nichts draus, Chef. Henry Frottey ist nun mal ein Genie. Da kann keiner von uns gegen anstinken“, sagte der junge Polizist.

Sarim seufzte, drehte sich wieder zur Türe und fragte dann: „Warum sind Sie Polizist geworden, Paletos?“

Jakob schaute kurz verdutzt drein und antwortete dann: „Ich … ähm … um ehrlich zu sein, habe ich gehört, dass die Bezahlung ganz gut ist … und …“, er blickte zu Boden, „ich wollte schon immer die bösen Jungs fangen und einsperren.“

„Entscheiden Sie sich, Paletos.“

„Wie bitte, Chef?“

„Als Polizist können Sie entweder Geld verdienen oder die Bösen einfangen. Und jetzt lassen Sie mich allein.“

Der Kopf des Jungpolizisten verschwand aus Sarim Mosks Bürotür und dieser starrte verzweifelt auf die Akten auf seinem Schreibtisch. „Warum schmeiß ich den Job nicht einfach hin?“

Doch das hätte er nicht gekonnt. Es widersprach seiner Überzeugung, einen Job aufzugeben, nur weil er frustrierend war, schlecht bezahlt wurde und ihm keinen Spaß mehr machte. Schließlich war es seine Entscheidung gewesen, zur Polizei zu gehen. Da musste er jetzt durch. So was formt den Charakter. Er musste im Alter darauf zurückblicken können und stolz darauf sein, dass er es durchgehalten hatte, 40 Jahre seines Lebens an etwas zu verschwenden, das ihn unglücklich gemacht hatte. Schließlich bestand die Welt nicht nur aus Spiel und Spaß. Sarim Mosk ließ den Kopf auf die Schreibtischplatte sinken. „Das ist doch alles scheiße.“

Als Henry Frottey wieder zu sich kam, pickte eine kleine Rotte Huhnde an ihm herum. Der Huhnd war der neuste Schrei in der Welt der High Society. Inspiriert von der griechischen Mythologie war es Genforschern gelungen, einen Hund mit Hühnerkopf zu züchten. Das sah zwar alles andere als putzig aus, ließ sich aber gut streicheln und kläffte dank des Hühnerkopfes nicht so unangenehm wie ein vergleichbarer Schoßhund.

Der Privatdetektiv setzte sich auf. Niemand hatte bemerkt, dass er vor der Türe lag, oder zumindest kümmerte es niemanden. Er kraulte geistesabwesend einen der Huhnde am Kamm, erntete ein zufriedenes Gackern und überlegte, wie er am geschicktesten vorgehen sollte.

Er hatte zwar Horatio Strum nicht gefunden, aber könnte ja wenigstens behaupten, dass er gesucht hätte, zum Beispiel auf dem Jahrmarkt, und so einen Teil seiner Bezahlung einfordern.

Etwas steif stand er auf, streckte sich und klopfte an die schwere Flügeltüre. Sofort wurde ihm von einem Butler geöffnet. Ein älterer Herr, mit scharfen Gesichtszügen und Frack.

„Hat sich der Herr doch entschieden zu klopfen. Ich dachte schon, wir müssten den Kärcher holen, um ihn von den Stufen zu reinigen“, sagte der Hausdiener und musterte Henry.

Dieser musterte zurück, nahm den Hut ab und erwiderte: „Hat sich der Herr doch entschieden zu öffnen. Ich dachte schon, ich müsste ihn wegen unterlassener Hilfeleistung anzeigen.“

Der Butler rümpfte die Nase und machte ein schnaubendes Geräusch. „Keinen Cent bekämen Sie von den Herrschaften, das kann ich Ihnen versichern.“

„Normalerweise ruft man den Krankenwagen, wenn jemand auf der eigenen Türschwelle zusammenbricht.“

„Ach, seien Sie nicht albern. Sie sind doch bereits nach dreieinhalb Stunden wieder zu sich gekommen.“

„Sie haben dreieinhalb Stunden beobachtet, wie ich vor der Türe lag?“

„Nachdem wir Sie gefunden hatten!“

„Was?! Wie viel Uhr ist es?!“, fragte Henry und schaute nach der Sonne. Sie hatte den Zenit weit überschritten. Doch was mochte das wohl bedeuten, wunderte sich der Privatdetektiv. Seine innere Uhr ging nach, oder vor, je nachdem, von wo man draufguckte.

„Oh, das war ja abzusehen, Sie besitzen nicht einmal eine Uhr. Es ist 16:32 Uhr“, antwortete der Butler und blickte ihn abschätzig an.

Anscheinend hatte Henry ziemlich lange auf den Stufen der Strums gelegen. Jetzt wurde es langsam Zeit zu handeln, sprich sein Geld abzusahnen. Energisch versuchte er, sich an dem Diener vorbei in die Eingangshalle zu drängen, doch jener zog sich blitzschnell über seine weißen Stoffhandschuhe einen Gummihandschuh und hielt Henry entschieden zurück.

„Nicht so voreilig, Freundchen. Vor der Türe herumlungern ist eine Sache, hereinkommen eine völlig andere.“

„Pass mal auf, Pinguin. Ich wurde auf die Suche nach deinem verschollenen Herrn und Meister Horatio Strum geschickt und ich bringe wunderliche Kunde, also tritt zur Seite, Schurke, oder stirb durch mein Schwert!“ Henry setzte beim Bluffen auf die Taktik des zornigen Ritters. Was für eine wunderliche Kunde das sein sollte, würde er sich noch ausdenken müssen.

Plötzlich erklang ein Brüllen aus dem Haus: „Johann! Wer ist da? Was schwatzt du da so lang?“

„Einen Moment ... bitte“, sagte der Butler und lächelte gekünstelt. Dann wurde Henry die Türe vor der Nase zugeschlagen. Der Privatdetektiv stellte sich innerlich auf eine Rückblende, eine Erinnerungssequenz oder ein kurzes Intermezzo ein, um die Wartezeit zu überbrücken, da hier vor der Türe eh nichts passieren würde ...

...

...

...

...

...

...

...

...

…
…
…
…
…
…
…
…
…
…
…
…

Plötzlich flog die Türe wieder auf. Der Butler streckte seinen Kopf nach draußen. „Wie heißen Sie … bitte?“ Da war wieder dieses falsche Lächeln.

„Henry Frottey. Ich bin Privat…“

RUMS! Das Portal war wieder verschlossen. „…detektiv“, sagte Henry noch. Er setzte sich auf die Stufen aus weißem Marmor. Jetzt würde er wohl wieder warten müssen. Vielleicht kam ja nun ein interessanter Einschub …

…
…
…
…
…
…
…
…
…
…
…
…

…
…
…
…
…
…
…

Auf der anderen Seite der Stadt, in einer zwielichtigen Spelunke, nahm Messer-Ricardo in einer dunklen Ecke Platz. Bis auf den Barkeeper war er allein. Sogar die Straße war menschenleer. Nur ein einsamer Verkehrspylon hielt Wacht. Alles wirkte ungemein verdächtig …

Ruckartig wurde die Türe geöffnet und der Butler bat Henry Frottey mit einer großzügigen Geste herein. „Willkommen, Mr. Frottey. Treten Sie doch ein."

Der Privatdetektiv ärgerte sich, dass sein Name wie eine Tagesdecke klang und trat ein. Dieser seltsame Diener brachte ihn zur Weißglut. Er war ganz kurz davor, ihm ordentlich eine runterzuhauen.

Entschlossen trat er an ihm vorbei in die protzige Eingangshalle. Die obligatorische gigantische Treppe zu den oberen Stockwerken entpuppte sich bei näherem Hinsehen als Rolltreppe und mitten in der Halle stand eine gigantische Skulptur aus feuchtem Safran, die von acht Gewürzbildhauern ständig nachbefeuchtet und sogar gelegentlich ummodelliert wurde. Während der eine Teil noch Napoleon auf seinem Pferd zeigte, war die andere Seite schon zur Venus von Milo umgestaltet worden. Auch der Kamin war außergewöhnlich. Henry fiel auf, dass der Abzug nicht nach oben, sondern nach unten ging und gar keine Feuerstelle, dafür ein Eimer und eine Seilwinde vorhanden waren. Das war kein Kamin, sondern ein Brunnen, der sich als Kamin tarnte.

Oho, dachte Henry, wir sind wohl so reich, dass wir das Feuer hinter uns gelassen und uns stattdessen dem Wasser zugewandt haben. Nein danke, wir möchten keinen Kamin in unserer Eingangshalle, sondern einen Schacht zum Grundwasser.

Seht mich an, ich bin reich, ich baue ein Wasserloch in mein Haus, vielleicht versammeln sich ein paar wilde Tiere darum und wir können dann bei uns daheim Gazellen und Löwen beobachten, aber wir müssen ganz leise sein.

Wir dürfen kein Geräusch machen, damit wir sie nicht verschrecken, sonst flüchten sie in die oberen Stockwerke und verkriechen sich unter einem unserer eintausendfünfhundertsiebenundvierzig Betten. Pst! So ein Brunnen ist schon ein spannender Ort.

Wie friedlich hier die mächtigen Wildkatzen neben den Antilopen trinken. Wundervoll. Ein einmaliges Bild. Die majestätische Natur zeigt sich in ihrer ganzen Pracht versammelt am Wasserloch. Atemberaubend.

Vor einer Stunde noch haben sie den ewigen Kampf auf Leben und Tod ausgetragen, doch jetzt sind sie völlig ruhig. Zauberhaft. Wenn wir ganz still sind, können wir vielleicht noch etwas näher ran.

Ja, da! Ein Junges. Der König der Steppe, der mächtige Löwe, präsentiert sein Junges. Ist das nicht überwältigend? Und jetzt! Es geht zum Wasser und trinkt. Ist das nicht niedlich?

Wenn man daran denkt, dass aus diesem süßen kleinen Kätzchen eines Tages der unangefochtene Herrscher des Wasserlochs wird ... Da läuft einem ein kalter Schauer über den Rücken, nicht wahr? Majestätisch. Und doch tödlich. Einmalig.

Man darf sich nicht täuschen lassen, ein Löwe kann einen Menschen jederzeit nach Belieben verspeisen. So wie diesen einen Ranger ... Eine Minute unachtsam und – happs! ... Johnny ... Oh, Johnny! Warum? Du warst einer der besten Ranger in diesem National Park! Warum musstest du so früh von uns gehen? Johnny!

„Johnny!“, brüllte Henry Frottey und fiel in der Eingangshalle weinend auf die Knie. Er hatte sich, von seiner Wut über die schamlose Zurschaustellung von Reichtum beflügelt, in seine Wasserlochfantasie hineingesteigert.

Doch sofort wurde er wieder professionell, stand auf und fragte: „So. Wo geht’s jetzt hier zur Familie Strum?“

„Bitte hier entlang, der Herr“, sagte Johann. Er wies auf das Empfangszimmer zu ihrer Linken und geleitete den Privatdetektiv zur Türe. Dann öffnete er. Warum war dieser Diener auf einmal so entsetzlich freundlich? Hatte sein Herr ihm die Leviten gelesen? Ganz egal, Henry verachtete ihn.

Am anderen Ende des Raumes stand von ihnen abgewandt ein großer, alter Ohrensessel vor einem Kamin. Aha, nun sind wir also doch bescheiden genug für einen Kamin, dachte Henry. Diese Menschen besaßen so viel, er würde einfach das Doppelte seines üblichen Honorars verlangen, nur weil es möglich war. Wahrscheinlich verdiente sogar dieser Johann-Kerl mehr als er.

„Sie sind also Mr. Frottey, der berühmte Privatdetektiv, von dem noch niemand was gehört hat“, sagte die Stimme eines alten Mannes aus dem Sessel. Henry ärgerte sich, dass sein Name wie Bastelmaterial klang und trat etwas näher. Anscheinend saß der Sprecher sehr gebeugt in dem Sessel.

„Gefällt Ihnen mein Ohrensessel? Er ist ganz aus Nasenbärenleder gefertigt. Feinste Qualität. Fühlen Sie mal. Ich nenne ihn *Nadil.*“

„Wunderschön“, log Henry und machte keine Anstalten, sich weiter zu nähern. „Ich wurde beauftragt, Ihren Sohn Horatio zu finden. Leider komme ich mit schlechten Neuigkeiten zurück.“

„Ich weiß, ich weiß. Wir haben heute Morgen diesen Brief erhalten.“ Ein Fingerschnippen erklang aus dem

Sessel. Sofort eilte ein Diener herbei und überreichte dem Privatdetektiv einen geöffneten Umschlag. Er war mit Sorgfalt geöffnet worden. Henry musste an Lady _ denken und mit welcher Gelassenheit sie vom Verschwinden ihres Gatten gesprochen hatte. Unter Umständen hätte er vielleicht eine Chance bei ihr.

Er öffnete den Umschlag, holte den Brief heraus – das gleiche Recyclingpapier mit den ausgeschnittenen Lettern – und las vor:

„Sehr geehrter Herr Strum,

da es mir anscheinend nicht gelang, Sie von meinen Anregungen zu überzeugen, habe ich mir, wie angekündigt, die Freiheit genommen, die Seele Ihres Herrn Sohn über den Jordan zu senden und seine Überreste in Ihrem beachtlichen Anwesen zu verbergen.

Ich wünsche eine erheiternde Suche und verbleibe hochachtungsvoll

Ihr E. von E."

Henry Frottey sah auf. „Das erklärt natürlich, warum ich ihn in der ganzen Stadt nicht finden konnte. Es war generell schwierig eine Spur zu finden bei einem Entführer, der derart wenige Hinweise hinterlässt. Das recycelte Papier, der Uhupritt-Kleber, die Buchstaben aus einer bekannten Tageszeitung ..."

„Ich verstehe", sagte die Stimme aus dem Sessel. „Nun gut, wir benötigen jedoch weiterhin Ihre Dienste. Auch wenn unsere Diener das Haus von oben bis unten durchsucht haben, konnten sie Horatio doch nicht finden. Ich möchte ..."

In dem Moment flog hinter Henry die Türe des Empfangszimmers auf und ein alter, herrischer Mann stürmte hinein. Offensichtlich Adalber Strum, doch wer saß dann da in dem Sessel?

„Was ist denn hier los?“, fragte Adalber und blickte zwischen dem Detektiv und seinem Sessel hin und her. „Sie unterhalten sich doch wohl nicht mit meiner Einrichtung, oder?“

„Ähm, äh ... ich dachte, ich spreche mit Ihnen.“

„Nonsens!“, sagte der Alte. Er schnippte mit den Fingern, worauf zwei Diener herbeieilten und den Ohrensessel herumdrehten. In dem Möbel aus Nasenbärenleder saß zusammengekauert Lady _. Sie hielt sich die Nase zu und sprach in eine Blechdose. So war es ihr gelungen, die raue Stimme des Hausherrn zu imitieren und den Privatdetektiv zu täuschen. Ihre Augen waren verweint.

„Was geht hier vor?“

„Das wollte ich auch gerade fragen.“

Lady _ sprang auf und ging zu Adalber Strum herüber. „Das ist der Privatdetektiv, den ich engagiert habe. Henry Frottey.“

Henry ballte die Faust in der Tasche seines Trenchcoats und ärgerte sich, dass sein Name wie Kuscheltier klang. Er ging auf den Textilmagnaten zu. „Ich hab den letzten Tag damit verbracht, Ihren Sohn und seinen Entführer aufzuspüren und ja ... als das erfolglos blieb, habe ich auch die ganze Nacht durchermittelt, bis ich auf Ihrer Türschwelle zusammengebrochen bin. Ihr Butler kann das sicher bestätigen. Jedenfalls ...“

„Jedenfalls habe ich gesagt, dass ich nicht wünsche, dass nach ihm gesucht wird!“, unterbrach der Hausherr. Er sah dabei seine Schwiegertochter streng an.

„Aber wir haben Horatio immer noch nicht gefunden!“ Sie war den Tränen nahe. Henry verstand das nicht. In seinem Büro war sie noch so abgeklärt gewesen. Mit wem spielte sie hier ein falsches Spiel?

„Und ... und außerdem wurde der Detektiv schon bezahlt ...“, fügte sie hinzu und blinzelte zu ihm herüber. Er verstand. Sie wollte den Alten bei seinem Geiz packen. Da konnte er mitspielen.

„Ja ... hahaha ... das wurde ich ... ähhh“, sagte Henry, nickte übertrieben und holte einen Sack mit einem Euro-Zeichen darauf aus der Tasche. Er hielt ihn hoch, rieb sich dabei den Bauch und machte: „Mmmhh ... jamjamjam!“ Warum, wusste er selbst nicht so genau. Verunsichert blickte er zu Lady _ herüber, die ihn mit einem dieser „Willst du mich verarschen?“-Ausdrücke ansah, die Henry nur allzu gut kannte.

Doch die Geste schien ihre Wirkung getan zu haben. „Na gut, dann sucht ihn“, sagte Adalber Strum resigniert. Er ließ sich in seinen Ohrensessel fallen. Dann schnippte er kurz mit den Fingern, worauf er von den Dienern zum Kamin gedreht wurde.

Gemeinsam schritten Lady _ und Henry Frottey aus dem Empfangszimmer. Wie sie so davongingen, meinte der Privatdetektiv, ein leises Schluchzen zu vernehmen. Er sah zu seiner Begleiterin herüber. Ihre Augen waren zwar feucht, aber sie weinte nicht. Woher das wohl kam?

„Wir müssen Horatio finden“, sagte Lady _ plötzlich, als Henry gerade vollständig in seine Gedanken versinken wollte. Sie ging nun einen Schritt schneller und zog den Privatdetektiv hinter sich her.

„Warum?“, fragte er zurück. Vielleicht würde sie ja eine unerwartete Reaktion zeigen, die ihm Aufschluss darüber gab, ob sie tatsächlich um ihren verstorbenen Mann trauerte oder bloß so tat, ob Henry wirklich eine Chance hatte, bei ihr zu landen, oder ob alles vergebliche Liebesmüh war.

„Erstens fängt eine Leiche im Haus irgendwann an zu stinken und zweitens, vielleicht finden wir mit Horatio einen Hinweis auf seinen Mörder“, antwortete sie ohne sich umzudrehen. Spitze, dachte Henry, wir haben gemeinsame Interessen, wie zum Beispiel das Aufklären krimineller Mysterien. Darauf kann man aufbauen. Der Privatdetektiv beschloss, eine seiner althergebrachten Verführungstaktiken zu versuchen.

„Na, schöne Frau. Öfter hier?“, fragte Henry Frottey und zog dabei leger die Augenbrauen hoch, obwohl sie gar nicht in seine Richtung sah, sondern ihn weiter durch die Flure des Strum-Anwesens zog. Dann fiel ihm auch auf, dass sein Spruch absolut keinen Sinn ergab, und er schämte sich ein bisschen. Der Privatdetektiv machte eine gedankliche Notiz: Erst denken, dann becircen.

„Wir müssen jetzt wirklich Horatio finden“, sagte Lady _ mit Nachdruck. Ihr Gang wurde immer schneller. Wusste die überhaupt, wo sie hin mussten?

„Also, wenn wir ihn wirklich finden wollen, dann ist wie bekloppt durch die Gegend zu laufen schon mal der falsche Ansatz!“, meinte Henry und blieb abrupt stehen. Er ging sogar noch einen Schritt weiter und setzte sich auf den Boden. Hier half nur eins: scharf nachdenken und kombinieren.

„Ich ruf schon mal die Polizei, damit sie gleich die Leiche einsammeln können“, sagte Lady _ spöttisch, als sie Henry, in tiefe Meditation versunken, so herumsitzen sah. Doch der Privatdetektiv rührte sich nicht. Verunsichert holte sie ihr Mobiltelefon hervor.

Kuchengott Hassmilch humpelte durch die Innenstadt. Er kam gerade wieder von Doktor Visago. Jetzt verzerrte er bei jedem Schritt das Gesicht. „Das kann doch nicht wahr sein!“, brüllte er und blieb mitten auf der Straße stehen. Alle Autos fuhren um ihn herum und hupten und schimpften. Doch Herr Hassmilch zog weiter zwischen den beiden Fahrstreifen seine Schuhe aus. „Scheiße, was das drückt! Ich kauf mir jetzt neue Latschen! Ihr könnt mich doch alle mal!“ Selbst wenn er zu sich selbst murmelte, schrie Kuchengott wie der König der Choleriker, der er war. Barfuß verließ er schließlich die Fahrbahn, unter dem Applaus der anderen Verkehrsteilnehmer.

Seine großen Zehen pulsierten grau, als er endlich die Fußgängerzone erreicht hatte. Zielsicher taumelte er durch die Einkaufspassagen, dabei versuchte er, seine Zehen so wenig wie möglich zu belasten.

„Was zur Hölle?!“ Vor seinem Lieblingsschuhgeschäft hatte irgendjemand ein großes Tipi aufgebaut. Davor saßen sogar zwei Indianer – beziehungsweise zwei Schikargoer, die sich als Indianer verkleidet hatten. Der eine, ein Mann, gerbte gerade das Fell einer Taube und seine Gefährtin briet den Rest des Vogels über einem offenen Feuer.

„Wer ist hierfür verantwortlich?“, fragte Kuchengott Hassmilch lautstark. Er fixierte die beiden leicht breitbeinig und die Hände in die Hüften gestemmt – seine Wutbürger-Empörungshaltung.

Die Indianer sahen ihn verdutzt an. „Kleiner Racker glaubt, das Bleichgesicht meint den Häuptling“, sagte der Mann, er war genauso wenig gebräunt wie Kuchengott. „Rasierter Bär glaubt das auch“, stimmte die Indianerin zu, stand auf und klopfte an das Tipi. „Hier ist ein Bleichgesicht, das zu dir möchte, Häuptling.“

„Soll reinkommen“, klang es aus dem Zelt. Kuchengott Hassmilch drängelte sich an den beiden Pseudo-Indianern vorbei und betrat das Tipi. Das Innere der Indianerbehausung entsprach der stereotypen Vorstellung, die man von solchen Orten im Allgemeinen hat, weshalb Kuchengott beim Eintreten auch nicht so etwas sagte wie: „Oh, das hätte ich mir aber doch anders vorgestellt“, sondern eher so was wie: „He, Möchtegern-Indianer, dein Zelt versperrt die ganze Fußgängerzone. Also schaff das weg, aber z. z.!“

Der Häuptling drehte sich um, und als der Empörte ihn so sah, verengten seine Augen sich zu Schlitzen. Vor ihm stand ein etwas dicklicher Mann mit blasser, grobporiger Haut, rosigen Wangen und einer hässlichen Brille, einem Kassengestell aus den Achtzigern. Er trug die aufwendige, federverzierte Tracht eines indianischen Häuptlings. „Kenne ich dich nicht?", fragte Herr Hassmilch.

„Nein, woher sollte der weiße Mann den König der Indianer kennen?", antwortete der Häuptling.

„Heißt das nicht Häuptling?", fragte Kuchengott zurück.

„Ja, aber ich wurde befördert!", entgegnete der Indianerkönig und vergaß dabei kurz, seinen Akzent weiterzusprechen. „Ich meine, ich bin Häuptling Stronghorse Freeborn, König aller Indianer. Howgh!"

„Meinst du *Hau*?!" Herr Hassmilch sah den seltsamen Indianer verwirrt an.

„Häuptling Stronghorse sagt *Howgh!*, wie er es in Buch über seine Vorfahren las."

„Jetzt weiß ich, wer du bist!" Der Wutbürger zeigte mit dem Finger auf ihn und fasste sich an den Kopf, während es nun an dem Häuptling war, verwirrt zu gucken.

„Ach, echt? ... Stronghorse meint, Stronghorse hat weißen Mann noch nie gesehen."

„Doch! Wir sind zusammen zur Schule gegangen. Du bist Horst Schlabunski! Wir haben dich immer Stronghorst genannt, weil du Indianer werden wolltest, wenn du groß bist!" Kuchengott Hassmilch sah sich um und begann loszulachen.

Eine einzelne Träne rollte über die Wange des Indianers. Sein Blick war in weite Ferne gerichtet. „Geister der Vergangenheit rufen schmerzhafte Erinnerungen in das Gedächtnis von Häuptling Stronghorse Freeborn. Der weiße Mann bringt viel Leid und Kummer."

„Ach komm, Stronghorst, wir hatten doch 'ne Menge Spaß damals!", lachte Herr Hassmilch, der seine problematischen Zehennägel ganz vergessen zu haben schien.

„Erst wenn der letzte Traum begraben, die letzte Hoffnung genommen und der letzte Wunsch aufgegeben wurde, werdet ihr merken, dass Mobbing ein einseitiger Spaß ist."

Jetzt blieb Kuchengott das Lachen im Halse stecken. Er räusperte sich und meinte dann: „Ja, äh, schön, dass du deinen Traum verwirklicht hast … ähm … Hattest du nicht eine Ausbildung zum Zahnarzthelfer angefangen?"

„Abgebrochen", meinte Horst Schlabunski, setzte seinen Kopfputz ab und wiegte ihn in Händen. „Das hier ist jetzt alles, was ich habe. Mein Traum. Ach ja …"

„Was, ach ja? Läuft's nicht gut?"

„Na ja, das Ordnungsamt sitzt uns ständig im Nacken. Das konnten wir vorläufig dadurch regeln, dass wir uns als ganzjährige Karl-May-Festspiele angemeldet haben, aber jetzt stellt sich die McDonald's-Filiale quer, wo wir immer aufs Klo gehen und so weiter …"

Kuchengott Hassmilch schaute mitleidig drein. Die meisten Leute denken immer, wenn man erst mal seinen Traum lebt, sei alles Friede, Freude, Eierkuchen und erkannten selten, dass man auch eine Menge Unannehmlichkeiten in Kauf nehmen und ein paar Sachen sogar aufgeben muss.

„Aber wie finanziert ihr das Ganze denn, Stronghorse?"

„Wir leben von dem, was der große Geist uns gibt und … einer Panflöten-Band", sagte der Häuptling und zuppelte weiter an seinem Kopfputz. Kuchengott aber betrachtete ihn skeptisch.

„Ich dachte, die kommen aus Peru."

Sofort glitt Stronghorses Blick wieder in weite Ferne.

„Da der weiße Mann die Stämme meiner Brüder nicht unterscheiden kann … spielt das auch keine Rolle. Ach, das ist halt alles nicht so einfach, wie ich es mir vorgestellt hatte." Der Mann setzte sich und stützte seinen Kopf so unglücklich mit der Hand ab, dass sein Gesicht völlig zerknautschte.

„Und was willste jetzt machen? Aufhören?" Der Wutbürger setzte sich zu ihm.

„Niemals! Das ist alles, was ich habe. Wo soll ich denn hin? Nix gelernt. Keine Ausbildung. Nein, ich muss meinen Traum leben. Mir bleibt nichts Anderes übrig ... Das ist ja auch großartig und toll. Ich meine, ich kann das tun, was ich schon immer tun wollte. Wie viele können das schon? Aber zu wissen, dass ich es tun MUSS ...“ Horst Schlabunski brach ab und schüttelte den Kopf. „Ich will ja gar nichts Anderes machen. Das ist ja das Bekloppte. Trotzdem ist die Situation ja ganz schön alternativlos ... Was ist denn, wenn ich eines Morgens aufwache und gar kein Indianer mehr sein will? Ich glaube da zwar nicht dran, aber nur mal angenommen?“ Horst starrte auf den Kopfputz in seinen Händen.

„Du machst das schon“, entgegnete Kuchengott Hassmilch, da er zuerst nicht so genau wusste, was er sagen sollte, fügte dann aber hinzu: „Ist das nicht seltsam? Die meisten Leute merken gar nicht, wie viele Möglichkeiten sie haben, und machen dann irgendwas, was ihnen keinen Spaß macht. Du aber tust das, was dir Spaß macht, und merkst, dass du gar keine andere Alternative hast. Seltsam, seltsam.“

„Howgh!“, machte der Indianer und gemeinsam starrten sie auf den Boden des Tipis, gefangen in semiphilosophischen Gedanken, unfähig, eine Lösung zu finden oder weiter darüber zu kommunizieren.

„Ich muss dann auch mal wieder“, durchbrach Kuchengott die Stille und erhob sich. „Ich wollte noch ... Schuhe kaufen.“

„Weißer Bruder ist Häuptling Stronghorse und seinem Stamm immer willkommen“, erwiderte der Indianer. Er reichte Kuchengott Hassmilch zum Abschied die Hand, dann geleitete er ihn aus seinem Zelt.

Fast zwanzig Minuten rannte Kommisar Sarim Mosk durch das gigantische Haus der Familie Strum, gefolgt von einem kleinen Polizeitross. Eine junge Frau hatte vorhin in der Dienststelle angerufen und die Entführung und Ermordung ihres Ehegatten gemeldet. Sarim war sofort losgefahren. Jetzt waren sie kurz vor der Stelle, an der die Dame, die sie alarmiert hatte, auf sie wartete.

Mit rasantem Tempo bog Sarim um die letzte Ecke und …

„Ach du Schande, nicht der schon wieder“, entfuhr es dem Kommissar. Aus vollem Lauf heraus blieb er stehen. Vor ihm auf dem Boden saß Henry Frottey.

„Paletos, nehmen Sie Aussage und Personalien der jungen Dame da auf.“ Er deutete auf Lady _. „Ich … ich seh mich in der Zeit mal um. Alle anderen suchen nach der vermissten Person.“ Die Polizisten schwärmten aus, aber anstatt die Umgebung selbst in Augenschein zu nehmen, blieb Sarim Mosk an Ort und Stelle stehen und fixierte den reglos auf der Erde verharrenden Privatdetektiv.

„Was geht in deinem Gehirn dieses Mal vor?“, murmelte der Kommissar.

Jakob Paletos schritt zu der Frau herüber, die bislang geduldig gewartet hatte. Sie war etwas aufgelöst und den Tränen nahe. „Oh, bitte weinen Sie nicht“, sagte Paletos, fasste sie am Arm und reichte ihr ein Taschentuch. „Sie haben uns angerufen, nicht wahr?“

„Ja …“, schluchzte Lady _.

„Würden Sie mir Ihren Namen für unsere Unterlagen geben?“

„Natürlich. Maria _.“

„Sehr schön, und Ihr Nachname?“

„_“, sagte Lady _.

„Okay, wenn Sie sich jetzt nicht an Ihren Nachnamen erinnern können, ist das nach dem Schock völlig normal. Ich komme später noch mal darauf zurück.“

„Mein Name ist Maria _“, wiederholte Lady _ und machte eine nickende Kopfbewegung, um ihren Nachnamen anzudeuten.

„Also Maria Maria?“, fragte der Polizist verwirrt.

„Nein. Maria _“, nickende Bewegung, „ist mein Name.“
„Maria _?“, plapperte Paletos nach und imitierte sogar die Bewegung.
„JA!“
„Wie buchstabieren Sie _?“, nickende Bewegung.
„S, T, R, U, M, B, E, R, T“, buchstabierte die Dame.
„Was?!“ Offensichtlich verstand der junge Polizist nur Bahnhof.
Inzwischen hatte sich Kommissar Sarim Mosk zu Henry Frottey heruntergebeugt und sah ihm in die Augen. Der Privatdetektiv schien in einer Art Trance gefangen zu sein. „Wie beim letzten Mal“, murmelte Sarim. „Bestimmt fährst du gleich wieder wie von der Tarantel gestochen auf, schreist etwas Unverständliches und dann finden wir wieder irgendwo einen Elefanten.“

Henry Frottey saß völlig regungslos da, doch seine Gedanken rasten mit Wahnsinnsgeschwindigkeit durch seinen Schädel. Nur ein Gehirn, das sein Denken von grundlegenden Kategorien wie Raum, Zeit, Kausalität und Sinn befreit hat, kann Informationen derart schnell und weitreichend verarbeiten und Henry war Meister darin, seine Gedanken von Sinn zu befreien. Sein Credo lautete: „Erst wenn wir den Sinn hinter uns lassen, haben wir die Freiheit, alles zu tun, was uns der Kosmische Aal erlaubt. So sprach der Geheimrat: Unter einer Dattelpalme watteln Schachtelhalme in Achteln über Wachteln auf der Schachtelhalde, Friendo. Aber wer sind wir, den Kosmischen Aal in Frage zu stellen?“ Das war sein Motto.

Die Tatsache, dass sein Verstand in einem irren Tempo jede noch so nichtige Überlegung in jede nur mögliche, unmögliche und überunmögliche[9] Richtung spann, hinderte den Privatdetektiv freilich nicht daran, sich konzentriert durch den Wirbel seiner kombinatorischen Ima-

9 Anm. d. A.: Vergleiche Theorie der Überunmöglichkeit.

gination zu bewegen. Das genau war nämlich die Kunst. Sich einfach dem Wahnsinn hinzugeben, über 9000 Ideen gleichzeitig zu haben und sich von grundlegenden Konzepten des Denkens zu befreien, das konnte ja jeder, doch diese Mechanismen zur Überrätselung kriminalistischer Geheimerichkeiten und damit deren Wahrheitsfindung zu nutzen, das konnte nur der Privatdetektiv Henry Frottey.

Und das ging unter anderem in seinem Kopf vor:

»In einer neidischen Kindertagesstätte, die unter den Fußnägeln eines einäugigen Industrieschlossers namens Günther-Jaqueline wächst, malt die kindliche, astrale Projektion des Erfinders von Raumsprays, die wie Steine aussehen, ein Bild vom Perpetuum mobile des Käses.
An den Euter einer Kuh, welche den Sohn Gottes symbolisiert, ist eine Maschine angeschlossen. Diese veredelt die abgezapfte Milch zu Käse, wobei die Reibungsenergie vernachlässigt werden kann. Angetrieben wird die Maschine durch ein Laufband, auf dem die Kuh selbst steht, und über ein kompliziertes System aus Förderbändern gelangt der fertige Käse zum Mund des Rindes, wo er es nährt, damit es weiter Milch geben kann und der Kreislauf von vorne beginnt.
Im Kopf jener Kuh jedoch befindet sich ein katatonisches Fitness-Studio, in dem sich die Bodybuilder heimlich über Expressionismus unterhalten, wenn niemand hinguckt. Einer von ihnen hat eine Sporttasche dabei, die aber ganz haarig ist.
Im Inneren jener Tasche wiederum befindet sich ein graues Buch, grau vor Neid, das die Geschichte eines einäugigen Industrieschlossers namens Günther-Jaqueline erzählt. Dieser aber stellt sich vor, seine eigene Frau zu sein und eine Tupperdose zu öffnen und das vergammelte Wurstbrot der Ehre vorzufinden, für das schon so viele Morde begangen wurden.

Mit Margarine wurde auf die Wurst die Telefonnummer einer weisen alten Frau geschrieben, die im Stadion immer einen ganz bestimmten Mann trifft. Ein geheimnisvoller Mann, der hier nicht näher beschrieben werden kann, da er unter Umständen Gott selbst ist. Aber er hat auf seine Brust ein Haus tätowiert und in jenem Haus lebt Shaklety Mist. Das schnellste Rennpferd von ganz Denver. Doch jenes Pferd hat ein finsteres Geheimnis. Nämlich das Wissen um den Aufenthaltsort eines verfluchten USB-Sticks, auf dem die Koordinaten zu einer alten Höhle gespeichert sind.
Und in jener Höhle steht Henry Frottey mit dem linken Fuß in einem Eimer Götterspeise und erhält auf der Hochzeit von Reinhold Messner und dem Yeti einen Brief mit den Worten: „Ich bin Reinhold Messner und ich bin mehr Bart als Mensch. Dieser Brief enthält das, was du suchst." Der Privatdetektiv öffnet den Umschlag, aus dem der Verschollene entsteigt. Er flüstert ihm ins Ohr: „Meine Leiche findest du in …"«

Henry Frottey sprang auf und rief: „Horatio Strum befindet sich in der Nachttischschublade des achten Schlafzimmers der dritten Etage im Westflügel!"

Er wollte schon losrennen, als Lady _ sagte: „Aber … aber das ist mein Zimmer."

„Schnell!"

Ohne zu zögern rannte der gesamte Polizeitross hinter dem Privatdetektiv und der schönen Frau her, bereit, die sterblichen Überreste von Horatio Strum rechtzeitig zu erreichen, bevor irgendjemand auf die Idee kam, dass es überhaupt keinen Grund zur Eile gab.

Langsam betrat Kuchengott Hassmilch das Schuhgeschäft. Ein versonnener Ausdruck lag auf seinem Gesicht, doch als ihn die erste Verkäuferin ansprach, war er wieder ganz Wutbürger.

„Kann ich Ihnen helfen?“

„ICH BRAUCH SCHUHE!“

„Okay, okay, schreien Sie doch nicht so, bitte“, beschwichtigte die Verkäuferin. „Hier haben wir sehr schöne Herrenschuhe.“

„SIE MÜSSEN BLINKEN!“

„Wie bitte?“ Die Fachkraft sah ihn entgeistert an.

„BLINKEN!“

„Okay, wir haben Kinderschuhe ...“

„NEIN!“

„Was?“

„ES MÜSSEN HERRENSCHUHE SEIN!“

„Und blinken?“

„JA!“

„So was gibt es nicht.“

„AAAHHH!“

„Bitte schreien Sie doch nicht so!“ Die Dame wurde nun selbst leicht hysterisch.

„DANN GEH ICH WOANDERS HIN!“

„Blinkende Herrenschuhe gibt es nirgendwo!“

„NA GUT! Dann bleibe ich ... unter Protest!“

Kuchengott Hassmilch schritt die Regale ab ... unter Protest. Bald hatte er ein Paar gefunden, das seinen Schuhen glich. Er nahm es aus dem Regal, begutachtete es und sagte: „Größe 45 ... HABEN SIE DIE AUCH IN 47?“

„Sie schreien wohl immer, wie?“, stellte die Verkäuferin eine Frage, die rhetorisch war, und fuhr fort: „Da muss ich erst im Lager schauen.“

Gemäßigt schritt sie zu einem Hinterzimmer und kehrte bald darauf mit einem Karton in ihren Händen zurück.

„Ich hab hier Größe 46“, sagte sie und strecke Kuchengott Hassmilch die Schachtel entgegen. Dieser brüllte nicht los, doch seine Stimme zitterte wie ein Vulkan kurz vor dem Ausbruch.

„Oh! Das trifft sich aber gut! Denn in der Zwischenzeit habe ich mir alle meine Zehen abgeschnitten! Was soll das denn? Da kann ich ja auch in den Baumarkt gehen, nach einer Badezimmerarmatur fragen, und Sie sagen: ‚Ich hab hier Tapete'! Das ist ja wohl die Höhe!"

Der Verkäuferin fiel alles aus dem Gesicht. „Verlassen Sie sofort meinen Laden!", befahl sie. „Solche Leute wie Sie können wir hier nicht gebrauchen!"

„ABER ICH BIN NOCH GAR NICHT DAMIT FERTIG, MICH ZU EMPÖREN!", brüllte Kuchengott dann doch los.

„Verlassen Sie meinen Laden!", wiederholte die Verkäuferin und schob den unliebsamen Kunden zur Türe hinaus.

„NA GUT! ICH VERLASSE IHN ... UNTER PROTEST!"

Sie schlug hinter ihm die Türe zu, dass es eine Oma, die daneben stand, von den Socken riss. Ohne der alten Frau wieder aufzuhelfen stürmte die Verkäuferin zur Kasse. Eine Kollegin lehnte sich zu ihr herüber und bemerkte: „Das ist doch gar nicht dein Laden."

Sie sah ihre Kollegin mit zu Schlitzen verengten Augen an und sagte dann ganz leise: „Verlassen Sie meinen Laden."

„Wie bitte?"

„VERLASSEN SIE MEINEN LADEN!", brüllte die Verkäuferin noch einmal und schob ihre Kollegin ebenfalls zur Türe hinaus. Die alte Frau, die sich just in dem Moment wieder berappelt hatte, wurde von dem neuerlichen Türeknallen gleich wieder zu Boden gerissen. Doch auch das störte die Verkäuferin nicht. Mit stampfenden Schritten platzierte sie sich in der Mitte des Geschäfts, hob den ausgestreckten Zeigefinger Richtung Türe und schrie wie eine Opernsängerin am Höhepunkt ihrer Arie: „Hinaus!"

Aus allen Ecken krochen jetzt die Kunden, die sich aus Angst bisher verborgen gehalten hatten, und strömten zum Ausgang. Die alte Frau, die schon wieder versuchte aufzustehen, wurde einfach niedergetrampelt, bis sie zwischen den Fasern des Teppichbodens verschwand.

Die wütende Frau blieb alleine zurück und begann sofort damit, das Geschäft in handliche Einzelteile zu zerlegen.

Entschlossen öffnete der Privatdetektiv Henry Frottey die Türe, schritt durch das Schlafzimmer und öffnete mit einem „Ewolla!“ die Nachttischschublade. In dem hölzernen Rechteck lag fein säuberlich zusammengefaltet die Leiche von Horatio Strum. Ein erstauntes Raunen ging durch die Menge der Polizisten.

„Na, wer hat sich einen Finderlohn verdient, he?“, fragte Henry und grinste in die Runde, doch dann fiel sein Blick auf Lady _ und seine Mundwinkel herab. Er ging zu ihr herüber, um sich für diese Ungebührlichkeit zu entschuldigen, doch sie fasste ihn nur am Arm und flüsterte in sein Ohr: „Wir reden später“, dann verfiel sie in ein jammervolles Geheule.

Henry sah sich um, ob einer der Polizisten etwas bemerkt hatte, doch sie waren alle zu sehr auf die Leiche fixiert. Immer wieder verliehen sie ihrem Entsetzen durch Einwürfe wie „Boah, ey!“ oder „Mannomann!“ Ausdruck. Einfache Menschen, dachte Henry und wandte sich an den Kommissar. Der aber sagte nur: „Nicht so gut wie ein Elefant in einer Toilettenkabine, aber schon nicht übel.“ Wohingegen Jakob Paletos einfach nur mit offenem Mund dastand.

„Vielleicht möchten Sie dieses unglückliche Origami von Mensch herausnehmen, um ihn näher untersuchen zu können“, schlug der Privatdetektiv immer noch an den Kommissar gewandt vor. Jener wies zwei seiner Männer an, dies zu tun.

Vorsichtig holten sie erst die Schublade aus dem Nachttisch, dann den Mann aus derselbigen. Behutsam legten sie ihn auf den Boden und begannen damit, ihn sorgfältig auszubreiten. Jedes Mal, wenn sie ihn weiter entfalteten, knirschte und knackte es auf ekelerregende Weise. Paletos war schon wieder ganz grau um die Nase und Lady _ fiel sogar in eine waschechte Ohnmacht. Henry fing sie geschickt auf, was er sich als Punkt für sich anrechnete, obwohl sie das ja gar nicht mitbekommen hatte.

Auf der Erde lagen die Überreste von Horatio Strum. Erst jetzt erkannte man, dass er nicht nur gefaltet, sondern anscheinend auch vorher gebügelt worden war. Da hatte sich jemand wirklich Mühe gegeben, dachte Henry, dann stieß ihn seine überragende Beobachtungsgabe auf ein bemerkenswertes Detail.

„Was fällt auf, die Herren Polizisten?"

Henry Frottey konnte eindeutig erkennen, dass sich Kommissar Mosk über seine Bemerkung aufregte, aber bemüht war, die Fassung zu bewahren. „Was fällt uns auf, beziehungsweise uns nicht, aber Ihnen, Herr Privatdetektiv?", fragte er.

„Na schauen Sie mal auf den Hals des armen Teufels."

„Sind das Würgemale?", fragte einer der umstehenden Polizisten.

„Sieht ganz danach aus", meinte ein anderer. Ein allgemeines Gemurmel setzte ein.

„Er wird sich wohl kaum freiwillig zusammenfalten lassen!", warf Sarim Mosk scharf ein und beendete damit die Unruhe. In diesem Moment kam Lady _ wieder zu sich. Henry und sie sahen sich eine kurze Weile in die Augen, dann ließ er sie los und sagte: „So, machen Sie schön Ihre Untersuchungen, Herr Kommissar. Meine Aufgabe hier ist wohl getan."

Er drehte sich zur Türe und wollte schon gehen, als er sich noch einmal umdrehte, zwei Jutesäcke aus der Manteltasche nahm und hinzufügte: „Ach, was ich fast vergessen hätte, Lady _: Füllen Sie bitte diese beiden Säcke mit Geld. Das wird dann für mein Honorar plus Spesen und Finderlohn ausreichend sein.“

Lady _ tat wie ihr geheißen und Henry überlegte, wo er diese Würgemale schon mal gesehen hatte. Sie waren ohne Zweifel charakteristisch, aber für wen oder was? Was kümmerte es ihn eigentlich? Er würde sich damit befassen, wenn er dafür engagiert würde, sich damit zu befassen. Verdammt, jetzt hatte er gar nicht mitbekommen, wo sie das Geld eigentlich hernahm. Na ja, egal.

„Danke“, sagte er, nahm die Säcke entgegen und warf einen kurzen, inspizierenden Blick hinein. In dem einen lag obenauf ein Zettel, vermutlich eine Nachricht von Lady _. Er würde ihn später lesen. Fürs Erste hatte er genug getan.

„Ich finde es schon selbst raus. Gut Holz noch, Herr Kommissar!“ Der Privatdetektiv verließ das Zimmer und stieg in den Beutel eines der Hauskängurus, welches ihn vom Gelände hüpfte. Echt bequem, wie in den Zeichentrickfilmen, dachte er und bot dem Beuteltier an, ihn auch bis ganz nach Hause zu hüpfen. Dankend nahm es an. Wie gut, dass er die Sprache dieser Wesen beherrschte.

Nachdem dieser unsägliche Privatdetektiv verschwunden war, hatte Kommissar Sarim Mosk entlich die Muße, sich seinem Beruf zu widmen. Er bestellte den Gerichtsmediziner ein, untersuchte den Tatort und befragte einige der Angestellten. Kurz: Sarim Mosk leistete gute und ehrliche Polizeiarbeit – gute, ehrliche, größtenteils ergebnislose Polizeiarbeit.

Gerade wollte er sich der jungen Dame widmen, die gerade frisch verwitwet war, als ein Funkspruch über sein Walkie-Talkie einging.

„Zentrale an Kommissar Mosk. Bitte kommen. Krch!“

„Kommissar Mosk, ich höre. Krch!“

„Wir haben einen 4711 in der Innenstadt. Krch!“

„Ich kümmere mich gleich. Krch!“

„Verstanden. Krch!“

Lady _ hörte kurz auf zu weinen und fragte: „Einen 4711, Herr Kommissar?“

„Weibliche Person läuft in Parfümerie Amok.“

Ein erneutes Piepen klang durch das Funkgerät, gefolgt von der Stimme der Zentrale.

„Korrektur, Kommissar Mosk. Es handelt sich um einen 4811. Krch!“

„Verstanden. Krch!“

„4811?“

„Weibliche Person läuft in Schuhgeschäft Amok“, antwortete der Kommissar.

„Müssen Sie jedes Mal dieses Geräusch machen, wenn Sie ihr Funkgerät benutzen, Herr Kommissar?“

„Wie bitte?“

„Na, dieses *Krch*!“

„Ach so, das … Na ja, seit wir diese neuen Geräte mit Rauschunterdrückung haben, müssen wir das Geräusch halt selbst machen.“

„Aha.“

Kapitel 4: Coffee and Cigarettes with the Lady _

Seit gestern Nachmittag lungerte Messer-Ricardo nun schon in dieser zwielichtigen Spelunke herum, in der Hoffnung, Kontakte zur Unterwelt knüpfen zu können. Sein sehnlichster Wunsch war es, ein Schurke zu sein. Das war gar nicht so einfach, denn er wollte nicht irgendein kleiner Gauner sein, der Kindern den Lutscher klaut oder an der Börse das Geld anderer Leute verzockt.

Nein, Messer-Ricardo wollte ein Superschurke sein. Daher hatte er sich auch diesen schnittigen Künstlernamen zugelegt. Messer-Ricardo. Das klang nach etwas.

Um seine Identität zu verbergen, hatte er sich eine Maske aus Frischhaltefolie gebastelt. Darauf war vorher noch niemand gekommen, was ihm ein Alleinstellungsmerkmal in der Welt des Verbrechens garantierte. Die ersten Prototypen dieser Maskierung hatten bei längerem Tragen zwar noch zu Ohnmachten und leichten Erstickungsanfällen geführt, doch das Modell 2.0, das er auch jetzt im Moment trug, war von diesen Kinderkrankheiten befreit worden. Außerdem machte sie überraschenderweise seinen Teint glatt und ebenmäßig.

Messer-Ricardo bestellte sich seine vierunddreißigste Cola Light mit Eis und strich den Punkt „Zwei Morde begehen" auf seiner To-do-Liste ab.

Auch Henry Frottey saß in einer Bar. In Händen hielt er den Zettel aus dem Geldsack, durch welchen Lady _ ihn hierher bestellt hatte, aber erst in drei Stunden. Der Privatdetektiv war so aufgeregt, dass er viel zu früh das Haus verlassen hatte. Jetzt war ihm langweilig, doch er hatte etwas dabei, um sich zu beschäftigen.

Henry holte ein Kreuzworträtsel hervor. „Weibliches Haustier mit sieben Buchstaben. Der dritte Buchstabe ein E ...“ Er überlegte. Kreuzworträtsel waren ein schwieriges Mysterium. Die meisten Leute trugen einfach das ein, was passt, und verstanden nicht, dass es wichtig war, sich in den Rätselschreiber hineinzuversetzen, um herauszufinden, was er tatsächlich gemeint hatte. Hier war es relativ einfach. Weibliches Haustier mit sieben Buchstaben, der dritte davon ein E. Jeder Andere würde „HUENDIN“ schreiben, aber nicht Henry Frottey. Er wusste, was der Rätselator hören wollte.

„E H E ... FRAU ...“, schrieb er und schüttelte den Kopf ob dieses eindeutig frauenfeindlichen Kreuzworträtsels.

„Griechischer Meeresgott mit acht Buchstaben“ war dann dementsprechend „Aquamann“, wie es ja aus den vielen, vielen Comicbüchern bekannt war. Auch den größten Teil seiner literarischen Bildung bezog Henry aus Comics, zum Beispiel dem Lustigen Taschenbuch. Schillers „Räuber“ kannte er nur in einer charmanten Adaption mit den Panzerknackern.

„Fertig!“ Er hatte nun überall das eingetragen, was der Rätselschreiber sich eigentlich dabei gedacht hatte. Der Privatdetektiv schnitt das Rätsel aus, steckte es in einen Umschlag und schickte es an die Zeitung zurück, um an dem Gewinnspiel teilzunehmen. Sein Lösungswort war „Mlapb;tBirrr!“.

In einem düsteren Büro im Souterrain eines entlegenen Wohnhauses kam eine düstere Gesellschaft zusammen, um düstere Pläne zu schmieden. Sechs düstere Gestalten vor einem düsteren Schreibtisch und in einem Drehstuhl, den man ohne Weiteres als düster beschreiben könnte, saß eine ebenfalls düstere Gestalt und streichelte ein Schoßtier, welches ob der Düsternis nicht näher spezifiziert werden konnte.

„Yo Bitches, alle Vorbereitungen wurden getroffen, unserer krassen Übeltäterei mag sich nichts mehr hinderlich in den Weg stellen, ein erster prüfender Versuch ist nun der nächste Schritt, for real."

„Wer hat das gesagt? Es ist so …"

„Düster?"

„Ja. Ich seh keinen Ton."

„Contenance, Bitches! Wir sind hier nicht, um Possen zu reißen. Unser Evil Masterplan of Doom geht in die nächste Phase ein. Das Gerät ist präpariert für das first tryout, also findet ein geeignetes Ziel, auf dass wir unserer göttlichen Potenz gewahr werden."

„Was redet er von Potenz?"

„Halt die Fresse, treuer Vasall! Itzo streben wir ein erstes Opfer an, welches ein Symbol, ein Vorreiter der Jugend sein soll, Bitches."

„Warum noch mal?"

„ALTER! Die letzten Stunden war mein ganzes Bestreben nur darauf gerichtet, euch den super evil Masterplan zu verklickern und du, du Scheißkerl, tust mir das Unrecht, ja, die ehrenrührige Schmach an, meinen Worten kein Gehör zu schenken, du Dirne! Ich werd das jetzt nicht noch mal wiederholen, okay? Frage er jene, welche ihre Horchlappen aufgesperrt haben. Und jetzt sucht mir ein Opfer, ihr Opfer!"

„Chefboss, darf ich eine Frage stellen?"

„Selbstnatürlich … wenn es aber zum siebten Male die Frage nach dem bekackten Plan sei, so lasse ich ihn an den Füßen aufknüpfen, auf dass ihm das Blut in den Bumskopf fahre und dieser hart explodiere!"

„Wow, Boss, du bist echt krass drauf."

„Ja … ja … Auch wenn ich seit Jahren in den Genuss der Gegenwart meiner eigenen Wenigkeit komme, so liegt mir doch nichts ferner als der Umstand, mir selbst in einer spärlich erleuchteten schmalen Seitenstraße zu begegnen, weil ich so krass bin. Aber stelle deine Frage, Alter."

„Wo ist die Frau?"

„Die Schlampe hat auch einen Namen! Mich deucht, es mangelt ihm an Respekt, Homie. Sie führt einen wichtigen Auftrag aus und beschattet unseren ärgsten Feind, die Bitch."

Immer noch spielte Henry mit dem Zettel, auf dem Lady _ ihr Kommen angekündigt hatte. Gleich war es soweit. Was wollte sie wohl mit ihm besprechen? Würde der Privatdetektiv ein Stückchen mehr Klarheit über ihr Verhältnis zu ihrem verstorbenen Ehemann erhalten? Gott, war das spannend.

Er war nie besonders gut in amourösen Angelegenheiten gewesen. Meistens fing er an, dummes Zeug zu reden, wenn er sich mit einer hübschen Dame unterhielt. Sein Beruf brachte es mit sich, dass er vielen schönen Frauen begegnete, denn wie bereits erwähnt, gibt es in jedem Kriminalfall eine hübsche Frau.

Hinzu kam, dass die meisten seiner Affären unglücklich geendet waren, da er irgendwie ein bisschen mit seinem Beruf verheiratet war und die Damen einen Mann ungern teilen. Wer tut das schon? Das musste er zugeben. Doch seine Arbeit machte ihn glücklich und das ist ein seltenes Geschenk, welches der Privatdetektiv weder missen noch beschränken wollte.

Diese Lady Maria _ jedoch … die war ein wirklich heißer Feger, intelligent und stilvoll obendrein. Nur zu gerne würde er mehr Zeit mit ihr verbringen, denn auch wenn es abzusehen war, dass sie irgendwann auseinandergehen würden, so wusste Henry Frottey doch auch, dass die Liebe immer wundervoll war und sich unter allen Umständen lohnte.

Aber was dachte er an Liebe und dergleichen, er war sich ja noch nicht mal sicher, ob sie ihn überhaupt leiden konnte oder ob er nur ein weiterer Bediensteter in ihren Augen war. Eine schreckliche Vorstellung, wie er fand.

So in seine Gedanken vertieft, hatte Henry Frottey gar nicht bemerkt, wie sich Lady _ still und heimlich zu ihm an den Tisch gesetzt hatte. Als er aus seiner Trance zurückkehrte, tauchte sie für ihn wie ein Blitz aus heiterem Himmel, plötzlich, wie aus dem Nichts, ohne Vorwarnung, gänzlich unvermittelt, abrupt, sehr überraschend, jäh und ziemlich erschreckend vor seiner Nase auf. Vor Entsetzen fuhr er achtzehn Meter zurück, erkannte sie und setzte sich wieder auf seinen Platz.

Seine Magnum, das er reflexartig gezogen hatte, wollte er schon in sein Holster stecken, reichte es aber dann doch der Dame mit den Worten: „Hier, für Sie. Ich erinnere mich, dass Sie Eis mögen."

„Eismänner", lächelte sie.

„Natürlich", meinte Henry und steckte das Eis weg. „Wie kommt's, wenn man fragen darf?"

„Keine Ahnung", erwiderte sie und steckte sich eine Zigarette an. „Vielleicht war mein Vater Eismann, aber das kann man nicht wissen. Ich bin Waisenkind."

„Oh, was ein Zufall. Das bin ich nämlich auch", behauptete er.

„Stört es Sie gar nicht, wenn ich rauche?", fragte sie auf einmal. Er wurde nicht schlau aus dieser Frau. Warum ging sie nicht auf ihn ein? Wusste sie? Wusste sie was? Was wusste sie? Sie was wusste? Wer? Wussten die hier alle was in dieser Spelunke? War das ein abgekartetes Spiel und er mitten in die Falle getappt? Wie? Blieb Henry Frottey dumm oder würde sich das Mysterium dieser Frau aufklären? Langsam, Stück für Stück in einer spannenden und herzzerreißenden Geschichte, oder plötzlich und unvermittelt in einer kurzen Anekdote?

„Stört es Sie gar nicht, wenn ich rauche?", wiederholte Lady _. Sie lächelte ihn an. Gefiel es ihr, wenn er in Gedanken war? Fragen über Fragen, doch der Privatdetektiv musste noch mehr Fragen aufwerfen, damit das, was am Ende nicht mehr in Frage gestellt werden konnte, eine Gewissheit sein musste. Eine Gewissheit, die hoffentlich zu seinen Gunsten ausfiel.

Lady _ lachte ihn an und stellte ihm eine Frage: „Stört es Sie, wenn ich rauche?" Henry hatte nicht zugehört, da er aber nicht zugeben wollte, dass er das nun schon zum dritten Mal nicht getan hatte, lächelte er einfach und nickte und schüttelte den Kopf.

Sie blies Rauch Richtung Decke, dann lehnte sie sich zu dem Privatdetektiv über den Tisch. Ihr Blick suchte seinen und als sie sich fanden, sahen sie sich lange an. Ein schelmisches Lächeln huschte über sein Gesicht. Sie erwiderte es. Was mochte das bedeuten? Wurde hier etwa Zuneigung ausgedrückt, oder spielte sie nur mit ihm? Derart charakterstarke, selbstbestimmte Frauen faszinierten den Privatdetektiv.

„Ich sage es geradeheraus", begann Lady _. Rauch stieg auf. „Sie gefallen mir, Henry. Ich mag Ihre, nennen wir es mal, versonnene Art. Sie sind ein faszinierender Mann und ich würde es sehr begrüßen, wenn wir uns auch in Zukunft weiter sehen könnten." Sie schenkte ihm ein Lächeln.

„Aber was ist mit ihrem Exmann?", wollte Henry fragen, wurde aber stattdessen einfach nur grau. Auch, wenn ihm diese direkte Art zusagte, war er doch gerade ziemlich eingeschüchtert. Der Privatdetektiv nickte heftig und sagte: „Das würde auch mir sehr gefallen, doch so unendlich leid es mir tut, ich muss nun fort. Ein wichtiger Fall, Sie verstehen. Ein verrückter Wissenschaftler hat eine Katze in eine Kiste gesteckt und jetzt weiß niemand, ob sie tot oder lebendig ist. Bis bald. Ich freue mich schon. Tschüss."

Mit einem Affenzahn stürmte Henry Frottey aus der Kneipe und rannte dabei fast einen Burschen um. Jener musste wohl ein bisschen lebensmüde sein, denn er trug eine Maske aus Frischhaltefolie. Ein Selbstmordversuch? Doch Henry hatte keine Zeit für derlei Kinkerlitzchen. Er musste fliehen. Vor der hübschen Frau, die er mochte und die ihm gerade gestanden hatte, dass sie ihn auch mochte. Was konnte er anderes tun?

Lady _ blieb noch eine Weile regungslos sitzen. Dann nahm sie den Zettel auf, den der Privatdetektiv liegen gelassen hatte. Eine Handynummer. Sie lächelte, faltete das Stück Papier sauber und steckte es ein.

Zur selben Zeit im Mehrzweckraum eines evangelischen Gemeindezentrums traf sich die Äußerst geheime Gesellschaft zur Lobpreisung des Kosmischen Aals[10,11]. Sie waren ein ungrau zusammengewürfeltes Grüppchen aus Esoterikern, Mystikern und anderen astral und transzendental empfindsamen Menschen, die in einem etwa tausend Jahre alten Tonkrug aus der Nähe von Bremerhaven die Ostfriesischen Evangelien entdeckt hatten.

Diese Schriftrollen enthielten neben den ersten bekannten Ostfriesenwitzen die Aufzeichnungen eines Mönches namens Bruder Fiete, der recht detailliert die Wiederkehr der Dreieinigkeit aus Gott, Jesus und dem heiligen Geist in Form des Kosmischen Aals prophezeite, welcher durch die Vereinigung nicht nur unendliche Macht und Wissen bar jeder Paradoxien erhielt, sondern auch ein bisschen verrückt wurde.

Dies war die Grundlage einer wirren Pseudoreligion, die sich neben den originellen Lehren hauptsächlich dadurch auszeichnete, dass ihre Anhänger fast ausschließlich von Aal lebten, da alle anderen Tiere als unrein galten. Es heißt „fast ausschließlich", weil es allerdings ein kompliziertes Ritual des koscheren Unterwasserschlachtens gab, das eine mystische Reinigung zum Beispiel eines Hühnchens von dessen Nichtaalheit bewirkte. Hinzu kamen

10 Anm. d. A.: Kurz: ÄgGzLdkA. Durch schleifende Aussprache wurde aus der Abkürzung im Laufe der Zeit eine Art Eigenname: die Exzeldika.

11 Anm. d. V.: Im Folgenden daher Exzeldika genannt.

einige relativ unsinnige Vorschriften, wie man sich gottgefällig die Haare wusch oder wie man sich ein Marmeladenbrot zu schmieren hatte.

Die Exzeldika hatte sich zu einem konspirativen Ritualkreis zusammengefunden. In komplizierten und ziemlich albernen, sich windenden Bewegungen tanzte der ganze Kreis gegen den Uhrzeigersinn. Dabei sang der eine Zaubersprüche, der andere sagte Gebete auf und wieder andere erzählten einfach bloß Witze. Diese Zeremonie diente dazu, den Kosmischen Aal zu unterhalten und zum Lachen zu bringen, damit sein Zorn nicht auf sie herniederfuhr, denn er war ein gnädiger, aber sehr rachsüchtiger Gott, da er, wie bereits erwähnt, ein bisschen verrückt war.

Als man der Ansicht war, dass der humoristische Höhepunkt des Rituals erreicht war, trat ein Mann in die Mitte. Er war leicht schief gewachsen und knorrig, wie eine alte Kiefer. Sein Name war Rüdiger Aaloplop und er war der Aalschamane der Exzeldika, außerdem war er Geomant[12] und Käseflüsterer[13].

„Was ist uns're Wahl?“, stellte Schamane Aaloplop die rituelle Frage.

„Aal! Aal! Aal!“, gaben die Mitglieder der Exzeldika die rituelle Antwort.

„Es gibt nur eine Borussia?“, stellte Schamane Aaloplop die rituelle Frage.

„Kosmischer Aal!“, gaben die Mitglieder der Exzeldika die rituelle Antwort.

„Remoulade unseren Seelen“, schloss Rüdiger die Zeremonie und fuhr dann fort: „Liebe Brüder und Schwestern im Aal, im Rahmen unseres Sektiereraustauschprogrammes habe ich heute einen besonderen Gastprediger mitgebracht. Ich habe ihn gestern auf dem Jahrmarkt getroffen und ich muss sagen, er hat mich wirklich begeistert. Er teilt zwar weder unsere Ansichten noch unseren Glauben,

12 Anm. d. A.: Eine Art Erdzauberer.
13 Anm. d. A.: Eine Art Verrückter.

aber gerade das ist ja der Sinn des Sektiereraustauschprogrammes. Andere Perspektiven kennenzulernen. Wir sind ja auch ein ziemlich ungrauer Haufen, wenn ich das so sagen darf. Doch genug der Worte. Tritt bitte vor."

Aus dem Halbdunkel in der Ecke des Raumes trat der Weltuntergangsprediger. Er wirkte ein bisschen irritiert, doch ging er sicheren Schritts auf die Exzeldika zu.

„Bitte", sagte Rüdiger Aaloplop und bedeutete ihm, in die Mitte zu kommen.

„Hallo … ähm … ja, Ehre dem Kosmischen Aal."

„Remoulade unseren Seelen!", antworteten die Brüder und Schwestern.

„Ja, also", der Weltuntergangsprediger machte eine kurze Denkpause und sagte dann: „Als kleiner Junge bin ich häufig in die Kirche gegangen worden … mehr oder weniger freiwillig. Allerdings hab ich mir alles gemerkt, was da gesagt wurde, und die Quintessenz in einer einzigen Predigt zusammengefasst. So höret, was ich euch sage:

Liebe Gemeinde … blabediblubb, blabla! Jacken tacken umpalumpa bibedibabedi BUH!
Lasset mich lesen aus dem dritten Brief, den Paulus an seine Mutti schrieb: ‚Liebe Mama, mir geht es gut. Das Essen schmeckt und die Sonne scheint. Wir waren im Zoo und ich habe einen Flamingo gesehen. Er hatte ein Holzbein, aber es war ihm peinlich, denn er hat es nicht gezeigt.'
Siehe, denn ich ward verwandelt in ein Butterbrot mit Roboflügeln und nur einem Nasenloch und mein Blut ward Wein, ein halbtrockener Riesling, der leicht korkt. Und sie brachen das Brot und aßen, da es mein Laib war, und sie sprachen: ‚Urabkalaberbla?'
‚Faselblubberbla, weiß auch nicht.' Soweit das Wort.
Was soll uns diese Botschaft des Herrn bedeuten, liebe Brüder und Schwestern? Nun, lasset es mich so sagen: Nana nana nana nana BATMAN!
An anderer Stelle heißt es da, du sollst nicht jingahinga

dorgin! Der gerechte Zorn kommt über die, die schnuppsiwuppsi heiddeidi und in Sünde leben, denn so spricht der Herr: ‚Humba, humba, humba, täteräää!'
Liebe Gemeinde, aber sind wir denn nicht alle ramalama ding ding dong? Steckt nicht in jedem von uns ein awopbabaloobap aalopbambum? Natürlich, darum wenden wir uns an den Herrn Jesus, der da schnabbel wabbel Eiersalat Toastbrot.
Und da steht weiter, der Sohn Gottes scharte einen Ring aus zwölf Jüngern um sich. Einen Ring, sie zu knechten, sie alle zu finden, ins Dunkel zu treiben und so fort.
Es begab sich aber zu der Zeit, da die Israeliten auszogen gen Disneyland, da ihre Esel müde waren und die Väter der Esel und deren Väter Esel und deren Mütteresel, denn so schrieb Paulus an die Sachsen: ‚Und sind eure Reittiere müde, so sollen sie ruh'n. Sind ihre Hufe aber nicht gespalten, so sollen sie Salami sein und ihre Kinder und Kinderkinder bis auf die dritte Generation.'
Da ward ein großer Jammer und ein Klagen unter den Menschen. Sie warfen die Arme gen Himmel und riefen: ‚Herr! Aber! ... Aber Heitschibummbeitschi!'
Und siehe, die Wolken taten sich auf und vom Himmel droben klang die Stimme des Herrn zu ihnen herab: ‚Zieh deine Schuhe aus ... Denn nur heute sind modische Damensandalen im Sonderangebot! Schlagen Sie jetzt zu. Nur solange der Vorrat reicht!'
Liebe Gemeinde, hier könnte Ihre Werbung stehen. Darum sage ich jedem Einzelnen von euch: Gehe hin und wecke den Tiger in dir! Ich rufe euch zu: Hyper! Hyper! Und verkündige euch: I like to move it, move it!
Zögert also und fürchtet euch nicht, denn wenn der heilige Geist über euch kommt, who you gonna call? GHOSTBUSTERS!
Wahrlich! Wahrlich, ich sage euch, es ward ein Bibabutzemann, der da ging in unserm Kreis herum.
Widebumm, widebumm, widebumm!

Dessenthalben sie saßen bei dem letzten Abendmahle, wandte sich Jesus Christus an seine Jünger und sprach: ‚Expecto Patronum!'
Und darob sie ihn nicht verstanden, machte ihnen der Sohn Gottes ein Gleichnis: ‚Meine Brüder – $f(x) = x^2+2x+4$.'
Lasset mich lesen aus dem nächsten Testament, in welchem Jesus zurückkehrt und alles kaputtkloppt. So schreibt da sein Cyberjünger Skrillex: ‚Wob wob wob wobwobwob wob wob! RRRRRR!
RRRRRR! RRRRRR!'
Und es ward der Wecker des Herrn, der uns da rief zum Frühstück, denn das Buffet war nur von halb sieben bis halb zehn geöffnet.
Ich möchte schließen mit den Worten des heiligen St. Martin, der da so treffend erkannte: ‚Rabimmel, rabammel, rabumm! Mein Licht ist aus. Ich geh nach Haus.'"

Erschöpft ließ der Weltuntergangsprediger die Arme sinken. Sein Vortrag war nicht lang, aber intensiv gewesen. Mit zahlreichen Gesten, Mimik und ordentlich Radau hatte er seine Worte untermalt, jetzt schaute er in die Gesichter der Exzeldika um ihn herum, die ihm anerkennend zunickten, und ein paar applaudierten sogar.

Aalschamane Aaloplop trat zu ihm in die Mitte des Kreises. Er legte ihm eine Hand auf die Schulter und lächelte ihn an.

„Das war schön. Sehr schön. Das kann man jetzt ja auch so und so verstehen. Gefällt mir", sagte der Schamane. Er lächelte immer noch.

„Jaja …", erwiderte der Weltuntergangsprediger nur.

„Ja, möchtest du noch mit uns beten?"

„Och, macht ihr mal. Ich guck mir das erst mal an und setze dann vielleicht später ein."

„Alles klar."

Die Brüder und Schwestern der Exzeldika, die sich mittlerweile ein bisschen zerstreut hatten, nahmen wieder ihren Platz im Ritualkreis ein. Gemeinsam stimmten sie ihr Glaubensbekenntnis an, welches der Überlieferung nach der Kosmische Aal selbst verfasst hatte:

„Kosmischer Aal, der du reitest den Schimmel,
Gereinigt werden deine Arme,
Dein Scheich sonne, deine Grille gestehe,
So wie auf See, so auf Erden
Unser tägliches Boot gibt uns Bräute
Vergib uns unsere Schulden
So wie Peter Zwegat uns vergibt
Und rühre nicht die süße Versuchung
Sondern entblöße dich vor dem Dübel
Denn dein ist der Teich und der Saft und die Bärtigkeit
Lass mal wieder was von dir hören
In Klebrigkeit
Aal!“

Als Henry Frottey zuhause ankam, blieb er erst mal vor der Türe stehen. Aus Spaß klingelte er an seiner eigenen Klingel – Büro. Hihihi, was, wenn jemand öffnen würde? Wer würde in seinem Büro auf ihn warten? Wie wäre der da reingekommen? Einbrecher würden nicht die Türe öffnen. Ach, es würde ja so oder so niemand aufmachen.

Plötzlich summte der Öffner und Henry erschrak. Da war ja tatsächlich jemand! Wie konnte das sein? Verwirrt ging er hinein.

Es hatte doch außer ihm keiner einen Schlüssel. Es war auch gar nicht sein Geburtstag, sodass eine Überraschungsparty ausschied. Was, wenn er selbst in seinem Büro auf sich wartete? Vielleicht sein Zukunfts-Ich. Gespannt erklomm er immer schneller die Stufen zur ersten Etage.

Henry Frottey erhob sich von seinem Schreibtisch. Da hatte doch jemand geklingelt. Wer würde ihn wohl besuchen? Er erwartete jedenfalls niemanden. Es war zwar nicht sein Geburtstag, was eine Überraschungsparty aber nicht entgültig ausschloss. Doch wer mochten die Gäste sein? Auch könnte er sich wohl kaum selbst besuchen, das ergab ja keinen Sinn. Gespannt betätigte er den Haustüröffner und setzte sich wieder hinter seinen Schreibtisch. Wer wollte da zu ihm?

Mit jeder Stufe, die Henry erklomm, war er sich sicherer, dass nur er selbst sich hereingelassen haben konnte. Vermutlich war eine zukünftige Version von ihm durch ein Wurmloch oder so zurück in Henrys Gegenwart gepurzelt und war jetzt ein bisschen verwirrt, dass er sich in der Vergangenheit befand. Er würde sich erst mal einen Kakao zur Beruhigung machen. Oder besser gleich zwei, damit er auch noch einen trinken konnte. Zeitreisen kamen schon manchmal vor, aber mit erhöhter Wahrscheinlichkeit an Freitagabenden und in Bars. Im einen Moment war es noch die Nacht auf Sonnabend und im nächsten wachte man am Sonntagmorgen auf. Offensichtlich war man durch die Zeit gereist … Zeitreisen bereiteten Henry Kopfschmerzen. Wenn es also so herum ging, warum dann nicht auch anders rum? Ja, er war sich absolut sicher, dort oben wartete er selbst aus der Zukunft auf sich und hatte vermutlich einen ziemlichen Schädel.

Immer noch wartete der Privatdetektiv geduldig in seinem Sessel auf den geheimnisvollen Einlassbegehrer. Würde er sich als ein Hereinkommer entpuppen, oder handelte es sich bei ihm um einen Imhausflurbleiber wie den Postboten? War er gar ein Davonläufer? War das Ganze nur ein Klingelstreich? Das Einzige, was er sicher sagen konnte, war, dass er offensichtlich nicht selbst im Treppenhaus herumgeisterte, was ja logisch war, immerhin saß er hier. Oder? Kurz betastete er seine Gestalt. Ja. Ganz offensichtlich.

Draußen hatte Henry die erste Etage erreicht. Keiner hatte einen Schlüssel, Einbrecher machen nicht auf und sein Geburtstag war erst im März. Er hatte sogar darüber nachgedacht, ob Lady _ sich vielleicht Zutritt verschafft hatte, doch er hatte sie ja gerade erst in der Spelunke getroffen. Nein, die einzige sinnvolle Möglichkeit, die blieb, war, dass er sich selbst in seinem Büro vorfand.

„Poch! Poch!“, behauptete die Bürotüre. Henry Frottey sah auf.

„Poch? Poch?“, fragte er zurück.

„Poch! Poch!“, insistierte die Türe.

„Na dann“, meinte der Privatdetektiv, erhob sich von seinem Platz und öffnete das hölzerne Portal. Draußen stand er selbst und blickte sich skeptisch an. Wie konnte das sein?

Dann fiel es ihm wie Schuppen von den Augen. Er hatte den Spiegel geöffnet – nicht die Türe! Das erklärte alles! Die ganze Geschichte zuvor musste er sich ausgedacht haben, um die paradoxe Situation zu erklären, plötzlich in sein eigenes Antlitz zu blicken. Das Klingeln hatte er sich wohl eingebildet, wie es ja manchmal der Fall ist. Das Pochen allerdings war eine gemeine Lüge der Türe gewesen. Alles ganz einfach zu verstehen, wenn man mal darüber nachdachte.

Beruhigt setzte sich Henry wieder hin. Zweimal sich selbst zu denken, hatte seine Fantasie angestrengt. Jetzt brauchte er erst mal Ruhe. Er erinnerte sich an sein Date mit Lady _ und ein Lächeln huschte über sein Gesicht. Das war doch recht gut gelaufen. Dann summte sein Mobiltelefon.

Unten vor der Haustüre stand ein Mann in Hut und schwarzem Anzug. Er rückte seine Sonnenbrille zurecht und sagte: „Scheint wohl nicht da zu sein."

Der Unbekannte bückte sich und legte ein graues Päckchen vor den Eingang. Verstohlen blickte er sich um, was man aber wegen seiner Sonnenbrille nicht erkennen konnte, stellte das Revers seines Anzugs hoch und schritt enteschlossen davon.

Kapitel 5: Bang! Bang! Mord! Mord!

Als Henry Frottey am nächsten Morgen vom Brötchenholen kam, regnete es Katzen. Der Wetterbericht hatte recht behalten, denn das war schon irgendwie heiter, wie es da so vom Himmel heruntermaunzte.

Vor seinem Haus sah er, was die Ursache für diese meteorologische Unwahrscheinlichkeit war. Die Wohnung der alten Mrs. Cadladi war vollständig aus dem Gebäudekomplex herausgesprengt worden. Er wollte gerade vortreten, um der Polizei seine Hilfe anzubieten, als ein Mann im schwarzen Anzug mit Hut und Sonnenbrille vor ihn trat. War das nicht der Typ in dem Auto, der ihn einfach mitnehmen wollte ein paar Tage zuvor?

„Passen Sie mal auf, Sie Privatspinner, Sie. Das Päckchen war für Sie bestimmt und nicht für Ihre Nachbarin", zischte ihn der unbekannte Mensch an. „Nehmen Sie eigentlich jemals Ihre Post selbst entgegen, Herr Frottee?"

Henrys Zorn kannte keine Grenzen. Dieser Kerl hatte doch tatsächlich die Frechheit besessen, ihn „Frottee" zu nennen! Sag mal, geht's noch?! Sein Nachname war „Frottey" und nicht „Frottee", dachte Henry und ärgerte sich, dass sein Name wie Jogginganzug klang.

Ohne eine Antwort zu geben, ihn vorzuwarnen und mit einer irren Geschwindigkeit schlug der Privatdetektiv diesem Frechdachs im Anzug kurz auf jeden der sieben K.-o.-Punkte seines Körpers. Sein Gegner schrie noch einmal auf. Nicht vor Schmerz, sondern vor Überraschung. Dann war der Kampf vorbei.

Der Privatdetektiv hatte das Chi[14] des Unbekannten temporär blockiert, was zu einer sofortigen Ohnmacht führte. Hätte Henry härter zugeschlagen, würde sich das Chi anstauen, was schlussentlich dazu führen würde, dass sein Gegner explodierte. Doch er hatte nur leicht gehauen. Der Chi-Fluss würde sich nach ein paar Stunden normalisieren und der Unbekannte mit einem ausgeruhten Gefühl wieder erwachen. Henry fand es sehr wichtig, dass, wenn man schon jemanden verprügeln musste, dieser jemand sich hinterher besser fühlte als vorher. Eine entsprechende Kampftechnik wurde nur von altruistischen Tiefseemönchen aus Tibet gelehrt, bei denen er eine Ausbildung zum Unterwasserninja gemacht hatte. Das Unterwasser-Ninjutsu war eine seltene Kampfkunst, die es einem nicht nur ermöglichte, altruistische Schläge zu verteilen, sondern einem auch die Macht verlieh, sich Unterwasser lautlos fortzubewegen.

Von dem Schrei aufgeschreckt drehten sich einige der Polizisten um und suchten nach einem Schuldigen. Henry reagierte sofort.

„Ich hab alles genau gesehen! Der Alte da hat einfach so auf den armen Mann hier eingeprügelt … mit seiner Gehhilfe!“, brüllte er und deutete mit ausgestrecktem Zeigefinger auf einen Rentner, der unbeteiligt unter den Schaulustigen stand.

Die Polizisten schauten zwischen dem wehrhaft dreinblickenden Privatdetektiv und dem verdutzten Opa hin und her. Anscheinend wägten sie ab, wen sie nun verhaften sollten. Die Entscheidung fiel rasch und zu Ungunsten des alten Mannes aus.

Dein Freund und Helfer, dachte Henry und entfernte sich vorsichtig aus der Situation. Nach Hause konnte er also erst mal nicht mehr. Was sollte er nun machen? Be-

14 Anm. d. A.: Wahlweise auch das Chakra. Das kommt im Endeffekt auf dasselbe raus. Nur wird Chi von OpenOffice nicht als Rechtschreibfehler erkannt.

waffnet mit einer Tüte Brötchen stapfte der Privatdetektiv los. Wohin auch immer. Es war ihm egal.

„Hände hoch! Das ist ein Überfall! ... Nee. Das ist es nicht ... Haltet ein, leert eure Taschen und überlasst mir euer Hab und Gut, oder sterbt mit eurem Gold! ... Nee, auch nicht! Boah, ist das schwer! Morden war leichter, ey!"

In einer dunklen Seitengasse übte Messer-Ricardo den klassischen Überfall. Er fuchtelte mit seinem Messer durch die Gegend und drohte imaginären Opfern. Überall lagen zerfetzte Müllbeutel herum, an denen er seine Messerstechertechnik perfektioniert hatte.

„Boah, wie lange muss ich noch?" Er blickte auf seinen Stundenplan. Da stand noch für die nächste halbe Stunde: Überfallologie.

„Scheiße, ey." Er hatte den Stundenplan selbst gemacht. Messer-Ricardo war nicht der Hellste ... ach was, er war dumm! Strunzdumm! Richtig, richtig dumm! Messer-Ricardo war nur darum nicht arbeitslos, weil er Hausmeister war ... in seiner eigenen Wohnung!

Aber er war stark. Er besaß eine enorme Kraft, die man ihm nicht ansah, weil er klein und schmächtig war, aber was waren schon Äußerlichkeiten?

Außerdem wusste er, was er wollte und konnte mit dem Messer umgehen. Hätte sich ihm eine Kuh in den Weg gestellt, er hätte sie entzweigesäbelt und wäre mittendurch gegangen. Ohne Fragen zu stellen. Welche Antworten hätte ihm die Kuh auch geben können.

Er setzte sich in den Schmutz neben die Müllcontainer und schmollte. „Doofe Überfallscheiße, Mann! Aber heute Abend ... heute Abend schlag ich wieder zu! DOPPELMORD!", brüllte Messer-Ricardo. Einige Tauben flogen auf. Sie wussten, wie man Stimmung erzeugt.

Nachdem Henry Frottey den Brötchen eine Stadtführung angedeihen lassen, sie dann aus Langeweile alle gegessen und einen Huhnd gesehen hatte, enteschied er sich dazu, durch die Fußgängerzone zu flanieren.

Die Straßen waren von Menschen durchflutet. Überall wurde gedrängelt, überholt und geschoben. Was war das denn hier so voll auf einen ... ähhh ... Mittag. Welcher Tag war heute? Er wusste es nicht. Was war denn da vorne los?

Das Gedränge schien immer dichter zu werden. Irgendetwas musste da passiert sein. Vielleicht war irgendwo ein Sale oder ein schrecklicher Raubüberfall oder das Drehorgel-Äffchen eines Straßenmusikanten hatte einer Passantin wieselflink eine Flasche WC-Ente aus der Einkaufstasche gemopst, sie schluckspechtartig auf einen Zug geleert, war wie ein kleiner Tanzbär herumgetapst, hatte der Passantin dann vor die Füße gereiert, um im nächsten Moment panthergleich auf sie zuzuhechten, abzuprallen und sich einzuigeln, doch die Passantin hatte das Gedächtnis eines Elefanten und darum den Angriff nicht vergessen, sie wurde zickig, ging animalisch auf das arme Tier los und prügelte dem Äffchen eine Hasenscharte ins Gesicht. Dann eskalierten beide völlig.

Das hätte passiert sein können, doch Henry fand die Möglichkeit nicht sonderlich interessant. Er kaufte sich eine Currywurst, dann blieb er mümmelnd am Rand der Meute vor einem Schuhgeschäft stehen und hing seinen eigenen Gedanken nach.

Plötzlich fiel ein Schuss! Henry hob ihn auf und steckte ihn in die Tasche. Er würde ein gutes Beweisstück für später sein ... Moment! Da schoss doch jemand! Blitzschnell suchte der Privatdetektiv hinter einer Mülltonne Deckung und die Menschen, die eben noch Lust am Schauen gefunden hatten, taten das, was alle Menschen tun, wenn in ihrer Umgebung geschossen wird. Sie legten sich auf den Boden und tarnten sich als Leichen, in der Hoffnung, der Pistolero würde glauben, sie wären schon tot und er müsste sie nicht mehr erschießen.

Henry bewunderte die Intelligenz der Leute. Dann zog er seine Magnum, die sich mal wieder als Speiseeisprodukt herausstellte. Verdammt!, dachte er noch. Zum Glück hatte er für so einen Fall immer seine 45er Nogger dabei. Seine treue Kanone, die ihn nie im Stich gelassen hatte. Allerdings hatte sie einmal eine Frau geküsst, die er mochte, doch das konnte der Privatdetektiv verzeihen, da alle Beteiligten sehr betrunken gewesen waren. Davon abgesehen hatte ihn die Knarre nie verraten.

Henry Frottey feuerte einen Warnschuss hinter seinem Mülleimer hervor, der auch erwidert wurde – zweifach und aus verschiedenen Richtungen. Man hatte sich also geeinigt, dass drei Schützen anwesend waren. Nun galt es herauszufinden, wie die Parteien zueinander standen.

Vorsichtig lugte Henry hinter seiner Deckung hervor und feuerte grob in die Richtung, aus der die Schüsse kamen. Das sollte signalisieren, dass er alleine war und bereit, sich zu verteidigen, wenn es sein musste, aber nicht notwendigerweise den Tod der anderen Partei wünschte, sonst hätte er genauer gezielt.

Als Antwort feuerten seine Gegner gleichzeitig. Die Kugeln schlugen irgendwo einige Meter von ihm entfernt ein. Aha, sie waren anscheinend verbündet und wollten Henry ebenso wenig erschießen wie er sie. Damit waren die Verhältnisse geklärt und die Schießerei konnte beginnen. Niemand lässt sich auf ein Feuergefecht auf offener Straße ein, ohne die Modalitäten zu klären. Viel zu gefährlich! Der Startschuss fiel.

Knall! Der Privatdetektiv zielte noch einmal ungenau, um seinen guten Willen zu demonstrieren.

Peng! Piu! Etwas unkoordiniert schossen seine Gegner zurück. Vielleicht waren sie etwas nervös? Das konnte er ausnutzen.

Bambambambambambambambam! Ohne Pause feuerte Henry den Rest seines Magazins auf die Deckung seiner Widersacher. Das sollte sie einschüchtern, denn er musste nicht an Munition sparen.

Piff! Paff! Piff! Paff! Während er nachlud, feuerten die anderen zögerlich in seine Richtung. Waren das Amateure? Sie zielten nicht schlecht, kannten das Protokoll einer Schießerei, hatten aber keine erkennbare Taktik, keinen Stil. Er schoss.

„Ahhh!"

Henry horchte auf. Hatte er getroffen? Er hatte doch gar nicht so gut gezielt. „Alles in Ordnung? Hab ich getroffen? Wenn ja, tut es mir leid!", fragte er verwirrt, ohne aus seiner Deckung hervorzukommen.

„Nee, schon okay, hier ist nur …" Ein Schuss ertönte. „Hier war nur 'ne ziemlich große Spinne! … Kann weitergehen!"

Der Privatdetektiv schaute hinter dem Mülleimer hervor. Nach dem Dauerfeuer war jetzt ein präziser Treffer angesagt, das würde ihre Moral brechen. Es war Zeit, diese Schießerei zu beenden. Er legte an und wartete. Eine quälend lange Minute verstrich.

Plötzlich lugte einer seiner Kontrahenten hinter der Häuserecke hervor, die er als Deckung verwendete. Sofort schoss Henry und traf. Blutend stürzte der Getroffene zu Boden. Jetzt sah Henry, wo genau er getroffen hatte: am Arsch! Man schoss einem Mann nicht in den Arsch. Genauso wenig wie man einem Mann in den Schritt schoss. Das war kein guter Stil und nicht von ihm beabsichtigt. Er wollte denen ja eigentlich gar nicht weh tun.

„Feuerpause!", rief der Privatdetektiv. Er kam hinter seiner Deckung hervor, ohne Furcht. Das Recht der Feuerpause war alt und heilig bei Schießereien. Selbst die ruchlosesten Gauner von Schikargo wagten nicht, dieses Abkommen zu verletzten, da jedermann, egal ob Polizist, Mörder, Detektiv oder Geiselnehmer, nach stundenlangem Schusswechsel froh war, wenn er mal aufs Klo gehen oder einen Kaffee trinken konnte. Wenn die Feuerpause beendet war, konnte man ja immer noch versuchen, sich gegenseitig umzubringen.

Henry rannte über den Platz zwischen den liegenden Menschen hindurch zu dem Verletzten. Einen Augenblick später kam auch der andere Schütze an. Beide waren als Cowboys aufgemacht, mit Hut und Chaps und allem Drum und Dran. Was war hier los?

„Entschuldigung! Entschuldigung! Das wollte ich nicht!“ Henry beugte sich zu dem Verwundeten herunter. „Ich hab wohl ein bisschen besser gezielt, als ich es beabsichtigt hatte! Ich will euch eigentlich gar nichts Böses.“

„Wir dir ja auch nicht“, sagte der unverletzte Cowboy.

„Jaja, ich weiß, aber wenn jemand in der Innenstadt rumballert, dann ist man lieber vorsichtig, nicht wahr?“, entgegnete Henry.

„Ja!“, lachte sein Gegenüber. „Aus welchen Nichtigkeiten sich immer Schießereien entwickeln.“

„Jahaha! Ich könnte euch Geschichten erzählen“, lachte auch der Privatdetektiv.

„Ahhh!“, wandte der verletzte Cowboy ein.

„Wir sollten wohl schon mal einen Krankenwagen rufen.“

„Jap.“

„Entschuldigung, bitte.“ Hinter ihnen tauchte ein Herr im mittleren Alter auf. „Haben Sie gerade eine Feuerpause ausgerufen?“

„Ja, das haben wir“, bestätigte Henry.

„Vielen Dank.“ Der Mann wandte sich an die Meute am Boden und rief: „Es ist eine Feuerpause!“ Sofort entspannten sich die Menschen, standen auf, klopften sich den Staub ab oder riefen ihre Familien an …

„Hallo. Ich bin’s. Ja, gut, danke. Nee, alles besorgt. Ja, ich hab alles gekriegt. Du, hör mal, ich … jaja, ja! Du! Nee, ich komm gleich … Was? Du, keine Ahnung, ’ne Suppe oder so, was du halt da hast … ja, hör mal, ich bin in eine Schießerei gerate… ja, in der Innenstadt … was? Nein, ich bin nicht tot! Ich hab doch gesagt, dass es mir gut geht! … Nein, es ist gerade Feuerpause. Ich ruf nur an, um zu sagen, dass ich etwas später komme. Tschüss!“

So ungefähr …

„Machen wir gleich mal weiter?“, fragte Henry die Cowboys mit einem Blick auf die Uhr.

„Ja, würde ich auch sagen“, sagte der Unverletzte.

„Ahhhrgh!“, meinte der Verletzte.

„Ich hole mir noch schnell ein Mineralwasser in dem Kiosk da.“

„Alles klar, mach das. Ich geh schon mal auf meinen Platz zurück“, sagte Henry und begab sich wieder zu seiner Mülltonne. Fünf Minuten später lagen wieder alle brav auf ihren Plätzen. Die Tradition verlangte, dass Henry die Feuerpause wieder aufhob, da er sie ausgerufen hatte. „3… 2… 1… Feuer frei!“, rief er über den Platz. In dem Moment griffen die Indianer an.

Sid Happens schlug die Augen auf. „Was ist passiert?“, fragte er. Eine Ärztin kam zu ihm herüber. „Ah, gut, Sie sind aufgewacht. Sie wurden auf der Straße von einem Rentner mit seiner Gehhilfe K. o. geschlagen.“ Sie konnte sich ein Schmunzeln nicht verkneifen.

„Ich fühl mich ausgezeichnet“, sagte Sid und schaute verständnislos.

„Es ist auch sonst nichts passiert. Sie sind nur K. o. gegangen. Wir behalten Sie zur Beobachtung heute noch hier und morgen können Sie dann wieder nach Hause. Aber nicht wieder mit Opa raufen, ja?“ Sie lachte.

Er blickte sich um. Auf dem Nachttisch lagen sein Hut und seine Sonnenbrille. Sein Anzug war anscheinend amputiert und gegen eines dieser Krankenhaushemden getauscht worden, die hinten offen sind. Offensichtlich die Erfindung eines Proktologen.

Im Bett neben Sid Happens schlief ein Mann, dem es an Kopfhaut gebrach. Er lag komisch auf der Seite, als wolle er seinen Rücken oder seinen Hintern nicht zu sehr belasten.

„Was ist mit dem da?", fragte der Mann im schwarzen Anzug, der ja jetzt ein Hemdchen trug. Die Ärztin schritt zu seinem Zimmergenossen herüber und sagte: „Der hier? Eigentlich dürfte ich das nicht sagen, aber Sie beide sind meine Lieblingspatienten, weil Sie so herrlich bescheuerte Verletzungen haben." Schon wieder lächelte sie. „Er hier hat sich erst in den Hintern schießen lassen – glatter Durchschuss – und dann seinen Skalp verloren." Die Ärztin tätschelte sanft den offenliegenden Schädelknochen.

„Sollte das nicht verbunden werden?"

„Ach, so kommt mal Luft an die grauen Zellen", kicherte sie.

„Na, dann wird er wohl in Zukunft einen Hut tragen müssen", erwiderte Sid Happens mit einem Blick auf seinen eigenen. Die Ärztin sah kurz zu ihm herüber, blickte dann wieder zu dem anderen Patienten und meinte plötzlich sehr versonnen: „Der schönste Hut ist doch das eigene Gehirn."

„Was?"

Langsam ging die Frau zu einem Rollwagen herüber. Aus den chirurgischen Werkzeugen wählte sie eine Knochensäge aus und schritt mit einem leeren Ausdruck in den Augen zu Sids Zimmergenossen herüber.

„Stopp! Was haben Sie vor? He!"

„Ich mach doch nur Spaß", lachte sie. Ihre steife Haltung löste sich auf und der schelmische Blick kehrte zurück. „Wenn man in einem Krankenhaus keinen Humor hat, wird man irgendwann verrückt. Den ganzen Tag haben wir nur mit Tod, Verstümmelung oder Leuten zu tun, die sich Dinge in den Hintern schieben. Da muss man hin und wieder mal ein bisschen ausgelassen sein." Sie lachte wieder. Der Mann ohne schwarzen Anzug starrte sie entgeistert an.

„So. Ich muss dann auch mal weiter. Ich hab noch andere Patienten mit weniger lustigen Verletzungen", meinte die Ärztin.

Als sie fast zur Türe raus war, rief Sid Happens ihr nach: „He, Ärztin!"

Sie blieb stehen. „Ja?"

„Sie machen mich krank!"

Es waren nur drei Indianer gewesen. Sie hatten zwar keine Feuerwaffen gehabt, trotzdem war es ihnen gelungen, beide Cowboys zu vertreiben – immerhin waren sie eins zu anderthalb überlegen. Der eine Viehtreiber flüchtete in die Prärie, der andere in einen Krankenwagen. Ohne seinen Skalp und mit einer Arschwunde würden ihn die Ärzte wohl erst mal so richtig schön auslachen.

Jetzt saß Henry Frottey im Tipi des Häuptlings. Ein blasser Mann, der sich Stronghorse Freeborn nannte und ihm die Friedenspfeife anbot. Als Feind ihrer Feinde war der Privatdetektiv ein willkommener Gast.

„Weißer Mann hat meinem Stamm geholfen, die weißen Siedler vom Land unserer Väter zu vertreiben", sprach Häuptling Freeborn. Wo Indianer sind, da sind auch Cowboys, die ihnen das Land wegnehmen, dachte Henry und antwortete: „Ich konnte nicht zulassen, dass der weiße Mann den Grauhäuten ihr Land stiehlt und ihn in diese ... ähhh ... Orte sperrt, wo man Indianer nun mal hin tut ... öhm ..."

„Reservate?"

„Casinos."

Eine peinliche Pause entstand. „Häuptling Stronghorse Freeborn möchte den weißen Mann zum Mitglied seines Stammes machen", fuhr der Indianerfürst fort, ohne auf

Henry einzugehen. „Der weiße Mann bekommt einen neuen Namen vom Schamanen, einen Traumfänger und einen Premium-Mitgliedsausweis. Häuptling Stronghorse hat gesprochen! Howgh!"

Privatdetektiv und Indianer – das würde sich nicht schlecht auf seiner Visitenkarte machen, dachte Henry Frottey und nickte. Ihm gefiel der kleine Stamm in der Innenstadt, der ihn mit einer Mitgliedschaft ehrte.

„Wie komme ich zum Schamanen?"

Häuptling Stronghorse nahm seinen pompösen Kopfputz ab, setzte sich einen anderen weniger prunkvollen auf und sagte: „Schamane Leuchtender Adler grüßt den weißen Bruder. Häuptling Stronghorse sprach viel von ihm und seinen Taten. Die Knochen werden dem weißen Bruder seinen Indianernamen verraten. Der weiße Bruder muss das halten." Der Schamane drückte ihm einen Traumfänger in die Hand.

Wie effizient, dachte Henry, Häuptling und Schamane in einer Person. Was würde wohl sein neuer Name sein? Der Privatdetektiv war sehr gespannt und malte sich einige Möglichkeiten aus. Henry „Tödliche Viper" Frottey, Henry „Wachsamer Wolf" Frottey oder Henry „Flauschige Schildkröte" Frottey?

Währenddessen bereitete der Schamane das Ritual vor. Eine scheinbar komplizierte Prozedur, bei der erst die Geister der Ahnen aller Stammesmitglieder durch Rauch und Tanz beschworen und dann in ein paar alte Hähnchenknochen von KFC fahren mussten. Als die Geister gebannt waren, warf der Leuchtende Adler mit einer Beschwörung auf den Lippen die Knochen in die Luft, danach begann er, ihre Muster auf dem Boden zu lesen.

„Ahhh … Die Geister haben gesprochen, und sie haben gut gesprochen. Weißer Bruder hat bedeutenden Namen, starken Namen, sehr alten Namen … in unserer Sprache heißt er ‚Shee'atûl Ná'! … In seiner Sprache heißt der weiße Bruder ab dem heutigen Tage … ‚Feuchtes Handtuch'!"

Zornentbrannt stürmte Henry Frottey aus dem Zelt. „Halt! Feuchtes Handtuch hat seinen Mitgliedsausweis vergessen!“ Doch das hörte der Privatdetektiv nicht mehr, er war schon zu weit entfernt.

„Wie soll Feuchtes Handtuch denn jetzt 10 % Rabatt auf Biberfellmode bekommen?“

„Chef! Chef!“ Ein Lakai stürmte das düstere Büro. „Wir haben jemanden gefunden, wie du ihn haben wolltest!“

Der düstere Boss drehte sich auf seinem finsteren Sessel zur Mitte des dunklen Raumes und streichelte dabei sein unidentefizierbares Schoßtier. „Sprich geschwind, du Penner!“

„Also, es sind zwei … falls das irgendwie … ein Problem …“

„Darstellen sollte? Mitnichten, Alter! …“

„…“

„Fahre fort, ey!“

„Ach so, ja … ähm … es sind diese beiden Moderatoren von NMTV und …“

„NMTV? Er meint MTV?“

„Nein, NMTV. Der Fernsehsender … ähm … Not Music Television … weil da die meiste Zeit ‚My Super Sweet Teen Mom‘ oder Cartoons laufen … haha … ähm … na ja, jedenfalls haben wir herausgefunden, dass die Moderatoren Joas und Klako heute hier in Schikargo im Odysseum einen Boxkampf veranstalten und wir dachten, dass die wegen NMTV und ihrer jugendlichen Art und so weiter ganz gut geeignet sind … weil, weil, weil, die Jugendlichen sie auch sehr gut finden und … ähm … ja … vielleicht … keine Ahnung … sonst können wir auch weitersuchen, Chef … ich … öhm …“

„Schweig, Bitch! Sie dünken mich perfekt. So mögen wir dero unsere Geheimwaffe, wie geplant, erstmaligst prüfen. Jedoch, unser Plan sei nicht, die Opferz im Lichte der Öffentlichkeit zu bashen. Nein, dafür sei noch nicht der rechte Zeitpunkt, mein getreuer Homie. Hinter den Kulissen werden wir zuschlagen."

„Also in ihrer Garderobe?"

„Exaktemente. Ach, und ..."

„Ja?"

„Schick den russischen Afghanen."

„Ist er nicht eher ein afghanischer Russe?"

„Möglich ... aber du weißt, wen ich meine."

„Wird sofort erledigt, Boss."

Bedrohlich drehte sich der verdunkelte Anführer in seinem sinistren Sessel. Alles lief wie am Schnürchen. Wenn es so weiterging, würde ihm die Stadt bald zu Füßen liegen beziehungsweise sehr gebückt stehen. Vermutlich auf Gehhilfen gestützt oder so.

„Ähm, Boss?", räusperte sich der Lakai.

„Boah, was?!"

„Ähm, ja, also ... ich ... ja ... uff."

„Boah, sag doch mal, Vasall!"

„Es ... es ist in Schikargo Brauch, dass ein Gangsterboss diabolisch und wahnsinnig lacht, wenn ein Plan voranschreitet ... ähm, Sire."

„Okay, wenn es hier so Brauch ist, so will ich mich fügen und lachen ... auf das Teuflischste, auf das Wahnhafteste will ich lachen. Lausche auf, Bitch, wie ich lache ... Hahahaha ahahaha ehahaha MUHAHAHA-MUHAHAHAhehehehihihiohohoAHAHAHAHAHAHA-HAHAHAquakquakquakahhahahahihihihiMUHAHA-HAMUARARARGNAHGNAHGNAH ... HA! ... So habe ich wohl gelacht."

„Wundervoll, Boss. Danke."

„Da nicht für, Lakai, da nicht für."

Mittlerweile hatte Henry Frottey sich wieder beruhigt, aber leider auch verlaufen. Ein sehr ungewöhnlicher Umstand, da er Schikargo eigentlich wie seine Westentasche kannte. Es war auch nicht so, dass er nicht wusste, wo er war. Die Gegend kannte er, jedoch tauchte vor ihm plötzlich das Odysseum auf.

Das Odysseum war eine große Arena mit Platz für knapp 20.000 Zuschauer, die für Veranstaltungen aller Art genutzt wurde, allerdings konnte man sie nur erreichen, indem man sich verlief. Äußerst sinnvoll für Besucher von außerhalb, die sich ja nahezu immer auf dem Weg zu einem Veranstaltungsort in einer fremden Stadt verlaufen oder verfahren – sie mussten das Odysseum zwangsläufig erreichen – aber unendlich unpraktisch für Einheimische, die es nur in den seltensten Fällen fanden, da sie sich einfach zu gut auskannten. Die Tatsache, dass Henry es gefunden hatte, konnte nur bedeuten, dass er sich verlaufen hatte.

Ein gigantisches Banner über dem Eingang kündigte eine Veranstaltung für den heutigen Tag an:

„Foxy Boxy – wenn Mädels sich prügeln! Die Show mit Joas und Klako."

Warum?, dachte der Privatdetektiv, schüttelte den Kopf und dachte dann: Warum nicht? Zielstrebig ging er auf den Eingang zu. Er hatte ja eh nichts zu tun. Da konnte er sich auch einen Boxkampf anschauen.

„Einmal, bitte", sagte Henry, als er die Abendkasse erreicht hatte. Der Eintrittslakai reichte ihm die Karte und ließ in passieren. Die Eingangshalle war voller Menschen – junges Publikum, hauptsächlich männlich, aber auch einige jener weiblichen Nicht-Männer. Wenn Henry sich richtig erinnerte, nannte man sie Frauen. Offensichtlich hatte es noch nicht angefangen. Gut. Bevor es losging, wollte er schon einmal den Ring anschauen.

Der Privatdetektiv lief über viele Treppen und durch verwirrende Gänge – die Architektur des Odysseums war unsagbar umständlich und unübersichtlich. Man konnte sich hier wirklich verirren. Doch Henrys überragender Spürsinn zeigte ihm den richtigen Weg.

Wenig später schaute er sich die Tribünen im Inneren der Arena an. Einige Menschen hatten schon Platz genommen. Sie unterhielten sich oder schauten wie Henry Frottey gespannt zu dem Boxring hinunter.[15]

Der Boxsport war die regulierte, kultivierte Adaption des natürlichen Kampfes ums Überleben. Das verlieh ihm eine Art ursprünglicher Erhabenheit, wie sie zum Beispiel auch dem Wettessen zu eigen ist.

Gäbe es auch einen Wettbewerb für Fortpflanzung …, überlegte Henry und musste unwillkürlich an Lady _ denken. Dann schämte er sich ein bisschen, aber es war ein gutes Schämen. Kein strafendes, viel eher ein schüchternes.

Da die Menschen heutzutage nur noch sehr, sehr selten von Säbelzahntigern angegriffen werden, fehlt uns der tägliche Überlebenskampf. Dies wird durch ritualisierte Wettstreite wie Sport oder Quizshows kompensiert, doch nirgendwo so intensiv, so ursprünglich wie beim Boxen Mann gegen Mann.

Was tat Lady _ wohl gerade? Wann würde er sie wiedersehen?, unterbrach Henrys Verstand. Ach, Lady _ ! Sie mochte ihn, da war er sich ganz sicher …

Boxen hatte sich leider im Laufe der Jahrhunderte vom Gentleman-Sport zu einem „Haudrauf-Ereignis“ entwickelt. Wodurch zwar etwas an Klasse verloren ging, die Grundüberlegung jedoch nicht ungültig wurde.

Henry komponierte in seinem Kopf ein Lied für Lady _. Ihm war noch kein Titel eingefallen, aber es würde ein grandioses Stück werden für Akustikgitarre, einen

---

15 Anm. d. V.: Achtung! In den nächsten Passagen kämpfen der auktoriale und der personale Erzähler gegeneinander. Dabei kann es keinen Sieger geben. Der Verlierer ist hier auf jeden Fall der Leser!

Chor aus fünfzig Triangeln[16] und einen DJ. Der Text lautete ungefähr: Lady, Darling, Honey, Baby! Yeah! Lady, Baby, Sweetheart! Wouhouhouhou! Yeah! ...

Früher war in Untergrund-Boxkämpfen noch viel geschummelt worden. Der Klassiker war, Hufeisen in die Handschuhe zu stecken ...

... Lady, Lady, Lady! Yeah! Sweetheart, Honey, Darling. Precious, Sugar Mama! Baby! Mama Baby! Baby Mama! YEAH!, dachte er.

Das ist jedoch nicht mehr gebräuchlich, da Schmiede heute sehr selten sind. Nahezu ausgestorben. Ersetzt von herzlosen Maschinen, die Stahl in Form bringen – wesentlich schneller, als ein Mensch es jemals könnte ...

Lady, Darling! Pumpkin! Baby! Wouhouhouhou! Yeah! Love, Dear! Super Darling, Honey, Baby! Be mine tonight!

Boxen war auf alle Fälle okay. Henry hatte einen Ohrwurm.

Unbewusst hatte er sich von der Tribüne entfernt und war eine ganze Weile durch das Odysseum gewandert. Jetzt stand er vor einer Türe, auf der „Privat" stand. Hier bin ich richtig!, dachte der Privatdetektiv und trat ein.

Messer-Ricardo war zufrieden. Sein Doppelmord war erfolgreich gewesen. Völlig mit Blut eingesaut schlich er sich durch einen Hinterausgang davon. „Das war gut, ey ... hehehe!"

Die schmutzigen Straßen nahmen die sündige Gestalt des Mörders klaglos in sich auf. Nicht einmal die Kanal-

16 Anm. d. A.: Traditioneller Aufbau eines Triangelchors: 8 Bass-Triangeln, 8 Bariton-Triangeln, 14 Tenor-Triangeln, 12 Alt-Triangeln und 8 Sopran-Triangeln. Fun fact: Der Klang einer Sopran-Triangel ist bestens geeignet, um Hunde zu verwirren und Katzen zu irritieren.

ratten störten sich an seiner Existenz. Hier passte alles zusammen. Leben, Tod, Geburt und Mord. Der ewige Kreis.

Zwillinge waren es gewesen. Was zusammen diese Welt betrat, musste sie auch zusammen verlassen. Andernfalls wäre das Gleichgewicht gestört. Ein Gleichgewicht, auf das die Straße, der Schmutz und die Natur an sich freilich keinen Wert legten, doch der Mensch macht sich seine eigenen Regeln. Sogar Messer-Ricardo.

„Mann, geil, ich werd noch richtig gut! Schnipp, schnapp, tot! Keine beschissene Überfallpisse! Hehehe!" Der Möchtegernverbrecher hatte zwischen Abfallcontainern Schutz gefunden. Ein kärgliches Versteck, das er hin und wieder aufsuchte, um seine Schandtaten Revue passieren zu lassen.

„Hahaha! Yeah! Ja, Mann! Das war geil, ey!" Messer-Ricardo holte sein Messer hervor. Der Anblick des getrockneten Blutes auf der Klinge erregte ihn …

Der Anblick, der sich Henry Frottey bot, war nicht minder befremdlich – für einen normalen Menschen. Der Privatdetektiv war einiges gewöhnt und erschrak darum nicht.

Der Raum war anscheinend eine Art Backstage-Aufentehaltsraum oder eine Künstlergarderobe. Ein Kerl, der wohl eine Art Manager oder Agent sein musste, da er eines dieser prätentiösen kleinen Telefone besaß, die man sich ins Ohr steckt, und zwei Männer der Security starrten auf eine Couch in der Ecke.

Dort saßen zwei Leichen und tranken Bier. Oder … hatten Bier getrunken, da sie ja jetzt tot waren. Die beiden Körper waren fast zu Staub zerfallen. Die Männer, die sie einst gewesen waren, mussten entsetzlich alt gewesen sein. Henry bezweifelte, dass er jemals etwas Älteres gesehen hatte. Live. Wo war er da gerade reingestolpert?

„He, Sie! Raus hier!", pflaumte einer der Securitter, drehte sich zu Henry, was seine Rüstung scheppern ließ und legte die Hand an sein Schwert. „Sie haben hier keinen Zutritt.“

„Ganz ruhig, Konservendose“, erwiderte Henry. „Ich bin Privatdetektiv und wurde angeheuert, um euer kleines Problem …“, er wies auf die Toten, „aufzuklären. Henry Frottey mein Name“, sagte er und ärgerte sich, dass sein Name wie … Moment mal! Ha, jetzt wäre er fast sich selbst auf den Leim gegangen.

„Also, was ist hier passiert?“

„Endlich! Jemand, der was tun kann!“ Der Managertyp ging auf ihn zu. Auf diese schmierige, pseudoväterliche Weise legte er ihm die Hand auf die Schulter. Dann übte er prüfend Druck aus, so, als wollte er dadurch feststellen, ob Henry als Detektiv was taugte. „Du machst das, oder?“ Er grinste widerlich.

„Wir müssen trotzdem die Polizei rufen“, meinte der andere Securitter.

„Die tun doch sowieso nichts! Und ich will verdammt noch mal wissen, wer meine Klienten umgebracht hat!“

„Na, na, naaah“, machte Henry und sah in die Runde. Er fühlte sich hier nicht wohl. Irgendwie war ihm das alles zu hektisch, schließlich war das Kind nun schon in den Brunnen gefallen beziehungsweise saßen die Leichen schon auf dem Sofa.

„Wir werden die Polizei rufen, aber später. Irgendjemand muss ja die Leichen protokollieren und dann wegschaffen, oder? Jetzt erzählen Sie mir erst mal, was hier vorgefallen ist.“

Sofort sahen die beiden Securitter zu dem Managermann herüber. Wahrscheinlich hatten sie irgendwo Wache gehalten und waren erst später hinzugekommen.

„Also, Herr Detektiv …“

Lord Detektiv, dachte Henry, das wäre ein guter Titel. „… Ich kam hier rein, um nach meinen Klienten zu sehen. Sie moderieren heute dieses Boxsportereignis, wie

Sie sicher wissen. Und was sehe ich da?!" Er wies auf die Couch. Der Privatdetektiv war jedoch wenig beeindruckt.

„Und? Alte Menschen sterben schon mal. Dafür entstehen zur selben Zeit bei einer Bundesgartenshow neue alte Menschen. Das ist der Kreislauf des Lebens", sagte Henry.

„Aber sie sind eigentlich nicht alt!", gab der Manager zurück. „Das sind ... waren ... Joas und Klako!"

„Soso ..."

„Die berühmten Moderatoren von NMTV! Das neue, dynamische Duo – jung, frech, spontan! Und jetzt ... tot! Sie waren meine erfolgreichsten Klienten!"

Henry reichte dem Agenten ein Taschentuch, falls er weinen wollte, um das Geld, das die beiden nun nicht mehr für ihn verdienen konnten, doch dieser lehnte ab.

„Also wurden sie alt gemacht ...", grübelte der Detektiv. „Das kann nur eines bedeuten ... was auch immer das ist ... Joas und Klako ... hmmm ... sind das Künstlernamen?"

„Ist das WICHTIG?!"

„Was wichtig ist, entscheide ich!", erwiderte Henry und hielt dem Manager seinen Ausweis unter die Nase, der ihn als Inspektor für Wichtigkeit identifizierte. Dann sprach er zu den Securittern: „Ich glaube, wir sollten jetzt die Polizei rufen. Verlangen Sie aber unbedingt nach Kommissar Sarim Mosk."

„Wird gemacht." Die beiden Blechdosen salutierten und schepperten davon, ihre niederen Aufgaben zu erfüllen. Warum hatten sie nicht einfach eines der Mobiltelefone benutzt, die bestimmt hier im Raum waren?

„Und jetzt?", fragte der Managermann.

„Jetzt warten wir."

Wenige Minuten später rollte tatsächlich die Polizei an – allen voran Sarim Mosk, der wieder einen Flunsch zog, als er den Privatdetektiv erblickte. Henry fragte sich, wie sie so schnell zum Odysseum gefunden hatten. Eigentlich war das nicht möglich.

Seine Verwirrung klärte sich auf, als ein paar Polizisten mit Augenbinden in den Raum stolperten. Das war natürlich eine Möglichkeit, die kenntnisbedingte Unerreichbarkeit des Odysseums auszutricksen.

Henry mochte nicht, dass sich seine Verwirrung aufklärte. Schließlich war Verwirrung seine große Stärke. Zum Glück betraten drei Lamas in Polizeiuniform den Raum. Ohne zu zögern begangen sie damit, die drei Zeugen zu befragen, indem sie diese solange anspuckten, bis sie mit der Sprache rausrückten. Gute Polizeiarbeit. Wobei die Lamas bei den Securittern freilich ihre Probleme hatten. Immerhin mussten sie den schmalen Sichtschlitz am Helm treffen. Jetzt war der Privatdetektiv wieder angenehm verwirrt.

„Okay, also was ist hier los?“ Kommissar Mosk war neben Henry aufgetaucht.

„Das sind anscheinend die Herren Joas und Klako gewesen. Bislang waren sie zwei junge, aufstrebende Moderatoren bei dem Fernsehsender NMTV. Die Betonung liegt auf jung“, antwortete der Privatdetektiv. Mit der Hand wies er auf die Couch, wo die beiden immer noch in einer entspannten Haltung dasaßen, jeder mit einem Bier, nur leider tot.

„Was?! Aber die sind doch mindestens hundertzwanzig!“ Äußerst skeptisch schaute Sarim Mosk immer wieder zwischen den Toten und dem Privatdetektiv hin und her. Er wirkte etwas verzweifelt: „Das kann doch nicht wahr sein. So was gibt es doch nicht! Und dann haben die auch noch so bescheuerte Namen ...“

„Nicht wahr?“, unterbrach Henry Frottey die Äußerungen des Unglaubens des Kommissars. „Von ihrem Manager wurde mir erzählt, dass Joas eigentlich Jonas heißt, aber ein kleines logopädisches Problem hat. Er kann das N in ‚Jonas‘ nicht aussprechen. Das darf aber niemand wissen. Also pssst. Sein Kollege hier, Herr Klako, hingegen“, der Privatdetektiv setzte sich zu den beiden auf die Couch, „nun, seine Eltern wollten eigentlich nie Kinder. Angeblich haben sie gehofft, dass, wenn sie ihrem kleinen Süßen einen dämlichen Namen geben, sich die Rowdys auf dem Schulhof um seine Entsorgung kümmern. Alles in allem zwei sehr gebeutelte Charaktere. Kein Wunder, dass sie im Fernsehen gelandet sind.“

„Ist das relevant für den Fall?“, fragte Sarim. Irgendwie schien er das immer noch nicht begreifen zu können.

„Nein, darum hab ich mir das auch gerade ausgedacht.“ Henry grinste. Im Hintergrund kamen drei ferngesteuerte Polizeihubschrauber herein geflogen, ergriffen die Lamapolizisten und transportierten sie ab.

„Das ist Behinderung der Staatsgewalt. Ich könnte Sie einsperren lassen … das sollte ich wirklich tun, vielleicht hört dann diese abnormale Scheiße auf und ich kann endlich in Ruhe meine Arbeit machen.“

„Aber, aber, Herr Kommissar, das werden sie nicht tun. Sie brauchen mich. Wie sollten Sie sonst entdecken, was sich an diesem Tatort noch verbirgt außer zwei an Altersschwäche verstorbenen jugendlichen Moderatoren?“

„Woran sie verstorben sind, wird der Gerichtsmediziner schon feststellen, wenn er eintrifft. Und was soll es – Ihrer Meinung nach – hier noch zu finden geben?“

Der Privatdetektiv stand von dem Leichensofa auf, wandte sich den Toten zu und antwortete: „Das werde ich jetzt feststellen. Ein Glück für Sie, dass ich schon eingetroffen bin.“

Unsystematisch suchte Henry den Tatort ab. Mal hier, mal da schaute er, blickte in Schubladen, hob Teppiche an und durchsuchte die Leichen. Nichts. Er nahm eine der Bierflaschen der Toten und roch daran.

„Sagen Sie mal, haben Sie Ihren Kumpel mitgebracht – wie hieß er noch?“, fragte Henry Sarim Mosk.

„Sie meinen Unternebenwachtgeselle[17] Jakob Paletos?"
„Vielleicht. Lassen Sie ihn mal antanzen."
„Ich bin hier", meldete sich der junge Polizist zu Wort. Er stand neben der Türe, wo er Kaffee anreichte und versuchte, keinen Blick in Richtung der Leichen zu werfen.
„Trinken Sie das mal." Henry reichte ihm die Bierflasche, die er annahm, dann aber fragend zu Sarim Mosk herüber sah. Der Kommissar zuckte mit den Achseln.
„Nur zu", ermunterte der Privatdetektiv, worauf der Polizist trank. Sein Gesicht verzog sich zu einer Grimasse. „Schal."
„Und sonst?"
„Nichts. Es schmeckt nur schal."
„Fühlen Sie sich seltsam?" Henry beobachtete den jungen Mann sehr genau, ob er sich irgendwie veränderte, doch es geschah nichts.
„Nein. Warum denn?"
„Schade, ich hatte gehofft, Sie würden alt werden." Mit einer Drehung wandte sich der Privatdetektiv ab. Indes nickte Kommissar Mosk zwei weiteren Polizisten zu, die daraufhin ihren Kollegen ergriffen.
„Was? Warum?" Verwirrt schaute Jakob Paletos seinen Vorgesetzten an. Zwischen den beiden großen Kerlen, die ihn gepackt hatten, baumelte er wie ein nasser Sack in der Luft. Sarim Mosk trat einen Schritt auf ihn zu. „Sie sind betrunken im Dienst, Paletos. Kluffe und Brögler werden Sie nach Hause geleiten, wo Sie sich ausnüchtern können. Sie sind für morgen suspendiert."
„Aber …!"
„Machen Sie es nicht noch schlimmer, Paletos." Dann wurde Jakob von dannen getragen. Als sich Sarim Mosk herumdrehte, um zu kontrollieren, was der Privatdetektiv tat, stand dieser bereits hinter ihm.

17 Anm. d. A.: Sehr niedrige Stufe im Polizeidienst. Von dort ist es noch ein weiter Weg zum Oberhauptwachtmeister.

„War das nötig? Paletos ist ein guter Mann … bestimmt. Glaube ich zumindest.“

„Die Vorschriften müssen eingehalten werden“, antwortete der Kommissar mit ernstem Blick.

„Hehehe, die Vorschriften, Regeln – so viel Sinn, so viel Vernunft. Das ist genau Ihr Problem, Mosk. Sie sind ein Vernunftmensch. Wenn Sie sich davon befreien könnten, von diesen selbst auferlegten Ketten, und meine Unmethodik der Überlogik annehmen würden, dann könnten Sie Ihr wahres kreatives Potential entfalten.“

„Klingt für mich nach Willkür.“

„Willkür, Chaos, Unsinn – das ist alles das Gleiche. Und wissen Sie, was es noch ist? Es ist gerecht. Chaos ist das Einzige, was wirklich gerecht ist, weil es nicht unterscheidet, weil es nicht logisch ist, weil es jeden Fall individuell einfach irgendwie behandelt, ohne Rücksicht auf Moral, Vernunft oder Regeln, denn das sind Konzepte, die sich die Menschen ausgedacht haben. Menschen waren nie und werden nie wahrhaftig gerecht sein.“

Der Kommissar sah ihn komisch an. Verstand er? Verstand er nicht? Er hielt ihn bestimmt für wahnsinnig, wie es die meisten Vernunftmenschen taten. Dabei war er doch gar nicht wahnsinnig. Er konnte die Welt so sehen, wie sie war – wenn er wollte, plus ein paar Zusätze. Aber er war nicht wahnsinnig. Der Privatdetektiv war verrückt. Das war etwas völlig anderes.

„Sie sind auch nur ein Mensch, Henry.“ Jetzt standen sie ganz nah beieinander, sodass seine Hutkrempe fast den Schopf des Kommissars berührte.

„Ich bin so viel mehr als das“, sagte Henry und wandte sich ab, wie er es in diversen Filmen gesehen hatte. Wäre Paletos noch da gewesen, er hätte das alles bestimmt „supercool“ oder „krass extrem“ oder so gefunden.

„Nachdem die logische Untersuchung des Tatortes, wie zu erwarten, versagt hat, werde ich nun mit einer unlogischen Untersuchung beginnen“, erklärte der Detektiv und zog zwei Reflexhämmer aus der Westentasche seines Mantels. Ohne Umschweife machte er sich daran, die Kniesehnen der Toten zu bearbeiten.

„Was erhoffen Sie sich davon? Die sind hinüber! Da passiert nichts mehr."

„Ruhe. Wenn ich es schaffe, die richtige Frequenz anzuregen, kann ich vielleicht die Nachschwingungen der Symphonie des Todes verstärken."

Wie bereits erwähnt, konnte Henry Frottey Morde an ihrem Klang identifizieren. Verständlicherweise erzeugt ein Erschießen ein anderes Geräusch als ein Erstechen, doch mit ein wenig Übung und einem Verstand, wie der Privatdetektiv ihn besaß, war es möglich, durch Widerhall, Lautstärke und Art des Geräusches wesentlich mehr Informationen über die Untat zu erlangen.

Lag dieselbige noch nicht lange zurück und hatte also die Leichenstarre noch nicht eingesetzt, so waberten immer noch einige Restschwingungen durch das Fettgewebe der Opfer. Regte man diese richtig an, konnte man eine Verstärkung erzielen, um so den Klang des Todes wieder hörbar zu machen. Für die Physiker unter uns sei folgendes Stichwort gegeben: Resonanzkatastrophe!

Unbeirrt klopfte Henry auf den beiden Leichen herum. Er spielte sie wie ein Xylophon und endlich erklang ein Geräusch. Erst ganz leise und dann immer lauter. Ein Geräusch, das er noch nie gehört hatte. Schnell an- und abschwellend, mit stark fluktuierenden Frequenzen, polyrhythmisch und völlig unbekannt. Dann ein Knarren wie von einer Türe oder dergleichen. Dann begannen die Geräusche von vorne, wie in Endlosschleife.

„Verdammt", sagte der Detektiv. Er ließ die Hämmer sinken, worauf der Klang verstummte und er keinen Deut schlauer war.

„Was war das? Was ist passiert?" Sarim Mosk schaute verwirrt aus der Wäsche. Seine verschränkten Arme hatte er gelöst und ging nun auf den Privatdetektiv zu, der sich vor den Leichen hockend am Kopf kratzte.

„Ich hab keine Ahnung. Mir ist es zwar gelungen, die Laute ihres Todes wieder aufzuspielen, doch ich hab keinen blassen Schimmer, was so ein Geräusch erzeugt. Die beiden haben auch keinen Mucks von sich gegeben ... also entweder wurden sie überrascht, oder sie kannten den Mörder gut."

„Und das Knarren?"

„Vermutlich die Türe. Der Mörder muss ja den Raum wieder verlassen haben ... schwierig ... Mann, Mann, Mann, hier hilft nur noch eins: scharf nachdenken und kombinieren."

Henry drehte sich zum Raum, lehnte sich mit dem Rücken an der Couch an und blieb auf dem Boden hocken.

In seine Augen kehrte der abwesende Ausdruck zurück, den Kommissar Mosk schon in der Jugendherberge und dem Anwesen der Strums bemerkt hatte. Da konnte Sarim nur warten.

Unterdessen ging in Henrys Kopf Folgendes vor ...

»Ein unbekanntes Geräusch.
Unbekannte Dinge erzeugen unbekannte Geräusche.
Samuel Salpeter von Sansibar putzt seine Gnuritarre. Ein Instrument gefertigt aus einem ausgehöhlten Gnu, über welches Stahlsaiten gespannt wurden. Niemand kennt seine Musik.
Nie zuvor gehörte Laute.
Der Geheimnisklang.
Okkulte Akustik.«

Seine Gedanken drehten sich im Kreis. So würde er nicht vorankommen. Er musste sich weiter unkonzentrieren.

Den diffusen Strom erweitern, bis er einer Art See wurde, der in alle Richtungen floss.

»Geräusche und ein Sofa und Bier.
Was haben all diese Dinge nicht miteinander gemein?
Ein taubstummes Lama steht in einem unmöblierten, schallisolierten Raum und ist straight edge.
Sein Fell weht im Wind.
Die beiden wurden auf eine unbekannte Weise getötet.
Am Ende ein Knarren.
Tausend tollwütige Türen knarren um die Wette und aus jeder von ihnen springt ein Mörder in die Freiheit.
Man nehme drei Esslöffel Muskat, reibe die in Streifen geschnittenen Schweinewangen damit ein und mache aus dem Rest des Kopfes eine Sülze.
Die beiden kannten ihren Mörder vermutlich.
Kunfuzilama spricht: Nicht alles, was glänzt, ist Gold, und nicht alles, was knarrt, sind Türen.
Mit einer langen chamäleonhaften Zunge öffnet das Lama ein Fenster und entflieht.
Nun lasse man den Schweinekopf so lange kochen, bis sich das Fleisch ganz leicht ablösen lässt und das Innere zum Vorschein kommt.
Fenster. Schweinekopf. Nicht die Türe. Hm.
Batman reitet auf dem Lama und bohrt in der Nase.
Die Popel klebt er an den Nachthimmel und schreibt: Ich bin Batman!
Der Schweineschädel isst sein eigenes Fleisch und spricht: Suche nicht den Mörder, doch das Gesicht ist das Fenster zur Seele, aber nicht unbedingt zur eigenen.
Ein Mörder offenbart seine Seele in den Hinweisen, die er hinterlässt.
Eine kleine nackte Version des Hermannsdenkmals sitzt in Detmold in der Innenstadt und reibt sich mit Grafschafter Goldsaft ein.
Nachdem das Fleisch entsorgt wurde, garniere man den

Schädel mit Petersilie und serviere ihn mit einem Chianti, dazu Favabohnen. Ftftftft!

Die Türe hat nicht geknarrt und der Raum hat keine Fenster. Den Mörder kann ich nicht finden, aber seinen Hinweis – seine Seele. Das Gesicht ist das Fenster zur Seele.

Alles klar …«

„Okay … Nun gut. Probieren wir es eben." Der Privatdetektiv erhob sich. Frontal stand er jetzt vor den beiden Leichen auf dem Sofa. Er griff beherzt nach ihren Nasen und drehte sie nach links.

Mit einem Knarren öffneten sich die Gesichter der Toten. „Das hat geknarrt!" Zum Vorschein kamen nicht etwa Muskeln und Knochen oder gar Gehirne, sondern so etwas wie die Innenseite einer mit schwarzem Samt ausgekleideten Kiste.

„Was zur Hölle?!", entfuhr es Sarim Mosk und auch einige der Polizisten keuchten auf. Damit hatte niemand gerechnet, außer natürlich Henry Frottey, der in die Gesichtskisten der Dahingerafften griff. Dabei förderte er erst einen Teebeutel und dann Laminat zu Tage.

„Teebeutel und Laminat", sagte Henry. „Hier zeichnet sich langsam ein Muster ab, Herr Kommissar. Ich glaube, wir haben es hier mit einer Mordserie zu tun."

„Was?! Wie kommen Sie denn darauf?!"

„Überlegen Sie mal. Sändi McLin Wu, Horatio Strum, Joas und Klako. Wer auch immer sie umgebracht hat, er hat uns bisher immer eine Art Souvenir hinterlassen. Sie erinnern sich?"

Sarim Mosk sah ihn mit großen Augen an. Henry wusste, dass der Kommissar nicht glauben konnte, dass zwischen den Morden ein Zusammenhang bestand. Doch für ihn war es sonnenklar. Wer auch immer da sein Unwesen trieb, er wollte, dass Henry seine Hinweise fand. Er wusste auch, dass nur der Privatdetektiv sie finden konnte. Es war also etwas Persönliches.

„So, machen Sie Ihre Polizeiarbeit, ich ziehe los und löse den Fall. Tschüss", sagte der Privatdetektiv und verschwand durch die Türe.

„He, Moment! Sie können doch nicht einfach … warten Sie! … Das kann doch wohl nicht wahr sein! Der zieht hier erst so eine Show ab und lässt uns dann hier zurück! Scheiße, wir haben hier zwei vergreiste Leichen mit offenen Gesichtern, weiß der Teufel, wie der das gemacht hat, und der haut einfach ab?! Was soll das?!"

Draußen wurde der dramatische Abgang des Privatdetektivs Henry Frottey jäh beendet. Der Managertyp war ihm nachgelaufen. Seine Hand auf der Schulter des Privatdetektivs, sagte er: „Hey du! Du bist doch ein ganz patenter Kerl. Mir fehlt ja jetzt ein Moderator für heute Abend. Willst du dir was dazuverdienen?"

Ohne zu zögern schlug Henry widerwillig ein. Es hatte wenig Überzeugungsarbeit gebraucht, ihn dazu zu bringen, unsicher zuzustimmen. Eine spontane zweifelnde Entscheidung. Seine Gefühle waren sehr gemischt.

„Neejaachneinwiesoeigentlichnunjagerneniemalsjoaschonvielleichtkeineahnung …", antwortete der Privatdetektiv.

„Perfekt!", entgegnete sein Gegenüber. „Dann stecken wir dich mal in einen Anzug, Junge." Ohne Vorwarnung tauchte hinter ihnen ein Polizist auf und sagte zu Henry: „Dann sind Sie jetzt wohl …" Der Unbekannte setzte sich eine große, verspiegelte Sonnenbrille auf. „… ein Morderator." …

„Wer sind Sie?"

„Mein Name ist Horatio Cane", sagte der fremde Polizist geheimnisvoll.

„Warum machen Sie das?"

„Das ist mein Markenzeichen."

„Haben Sie keinen Respekt vor den Toten? Hier sind gerade zwei Menschen ermordet worden und Sie kommen vorbei und reißen dumme Witze? Was denken Sie sich dabei?“, mischte sich der Managermann zornig ein.

„Oh, ähm ... da hab ich gar nicht drüber nachgedacht ... Das tut mir wirklich leid.“ Der Polizist setzte die Sonnenbrille wieder ab.

„Denken Sie das nächste Mal nach, bevor Sie sich aufspielen, Mann!“

„Gott, ist mir das peinlich ...“

Schnitt. Man sieht eine Aufnahme von Schikargo aus einem Helikopter gefilmt bei Sonnenuntergang. Aus der Ferne ruft jemand: „Yeah!“

Wenig später stand der geschniegelte Henry Frottey im Boxring mit einem Mikrofon in der Hand und moderierte, was das Zeug hielt. Es konnte jedoch kein sehr gutes Zeug gewesen sein, der Privatdetektiv fühlte sich nicht wohl. Immer wieder verhaspelte er sich, schweifte völlig ab und erzählte den Leuten unzusammenhängende Geschichten.

Doch die Zuschauer waren hellauf begeistert. Anscheinend hielten sie den unsicheren Detektiv für eine Art Comedian oder dergleichen. Die aufreizenden Kämpfe der boxenden Damen hatten sie in eine gnädige Stimmung versetzt, sodass sie selbst sein Gesabbel für erheiternd befanden. Eine furchtbare Situation, wie Henry fand.

Er klinkte sich aus. Verdrängte alles. Die geifernden alten Männer im Publikum, die lachten und johlten und vor Entzückung die Augen verdrehten. Die streitbaren Boxerinnen, die sich die Kleider vom Leib rissen und unter den wechselseitigen Treffern aufstöhnten. Dazwischen er selbst, der hin und wieder Kämpfe ansagte, hauptsächlich aber Quatsch erzählte.

Von alldem bekam er nichts mit. Es war ein langer Tag gewesen und Henry zog sich in sein Oberstübchen zurück. Seine Gedanken kreisten um Lady _. Angenehme, weiche Gedanken, wie von Wasser und Seide. Weiße Gedanken. Ganz anders als die kantige, scharfe Realität. In seiner Vorstellung tanzten sie beide auf einem Fluss aus Milch und Mondlicht zur Musik, die der Wind auf einer Tuba spielte, die er vermutlich irgendwo gefunden hatte. Sie küssten sich.

„Schlamm! Schlamm! Schlamm!", skandierte die Menge im Odysseum so fordernd und ausgelassen, dass Henry aus seiner Fantasie gezogen wurde. Auf dem Boxring war ein Schlammpool aufgebaut worden, und schon rekelte sich das erste Paar darin.

Dieses Bild vor Augen, kehrte er zurück in seine Imagination, doch etwas war anders. Lady _ und er tanzten nicht mehr. Sie lagen sich nackt in den Armen. Das war zwar eine fantastische Vorstellung, doch sie kam nicht aus ihm selbst. Sein Umfeld hatte ihn dazu gedrängt.

„He, Meister, du musst wieder raus – moderieren und so!", sagte einer der Bühnenarbeiter und tippte dem Privatdetektiv auf die Schulter. Doch Henry wollte nicht, er hatte ein kleines Problem. Es war wie damals, als er in der Schule noch ein pubertierender Privatdetektiv gewesen war und nicht aufstehen wollte, als die Lehrerin ihn aufrief, weil etwas an ihm schon längst aufgestanden war.

„Du musst da jetzt raus, Meister!" Stur blieb er stehen, wo er war, und beugte sich etwas vor, um sein Jackett geschickt über seinen Schritt fallen zu lassen. Mit einer Erektion konnte er unmöglich vor die Leute und schon gar nicht vor die Fernsehkameras treten. Selbst wenn es das Publikum nicht wusste, so wusste er es und damit auch alle Gedankenleser.

„Argh … mein Bauch. Ich fühl mich gar nicht gut. Ich glaub, ich muss … hngh!" Das war natürlich gelogen und meisterlich geschauspielert, so lief der Privatdetektiv auch nicht zum Klo, sondern einfach nach Hause, wo er sich ins Bett legte und einfach einschlief. Er träumte von Lady _.

„He, wo will der denn hin?“, fragte der Managertyp, als er Henry davonrennen sah. Der Bühnenarbeiter zuckte die Achseln. „Dem ist schlecht geworden. Vielleicht verspätetes Lampenfieber?“

„Na ja, zum Glück ist die Show schon fast zu Ende … ich hoffe nur, der kommt zurück und holt sich sein Geld ab.“

„Sie sind ein seltsamer Manager.“

„Ich weiß.“

Zur selben Zeit an einem düsteren Ort.

„… und deswegen sollte man nie Cola und Mentos mit Essig und Backpulver mischen, meine getreuen Helfershelfer“, schloss der finstere Boss seinen Vortrag. Er lehnte sich nach vorne, um die abgetrennte Hand wieder einzustecken. Zufrieden drehte er in seinem Stuhl ein bisschen von links nach rechts, als seine Handlanger anerkennend murmelten. Einer sagte sogar: „Wow, das war die beste Geschichte, die ich je gehört habe!“, und die anderen nickten, was man natürlich kaum sehen konnte.

„Ha! Ha! Ich hab noch Dutzende auf Lager, du Lappen“, sagte der Anführer. „So entsinne ich mich beispielsweise einer Begebenheit … und das war megakrass! …“

„Warum machen wir eigentlich immer nur eine Sache gleichzeitig?“, platzte es aus einer der Gestalten heraus. „Wir könnten so viel Zeit sparen, wenn wir mehrere Teile unseres geheimen Plans parallel ausführen würden. Jetzt begehen wir immer nur ein Verbrechen und müssen die Zwischenzeit mit langweiligen Geschichten überbrücken, bis wir das Resultat erfahren. Das ist total unproduktiv.“

Eine gefährliche Stille legte sich über den Raum. Eine tödliche Stille. Er hatte es gewagt, den Plan des Chefs grundlegend in Frage zu stellen, was noch niemand gewagt hatte, doch sie hatten alle schon Leute für weniger sterben sehen.

„... Na ja, da hab ich so drüber nachgedacht, Boss ... ähm ... ich ... es tut mir leid."

„Vortrefflich, du Bitch. Du neigst dein Haupt in Schande. Das ist sehr löblich, Nutte."

„Ich wollte nicht anmaßend sein. Ich will nur, dass dein Plan erfolgreich ist, Boss."

„Ja ... geil, du versuchst mitzudenken, wie aufmerksam von dir. Und Kritik muss man ja auch annehmen, aber so läuft das nicht." Ganz ruhig drang die Stimme des verdunkelten Gangsterbosses aus den Schatten. Keiner der Handlanger hatte je sein Gesicht gesehen. Nicht mal das des Schoßtieres, welches er bei sich trug. Äußerst geheimnisvoll und bedrohlich. Ein Mann mit einem Sinn für das Dramatische.

„Es gibt gewisse Rulez, die wir befolgen müssen. Einen Gangstercode, wenn du so willst, du Opfer. Das hat was mit Stil zu tun. Unsere kleine Organisation ist keines dieser zügellosen Verbrechersyndikate, wo einfach jeder Arsch mordend und raubend durch die Stadt ziehen kann, solange die Bullen uns nicht verknacken können! Wir haben Klasse! WIR SIND OLD-SCHOOL, BITCHES! Es geht hier nicht darum, Geld zu scheffeln ... nicht primär ... Es geht hier um den uralten Kampf von Gut gegen Böse ..."

„Aber Boss, ich dachte, der Plan wär ..."

„Jaja, der Plan. Unser Plan. Alter, wir führen hier gerade eine Grundsatzdiskussion, okay? Fuck ... wo war ich steh'n geblieben? ..."

„Du wolltest ..."

„Ach ja! Ich hob an, vom immerwährenden Kampf von Gut gegen Böse zu sprechen. Jedenfalls haben die Guten ihre Regeln ... dass die zum Beispiel keinen umbringen oder so, was weiß ich denn? ... Und wir haben eben unsere. Ich weiß, das sind Methoden des 19. Jahrhunderts, doch nennt mich altmodisch, aber ein respektvoller Umgang ist mir bei der Vernichtung meiner Feinde wichtig, ihr Spackos. Und da kommen wir wieder zu dir, mein kleiner Mitdenker. Dein Verhalten war alles andere als respektvoll, Alter. DAS WIRD NIE WIEDER VORKOMMEN! HAST DU DAS VERSTANDEN?!“

„Ja, Chef.“

„ICH FRAGE DICH: HAST DU DAS VERSTANDEN?“

„JA, CHEF!“

„Vortrefflich, Homie.“

Erleichtert atmete der Handlanger aus.

„UND ICH WERDE DAFÜR SORGEN, DASS DAS NICHT WIEDER VORKOMMT!“, brüllte der beleuchtungssparsame Boss. Sofort ergriffen zwei der Gorillas ihren Kollegen und schleppten ihn davon. Dann ertönten aus dem Nebenzimmer der kreischende Gesang einer Kreissäge, das kreischende Kreischen eines Menschen und zum Schluss kam die kreischende Stille von Bananen hinzu. Entweder vollzogen die Gorillas eine grausame südamerikanische Bananenfolter an dem Handlanger oder sie machten Mittagspause.

„Ich denke, ich habe meinen Standpunkt klar gemacht. Wo war ich stehen geblieben? …“ Die Schurken rückten näher zusammen. Offensichtlich war mit ihrem Boss nicht zu spaßen, was ihnen zwar bewusst gewesen war, aber …

Plötzlich flog die Türe auf und Sulaiman Putimir abd el Dachschadên betrat den Raum.

Der Profikiller, Sohn einer afghanischen Geheimagentin und eines russischen Gemüsehändlers. Seine Kindheit soll er angeblich ganz alleine am Südpol verbracht haben, wo er von den ortsansässigen flugunfähigen Vögeln nicht nur in ihrer geheimen Kampfkunst, dem Pingunojitsu, sondern allen Formen des bewaffneten, unbewaffneten, teilweisebewaffneten und bewaffelten Kampfes unterwiesen wurde. Er gehörte zu den besten Killern der Welt. Außerdem hatte er große Ohren. In der Hand hielt er einen länglichen Koffer.

„Hat geklappt!“, krächzte abd el Dachschadên. Er hatte vor langer Zeit beim Liedergrölen in einer Kneipe in Wladirostock die Stimme verloren und sie nie ganz wiedergefunden. Unsanft ließ er den Koffer auf den Tisch seines lichtscheuen Chefs krachen.

„Vorsicht. Der Vergreisungsstrahler ist ein empfindliches Gerät“, sagte dieser.

„Ja ... empfindliches Gerät ... aber falsch eingestellt. Lässt die Leute zu schnell altern. Die zerfallen sofort zu Staub. Hch!“, machte Sulaiman und fuhr fort: „Stört mich zwar nicht, könnte aber schwierig werden, rechtzeitig mit dem Vergreisen abzubrechen.“

„Dann müssen wir wohl nachjustieren“, klang es von jenseits des Schreibtisches. Sofort trat einer der Handlanger vor.

„Soll ich den Professor kontaktieren, Boss?“

„Nein, die Feineinstellungen können wir selbst vornehmen ... nein, wir benötigen die Dienste des Professors nicht mehr ... ich denke, wir sollten ihn *entlassen*.“

„Kümmer mich sofort drum“, knurrte abd el Dachschadên und griff nach dem Koffer.

„Nein, nein, nein. Wir wollen doch nicht, dass jemand außer uns eine Verbindung zwischen dem Professor und dieser seiner geheimen Erfindung herstellt. Nein, schickt einen von unseren Selbstmordententätern.“

„Wird erledigt, Chef.“

„Ach, und ... sendet Henry Frottey eine Nachricht ... irgendwas hübsch Verpacktes. Was Stimmiges halt, ihr Nutten.“

Kapitel 6: Dream Noir

»Mittagsschwanger eumelte die olle Leuchtescheibe dem Zenit entgegen, als der Cowboy Jimmy Glitschy aus dem Saloon auf die Straße trat. Die Welt schien mit einer feinen Schicht aus Staub überzogen zu sein – sogar die Menschen.

Vor ihm reihten sich die einfachen Holzhäuser von Schikargo Gulch auf, deren Fassaden Tag für Tag der Hitze und dem Wind trotzten und tapfer von den Bürgern in Stand gehalten wurden. Die Siedler besaßen nicht viel, aber sie versuchten, das Beste aus sich zu machen.

Gute, einfache Menschen, dachte Jimmy Glitschy und ging gemächlich zum Stall herüber. Seine Sporen klirrten bei jedem Schritt, den er tat. Menschen, die es wert sind, dass jemand für sie einsteht.

In dem Verschlag neben dem Saloon, der als Pferdeparkplatz diente, hatte er seinen treuen Rappen abgestellt: Black Sabbath. Der Name war ihm eingefallen, weil das Pferd schwarzes Fell hatte und ihm heilig war und der Sabbat war eben auch heilig. Rockmusik gab es damals noch nicht. Es sei denn, jemand hätte mit einem Stein auf ein Banjo oder ein Honky-Tonk-Klavier eingeprügelt …

Jimmy öffnete die obere Hälfte der Stalltüre, sofort streckte Black Sabbath seinen Kopf heraus und wieherte leise zur Begrüßung. Sanft strich der Cowboy über die Schnauze des Tieres. Irgendwas schien es zu beunruhigen, das spürte er. Er kannte Black Sabbath besser als sich selbst.

Erst als er die untere Hälfte der Stalltüre öffnete, bemerkte er, dass sein Pferd auf Ziegelsteinen aufgebockt war und alle vier Beine geklaut worden waren.

„Verdammt“, fluchte Jimmy und spuckte auf den Boden. Die Banditen, die in dieser Gegend ihr Unwesen trieben, hatten offensichtlich davon Wind bekommen, dass er in Schikargo Gulch angekommen war und ihm umgehend eine Botschaft geschickt. Eigentlich hatte Jimmy Glitschy sich nur vorgenommen, die braven Bürger dieser schönen Stadt von ihren Peinigern zu befreien, doch jetzt war es etwas Persönliches.

„Dann musst du wohl hierbleiben, treuer Freund“, sagte der Cowboy zu seinem Pferd und schloss die Türe wieder. Wo sollte er jetzt ein neues Pferd herbekommen? Missmutig sah er sich um.

Auf der anderen Straßenseite versuchte ein Verrückter, einen Amboss mit einem Hammer zu verprügeln. Auf dem Schild darüber stand „Schmiede“. Genau, wonach er gesucht hatte.

Der Cowboy trat neben den Amboss und sprach: „Guter Mann, schmiede mir ein Pferd!“

„50 Dollar“, knurrte der mindestens neunschrötige Kerl, ohne von seiner Arbeit aufzusehen.

„Ich hab nur 40. Was bekomme ich dafür?“

So kam es, dass Jimmy Glitschy wenige Stunden später die Stadt als Zentaur verließ. Allerdings wurde er vorher noch einmal aufgehalten. Ein kleines Mädchen lief über die Straße auf ihn zu. Als es den Cowboy erreicht hatte, zog sie ihn zweimal kurz am Hosenbein.

„Verzeihung, Sir?“

Jimmy sah zu ihr herunter. Sie mochte wohl acht oder neun Jahre alt sein. Kaum jünger als die Siedlung selbst. Weiße Locken umspielten ihr rundes Gesicht und der Wüstenwind den Saum ihres Kleidchens. Ein unschuldiges Kind mit einer unschuldigen Frage: „Werden Sie uns vor den bösen Männern retten?“

Der Cowboy tätschelte ihr den Kopf, schwang sich auf sein Pferd und sagte: „Du hast mein Wort, kleine Lady.“ Dann ritt er endgültig davon.

Als Schikargo Gulch etwa zwei Wegstunden hinter ihm zurücklag und um ihn her nichts als Prärie zu sehen war, fiel Jimmy Glitschy endlich ein guter Name für sein neues, unvollständiges Pferd ein. Da es aus Metall geschmiedet und vor ihm noch von keinem anderen geritten worden war, wollte er es Iron Maiden nennen.

Obwohl er bislang keine einzige Spur gefunden hatte, entschied Jimmy, an Ort und Stelle sein Nachtlager aufzuschlagen, da die Sonne bereits im Sinken begriffen war, außerdem hatte sich ein Problem ergeben, mit dem er anfangs nicht gerechnet hatte. Wenn man stundenlang auf einem Stahlross durch die Sonne reitet, wird das sehr warm … an sehr unangenehmen Stellen.

Breitbeinig stieg Jimmy ab und lief mit schmerzverzerrtem Gesicht auch ein ganzes Stück in dieser Art weiter, ohne das Bewusstsein, dass er damit einen Stil kreierte, den nahezu alle seine Cowboy-Nachfahren kopieren sollten.

Das Lager war schnell aufgebaut, bald köchelte ein Topf graue Bohnen in Tomatensoße über dem Feuer und Iron Maiden lief etwas kopflos durch die Gegend. Aus heutiger Sicht war Jimmy Glitschy das einsamste Musikfestival aller Zeiten.

Doch er genoss diese verlassenen Abende in der Wüste. Nur er, sein Pferd und die Natur. Dann fühlte er sich klein. Winzig geradezu. Und um dieses Gefühl zu bekämpfen, war es umso wichtiger, etwas Bedeutsames zu tun. Die Banditen aufzuspüren und zur Strecke zu bringen, die Schikargo Gulch in Angst und Schrecken versetzten, würde ein guter Anfang sein.

Als Jimmy schließlich einschlief, zerriss nur der einsame Ruf des Präriepavians die Stille des achtspurigen Superhighways, den sie hier in die Wüste gestellt hatten.

Bei Sonnenaufgang erwachte der Cowboy steifnackenhaft und frostzittrig. Während er das Feuer wieder anfachte, um Kaffee aufzusetzen, beobachtete er, wie sich das Morgenlicht auf der Metallhaut von Iron Maiden brach. Vielleicht würde er sich doch mit seinem Ersatzpferd anfreunden können, zumindest, bis er die Beine von Black Sabbath zurückerobert hatte.

Als Jimmy den ersten Schluck trank, vernahm er aus der Erde ein seltsames Schaben, ein Kratzen, ein ... Graben? Sofort zog er seine Revolver.

Aus dem Boden schälte sich ein schlaksiger, alter Mann. Selbstverständlich war er von oben bis unten schmutzig, aber es gab noch andere naheliegende Dinge an ihm. Er trug eine Schaufel und eine Laterne bei sich. Weniger offenkundig war, dass sein gesamtes Gebiss aus Goldzähnen bestand.

„Wusste ich es doch, dass ich Kaffee gerochen hatte!“, sagte der Alte und langte nach der Kanne auf dem Feuer.

„Langsam reiten“, knurrte Jimmy Glitschy, doch der Erdgeborene hörte nicht, sondern kippte sich die ganze Kanne auf einmal hinter die Binde. Der Cowboy war misstrauisch, aber auch ein bisschen beeindruckt, schließlich war der Kaffee heiß gewesen.

„Weißt du eigentlich, wie lange ich schon keinen Kaffee mehr getrunken habe, Jüngelchen?“, fragte er, dabei warf er den leeren Behälter achtlos über die Schulter.

„Achtzehn Jahre“, riet Jimmy.

„Richtig, Jüngelchen! Du hast ganz schön was in der Birne, ne?“

Vor achtzehn Jahren war in dieser Gegend das letzte Mal Gold gefunden worden. Dieser alte Mann war anscheinend ein übriggebliebener Goldgräber mit einer immensen Beharrlichkeit. So was verdient Respekt. Jimmy ließ die Waffen sinken.

„Du bist in diesem Landstrich öfter unterwegs?“, fragte er.

Der Goldgräber pulte Fleischreste aus seinen Goldzähnen. „Meistens unterirdisch, aber ich krieg alles mit, was zwischen den Bergen da und dem Horizont gegenüber passiert, Jüngelchen. Warum?“ Er grinste.

Der Cowboy steckte die Pistolen weg und setzte sich wieder ans Feuer. Dieser Goldgräber würde keine Bedrohung darstellen, vielleicht konnte er ihm sogar helfen.

„Sind hier in letzter Zeit ein paar Banditen durchgekommen?“

„Oh ja, ganz üble Typen waren das!“, meinte der Alte eifrig, dabei setzte er sich ebenfalls. „Da bin ich gar nicht erst rausgekommen. Die hätten doch nur auf mich geschossen. Hab ich alles mitbekommen, was die geredet haben, ja.“ Er tippte auf sein Ohr.

„Und wo sind die hingeritten?“

Mehr gackernd als lachend sprang der Goldgräber auf und begann wild zu tanzen. Er klatschte in die Hände und sprang von einem Bein aufs andere. Jimmy Glitschy war wenig überrascht. Wer so viel Zeit unter der Erde verbrachte, der konnte zwangsläufig nicht mehr ganz richtig im Oberstübchen sein. Langsam beruhigte der Alte sich wieder.

„Also, weißt du, wo die Banditen hingeritten sind?“, wiederholte der Cowboy geduldig.

„Ich könnte neue Schuhe gebrauchen, Jüngelchen.“ Er streckte ihm seine löchrigen Stiefel entgegen. Deutlich konnte Jimmy sehen, wie er mit den Zehen wackelte.

„Na gut“, sagte der Cowboy und gab dem Goldgräber seine eigenen Stiefel. Manchmal musste man Opfer bringen, um etwas Gutes zu bewirken.

Als der Alte die neuen Schuhe anhatte, grinste er erneut und sagte: „Ja.“

„Was, ja?“

„Du hast mich gefragt, ob ich weiß, wohin die Banditen geritten sind, und ich sagte: ja.“

Jimmy seufzte. „Und wohin sind sie geritten?“

„Ich könnte einen neuen Hut gebrauchen, Jüngelchen“, meinte der Goldgräber. Er reichte dem Mann ohne Umschweife seinen Hut, dann sah er ihn erwartungsvoll an.

„Gestern Mittag sind sie hier durchgekommen.“

„Das hatte ich nicht gefragt“, knurrte Jimmy. Er musste hart an sich halten, um nicht wütend zu werden. Schließlich war der Alte nur ein bisschen verrückt und wollte ihm nichts Böses.

„Ach so, entschuldige, Jüngelchen. Mein Gehör hat … ähhh … etwas unter der ständigen Dunkelheit gelitten.“ Er grinste.

„Wohin sind sie geritten?“, wiederholte der Cowboy.

„Mir gefällt dein Mantel.“ Der Mantel wurde weitergegeben, dann fuhr der Alte fort: „Ein paar Meilen Richtung Osten steht ein Blockhaus. Da sind die hin. Jedenfalls haben die davon gesprochen.“

Der Cowboy sprang auf die Beine, gleichzeitig zog er in einer fließenden Bewegung seine Revolver. „Danke für deine Hilfe, Alterchen … und jetzt gib mir meine Sachen wieder.“

Während der Goldgräber die Kleidungsstücke wieder auszog, lachte er gackernd und sagte: „Ich hätte wohl nach den Kanonen fragen sollen, was?“

„Hättest du“, bestätigte Jimmy und fügte hinzu: „Hättest du aber nicht bekommen.“

„Ha! Was ich den Leutchen schon alles aus dem Kreuz geleiert habe.“

Jetzt, wo er den Aufenthaltsort der Banditen kannte, bedeutete der Alte bloß Zeitverlust, also schwang sich der Cowboy auf sein Stahlross und ließ den gackernden, tanzenden Goldgräber hinter sich zurück.

Wenig später hatte Jimmy Glitschy das beschriebene Blockhaus erreicht. Es lag am Hang des Bergmassivs, dazu gehörte etwas steiniges Farmland und es war verwaist. Er kam zu spät.

„Verdammt", fluchte Jimmy. Schwerkraft lenkte seinen Auswurf auf den sandigen Holzboden. Vielleicht lagen hier noch irgendwo die Beine von Black Sabbath rum?

Obwohl er die gesamte Behausung auf den Kopf stellte, fand er die Läufe nicht, dafür ein paar andere interessante Hinweise: Vogelfedern und einen Steckbrief.

Gesucht
Tot oder lebendig!
Chuckoo McGee und der Kuckucks-Klan
Wegen: Mord, Bankraub, Eisenbahnüberfall, Viehdiebstahl, diversen nicht bezahlten Rechnungen und unfreiwilliger Adoption.

Der Kuckucks-Klan – die gefürchtetste und unmenschlichste Bande des gesamten Westens. Gefürchtet, weil sie so unmenschlich waren, und unmenschlich, weil ihr Anführer tatsächlich ein Kuckuck war.

Chuckoo McGee. Jimmy Glitschy kannte ihn. Einst war er ein menschlicher Waisenjunge gewesen, wenigstens, bis er von einem Antikuckuck aufgenommen wurde.

Der nordamerikanische Antikuckuck war eine seltsame Laune der Natur. Diese Vogelart vertrieb sich die Zeit damit, ihren übermäßigen erzieherischen Drang auszuleben, indem sie Eier aus fremden Nestern stahl und die Küken wie ihre eigenen aufzog. Bei einigen Exemplaren hatte man sogar die Aufzucht von Eichhörnchen und kleineren Echsen beobachtet.

Der kleine Chuckoo McGee war aber einem besonders ehrgeizigen Vogel zum Opfer gefallen. Noch als Säugling war er von ihm davongetragen worden. Durch die extreme Sozialisation des Antikuckucks verwandelte sich der kleine Mensch Stück für Stück ebenfalls in einen Antikuckuck. Allerdings entschied er sich auf Grund der natürlichen Rebellion während der Pubertät, genau das Gegenteil seines Ziehvaters zu werden, und pubertierte so zum Antiantikuckuck – also Kuckuck. Ein sehr komplizierter transsoziogenetischer Prozess, bei dem jeder ernstzunehmende Biologe die Hände über dem Kopf zusammenschlagen würde, um einen Laut akademischer Entrüstung auszustoßen – nichtsdestotrotz war es nun mal passiert. Das konnte niemand leugnen. Als Mensch geboren, zum Antikuckuck erzogen und zum Kuckuck rebelliert. Da kann man ja nur kriminell werden.

Der Cowboy Jimmy Glitschy schüttelte ob dieser Gedanken den Kopf, dann hockte er sich neben die Feuerstelle und hielt die Hand über die Asche. Sie konnten noch nicht weit sein. Sie hatten vielleicht zwei Stunden Vorsprung. Das verriet ihm die noch warme Glut und eine Eieruhr, die daneben stand und seit zwei Stunden abgelaufen war.

Wie erwartet fand er ein paar frische Spuren. Nun würde die Verfolgung deutlich einfacher werden, denn Spuren lesen konnte der Cowboy. Er war früher Pfadfinder gewesen – einer der besten. Immer wieder war es ihm gelungen, die Pfade wiederzufinden, welche zugedeckt worden waren von den alten Erzfeinden der Pfadfinder – den Pfadversteckern. Diese Bastarde machten nicht nur Wege unkenntlich, sie hatten auch die Sackgasse ohne Wendehammer und das Déjà-vu erfunden.

Ohne weitere Umschweife ritt er los. Die Abstände zwischen den Hufabdrücken des Kuckucks-Klans verrieten ihm, dass sie voranpreschten, als sei der Teufel selbst hinter ihnen her. Bei dem Tempo würde es den ganzen Tag dauern, ihren zweistündigen Vorsprung aufzuholen.

Er gab Iron Maiden die Sporen und lehnte sich tiefer in den Sattel. Rastlos jagte Jimmy Glitschy durch die Prärie, die Augen auf das Ziel gerichtet, das Herz bei den braven Einwohnern von Schikargo Gulch und den Beinen seines treuen Pferdes.

Am Fire Water River musste er allerdings kurz halten. Der Kuckucks-Klan hatte ihn überquert und die Brücke hinter sich abgebrannt. Jimmy musste also eine seichte Stelle suchen, um herüberzukommen. Ein gefährliches Unterfangen, da damals viele Menschen noch nicht schwimmen konnten. Wenn man keine Furt fand, war man dazu verdammt, auf den Grund des Flusses zu sinken, dort liegenzubleiben, einzutrocknen und langsam, aber sicher ins Meer gespült zu werden. Darum gibt es heutzutage Seegurken.

Doch der Cowboy fand einen ungefährlichen Übergang, gar nicht weit entfernt. Am Abend hatte er das Lager des Klans ausgemacht. Es lag in einem Canyon. Nach kurzen taktischen Überlegungen entschied er, erst im Morgengrauen anzugreifen und legte sich auf die Lauer. Mitten in der Nacht fiel er einmal herunter. Das war ihm echt peinlich, doch die Banditen schienen nichts bemerkt zu haben und so legte er sich wieder drauf und schlief weiter.

Der nächste Tag war bereits angebrochen, als Jimmy Glitschy erwachte … gefesselt an einen Marterpfahl. Um ihn her standen die Banditen des Kuckucks-Klans. Etwas war ganz und gar nicht nach Plan verlaufen – nämlich alles.

Der Cowboy hatte nicht an die reflektierenden Eigenschaften seines metallischen Pferdes Iron Maiden gedacht. Bereits der erste schüchterne Sonnenstrahl hatte sich auf dessen Haut gebrochen, sodass er unweigerlich entdeckt werden musste.

„Verdammt“, fluchte Jimmy und spuckte aus, doch die Banditen lachten nur dreckig. Dann trat aus ihrer Mitte Chuckoo McGee, der Kuckuck.

„Ahhh, Jimmy Glitschy, der einsame Cowboy. Nett, dass du uns besuchst.“

„Was habt ihr mit Black Sabbaths Beinen gemacht, ihr räudigen Hunde?“, knurrte Jimmy zurück.

„Die Pferdebeine? Die sind genau hier“, lachte der Vogel böse, dann gab er seinen Männern ein Zeichen. Sofort standen vier Kerle um den Marterpfahl. Jeder hielt einen der Läufe in den Händen. Sie grinsten fies, wie Menschen, die nicht viel im Kopf haben, aber Spaß daran finden, andere zu quälen.

„Die willst du bestimmt wiederhaben, was, Jimmy? Jungs, gebt sie ihm wieder.“ Darauf hatten die Schläger gewartet. Gnadenlos prügelten sie auf den Gefesselten ein. Der steckte die Hiebe aber nur klaglos ein, dabei fixierte er die ganze Zeit den Anführer des Kuckucks-Klans.

Auf einmal löste sich ein Schuss. Er traf Jimmy Glitschy in die Magengrube. Die Banditen sahen sich überrascht an.

„Wer hat geschossen?“, fragte McGee entnervt. „Ich wollte ihm gerade unseren teuflischen Plan erzählen und dann erschießt ihr ihn einfach! Wer hat geschossen?!“

Alle hoben entschuldigend die Hände – alle … bis auf Ed. Sie nannten ihn den Voreiligen. Sein Revolver rauchte noch.

„Ed, der Voreilige … das hätte ich mir ja denken können.“

„Ich dachte, er befreit sich gleich“, stammelte Ed.

„Wir sind zu dreizehnt! Selbst wenn er sich befreien würde, müsste es uns doch gelingen, ihn zu überwältigen!“, brüllte der Kuckuck und zuckte dabei aggressiv mit dem Schnabel vor und zurück.

„Da … da, hab ich nicht drüber nachgedacht“, nuschelte der Schütze. Kopf und Kanone hingen nun schlaff herunter.

„Da hat er nicht drüber nachgedacht! … Warum haben wir jemanden im Klan, der ‚Ed, der Voreilige‘ heißt? Das musste doch früher oder später passieren! Schafft ihn weg!“

Sofort ergriffen ein paar seiner Kollegen den zitternden Ed und schleppten ihn außer Sichtweite. Chuckoo McGee seufzte auf.

„Wo war ich stehen geblieben?“

„McGee …“, presste Jimmy Glitschy Worte und Blut hervor. Der Vogel beugte sich zu dem Sterbenden herunter.

„Was, Jimmy? Was sind deine letzten Worte?“ Etwas Kaltes, Unmenschliches lag in seiner Stimme, so, als wollte er die letzten Gedanken des Cowboys nur hören, um sie danach sofort wieder zu vergessen.

„Sag meiner Frau, dass ich sie liebe“, röchelte Jimmy.

„Du hast keine Frau, Cowboy“, entgegnete McGee nüchtern.

„Dann such mir eine und sag ihr, dass ich sie liebe.“

So starb der Cowboy Jimmy Glitschy«, dachte Henry. Damit war auch dieser Tag unerfolgreich beendet.

Kapitel 7: 中国秘密消息 – A Dish Served nach Mörder Art

Nach einer langen Nacht, in der er sich durch verschiedene Bars gesoffen hatte, stand Henry Frottey vor seinem Lieblingsrestaurant. Beherzt griff er nach der Klinke, drückte sie, dann rannte er volle Kanne gegen das Holz. Verschlossen.

„Huch, normalerweise kann ich gut mit Türen", sagte der Privatdetektiv zu sich selbst. Doch er antwortete nicht mehr. Das stimmte ihn kurz traurig, dann entlud er seine Verzweiflung und Hilflosigkeit gegen das Portal. Er rappelte an der Klinke, hämmerte gegen das Holz und verfluchte den Rahmen, dessen Kinder, Kindeskinder und deren Ziegen. Doch die Türe blieb verschlossen.

Was war hier los? Hatten sich jetzt alle Türen gegen ihn verschworen? Ein Schild neben dem Eingang bot eine alternative Erklärung: „Geschlossene Gesellschaft". Besorgt blickte er auf die Uhr. Seine letzte Mahlzeit lag jetzt fünfundfünfzig Minuten zurück, es galt also, keine Zeit zu verlieren. Glück für ihn, dass er den Besitzer kannte.

Der Privatdetektiv besuchte das asiatische Restaurant namens Yoo Get Phat regelmäßig und hatte so im Laufe der Zeit mit seinem Besitzer Tzim Lee Freundschaft geschlossen – einem gutmütigen, etwas dicklichen Chinesen, der sich hin und wieder zu Henry an den Tisch setzte und heitere Gespräche mit ihm führte. Sie verstanden sich nicht nur menschlich, sondern teilten eine gewisse Ebene des Wahnsinns, denn auch der Chinese wusste Unsinn zu schätzen. Nicht mit der Methodik und Professionalität wie Henry, sondern eher auf eine unbekümmerte, spielerische Art. Sie konnten Stunden zusammensitzen und Nonsens reden. Der Privatdetektiv fand das sehr anregend. Schon oft hatte er hier Inspiration für einen Fall gefunden. In dieser Hoffnung war er auch jetzt hierher gekommen, außerdem war er verabredet. Doch der direkte Weg war ja versperrt.

Kein Problem. Henry fasste in seinen Mantel und holte sein Taschenpferd hervor. Nach einigen geübten Handgriffen stand der weiße Hengst fertig aufgebaut in voller Größe vor ihm. Elegant schwang er sich auf seinen Rücken, der Motor heulte auf und zusammen galoppierten sie um das Gebäude herum auf den Hinterhof.

Unterdessen lief Sarim Mosk in seinem Büro ein kalter Schauer über den Rücken. Der Kommissar sah auf. „Da passiert doch gerade wieder irgendwo was Albernes ...“[18]

Am Hintereingang des Restaurants ließ Henry das Taschenpferd absteigen. Es war schwer gewesen.[19] „Raste nun, Schneetänzer“, wisperte der Privatdetektiv, schraubte den Hengst auseinander und verstaute ihn wieder in seiner Manteltasche, dann betrat er die Küche des Yoo Get Phat.

Dort herrschte ein geschäftiges Treiben. Man gab sich größte Mühe, die Gesellschaft anständig zu bewirten. Alles wuselte durcheinander, brüllte herum und kochte natürlich. Henry schritt an den Arbeitenden vorbei auf eine Bürotüre zu, hinter der er Tzim Lee vermutete.

Als er anklopfte, machte es „Poch! Poch!“ Sogleich kam ihm die Türe verdächtig vor, doch sie gehörte zu Tzim, also kein Grund, misstrauisch zu sein. Der Besitzer des Restaurants war ein guter Mensch und gute Menschen haben gute Einrichtungsgegenstände.

---

18 Anm. d. A.: Dieses Intermezzo ist natürlich nicht besonders lang, da es nicht viel Zeit braucht, ein Gebäude zu umrunden, besonders wenn man reitet.

19 Anm. d. A.: Oh, in Anbetracht dessen hätte der Einschub wohl doch etwas länger sein müssen ... Na ja, zu spät.

„Komm rein." Der Privatdetektiv folgte der Aufforderung. Er betrat das kleine Büro, das kaum Platz für den Aktenschrank, den Schreibtisch und die Stühle bot, doch Henry wusste, dass es ein guter Aktenschrank, ein guter Schreibtisch und gute Stühle waren. Die Deckenlampe behielt er allerdings im Auge. Sie schien ihm verdächtig zu sein, wie sie so den ganzen Tag einfach nur so abhing.

„Henry, schön, dich zu sehen!", sagte der Chinese. Er stand auf und umarmte den Privatdetektiv.

„Tzim, alte Pagode, wie geht's dir?", fragte dieser als Antwort zurück.

„Ich kann nicht klagen", lachte Tzim Lee. „Schau dich an, Henry, wie bleich du bist. Was ist passiert? Bist du gestorben und als Weißbrot wiedergeboren worden? Hehe."

Schnaubend atmete der Privatdetektiv aus. Selbst er konnte den Whiskey darin riechen. Dann sagte er: „Und du? Zu viel Käse gegessen, was? Du bist ja ganz grau."

„Chinesen essen keinen Käse."

Auf einmal sah ihn der Asiate so verschlagen an. Eine elektrische Spannung lag in der Luft. Die beiden Männer fixierten sich und Henrys Nackenhaare stellten sich auf. Es war derart still geworden, dass der Privatdetektiv den beschleunigten Herzschlag des Restaurantbetreibers wahrnehmen konnte. Ihr Starren hielt an. Niemand wollte sich zuerst die Blöße geben. Dann lachten beide los.

Rassismus unter Freunden ist okay, dachte Henry und gluckste noch einmal amüsiert, bevor er ernst wurde. „Was hast du denn da für eine Gesellschaft im Haus, Tzim?"

Der Chinese winkte ab: „Ach, irgend so ein berühmter Wissenschaftler mit seinen Mitarbeitern. Die sind jetzt schon seit drei Stunden hier und fressen uns die Haare vom Kopf. Die veranstalten ein richtiges Gelage."

„Welcher Wissenschaftler?", fragte der Privatdetektiv zurück.

„Dieser Kerl, der diese Sendung moderiert ... ach, sag schnell, wie heißt die noch?"

„Keine Ahnung …“

„Wo der immer so physikalisches Zeug erklärt … na! …“

„Ach! Quarks & Co.“

„Nee, anders … wie so ein Stern hieß die, glaub ich … Mir liegt der Name auf der Zunge! … Alpha, Alpha irgendwas!“ Tzim Lee schnipste mit den Fingern und sah den Privatdetektiv erwartungsvoll an.

„… Meinst du Darel H. Clash, den Professor für Physik und Naturphilosophie? Den Fernsehmoderator aus Amerika?“

„Ja, genau der!“, sagte der Restaurantbetreiber. „Jedenfalls fressen die sich hier bei mir voll.“

„Nichts anderes hatte ich auch vor“, erwiderte der Privatdetektiv und Tzim Lee lachte. „Na, dann komm mal mit nach vorne. Du kannst dich an einen der hinteren Tische setzen.“

Henry wollte aufstehen, um seinem Freund zu folgen, doch dann bemerkte er, dass sie sich ja gar nicht hingesetzt hatten. Jetzt stand er einfach nur bedröppelt da.

„Was ist los?“

„Ich dachte, wir hätten uns eben hingesetzt, aber das hatten wir ja gar nicht. Dann wollte ich aufstehen, was nicht ging, und jetzt bin ich verwirrt. Ich war echt davon ausgegangen, dass wir uns für unser Gespräch hingesetzt hätten … so hatte ich es mir zumindest vorgestellt.“

„Haha, die Macht der Erwartungshaltung“, kicherte der Chinese und schob den Privatdetektiv aus seinem Büro.

Wenig später saß Henry tatsächlich. Vor ihm dampfte ein Teller mit exzellenten gebratenen Nudeln und eine Tasse Kaffee.

Katerfrühstück, dachte Henry und blickte zu der Festgesellschaft herüber. Am Kopf der Tafel saß in der Tat der berühmte Wissenschaftler Darel H. Clash, die anderen hatte Tzim Lee als seine Mitarbeiter benannt. Sie schienen irgendwas zu feiern. Immer wieder stießen sie auf ihren „jüngsten Durchbruch“ und einen „gewaltigen Fortschritt“ an, doch die Eröffnungsansprache hatte der Privatdetektiv wohl verpasst. Was kümmerte ihn das eigentlich?

Das Gelage war in vollem Gange und ein Gelage war es. Da türmten sich gigantische Haufen an Reis und ein ganzzahliges Vielfaches der acht Kostbarkeiten und knuspriges Hühnerfleisch und beide Gorengs, sowohl Bami als auch Nasi. All das schaufelten die Leute dankbar in sich hinein. Anscheinend wurde ihr wissenschaftlicher Triumph durch Völlerei entlohnt.

Warum beschäftigte er sich damit? Er hatte einen riesigen Fall, um den sich noch zu kümmern sein würde, sich jetzt noch mit diesem …

In dem Moment summte sein Mobiltelefon. Eine SMS von Lady _:

„Wo bist du gerade?“

Seine Finger flogen über die Tasten. „Bin schon da.“

Er drückte auf „Senden“. Gebannt wartete er auf die Antwort und vergaß die Festgesellschaft, sein eigenes Essen und den Fall. Starr fixierte er das Telefon, als könnte er es durch böse Blicke zur Antwort zwingen. Quälend langsam krochen die Minuten vorüber. Jede kleine Ewigkeit, die verstrich, schmerzte den Detektiv und machte ihn nachdenklicher. Warum antwortete sie nicht? War ihr was passiert? Wollte sie vielleicht nicht mit ihm reden? Warum wollte sie nicht mehr mit ihm reden? Hatte er irgendwas falsch gemacht? Nahm sie es ihm übel, dass er beim letzten Mal so abrupt davongelaufen war? Mochte sie ihn vielleicht doch nicht? Vielleicht hätte er sich häufiger melden sollen … oder weniger?

Elysisch leuchtete da das Telefon auf und ein erlösendes WRRRT! WRRRT! vibrierte durch die Hände des Privatdetektivs.

„Perfekt! Warte auf mich. Ich komm vorbei.“

Wieder flogen seine Finger: „Den ganzen Tag, wenn's sein muss.“ Doch bevor er die Nachricht auf den Weg schicken konnte, setzte sich Tzim Lee zu Henry an den Tisch. „Und, Henry, was treibst du eigentlich im Moment?“, fragte sein gastronomischer Freund.

„Ich … bin da an einer Sache dran …“ Er wollte die Sache mit Lady _ lieber erst einmal für sich behalten. Es tat selten gut, immer alles gleich hinauszuposaunen.

„Dazu fällt mir eine Geschichte aus meiner Heimat ein!“, unterbrach Tzim Lee sofort. Genauso hatte er sich das eigentlich vorgestellt. Gerade dadurch, dass er nicht wusste, worum es ging, würde der Chinese Henry unzusammenhängende Inspiration für die Überinterpretation der Ereignisse liefern, eine neue Perspektive schaffen, die Fantasie des Detektivs anregen. Doch irgendwie war er mit den Gedanken ganz woanders.

„Lass sie mich dir erst auf Chinesisch erzählen, damit du einen Eindruck von ihrem Ursprung gewinnst.“

„亲爱的读者，亲爱的读者！
很显然，你能够破译写作。恭喜！这么多的努力和敏锐必须予以奖励。
随着一个隐藏的消息 ;) 这里已经是：侦探不会死。我保证。你的朋友，笔者。“

„Jetzt noch mal auf Deutsch, bitte“, lächelte Henry höflich. „Alles klar. Pass auf“, sagte der Chinese und lehnte sich konspirativ vor: „Es war einmal ein armer Steinmetz, der keine Bleibe hatte. Darum wollte er für sich und seine Frau ein Haus bauen. Er durchforstete das ganze Land und fand schließlich einen geeigneten Ort am Fuße eines wunderschönen Hügels.

Der arme Steinmetz sprach zu seiner Frau: ‚Hier ist der rechte Ort. Hier will ich bau'n. Du aber, Weib, geh in den Wald, besorge Holz für ein Feuer und koche mir eine Suppe, wie es deine Aufgabe ist.'

Denn obwohl der Steinmetz arm war und die schlimmen Seiten des Lebens kannte, war er leider Sexist.

So ging die Frau aber in den Wald, da sie sich mit ihrer Rolle abgefunden hatte, und der Mann schichtete Stein auf Stein, wie es sein Handwerk war, denn er war auch Maurer. In Zeiten der Finanzkrise hatte er eine Umschulung gemacht.

Immer höher zog er die Mauern aus behauenem Fels, und als seine Frau des Abends wiederkam, hatte er sie errichtet: die schönste Holzhütte, die man weit und breit gesehen hatte. ‚Hä?', sprach da der Steinmetz, und ‚Hä?' sprach auch seine Frau. Voller Scham strichen sie die Hütte grau an, um den Fehler zu kaschieren – ganz schön peinlich für einen Steinmetz, wenn so was passiert, oder?

Oben auf dem Hügel aber lebte ein Mann, der sich im Internet als namibischer Prinz ausgab und darum zu großem Reichtum gekommen war. Als er den Neubau bemerkt hatte, stieg er herunter und klopfte an die Türe der Hütte. Wie ihm aber geöffnet wurde, erkannte der Reiche sofort, dass ein armer Steinmetz vor ihm stand, denn er hatte Vorurteile – er war ein Arsch.

‚Dieser Hügel gehört mir, ich sage nein!', sprach der Reiche. ‚Ihr habt diese Hütte ohne Recht gebaut. Räumungsklage!'

Der Steinmetz aber antwortete: ‚Aber es ist doch genug Platz für uns beide hier. Wir bleiben und werden in Frieden und Eintracht mit dir leben, OB DU WILLST ODER NICHT!'

‚So sei es! Doch wisset, ihr sollt es ewiglich bereuen!' Der Reiche knallte die Türe zu und begann mit einem wahnsinnigen Lachen den Aufstieg, und als er oben angekommen war, war er total kaputt, denn auch mit allem Geld der Welt kann man sich keine Kondition kaufen.

Der Steinmetz aber dachte sich nichts dabei und begann sofort damit, seiner Gemahlin ein Kind zu machen, wie es die Art der Steinmetze ist. Doch er wusste nicht, dass der Reiche sie mit einem Fluch belegt hatte – einem Keine-Kinder-Fluch.

Und so versuchten der Steinmetz und seine Frau 50 Jahre lang vergeblich, ein Kind zu machen, doch sie wussten nicht, wie. Der Fluch hatte es sie vergessen lassen und anstatt als Mann und Frau beieinander zu liegen, schlug die Frau immer Topfdeckel zusammen und schrie: ‚BABY!', während ihr Mann so lange Kinder aus Stein baute, bis es ihm zu ungrau wurde und er ins Dorf ging.

Er hatte von einem zauberkundigen Chinesen gehört, der dort ein Thailändisches Restaurant mit dem Namen Tam Pong betrieb. Ihn wollte er um Rat bitten.

‚Ich benötige deinen Zauber, Chinese. Denn ich hörte, du seist ein Zauberchinese', sprach der arme Steinmetz, denn er war auch Rapper … aber nur aus Hobby.

‚Ich zaubere nicht', erwiderte der Chinese in perfektem Deutsch, denn er war gut integriert. Vielleicht hatte er einen Kursus an der Abendschule belegt. Wer vermag das schon zu sagen? ‚Die Winkekatze allerdings, die meinen Laden bewacht, erfüllt Wünsche. Schreibe dein Begehr auf einen Zettel und lege ihn der Winkekatze auf den Kopf. Beginnt sie zu winken, so geht dein Wunsch in Erfüllung. Doch sei gewarnt, dafür verlangt sie einen furchtbaren Preis.'

Doch der Steinmetz scherte sich nicht um die Worte des Chinesen, so sehr wünschte er sich ein echtes Kind – nicht die vielen, die er aus Stein gemetzt hatte. Er tat aber wie ihm geheißen und prompt wonkte die Katze. Den armen Mann erfüllte sogleich ein beflügeltes Gefühl, er rannte nach Hause und als er seine Gattin im Garten ergatterte, begattete er sie gackernd, dass es nur so knatterte – ich erwähnte ja, dass er Rapper war.

Wie durch ein Wunder wurde die Frau endlich schwanger – sehr schwanger, so schwanger, dass die Schwangerschaftsstreifen vom Bauch bis zum Gesicht raufwanderten und über den Rücken wieder runter. Daraufhin ward sie im ganzen Dorf bekannt als der Schwangerschaftstiger.

Der Tiger und ihr Mann aber waren glücklich, da sie nun bald endlich ein Kind empfangen würden. Und als der Tag der Geburt kam, da riss die arme Frau entlang ihrer Schwangerschaftsstreifen auf und sank tot zu Boden – krass, oder? Aus ihren Überresten aber entstieg ein erwachsener Mann, der da Ronny hieß und ein Metzger war. Und im ganzen Dorf sprachen die Leute von dem Wunder, das sich da ereignet hatte. Dem Wunder der Geburt.

Der Steinmetz jedoch war abgrundtief traurig. Er hatte sich von der Winkekatze ein Kind gewünscht, war betrogen worden und hatte dafür sogar noch mit dem Leben seiner Frau gezahlt. Das konnte der arme Mann nicht ertragen. Vor lauter Gram brannte er seine Hütte, seinen Sohn und sich selbst nieder.

Als der Chinese davon erfuhr, war er sehr betrübt, dass er den Steinmetz nicht davon abgehalten hatte, sich von der Katze einen Wunsch zu erbitten, wo er doch ihr dunkles Geheimnis kannte. Er verfiel dem Alkohol, wurde schließlich des Lebens müde und ließ sich von der Winkekatze zu Tode prügeln. Das aber dauerte 1000 Jahre, sodass der Chinese starb, bevor er getötet wurde.

Und auch der reiche Mann auf dem Hügel fand den Tod. Er fiel unglücklich auf der Kellertreppe – das hat eigentlich nichts mit der Geschichte zu tun, aber muss trotzdem erwähnt werden.

So blieb von ihnen allen nichts zurück als die Kinder aus Stein, die der arme Mann gefertigt hatte, und die daher seinen Namen trugen: Terracotta!“

Henry Frottey hatte andächtig zugehört, doch jetzt brannten ihm einige Fragen unter den Nägeln. „Schöne Geschichte, Tzim. Ich finde es gut, dass in einem chinesischen Märchen eine Figur vorkommt, deren Alleinstellungsmerkmal es ist, Chinese zu sein. Sehr gut. Es ergibt keinen Sinn", sagte er und lachte.

Tzim Lee lehnte sich auf seinem Stuhl zurück. „Tatsächlich spielt die Geschichte auch gar nicht in China, sondern in Deutschland. Das ist ja das Besondere an chinesischen Märchen. Sie spielen immer ganz woanders. Meistens irgendwo in der Nähe von Castrop-Rauxel."

„Warum?"

„Nun, zum einen ist für uns Castrop-Rauxel wesentlich exotischer als, sagen wir ... ähhh ... Shanghai und zum anderen können auf diese Weise unterschwellig und zensurfrei regierungskritische Botschaften verbreitet oder Missstände angesprochen werden. Das ganze Märchen von der güldenen Winkekatze ist eine Allegorie auf die chinesische Ein-Kind-Politik ... verstehst du? Die armen Eltern wünschen sich EIN Kind und die vielen anderen, die sie schon haben, sind gar keine echten Kinder – weil sie ja keine echten Kinder sein dürfen. Sie scheinen auch entweder gar keine Kinder oder dann nur eines haben zu können. So ganz durchsichtig ist das nicht, was zum einen der Übersetzung ins Deutsche und zum anderen der Metaphorik geschuldet ist. Da kann es schon mal passieren, dass das leicht unverständlich wird. Das Sterben der Frau bei der Geburt und der Fluch des reichen Mannes sind aber eindeutig Kritik an der Zwangssterilisation. Und so weiter und so fort. Da kann man ewig weiterinterpretieren."

Der Privatdetektiv schaute sein Gegenüber skeptisch an. Auf einmal ergab die Geschichte irgendwie Sinn. Er war sich nicht sicher, ob ihm das gefiel.

„Was ich mit der Geschichte sagen will ...", fuhr der Restaurantbetreiber fort, „... hab ich vergessen ... der Punkt ist aber der, dass ..."

In dem Moment wurde eine enorme Pekingente in Erdnusssoße an Henry und Tzim vorbei zu dem Gelage hingetragen und vor Darel H. Clash auf den Tisch gestellt. Ein ungutes Gefühl beschlich den Privatdetektiv. Und auch, wenn Tzim Lee weiter auf ihn einredete, so schenkte er ihm doch keine Aufmerksamkeit, sondern verfolgte besorgt den Vogel.

„Ahhhh, die Ente! Wie passend und respektlos zugleich. Ein Hoch auf den, der uns das hier ermöglicht hat! Auf eine lange und erfolgreiche Zusammenarbeit“, sagte Clash feierlich und alles stieß an. Nachdem sie getrunken hatten, reichte der Kellner, der die Spezialität gebracht hatte, Clash einen Glückskeks.

„Kleine Aufmerksamkeit des Hauses.“

„Danke. Was meint ihr, soll ich ihn aufmachen?“, fragte der Wissenschaftler in die Runde, und „Aufmachen! Aufmachen!“, skandierte die Menge orgiastisch. Prof. Clash zelebrierte das Öffnen des Gebäcks bis zum Äußersten und als er endlich den Zettel las, stockte er, wurde kreidebleich und las schließlich mit zitternder Stimme, was da geschrieben stand:

„Ihre Dienste werden nicht länger benötigt, Sie Bitch!

Herzlichst, E.

PS: Grüßen Sie Henry Frottey von mir.“

Was?! Henry schreckte beim Klang seines Namens auf und versteckte sich dann instinktiv unter dem Tisch, wo er sich erst einmal ärgerte, dass sein Name wie …

ONOMATOPOETISCHE BESCHREIBUNG EINER EXPLOSION!!!

Der Feuerball und die Druckwelle taten das ihrige und sprengten die Party. Tzim Lee erwischte es am Rücken, doch der würde wieder werden. Der Chinese war hart im Nehmen. Henry war hingegen fast gänzlich unverletzt, da der Tisch und die Nudeln das meiste abgefangen hatten. Verdattert krabbelte er unter seiner Deckung hervor. Es dröhnte und pfiff gleichzeitig in seinen Ohren.

Ein Blick zu den Überresten des Gelages. Die Gäste lagen verstreut herum. Viele hatten schlimme Verbrennungen erlitten, manchen fehlten sogar ganze Gliedmaßen, doch sie waren alle mit dem Leben davongekommen. Alle – bis auf Darel H. Clash, den es vollständig zerlegt hatte. Der Kellner, der den Vogel gebracht hatte, war verschwunden.

Das war ein gezielter Anschlag mit einer Pekingente gewesen. Das hatte Henry auch noch nicht erlebt. Wer macht so was? Immer noch etwas benommen stolperte er in die Küche, wo Tzims Mitarbeiter alles stehen und liegen gelassen hatten, um sich hinter den Kühlschränken zu verstecken. Er zerrte sie einen nach dem anderen hervor und trug ihnen auf, sich um die Verletzten zu kümmern oder den Krankenwagen zu rufen. Als er den Chefkoch zu fassen bekam – er war der Erste, der Schutz gesucht hatte, und darum ganz zu hinterst hinter dem Kühlschrank –, zog er ihn hervor und dann ganz nah an sich heran.

„Wer war der Typ, der die Pekingente serviert hat?"

„Ich weiß es nicht", jammerte der Chefkoch.

„Bullshit!" Henry verpasste ihm eine Ohrfeige. „Wer war der Kerl?"

„Ich weiß es nicht. Ich hab keinen Überblick über die Kellner! Bitte!"

„Bullshit!" Wieder setzte es eine Ohrfeige. Jemand hatte einen Mordanschlag in seinem Lieblingsrestaurant verübt und seinen Freund Tzim Lee verletzt. Der Privatdetektiv würde mit aller gebotenen unnötigen Härte vorgehen. „Das kannst du mir nicht erzählen. Wer war der Kerl?"

„Ich weiß es nicht! Bitte! Er hat heute erst angefangen!"

„Bullshit!" Ohrfeige.

„Es ist die Wahrheit!", flehte der Koch.

„Darum ist es trotzdem Bullshit!", schlug der Privatdetektiv zu. „Wie heißt der Kerl?"

„Ich erinnere mich nicht! Er ist neu! Bitte, nicht schlagen!"

„Bullshit!", brüllte Henry und schlug dem Mann zur Abwechslung auf den Hinterkopf. „Erinnerst du dich jetzt?"

„Moment, Moment ... Ich glaube, er hieß ... Rambo. Rambo McIrgendwas ..."

Ohrfeige.

„Rambo McPingpong abd el Bowlingbahn!", spuckte der Chefkoch zusammen mit ein paar Zähnen aus. Henry wusste gar nicht, dass das geht ... nur von Ohrfeigen. Aus lauter Verwunderung schlug er nochmal zu.

„Bullshit! Das ist ein Deckname!"

„So stand es in seinem Lebenslauf. Bitte!" Der Mann weinte jetzt wie ein kleines Mädchen. Henry schlug noch mal zu. „Ich hab noch mehr Fragen!", brüllte er.

„Okay!"

„Bullshit!" Ohrfeige! „Woher kriegt ihr eure Enten?"

„Von einem chinesischen Supermarkt aus der Innenstadt. Nicht schla..."

„Bullshit!" Ohrfeige! „War der Vogel männlich oder weiblich?"

„Keine Ahnung. Bitte, ich hab nicht nachgesehen!"

„Bullshit!" Ohrfeige!

„Männlich!"

„Bullshit!" Ohrfeige! „Wie heißen männliche Enten?"

„Was?" Henry hob die Hand. „Erpel! Sie heißen Erpel! Nicht schlagen!"

„Bullshit!“ Ohrfeige. „Wie heißt die Hauptstadt von Burkina Faso?“

„Was hat das denn damit zu tun?“

„Bullshit!“ Ohrfeige!

„Ouagadougou!“

„Bullshit!“ Ohrfeige! „Wie nennt man die Methode zur Altersdatierung von organischem Material?“

„Radiokarbonmethode?“

„Bullshit!“ Ohrfeige! „Warum ist der Himmel grau?“

„Das ist schwierig zu erklären. Das hat mit der Streuung des Sonnenlichtes zu tun und …“

„Bullshit!“ Ohrfeige! „Andere Frage: Wo hab ich meinen Haustürschlüssel liegen gelassen?“

„Woher soll ich das denn wissen?“

„Bullshit!“ Ohrfeige!

„In deiner Jackeninnentasche. Die Jacke hängt an der Garderobe!“

„Danke.“ Obwohl Henry nicht zugeschlagen hatte, zuckte der Mann zusammen. Man kann alles aus den Menschen herausprügeln, dachte der Privatdetektiv.

„Ruf die Polizei! Die sollen sich das hier angucken, aber verlang unbedingt nach Kommissar Sarim Mosk.“ Zum Abschied tätschelte Henry nochmal leicht das Ohr des Chefkochs. Das war zu viel für das Horchorgan. Es riss ab und fiel in einen Mixer, wo es völlig zerstört wurde. Gänzlich ungerührt verließ Henry das Lokal. In Gedanken fügte er zu den bisherigen Opfern des unbekannten Serienmörders ein weiteres hinzu.

Kapitel 8: Car Chase City

Piep … Piep … Piep …

„Wenn das jetzt noch einmal piepst, werde ich wahnsinnig!“, brüllte Sid Happens in Richtung des EKGs, das ihm einen Blick zuwarf, der sagen sollte: „Hey, ich mach hier nur meinen Job, okay?“

Piep …

„Alles klar! Es reicht!“ Sid Happens sprang aus dem Bett und zerschlug den Monitor der herzschlagüberwachenden Apparatur. Einen Tag hatten sie ihn zur Beobachtung dabehalten wollen. Als sie merkten, dass er privat versichert war, waren daraus drei geworden.

Zornig zog Sid seinen Anzug an, setzte Hut und Sonnenbrille auf und stürmte aus dem Krankenzimmer hinaus.

Schlecht gelaunt trottete Henry durch die Gegend. Der Fall bewegte sich nicht voran, obwohl ständig Menschen starben und sogar er selbst zweimal nur knapp dem Tod durch Zersprengung entronnen war. Gerade deshalb hatte er das Gefühl, eingreifen zu müssen, doch der Privatdetektiv wusste, dass dafür noch nicht die richtige Zeit war. Dazu kam auch noch, dass er immer noch nicht in seine Wohnung oder sein Büro zurück konnte. Die Aufräumarbeiten dauerten an. Vielleicht noch einen oder zwei Tage, vielleicht eine Woche. Wer konnte das schon sagen, wenn man die zuständigen Leute nicht fragte?

Womöglich ist es ratsam, in ein Hotel zu ziehen, überlegte Henry und ging in Gedanken Kaschemmen, Absteigen, Hostels und Jugendherbergen durch. Wäre es wohl sehr geschmacklos, wieder in die Jugendherberge Wüppenhorst einzuziehen? Nach dem, was Sändi dort widerfahren war? Nicht, wenn er vorgab, zu ermitteln. Ja, das könnte er tun. Ein Blick in sein Portemonnaie. Nicht genug, um sich für die nächsten Tage in einer Jugendherberge einzuquartieren. Das stündliche Essen forderte seinen Tribut.

Zur selben Zeit gar nicht weit entfernt hinkte Kuchengott Hassmilch durch die Innenstadt, um ein paar Besorgungen zu machen. Peinlich genau achtete er auf Ordnungswidrigkeiten und die Einhaltung der DIN. Schon in der Schule war er eine Petze gewesen, auch heute noch hatte er kein Problem damit, einen Falschparker oder einen Skateboarder beim Ordnungsamt oder der Polizei anzuschwärzen.

Die Ereignisse der letzten Tage, wie, dass er seinen Klassenkameraden Horst Schlabunski wiedergetroffen hatte, bestätigten ihn nur in seiner Art. Man musste auf die Einhaltung der Ordnung achten. Ordnung war das Einzige, was die Menschheit davon abhielt, im Chaos zu versinken. Mit wachsamem Blick wankte Kuchengott über die belebten Einkaufsstraßen. „Hält der Eiswagen da auf dem Platz wohl die Hygienevorschriften für Softeismaschinen ein?"

„Klingeling! Eis! Klingeling! Eis!", drang es an Henrys Ohren. Der Eismann hatte gar keine Klingel. Er rief einfach „Klingeling". Ob ihm wohl jemand das Bimmelerzeugungsgerät gestohlen hatte? Ein neuer Fall für Henry Frottey?

Speiseeis im Allgemeinen passte ihm jedoch gut in den Kram. Er bog in die Richtung, aus welcher der verlockende Ruf kam. Vermutlich wären er und Kuchengott Hassmilch sich nie begegnet, wenn nicht jener schicksalhafte Eismann gewesen wäre. Deus ex Speiseeis.

Ah, da! Jetzt konnte der Privatdetektiv ihn sehen. Es war kein einfacher Eismann mit einem Handkarren, der da auf einem kleinen Platz in der Fußgängerzone auf ihn wartete. Der Kerl hatte sogar eine Softeismaschine! Begeistert lief Henry ihm entgegen, doch …

Moment mal! Der Typ, der da vor ihm lief … Etwa 1,86 Meter groß, dunkles Haar und auch die Statur stimmte! Konnte es sein? Konnte das der Nagelknipsermörder sein, der die arme Sändi McLin Wu in der Jugendherberge so grausam zugerichtet hatte?

Der Privatdetektiv beschloss, dem Verdächtigen zu folgen, wie es für einen Detektiv üblich war. Er hätte nicht gedacht, dass heute noch was passiert. Gut fünfzehn Meter vor ihm humpelte der Kerl einfach durch die Stadt, als könnte er kein Wässerchen trüben. Wieso hinkte der einfach so durch die Gegend? Gut, auch Mörder mussten mal ein paar Besorgungen machen, aber doch nicht zufällig genau vor Henrys Nase. Das war zu einfach. Moment mal, wieso hinkte der eigentlich? Es war zwar schon einige Tage her, aber der Privatdetektiv war sich ziemlich sicher, dass der Mörder nicht gehumpelt hatte. Das hätte er rausgehört. Der Nagelknipsermörder musste sich später verletzt haben. Henry folgte ihm weiter.

Kuchengott Hassmilch stolperte weiter durch die Straßen. Seine problematischen Fußnägel waren schon fast verheilt gewesen, da hatte er doch wieder daran rumgeknibbelt und jetzt war alles schlimmer als zuvor. Das machte ihn wütend. Unfassbar wütend.

„Erst diese Menschen heute früh am Bahnhof, die anderthalb Meter neben dem gezeichneten Bereich geraucht haben und jetzt das hier! Das ist doch alles nicht vorschriftsmäßig!"

Völlig auf den Eiswagen fixiert, lahmte Kuchengott in einen feinen älteren Herrn hinein. „Passen Sie doch auf! Sehen Sie nicht, dass ich versehrt bin?!"

„Entschuldigen Sie bitte."

„WAS SIND SIE VON BERUF?!"

„Wie bitte?"

„WAS ARBEITEN SIE?"

„Guter Gott … ich bin Facharzt für Fußorthopädie."

„HAAAR!", brüllte Kuchengott Hassmilch. Mit einer flinken Handbewegung zog der Lahmende seinen Nagelknipser aus der Tasche und knipste bedrohlich in Richtung des Facharztes. In dem Moment hörte Kuchengott hinter sich einen überraschten, spitzen Schrei.

Henry konnte es nicht fassen. Da hatte der Typ doch tatsächlich einen Nagelknipser gezogen und einen Passanten bedroht. Vor Überraschung hatte der Privatdetektiv wie ein kleines Mädchen aufgeschrien. Konnte man so viel Glück haben, den Mörder einfach in der Stadt zu treffen? So was passierte doch nicht in echt.

„ARGH! Scheiße, ich geh jetzt nach Hause! Keinen Bock mehr hier … ihr seid doch alle bescheuert!", schrie der Verdächtige und humpelte von dannen. Schnell hinterher, dachte Henry, jetzt hieß es zuschlagen – auch, wenn es noch viel zu früh dafür war, denn es war erst Kapitel 8 und schließlich mussten noch 14 Kapitel kommen. Der da konnte also eigentlich nicht der Mörder sein.

Katzenhaft schlich der Privatdetektiv hinter dem vermeintlichen Nagelknipsermörder her, ihn keine Sekunde aus den Augen lassend und lauernd. Man musste den perfekten Moment abpassen, sonst glitt einem ein derartiger Glücksfall durch die Finger wie ein Stück nasse Seife oder ein sehr, sehr flutschiger Stein.

Zornig stapfte Kuchengott Hassmilch über den Parkplatz, auf welchem sein Auto stand. Bei jedem Schritt verzerrte sich sein Gesicht vor Schmerz. „Eines Tages hack ich euch einfach ab!", brüllte er an seine Füße gewandt.

Die Morddrohungen gingen immer weiter. Hatte Henry es hier mit dem auffälligsten Gewaltverbrecher der Welt zu tun? Da konnte doch irgendwas nicht stimmen. Er blieb ihm dicht auf den Fersen.

Endlich war der geplagte Wutbürger an seinem Wagen angelangt. Ungeduldig durchsuchten seine Hände die Hosentaschen. „Wo hab ich den jetzt den verdammten Schlüssel?!“

Okay, er wird also gleich wegfahren, dachte der Detektiv. Jetzt musste er schnell und unauffällig handeln, damit ihm dieser Kerl nicht vor der Nase wegfuhr. Henry blieb nur eins: der Kofferraum.

Er musste da irgendwie rein. In dem Moment vibrierte sein Telefon … Lady _.

Kuchengott Hassmilch kramte durch all seine Taschen. „Wo bist du, scheiß Schlüssel?!“ Zwischendurch entlud er seine Wut, indem er vergeblich am Türgriff rappelte.

Die Augen fest auf sein Mobiltelefon gerichtet, schlich sich der Privatdetektiv weiter an. Sollte er rangehen? Aber er verfolgte doch gerade einen Verdächtigen. Er konnte nicht rangehen, dann würde er sofort entdeckt, aber er wollte doch so sehr. Am Heck des Wagens blieb Henry hocken.

„AHA! DA HABEN WIR DICH, DU SCHLÜSSEL-BASTARD!“, brüllte Kuchengott und stieg ein. Mit einem Krachen schlug er hinter sich die Wagentüre zu.

In dem Moment hörte sein Telefon auf zu vibrieren und Henry schloss synchron mit dem Verdächtigen den Kofferraumdeckel. Durch einen winzigen Spalt hatte er sich genau dann hinein gezwängt, als der Fahrer mit Einsteigen beschäftigt war und das alles, ohne dabei auch nur einmal den Blick von seinem Handy abzuwenden. Im Dunkel des Kofferraums war der Privatdetektiv ein kleines bisschen stolz auf sich.

Schnurstracks fuhr der Wutbürger Kuchengott Hassmilch nach Hause.

Warum fährt der nicht los?, fragte sich Henry Frottey. Er spitzte die Ohren. Sprach der Kerl mit jemandem? Von vorne konnte er Stimmen vernehmen. Moment! Wieso Plural? Hatte da jemand im Auto gewartet?

„... bitte einmal hier unterschreiben", klang es von vorne. Blätterrascheln.

„Oder Sie können natürlich auch einfach einen traurigen Smilie draufmalen ...", sagte dieselbe Stimme. Als Antwort kam nur ein Schnauben.

„Gut, gut. Dann, bevor es losgeht, noch eine theoretische Frage, Herr ..." Plötzlich surrte Henrys Handy. Eine SMS von Lady _:

„Hallo, ich wollte nur hören, ob es dir gut geht, weil ich von der Explosion im Restaurant gehört habe. Melde dich doch bitte bei mir, ob alles o. k. ist.

XOXO

_"

Da polterte es aus dem Fahrerraum: „Sie fahren einen Bus des öffentlichen Personennahverkehrs über 3,5 Tonnen mit einem ungebremsten Anhänger und einer Dachladung, die vorne über Ihren Bus anderthalb Kilometer hinausragt. An der ersten Haltestelle steigen zwölf Leute ein, drei davon an der Hüfte zusammengewachsene siamesische Zwillinge, ein Albino und eine bärtige Lady. Später steigen drei Leute aus und ein Fischjunge ein. An der letzten Haltestelle steigen 1024 Clowns aus und –3 Leute wieder ein. Wie alt ist der Busfahrer?“

Das war offensichtlich eine Fangfrage. Kopfschüttelnd widmete sich der Privatdetektiv wieder seinem Telefon und tippte: „Hi, mach dir keine Sorgen. Mir geht es gut. Ich kann nur leider gerade nicht reden, weil ich einen Verdächtigen verfolge. Was machst du am Wochenende?“ Senden.

„Gegenfrage: Warum fand kein einziger Golfkrieg in Wolfsburg auf dem Werksparkplatz statt?“, sagte die jüngere Stimme.

„Beantworten Sie die Frage!“

„Einspruch!“

„Wir sind nicht vor Gericht!“

„Fangfrage! Mit einem Führerschein Klasse B darf ich gar keine Fahrzeuge über 3,5 Tonnen fahren.“

„Richtig! Sagen Sie das doch gleich! Hier, Ihr Keks.“ Ein Rascheln und Knuspern erklang.

Was zum Teufel geschah da vorne? Das war doch nie und nimmer der Nagelknipsermörder, der da sprach. Das klang eher nach Fahrschule. Aber in welcher Fahrschule wurden Fahrschüler für richtige Antworten mit Keksen belohnt? Dachte er gerade darüber nach, wie realistisch das war? Was sollte das? Henry hätte sich selbst ohrfeigen können. Er musste zügig hier raus. Anscheinend bekam ihm die Enge gar nicht, außerdem war er ja anscheinend in den falschen Kofferraum gestiegen. Hätte er mal besser aufgepasst, anstatt mit dem Telefon rumzudaddeln.

„Na dann, fahren Sie bitte vom Parkplatz und dann rechts“, kommandierte die Stimme, welche offenkundig dem Fahrlehrer gehörte. Verdammt, dachte der Privatdetektiv. Es war zu spät. Wie sollte er jetzt aus dieser Falle entfliehen?

In dem Moment rollten die Vorderreifen über den Bordstein und berührten Asphalt, während im Fahrerraum ein Inferno losbrach.

„Blinken! Außenspiegel! Innenspiegel! Schulterblick! Lenkrad einschlagen! Links gucken! Rechts gucken! Auf Fußgänger achten! Kupplung kommen lassen! Schleifpunkt! Gas! Mehr Gas! Kupplung weg! Beschleunigen! Kupplung! Zweiter Gang! Gänge nicht so reinknallen! Kein Gas beim Schalten! Auf den Verkehr achten! Kupplung kommen lassen! Mehr Gas! ... Warum stehen wir?“ Tatsächlich hatte das Auto ruckartig angehalten.

„Ich bin verwirrt“, stammelte die jüngere Stimme.

„Und da halten Sie einfach an?“

„JA!“

Besser, als wenn er unkontrolliert Amok durch die Stadt fährt, dachte Henry und machte es sich bequem. Er würde mindestens diese Fahrstunde im Kofferraum verbringen.

„Aha, fahren Sie mal weiter. Was haben Sie falsch gemacht?“

„Ich bin angehalten, obwohl ich weiterfahren sollte?“

Da saß anscheinend ein kleiner Klugscheißer am Steuer. So was konnte der Privatdetektiv ja gar nicht ab.

„Nein! Also ja, aber ... biegen Sie da vorne mal links ab.“

Wow, der Fahrlehrer gönnt dem aber auch keine Schnaufpause. Henry konnte die Konzentration des Fahranfängers förmlich spüren. Vielleicht fühlte er sich auch nur in seine Fahrschulzeit zurückversetzt.

„Sehr schön“, lobte der Lehrer. Doch das Rascheln der Kekspackung, das der Privatdetektiv erwartetet hätte, blieb überraschenderweise aus.

„Was haben Sie vergessen?“

Verunsichert ertönte die Stimme des Schülers: „Also ... ich hab gebremst, links geblinkt, Spiegel, Schulterblick, in den ersten zurückgeschaltet ... Kupplung, Gas ... ähm."

Gut. Gut, dachte Henry. Richtig so. Mittlerweile fieberte er richtig mit.

„Ja, alles richtig. Aber eins haben Sie nicht gemacht."

„Was denn?"

„Sie sind nicht abgebogen!"

Jetzt, wo der Fahrlehrer es sagte, fiel es dem ungebetenen Passagier auch auf. Sie waren gar nicht abgebogen! Wahrscheinlich war der Fahrschüler vor lauter Konzentration einfach weiter geradeaus gefahren.

„Oh ... ähhh. Ja ... hahaha! Ich mach's wieder gut", hörte Henry noch, dann wurde er durch den Kofferraum geschleudert. Anscheinend wendete dieser Irre mitten auf der Straße. Vor seinem geistigen Auge sah der Privatdetektiv das verzweifelte Kopfschütteln des Fahrlehrers deutlich vor sich.

Auf einmal fühlte Henry eine Beschleunigung. Bislang waren sie maximal mit gemütlichen vierundvierzig Kilometern pro Stunde herumgezuckelt, doch irgendetwas musste sich an der inneren Haltung des Fahrers geändert haben, denn nun rasten sie mit der wahnwitzigen Geschwindigkeit von schätzungsweise fast einundfünfzig durch die Stadt. Das war absolut verkehrswidrig! Also, dass da der Lehrer als verantwortliche Instanz nicht temporegulierend einschritt, war Henry ein Rätsel.

Was kam als Nächstes? Würde ein Ruck durch den Wagen gehen, gefolgt von der Stimme des Fahrlehrers: „Ah! Sie haben gerade eine alte Frau überfahren!"?

„Ich weiß!", könnte darauf der Schüler erwidern.

„Wohin fahren Sie jetzt?"

„Zum nächsten Altersheim!"

„WARUM?!"

„ICH WILL MEHR!"

Würde der Fahrlehrer seinen Schützling dann auch einfach gewähren lassen? Schließlich war es nur ein kleiner Schritt vom Rasen zum Überfahren alter Damen!

Stattdessen klang es aus dem Fahrerraum: „Halten Sie mal da vorne und parken Sie ein. Ich will eben meine Jacke aus dem Kofferraum holen."

Verdammt!, dachte Henry Frottey. Was sollte er nun tun? Mit dieser Möglichkeit hatte er gar nicht gerechnet. Er musste sich was einfallen lassen.

Unterdessen hielt das Auto. Mit einigen Schwierigkeiten manövrierte sein jugendlicher Fahrer das Kraftfahrzeug in die Parklücke, Fahrlehrer Ingo R. Helfer-Ahr stieg aus und ging um den Wagen herum. Als er den Kofferraumdeckel öffnete, staunte er nicht schlecht.

„Ihre Garderobenmarke, bitte", sagte ein Mann, der anscheinend der Garderobiere war.

„Was? Welche Garderobenmarke? Was machen Sie in meinem Kofferraum?!"

„Ohne Garderobenmarke kann ich leider nichts machen."

„Was? Aber das da ist meine Jacke! Und wie kommen Sie in meinen Kofferraum?!"

„Die kann ja auch von irgendeinem Gast sein, der betrunken nach Hause gegangen ist und die er hier vergessen hat. Du brauchst schon die Garderobenmarke."

„Ich hab aber keine Garderobenmarke! Und das da ist definitiv meine Jacke. Schließlich ist das mein Kofferraum. Was machen Sie eigentlich hier?!", brüllte der Ingo-Mann.

„Ohne Marke geht gar nichts! Versteh das doch!", brüllte der Garderobiere zurück.

„Ach, komm schon! Ich kann dir auch beschreiben, was in der Jacke drin ist."

„Sag mal, hörst du schlecht? Ohne Marke kann ich nichts machen! So sind die Vorschriften."

„Da ist ’ne Packung Fisherman’s drin … ähm … ’ne Rechnung von der Tanke über Benzin für dreißig Euro und ’ne Packung Fisherman’s … äh, ich glaube, ein Kugelschreiber, kann aber sein, dass ich den rausgenommen habe für die Formulare. … was ist da noch drin? Ähh …“

„Weißt du, das interessiert mich gar nicht. Die Regel ist: keine Jacke ohne Marke. Ich darf sie dir nicht geben. Wenn du keine Marke hast, komm morgen wieder vorbei und sprich mit dem Manager. Wenn das wirklich deine Jacke ist, dann wird die ja morgen noch hier sein.“

„Aber dann muss ich ja jetzt ohne Jacke nach Hause und morgen extra noch mal hierher kommen. Das ist echt ’ne Menge Aufwand. Gibt’s da nicht ’ne andere Lösung?“

„Na gut. Wir notieren die Nummer auf der Garderobenmarke auch auf der Verzehrkarte. Wenn du mir die zeigen kannst und tatsächlich das in der Jacke ist, was du gesagt hast, dann kannst du sie mitnehmen.“

„Verzehrkarte? Was für eine Verzehrkarte?“

Henry zog mit gespielter Überraschung die Augenbrauen hoch. Sein Plan könnte wirklich aufgehen. Jetzt hieß es weitermachen, nicht locker lassen. Dieser Fahrlehrer-Typ hatte schon nicht mehr auf dem Schirm zu fragen, wie der Privatdetektiv in den Kofferraum kam.

„Oh, Verzehrkarte verlieren kostet fünfzig Euro, mein Freund.“

„Was?!“

„Ja, steht hinten drauf. Wir müssen ja davon ausgehen, dass jemand die gefunden hat, die dann vollgesoffen hat und dann mit seiner ursprünglichen, leeren Verzehrkarte hier raus ist. Darum musst du das bezahlen. Fünfzig Euro bitte.“

„Sonst was?“

„Sonst nehmen wir die Personalien auf und schicken dann eine Rechnung. Da haben Sie dann zwei Wochen Zeit, die zu begleichen. Wenn Sie das nicht tun, dann läuft das über ein Inkasso-Unternehmen, und das wird dann richtig teuer."

„Das ist ja Halsabschneiderei!"

„Es hilft doch nichts, sich aufzuregen. So sind nun mal die Regeln."

„Na gut. Ich bezahle. Hilft ja nix."

„Alles klar, dann fünfzig Euro, bitte", sagte Henry und grinste innerlich. Er konnte es fast nicht glauben, dass seine List tatsächlich funktionierte.

„Ich hab mein Portemonnaie vorne im Wagen. Ich hol das eben."

„Ich warte hier", erwiderte der Privatdetektiv, der gleich um fünfzig Euro reicher sein würde und ohne unangenehme Situation aus dem Kofferraum rauskäme.

Kurze Zeit später kam Ingo Helfer-Ahr zurück, zahlte und Henry sagte in großzügigem Ton: „Pass mal auf, Kumpel. Ich rede mal mit dem Manager. Du bist ja der letzte Gast hier und das ist die einzige Jacke, vielleicht kann ich da was machen, dass wir die rausgeben können."

Ein dankbarer, erleichterter Ausdruck befiel die Mimik des unglücklichen Fahrlehrers. Henry hatte auf ganzer Linie gewonnen. Außerdem waren fünfzig Euro schon mal ein Anfang für seinen Aufenthalt in der Jugendherberge Wüppenhorst.

„Danke, das wäre wirklich sehr nett von Ihnen", sagte der Fahrlehrer.

„Gut, dann lass mich eben einmal hier raus ..." Mühsam kletterte der Privatdetektiv aus dem engen Kofferraum und sagte im Gehen noch: „Warte hier, ich bin gleich wieder da. Das kriegen wir schon irgendwie hin." Dann verschwand Henry Frottey um die nächste Ecke.

An jenem Abend waren neben den normalen Passanten viele Gestalten auf den Straßen von Schikargo unterwegs:

Henry natürlich, der auf dem Weg zur Jugendherberge Wüppenhorst war, um ein Obdach für die Nacht zu haben.

Lady _, welche den alten Strum zu einer Wohltätigkeitsveranstaltung begleitete und dabei eine SMS an Henry tippte.

Sarim Mosk, auf dem Weg heim zu seiner Familie, tief besorgt um sie und die seltsamen Dinge, die da in seiner Stadt geschahen.

Kuchengott Hassmilch, den es aus seiner Wohnung in den Hof gezogen hatte, da ein paar Kinder unbefugt in den Rabatten spielten. Sie hatten auf sein Rufen nicht reagiert, also war er die Stufen heruntergeeilt, um ihnen die Leviten zu lesen.

Sid Happens, der einfach seelenruhig aus dem Krankenhaus spaziert war. Man kommt eben mit allem durch, wenn man nur selbstbewusst auftritt und den Eindruck erweckt, dass man das, was man da gerade macht, völlig zu Recht tut. „Frottee …“, hatte er geknurrt, als er auf die Straße getreten war.

Kegel-Günther, da die Straße seine Heimat war. Immer unterwegs als einsames Verkehrshütchen. Ein stummer Wächter der Stadt.

Jakob Paletos, der Streife ging, patrouillierte, ein Auge offen hielt nach Räubern, Dieben, die auf Ganoventour waren. Vergeblich, da diejenigen, nach denen er Ausschau hielt, wussten, wie sie sich vor seinem Blick verbergen konnten.

Der atheistische Wanderprediger, der versuchte, Menschen in der Fußgängerzone zu erleuchten, und auf taube Ohren stieß.

Die Schausteller am Stadtrand mit ihren Buden, unter ihnen Shao Lin Wu und Sarah McKenneth, die weitermachten, als wäre nie etwas gewesen.

Der Indianerstamm des Stronghorse Freeborn, der Jagd machte auf dicke Tauben und Currywürste und containerten. Kurz von dem lebten, was Schikargo ihnen gab.

Die Mitglieder der Exzeldika, die sich wieder im evangelischen Gemeindezentrum treffen würden, um dem Kosmischen Aal zu huldigen und so das große Leid abzuwenden, welches den Menschen bevorstand.

Tzim Lee im Innenhof des Krankenhauses. Er hatte mit dem Rauchen angefangen.

Der Manager von Joas und Klako, der in der Tasche einen Scheck für einen gewissen Privatdetektiv hatte.

Messer-Ricardo, welcher durch finstere Seitenstraßen und Abwasserkanäle schlich, um sich sein nächstes Opfer auszusuchen.

Unzählige Handlanger und Helfershelfer, die einen teuflischen Plan verfolgten, Vorbereitungen trafen oder ihren alltäglichen Übeltätereien nachgingen.

Sie alle waren durch den Himmel über sich auf eine ursprüngliche Weise miteinander verbunden, die Stadtmenschen nicht mehr verstehen oder spüren können. In einem tiefen, uralten Teil ihrer Herzen mochten sie es vielleicht erahnen, doch wer vermag das zu sagen?

Der Einzige, der sich dem entzog, war der finstere Boss, der von seinem Keller aus langsam Stück für Stück die Stadt übernahm und die Geschicke der einfachen Menschen lenkte, ohne dass diese etwas davon mitbekamen. Ein Puppenspieler über der Stadt.

Kapitel 9: Wunst and Even More Mord

Der nächste Morgen knallte Henry Frottey ins Gesicht. Die Jugendherbergsmutter hatte gestern irgendwas von Weckdienst und Frühstück um sieben Uhr gesagt, doch der Privatdetektiv hatte kein Interesse an Frühstück. Heute nicht. Er war viel zu aufgeregt, denn heute würde er mit Lady _ zu einer Kunstvernissage gehen, was immer das auch bedeuten mochte. Postmodernes Irgendwas. Der Privatdetektiv hatte wenig Ahnung von solchen Dingen, obwohl ihm viele der Bilder und Skulpturen gefielen, die heutzutage erschaffen wurden. Ein Stück Käse mit einem Vokuhila? Warum nicht! Das war wesentlich lustiger als eines dieser Landschaftsgemälde oder Szenen aus der Bibel – wie uninspiriert. Henry hasste Landschaftsgemälde. Einfach nur das noch mal zu malen, was es in echt schon gab, das war langweilig. Man konnte sich doch so vieles ausdenken. Die Menschen haben einen unendlichen Verstand zur Verfügung, der sich grandiose Dinge ausdenken kann, und dann malen oder bildhauern sie etwas, das es schon gab! Das konnte der Privatdetektiv nicht verstehen. Vielleicht hätte er Künstler werden sollen.

In dem Moment platzte die Herbergsmutter herein. „Aufstehen, Herr Frottey. Sie verpassen das Frühstück!" Der Privatdetektiv drehte sich auf die andere Seite und ärgerte sich, dass sein Name wie Sofakissenbezug klang.

„Aufstehen!"

„Nein!"

Japsend rang die Frau nach Luft. Anscheinend ging ihr nicht nur der Umstand, dass ein erwachsener Mann in einer Jugendherberge hauste, sondern auch, dass er nicht um sieben Uhr frühstücken wollte, deutlich gegen ihr Empfinden davon, was gesellschaftlich akzeptabel war.

„Sie müssen aufstehen, sonst bekommen Sie kein Frühstück“, sagte sie entrüstet.

„Ich bin ein erwachsenes Kind, ich darf selbst entscheiden, wann ich nicht frühstücke. Danke“, erwiderte Henry trotzig.

„Aber … aber … Sie müssen aufstehen! So sind die Regeln!“, stammelte die resolute Frau.

Wie ein Blitz aus heiterem Himmel fuhr Henry Frottey aus seinem Bett auf, griff mit der einen Hand in die Nachttischschublade und mit der anderen in seinen Mantel, der über einem Stuhl lag. Dann stand der Privatdetektiv nur in Unterhose und Hut, denn manchmal trug er zum Schlafen seinen Hut, vor der Herbergsmutter. In den Händen hielt er ein neues Testament und ein Fläschchen mit Wasser.

„Weiche, elende Kreatur!“, schrie Henry und bespritzte sie mit der gesegneten Flüssigkeit. „Die Macht Jesu Christi hält dich fern!“ Und tatsächlich stolperte die Frau einige Schritte zurück. Auf diese Weise musste der Privatdetektiv keine Gewalt anwenden, um die Alte aus seinem Zimmer, das er von ihr gemietet hatte, zu vertreiben. Er musste sie nur bannen.

„Im Namen des Vaters, des Sohnes und des heiligen Geistes befehle ich dir, dich in den Höllenwinkel zurückzuziehen, dem du entsprungen bist!“

Immer weiter wich die verängstigte Herbergsmutter zurück, bis sie schließlich im Flur mit einem jungen Kerl zusammenstieß. Jakob Paletos.

„Paletos, was machen Sie denn hier?“, wunderte sich Henry. Der Polizist rappelte sich auf und half dann der Frau, die über ihn gestolpert war.

„Ich wollte nur schauen, ob ich noch irgendwas wegen Sändi McLin Wu herausfinden kann. Da ist ja jetzt so lange nichts mehr passiert und …“

„Guter Mann!“, lobte der Privatdetektiv. „Sie können sich auch gleich nützlich machen, Jakob.“

„Was kann ich tun?“, fragte der junge Polizist eifrig.

„Verhaften Sie diese Frau im Namen des Gesetzes und mit allem Drum und Dran. Ich beschuldige sie, vom Teufel besessen zu sein. Vielleicht ist sie auch eine Hexe und ein Zentaur. Das wird die peinliche Befragung zeigen.“

„Wird sofort erledigt, Herr Fr...“ Henry sah ihn scharf an. „Wird sofort erledigt.“ Paletos salutierte zackig und führte die Frau aus ihrer eigenen Jugendherberge. Man würde sie nicht lange festhalten. Da machte sich der Privatdetektiv keine Illusionen. Schließlich hatte man ja gar nichts gegen sie in der Hand. Allerdings würde sie lange genug fort sein, damit er ausschlafen konnte.

„Nachdem ich nun die Herbergsmutter erfolgreich exorziert habe, mag ich wohl etwas Frieden finden ... Wobei ... wo ich jetzt schon mal aufgestanden bin ...“, sagte Henry und legte sich wieder hin. Kurz bevor er wieder einschlief, fügte er in Gedanken noch hinzu: Aufstehen? Das kann ich auch noch morgen machen. Ein Hoch auf die Prokrastination.

„Es wird Zeit, dass wir unseren Freund Henry Frottey ein bisschen provozieren, meine getreuen Bitches.“ In seinem finsteren Kellerbüro hatte der unbekannte Schurke mal wieder seine Lakaien zu einem bösen Meeting zusammengerufen.

„Wir sollten dem ollen Blödmann wieder eine Botschaft zukommen lassen. Unsere Frau an der Front führt ihn des Abends zu einer Vernissage aus. Wie wir sie dem Loser übermitteln, haben wir ja schon ausgeknöstert, ihr Opfer. Sulaiman macht das fit. Es soll uns jetzt also um den genauen Wortlaut gehen. Ich bitte um konstruktive Vorschläge.“

Keiner der Handlanger wagte es, den Mund zu öffnen. Manche schauten sogar betreten zu Boden. Alle hatten sie

Angst, das Falsche zu sagen und damit ihren Chefboss zu verärgern.

„Na? Wie ist es um eure poetischen Skillz bestellt, ihr Opfer?"

Immer noch keine Antwort.

„Kommt schon, irgendwen wird die Muse-Bitch doch geküsst haben, oder was?"

Aus der Menge drang eine vorsichtige Stimme: „Vielleicht … vielleicht könntest du dich über ihn lustig machen und, und, und ihn … entmutigen, Bosschef, Sir?"

„Ist das eine Frage oder ein Vorschlag?", fragte der Oberbösewicht scharf zurück.

„Das, was mich nicht den Kopf kostet."

„Hahaha! Gute Antwort, Bitch. Und auch dein Vorschlag war krass genehm. Wie ist dein Name und deine Position, Lakai?"

„Ich heiße Handlanger Nummer 8 und bin Handlanger Nummer 9", erwiderte der Kerl nun etwas hoffnungsvoller.

„Sei hiermit befördert zum Handlanger Numero 4 und weil du so voll kreativistisch bist und dein Name aber echt beschissen, kannst du dir deinen Gangsterspitznamen selber ausdenken. Geil, oder?"

„Oh, vielen Dank!" Die Augen von Handlanger Nummer 4/Handlanger Nummer 8 leuchteten. Das war eine große Ehre, denn normalerweise musste man sich seinen Gangsterspitznamen über mehrere Jahre verdienen und trotzdem kam da selten was besonders Tolles bei rum. Meistens heißen Gangster ja „Fat Joe" oder so.

„Gegönnung. Und welchen Namen wählst du? Du kannst jeden haben, den du willst. ‚Spider' zum Beispiel. Oder auch ‚Gunslinger Jack'. Oder wie wär's mit ‚Bitchslap Fiete'?"

„Dann will ich Steve heißen!"

„Echt? Einfach nur Steve?"

„Ja! Steve!"

„Ist dies seine Wahl? Kannst auch krasse Alliterationen verwenden, wenn du magst. Alliterationen? Hast du daran gedacht? Hm? Alliterationen? Sie sind sehr gut. Gerne benutzt. Hm? Viele Schurken haben Alliterationen in ihren Namen. Hm?"

„Ich bleib bei Steve."

„Namen sind wichtig, ne? Das ist ihm bewusst, oder? – Kalle Knochenknacker Kinderkämpfer? Gunnar Grobschlacht Gangsterglobal? Hm? Oh, wie wär's mit Brutalibert Boxbirne, Bruder des bösen Bomberman?"

„Nö."

„Dann eben Steve … der Alliterationslose." Die Diskussion hatte einen toten Punkt erreicht.

„Ja, Bitches … was wollten wir machen? Ach ja! Hat jemand 'nen Stift oder so?" Sofort kramten die Handlanger in ihren Taschen.

Am Abend hatte Henry sich in seinen feinsten Zwirn geworfen – eine schicke Verschmelzung aus Frack und Trenchcoat für den Privatdetektiv von Welt, der auch mal auf einem Gala-Event ermitteln muss. Lady _ allerdings stellte ihn völlig in den Schatten. Wie es sich auch gehört, fand er. Ihr elegantes schwarzes Abendkleid schmeichelte nicht nur ihrer Figur, sondern war dabei auch noch sehr geschmackvoll, etwas, das heutzutage nicht mehr häufig vorkommt. Besonders, wenn Henry in Nachtclubs ermittelte, fiel ihm auf, dass viele Damen versuchten, ihre Figur zu überschmeicheln, und dabei zu viel von dieser preisgaben – für seinen Geschmack. Andere mochten das ja schön finden. Wieder andere sahen darin vielleicht sogar eine Herabwürdigung der gesamten Frauheit, eine Degradierung der Frau zum Sexualobjekt. Doch was kümmerte es irgendwen, wie sich irgendjemand irgendwo anzog? Waren wir denn nicht alle mündige, erwachsene Bürger, die selbst entscheiden konnten, wie viel sie am Leib trugen? Durfte hier nicht jeder frei und selbst entscheiden, wie sehr er sich von gesellschaftlich diktierten Schönheitsidealen in ein bestimmtes Outfit zwängen ließ? Henry fand: Doch.

Der Privatdetektiv stieg hinten zu Lady _ in den Wagen, sie bedeutete dem Chauffeur loszufahren und über das, was dann geschah, legen wir den Mantel des Schweigens. Man muss den Leuten auch ihre Privatsphäre lassen. Vielleicht wechselte der eine oder andere Kuss den Besitzer – vielleicht. Fakt ist, dass sie sich nicht nur gut unterhalten haben … sondern sogar sehr gut. Aber, wie gesagt, der Mantel des Schweigens. Abblende.

Grau hockte die Nacht über der Stadt wie eine sehr, sehr große Katze ohne Beine. Messer-Ricardo schlich sich durch verdreckte Seitenstraßen und brabbelte vor sich hin.

„Mann, ey, voll die Scheiße, ich muss das mit dem Überfall echt mal hinkriegen, echt jetzt. Ähhh, ich glaub, ey ja, ich mach einfach ohne Plan. Einfach der Nächste, der hier so vorbeigeht, ey. Aber erst mal volle Tarnversteckung jetzt."

Ein Mann, dessen Sprache hauptsächlich aus Füllwörtern besteht, ist ein Mann, dessen Verstand hauptsächlich aus Pausen besteht.

Das hatte Messer-Ricardo noch nie gestört. Einem Chamalamaleon gleich verschmolz er mit einem Berg aus Müllsäcken, die an der Straßenecke auf ihre Entrückung durch die Müllabfuhr warteten.

> „Passt auf, Freunde. Ich weiß, wir sind bloß Müllsäcke, aber die Legenden der alten Säcke besagen, dass wir nach einem Leben voller Schmutz und schimmelnden Speiseresten auf die Straße getragen werden, um dann von einem Engel in graugestreifter Warnweste ins Paradies geführt zu werden. Ein wohlriechendes Paradies voller Blümelein und kostenlosen Kaninchen für alle. Ohne Abfall, Völlegefühle und falsche Mülltrennung.

Wir hatten in der Vergangenheit einige Differenzen, weil manche von uns der Ansicht sind, dass wir rebellieren sollten, um jetzt das Beste aus unserem Leben zu machen, ganz unabhängig von etwaigen Heilsversprechen. Ja, ich sehe dich an, Mike.

Jedenfalls, das gehört jetzt alles zum alten Eisen, denn wir haben es bereits auf die Straße geschafft! Zweifelsohne ein Beweis für die Prophezeiung! Bald werden wir für all das Leid und die Qual, die wir ertragen mussten, belohnt werden. Das Paradies der Müllbeutel erwartet uns. Der Engel in graugestreifter Warnweste wird kommen, uns von dem ganzen Unrat in uns erlösen und an einen besseren Ort führen. Habt nur noch ein bisschen Geduld."

Tragisch, tragisch, die Müllbeutel wussten nicht, was unweigerlich mit ihnen geschehen wird. Aber zurück zur Geschichte.

Kuchengott Hassmilch stapfte durch einen eher fragwürdigen Teil von Schikargo. Er hatte nicht darauf geachtet, wo er hinhumpelte. Blinde Wut trieb ihn vorwärts. Heute waren bereits diverse Personen und Gegenstände von ihm angeschrien worden.

Plötzlich sprang eine Gestalt aus einem der Abfallhaufen am Straßenrand. Sein Gesicht war mit Frischhaltefolie verhüllt, in der Hand hielt er ein Buschmesser.

„Überfall, du Arsch! Du weiß' ja wohl, was du machen muss', echt ey!"

Wie angewurzelt blieb der Wutbürger stehen und betrachtete das Männlein, das ihn da bedrohte. Seine Augen verengten sich zu Schlitzen. Dann begann sein ganzer Körper zu zittern.

„WAS GLAUBST DU EIGENTLICH, WEN DU HIER VOR DIR HAST, DASS DU DENKST, DU KÖNNTEST MICH EINFACH ÜBERFALLEN?!", artikulierte sich Kuchengott Hassmilch lautstark.

Jetzt war es an dem Räuber in Ausbildung, vor Verwunderung zu erstarren. So hatte er sich das ganz und gar nicht vorgestellt. Vor lauter Überraschung ließ Ricardo ein bisschen sein Messer sinken.

„Ey, nee, ey! Das is' voll nich' richtig! Du musst mir jetzt dein ganzes Geld geben! Und … ähhh … keine Mätzchen, oder so!"

„OH! DAS IST DOCH NICHT DEIN ERNST! EINFACH WILDFREMDE LEUTE AUF DER STRASSE ÜBERFALLEN! WO KOMMEN WIR DENN DA HIN?! ZU MEINER ZEIT HÄTTE ES SO WAS NICHT GEGEBEN! UND DANN DIESER SCHRECKLICHE TON! WAS IST NUR AUS DEN UMGANGSFORMEN GEWORDEN?!"

„EY! NEE! EY! Das is' alles ganz falsch! So geht das voll nich'!"

Unter der Folie sammelten sich Tränen. Messer-Ricardo hielt sich schützend die Hände über die Ohren und begann anhaltend, mit dem Oberkörper vor und zurück zu wippen, während die komplette Schimpftirade des Kuchengott Hassmilch hereinbrach.

„SO WEIT KOMMT'S NOCH, DASS EIN HÄNFLING WIE DU MICH ÜBERFÄLLT! TYPEN WIE DU SIND DOCH ALLE GLEICH! MEINEN, SIE KÖNNTEN EINFACH RAUBEND DURCH DIE STRASSEN ZIEHEN UND SICH EINFACH ALLES NEHMEN, WAS SIE WOLLEN. ABER NICHT MIT MIR, FREUNDCHEN! …" Und so weiter, bis es Messer-Ricardo vollends zu viel wurde und er von Heulkrämpfen geschüttelt davonlief.

„Und dies ist eine Installation von Käpt'n Hansen Präsident Jamaica Rumverschnitt … den kennst du …", erklärte Lady _, während sie auf ein lustiges Durcheinander aus einer Kutsche und diversen Küchenutensilien zeigte. Henry nickte eifrig. Den kannte er tatsächlich, obwohl er gar nicht wusste, dass der auch Skulpturen fertigte, allerdings entdeckte er gerade in dieser Galerie viel Neues.

„Es heißt: *Schinken mit Kutsche auf Toast, dazu Glühbirne Helene.*" Henry nickte weiter eifrig. Manchmal musste er regelrecht an sich halten, um nicht laut loszulachen. Die meisten der Gemälde, Gebilde und Installationen fand er genial, aber eben auch lustig, es schien ihm jedoch unangebracht, dies zu zeigen. So musste Kunst seiner Ansicht nach sein: eine fantasievolle, geniale Idee, die am besten noch nicht da gewesen war, und lustig – perfekt.

„Was ist das?", fragte Henry und zeigte auf ein Dings, welches im Raum stand. Er kam sich wie ein Schuljunge vor, was er ja in gewisser Weise auch war. „Das", antwortete Lady _, „heißt *D. U. N. Vogelfrau* und ist von Mija Orun, einer japanischen Künstlerin. Die da hinten." Sie nickte in Richtung einer asiatischen Frau, die neben einem sehr alten Mann stand und Champagner trank. Der Privatdetektiv konnte es kaum glauben, wie viele Künstler hier tatsächlich selbst anwesend waren.

„Und wer ist der alte Mann neben ihr?"

„Chen Y. Boshimuro. Er gilt als Wegbereiter der Szene."

„Der ist ganz schön alt."

„Ja", lachte Lady _. „Böse Zungen behaupten scherzhaft, dass er schon im Mittelalter postmodern gemalt hat. Von ihm stammen Klassiker wie *Alptraum einer damenhaften Gliedergestalt mit Migräne* oder auch *Höllenvision eines depressiven Hofhundes, dem ein Eckzahn fehlt*. Leider ist keins seiner Werke heute Abend hier. Dafür sehe ich ganz viele Bilder von …"

Hinter dem Privatdetektiv sprang eine Gestalt hervor. Henry wollte schon blitzschnell reagieren und sich verteidigen, doch sein Spürsinn sagte ihm: „Ruhig bleiben. Keine Gefahr." Und tatsächlich war es bloß eine junge Frau südländischen Typs, die ihre Haare wie einen großen, buschigen Schnurrbart unter der Nase verknotet hatte, dem Privatdetektiv einmal durchs Gesicht leckte und versonnen meinte: „Oh, Sie schmecken nach mehreren, sehr ungewöhnlichen Farbtönen. Sie sind was Besonderes." Dann hüpfte sie weiter, nicht ohne noch ein paar Gemälde abzuschmecken und laut „Mmmhh, dieses Schwarz!", oder „Welch erfrischendes Weiß!" zu skandieren.

Hinter ihr her lief kreischend die Galeristin und Kunsthändlerin Ambrosia Vollerd, die den Abend ausrichtete. „Bitte benutzen Sie Ihre Augen, um die Farben der Gemälde wahrzunehmen!"

„… von … René Magarine …", schloss Lady _. Aufgeregt fuhr sie fort: „Du wurdest gerade von Dilla Vasador abgeleckt! Ich glaube, das ist eine große Ehre. Sie ist die prominenteste Vertreterin des Skurrilismus! Vielleicht sollten wir dein Gesicht laminieren und schätzen lassen. Könnte sein, dass du nie wieder arbeiten musst." Lady _ zwinkerte.

„Oh Gott, wo bin ich nur reingeraten? … Ich fühl mich total wohl", grinste Henry. Nie wieder arbeiten? Er hatte doch noch gar nicht angefangen. Aber bald … bald.

„Sind heute nur Maler und Bildhauer hier?" Sofort dachte er daran, wie leicht es war, Bildhauer zu werden. Er musste sich nur unauffällig diesem Gemälde da nähern und dann mit der Faust …

„Nein, natürlich nicht", sagte sie und zog ihn von dem Bild weg. „Hier sind auch ein paar berühmte Schriftsteller anwesend. Da hinten an der Bar steht Goba Hull."

„Was schreibt der so?"

„Er ist der Erfinder und einziger Vertreter des Hullismus. Das soll eine ganz besondere Art von Laut- und

Geräuschpoesie sein, die viel mit Rhythmik und semantischer Entfremdung spielt. Wenn du mich fragst, sind das ganz normale Gedichte mit mehr Fantasiesprache und zu laut vorgetragen."

„Du magst keinen Hullismus?", fragte Henry, lächelte und schaute zu dem Mann an der Bar herüber, der mit arrogantem Blick die Runde musterte.

„Entschuldigung." Ein hagerer Mann mit seltsamen Augen war zu ihnen herangetreten. Er blickte konsequent in die Ferne, als ob er schon tausend Jahre alt wäre und all das schon gesehen hätte. „Wissen Sie, wo Dilla Vasador steckt? Ich muss eine Tierdokumentation mit ihr drehen, in der keine Tiere vorkommen … irgendwas mit Hunden … in Spanien."

„Sie hüpfte eben in diese Richtung. Ambrosia ist auch hinter ihr her", antwortete Lady _.

„Vielen Dank", sagte der Herr und schritt davon.

„Das war Luis Bonduelle."

„Er dreht Filme?"

„Wie konntest du das nur erraten? Bist du eine Art Detektiv oder dergleichen?", scherzte Lady _.

„Privatdetektiv", ergänzte Henry und zog spielerisch die Krempe seines Hutes etwas tiefer.

„Ach, wirklich? Dann klären Sie doch mal dieses Mysterium auf", sagte sie und zwischen den Skulpturen von Eiern in Bratpfannen, die von Brutlampen beleuchtet wurden, und den Bildern, welche zum Beispiel einen Elch als Garderobiere mit vielen Jacken auf seinem Geweih zeigten, küsste sie ihn.

„Hallo, du", sagte der seltsame Mann, der sein Gesicht unter einer Menge Frischhaltefolie zu verbergen versuchte. Er war einfach in die Polizeiwache 44 hineinspaziert wie jeder andere Bürger auch.

„Guten Tag, was können wir für Sie tun?", fragte Jakob Paletos, der gerade Bürgerdienst hatte. Eine Aufgabe, bei der man sonst alte Damen betreut, die sich über Kinder beschweren, die auf ihren Rasen Skateboard fahren oder Falschparker anzeigen wollen. Im Grunde ging es darum, Leute abzuwimmeln, bei denen kein Bestechungsgeld zu holen war.

„Ich möchte bitte einen Mord gestehen", antwortete der schmutzige Kerl. Er stank nach Abwasser.

„Was?" Jakob war verwirrt. Etwas Derartiges war in Schikargo noch nie passiert.

„Was denn für einen Mord?", fragte der junge Polizist und zückte Bleistift und Papier.

„Keine Ahnung. Egal. Irgendwas Ungeklärtes. Was hast du denn so?" Messer-Ricardo wurde das langsam zu ungrau. Er wollte doch bloß ein bisschen Anerkennung – mit Presserummel und allem Drum und Dran.

Paletos zog die Augenbrauen bis unter den Haaransatz hoch. „Ähm, so läuft das nicht. Sie können doch nicht einfach irgendwas gestehen. Sie müssen schon erst einen Mord begangen haben, damit Sie was gestehen können."

„Ach so! Voll die Scheiße. Wusste ich gar nicht! ... Soll ich dann später wiederkommen, oder so?"

„Nee, nee! Warten Sie mal hier ... Chef?!" Der Polizist verschwand nach hinten. Messer-Ricardo kratzte sich am Kopf. Das war schwieriger, als er sich das vorgestellt hatte. Er musste einen Mord also erst anmelden, dann begehen, um später gestehen zu können.

„Chef?"

„Was ist denn, Paletos?" Sarim Mosk kämpfte im Pausenraum mit der Kaffeemaschine.

„Ich hab vorne einen komischen Typ, der hat mich gefragt, ob wir irgendwelche ungeklärten Morde haben, die er gestehen kann." Der Kommissar versetzte der Maschine einen Schlag und seufzte ausgiebig.

„Solche Typen kenn ich. Lassen Sie mich raten, er ist wie Napoleon angezogen oder nennt sich ‚Balduin der Feuermagier'?" Jakob Paletos legte die Stirn in Falten.

„Nein, aber er trägt eine Maske aus Frischhaltefolie." Erneut seufzte der Kommissar.

„Da haben wir's doch. Also, Paletos, Ohren auf. Alle Jubeljahre kommt hier mal irgendein Verrückter reingeschneit, der behauptet, er habe jemanden ermordet oder ein Gebäude in die Luft gesprengt. Und dann wenden wir Zeit und Männer auf, nur um festzustellen, dass das alles gelogen ist. Das kommt besonders dann vor, wenn wie jetzt ein Serienmörder durch die Stadt läuft. Die sehen den ganzen Medienrummel und wünschen sich dann die gleiche Aufmerksamkeit."

„Sie meinen, der hat gar nicht wirklich was getan?"

„Bingo. Also stecken Sie ihn für eine Nacht in eine Zelle und lassen Sie ihn morgen wieder laufen. Und wir wenden uns echten Problemen zu. Zum Beispiel unserem Serienmörder."

„Wenn Sie meinen, Chef …" Der junge Polizist stiefelte kopfschüttelnd wieder nach vorne, murmelte: „Was es alles gibt …" und wurde lauter, sobald er in Hörweite des Empfangsbereiches war: „So, ich hab das mit meinem Vorgesetzten besprochen und … Huch, wo ist er denn hin?" Jakob sah sich um, doch der Mann mit der Frischhaltemaske war nicht mehr da. „Na gut, so geht's ja auch. Was Henry Frottey wohl gerade macht? Der sitzt bestimmt nicht so untätig rum wie ich", sagte er und wartete auf die nächste alte Dame.

„Schau mal da hinten!", sagte Henry und deutete nicht in die Richtung, denn das gehörte sich ja nicht.

„Wo?", fragte Lady _ und versuchte, seinem Blick zu folgen. Es entstand eine kurze Unklarheit, da Henry ihr die Position von Käpt'n Hansen Präsident Jamaica Rumverschnitt und Wursti Kettscher, zwei Leute, die er zur Abwechslung mal kannte, beschreiben musste. Das war schwieriger als gedacht.

Der Käpt'n, geheimnisvoll wie eh und je, tarnte sich mit seiner Kapitänsmütze, einer Sonnenbrille und einem Halstuch, welches er banditenhaft über Mund und Nase trug. Ihm war seine Privatsphäre sehr wichtig, was Henry verstehen konnte, immerhin war er unangefochten der beste zeitgenössische Schriftsteller. Wursti Kettscher hingegen gab sich mehr als auffällig in seinem weißen Anzug mit den aufgenähten schwarzen Buchstaben und Satzzeichen. Dieser Literaturanzug war neben seinen zauseligen Haaren und dem Schnurrbart sein unverwechselbares Markenzeichen.

Beide Autoren standen da, unterhielten sich und wurden von Henry aus der Ferne bewundert. Lady _ lehnte sich zu ihm herüber: „Möchtest du die beiden kennenlernen?"

„Sag bloß, du kennst die", staunte Henry.

„Na, schon – durch Ambrosia. Sie ist, wie du bestimmt weißt, ein bedeutender Teil der Kunstszene. Also, was ist jetzt?"

Der Privatdetektiv nickte übermütig und gemeinsam schritten sie zu den Künstlern hinüber.

Es war schon recht spät. Trotzdem stand der Wanderprediger noch immer auf einer Apfelsinenkiste in der Fußgängerzone und schwadronierte. Doch die Menschen waren unempfänglich für seine Botschaft. Mit gesenktem Haupt schritten sie zügig an ihm vorbei, doch davon ließ er sich nicht beirren. Er würde weiter versuchen, sie zu retten, und wenn es bis ans Ende aller Tage dauerte.

Langsam näherte er sich dem Ende seiner Ausführungen, doch dann brach er plötzlich ab und blickte auf die Menschen, die nach Hause gingen oder einfach nur umherschlenderten. Wenn er nichts erzählte, war er nur ein Mann, der auf einer Kiste stand. Auch das beeindruckte die Fußgänger wenig. In unserer modernen Zeit haben wir einfach den Sinn für die öffentliche Schaustellerei verloren.

Es gibt zu wenige Wunderdoktoren, die über das Land fahren und Tinkturen und Allheilmittel anbieten. Zu wenige Gaukler. Zu wenig fahrendes Volk. Sie beschränken sich auf die wenigen Zirkusse und Jahrmärkte. Die Innenstädte gehören heute den Straßenmusikern, Bettlern und Statuenmenschen.

Der Wanderprediger brach seine Zelte ab und machte sich auf zur Exzeldika. Sie hatten ihn in den letzten Tagen beherbergt und sogar weitere Gastfreundschaft angeboten, außerdem waren sie die Einzigen, die ihm irgendwie zuhörten. Heute Abend würde er mit ihnen ein elementares Geheimnis teilen, eine große Wahrheit, die sich in diesen Gefilden nur ihm erschloss.

Henry sah sich in der Galerie um. „Wo ist denn eigentlich der, für den dieser ganze Rummel hier veranstaltet wird? ... Und dabei ist es gar kein Rummel. Rummel sieht anders aus. Ich bin da Experte ... wie hieß der noch?“, grummelte der Detektiv.

Lady _ lächelte ihn an. „Er heißt Laermo West, sein Name steht doch ganz groß am Eingang. Er stellt heute Abend sein neuestes Werk vor. Ambrosia hat nichts Genaues gesagt, aber es soll wohl auch eine humoristische Komponente haben. Es dürfte dir also gefallen.“ Sie schmiegte sich an ihn.

Humoristische Komponente? Henry horchte auf ... in dem Moment stürmte Ambrosia auf sie zu.

„Es ist entsetzlich! Wir können Laermo nicht finden! Herr Frottey, Maria hat mir schon viel von Ihnen erzählt. Sie sind doch Privatdetektiv. Können Sie ihn nicht finden?“

„Nennen Sie mich doch bitte Henry“, sagte er und ärgerte sich, dass sein Name wie Socken klang. Zielstrebig schritt er los.

Er wusste nicht, wo dieser Herr West sich befand. Er hatte nur einen schrecklichen Verdacht. Eine grausame Ahnung. Eine schauderhafte Vermutung. Schon den ganzen Abend war ein Kunstwerk von einem großen weißen Tuch verdeckt gewesen. Das würde passen. So hätte er es auch gemacht. Der Privatdetektiv baute sich vor der verhüllten Installation auf und räusperte sich.

„Meine sehr verehrten Damen und Herren, es hat sich der unglückliche Umstand ergeben, dass der Star des heutigen Abends, Laermo West, verschwunden ist. Wenn meine Vermutungen stimmen, werden wir ihn gleich wiedersehen, wenn auch nicht ganz so frisch und gesund, wie man es vielleicht hoffen möchte. Ich habe in der Zwischenzeit das zweifelhafte Vergnügen, Ihnen sein neuestes Werk zu präsentieren."

Mit einem Ruck riss Henry das Tuch herunter und entblößte so die vergreiste Leiche des Laermo West. Genau, wie er es befürchtet hatte. Ein Aufschrei ging durch die Menge. Jemand fiel sogar in Ohnmacht – es war der Größte und Stärkste unter den Türstehern.

Lady _ ging zügig auf den Privatdetektiv zu. „Woher wusstest du das?", flüsterte sie ihm energisch ins Ohr. Er zuckte nur mit den Schultern. „Ich hab gar nichts gewusst. Eine dunkle Vorahnung und sicheres Auftreten – das ist alles." Er wandte sich ab und beäugte dann detektivisch die Szenerie, die ihm ihre Gesetzlosigkeit entgegenstreckte wie eine Dirne ihre Brüste am Straßenrand.

Laermo West, der Künstler, lag als eine viel zu alte Variante seiner selbst in dem kleinen Gehege, das eine blechern schnatternde Ente beherbergte. Henry stockte der Atem. Dunkelheit umfing ihn kurz, dann sammelte er sich wieder und schüttelte jedwede Beklemmung von sich.

Auf einer Plakette stand der Name des Kunstwerkes: „Enemigo al Pato – von Laermo West". Der Vogel war augenscheinlich vollständig mechanisch und bewegte und gebar sich doch wie ein lebendiges Wesen. Aus dem Inneren surrte ein Elektromotor, Scharniere bildeten die Gelenke, Federn, Schnabel und Bürzel, alles fein geschmiedet und doch schnatterte, pickte und flatterte die mechanische Ente wie ihre organischen Artgenossen. Das war wirklich ein Meisterwerk der Mechanik.

Die Galeristin Vollerd stürzte an das Gehege: „Wer ist der alte Mann, der da mit seinem toten Körper Laermos Kunstwerk entweiht?"

Holla, dachte Henry, wie kann man denn so herzlos und arrogant sein? „Das ist West. Er wurde vergreist. Und er ist nicht mal das erste Opfer. Ich bin schon länger an diesem Fall dran."

„Wie, das ist Laermo?" Ihr fiel alles aus dem Gesicht. Mit ausgestreckten Armen ging sie noch näher an den Toten.

„Ah! Nicht anfassen. Das ist jetzt ein Tatort."

Erschrocken zog Ambrosia die Hand zurück. „Rufen Sie die Polizei", kommandierte Henry. „Ich kümmere mich bis dahin um alles Weitere."

Die Galeristin blieb wie angewurzelt stehen, mit offenem Mund und immer noch halb ausgefahrenem Arm. Da sie keine Anstalten machte, sich in irgendeiner Form zu rühren, wandte sich Henry an Maria. „Meine Liebe, da Frau Vollerd es vorgezogen hat, zu einer Skulptur ihrer selbst zu werden, anstatt die Polizei zu rufen, würdest du diese Aufgabe bitte übernehmen? Du weißt ja, wer mein Lieblingskommissar ist", sagte der Detektiv und blinzelte ihr zu.

Sie salutierte zackig, blinzelte zurück und machte sich auf, alles Nötige zu veranlassen. Dass sie in so einer Situation noch in der Lage war, Späße zu machen, dachte Henry. Diese Frau war ihm ein Rätsel.

Langsam beugte er sich zu dem toten Künstler herunter. Links von ihm watschelte die mechanische Ente durch das Gehege und er fragte sich, ob das eigentlich tatsächlich Kunst war. Um ihn herum standen all diese berühmten

Maler, Bildhauer und Schriftsteller. Nun sollten Sie sehen, was seine Kunst war.

Das hatte Messer-Ricardo alles zu lange gedauert auf der Wache. Besonders nach der Blamage früher am Abend war er ungeduldig geworden und darum, ohne auf die Rückkehr des Polizisten zu warten, einfach losgelaufen. Am Ende hätte er da noch irgendwelche Formulare ausfüllen müssen, nur, um einen Mord gestehen zu können. Das behagte ihm gar nicht. Schließlich konnte er nicht schreiben.

Messer-Ricardo beherrschte nur das, was die Straße und er selbst ihm beigebracht hatten.

Als Sarim Mosk mit einem winzigen Trüppchen an Polizisten eintraf – der Tross, der ihn begleitete, schien immer kleiner zu werden; seine Kollegen merkten, dass bei diesem Fall keine Bestechungsgelder zu holen waren –, marschierte er direkt an Henry Frottey vorbei, würdigte ihn dabei keines Blickes und warf einen selbigen auf die Leiche.

„Pfff ... nicht schon wieder", entfuhr es dem genervten Ermittler. „Und Sie!" Mit ausgestrecktem Finger deutete er auf den Privatdetektiv. „Ich sollte Sie einfach verhaften. Sie waren bisher bei jedem dieser grenzdebilen Morde anwesend. Entweder Sie ziehen das Unheil magisch an oder aber ..."

Bedrohlich schritt er näher, bis ihre Gesichter nur noch etwa eine Handbreit voneinander entfernt waren, und fuhr mit gesenkter Stimme fort: „... Sie sind sogar dafür verantwortlich."

„Sie haben doch die Zeugen befragen lassen, oder? Die werden Ihren Handlangern doch jedes Mal bestätigt haben, dass ich erst nach dem Geschehen eingetroffen bin, nicht wahr?"

„Die Befragungen haben vor allem eines ergeben. Und zwar, dass noch niemand jemals was von dem berühmten Privatdetektiv Henry Frottey gehört hat."

Im Hintergrund stand Jakob Paletos und schaute ungefähr so: 0_0 . Seine ganze Körperhaltung schien zu schreien: „Das hat er jetzt gerade nicht gesagt!" Die Kamera schwenkte auf Henry.

„Es ist eher eine unterbewusste Berühmtheit", erwiderte dieser mit vor Zorn verzerrtem Gesicht, da er sich ja ärgern musste, dass sein Name wie etwas klang, das aus Frottee gemacht war. Mittlerweile ärgerte es ihn eigentlich mehr, dass er sich immer ärgern musste, als dass es ihn ärgerte, dass sein Nachname ihn an ein bestimmtes Textil gemahnte. Er fand, dass er mal etwas dagegen tun musste.

„Nennen Sie mir einen guten Grund, warum ich Sie nicht auf der Stelle für die Morde an Sändi McLin Wu, Horatio Strum, Joas und Klako, Darel H. Clash und … dem da …", Kommissar Mosk deutete auf die frische Leiche des viel zu alten West, „verhaften sollte."

„Beweisen Sie, dass ich ihr Mörder bin", entgegnete Henry trocken.

„Sie hatten jedes Mal Insiderwissen zu den Ereignissen, das eigentlich nur der Mörder haben konnte", parierte Sarim.

Henry atmete schnaufend aus. „Hatte ich nicht. Passen Sie auf." Der Privatdetektiv ging gemessenen Schrittes wieder auf den Tatort zu, beugte die Knie und begann zu referieren: „Diese Morde sind natürlich völlig abstrus und anormal, so anormal, dass Siiie offensichtlich damit nicht zurecht kommen. Dennoch sind sie nicht intentionslos seltsam. Wir haben es hier nicht mit einem Psychopathen zu tun, der seinen makaberen Drang nach Unfug und Blut auslebt. Vielmehr handelt es sich um geplante Ereignisse, das erkennen Sie daran, dass der Mörder oder vielleicht sogar die Mörder uns bisher immer eine kleine, verrückte Botschaft hinterlassen haben, wie Sie sich vielleicht erinnern … nein? Doch? Ja? Nein? Der Elefant, die Nachttischschublade, Teebeutel und Laminat und eine explodierende Ente. Alles Dinge, welche die Szenarien mehr als ungewöhnlich gemacht haben …“

Kommissar Sarim Mosk klinkte sich ein: „Was ist mit der rapiden Alterung von mittlerweile drei der Opfer?“

„Das ist nur die Methode und keinesfalls der graue Faden bei diesem Fall. Ich möchte Sie daran erinnern, dass Sändi erknipst, Horatio erwürgt und Darel explodiert worden ist. Das ist auch der Grund, warum ich mit dem Gedanken spiele, dass unser Schurke mehrere Handlanger hat, die für ihn die Drecksarbeit erledigen.“

„Aber ein Elefant, eine Nachttischschublade, Teebeutel und Laminat und explodierende Enten sind auch kein grauer Faden. Da ist keine Verbindung zwischen den Morden! Die einzige Verknüpfung sind Sie!“, regte Sarim sich auf. Henry behielt an dieser Stelle geschickt die Glückskeksbotschaft seines Gegenspielers aus dem Restaurant für sich. Es bestand kein Grund, den Kommissar immer weiter auf eine falsche Fährte zu führen.

„Außerdem“, setzte Kommissar Mosk fort, „ist eine explodierende Ente eher eine Methode als eine *Botschaft*, wie Sie das nennen. Das ergibt alles vorne und hinten keinen Sinn!“

„Entlich verstehen Sie mich!“, triumphierte Henry.

„Was? Nein!“

„Doch!“

„Ohhhh!“, machte Sarim Mosk aus blinder, zorniger Verzweiflung heraus.

„Glauben Sie, es ergibt Sinn, einen Menschen umzubringen? Glauben Sie ernsthaft, der gewaltsame Tod eines Menschen – eines einzigartigen Individuums – würde sich jemals sinnvoll rechtfertigen lassen? Motive sind eine Illusion! Das sind vorgeschobene Rechtfertigungen – höchstens! Es gibt keinen vernünftigen Grund für Mord! Es gibt keinen vernünftigen Grund für irgendwas. Es gibt keinen.

Dinge sind einfach und damit hat es sich. Akzeptieren Sie das, dann merken Sie, dass wir unendlich frei sind in der Sinnlosigkeit des Universums."

Henry fühlte sich ausgelaugt und müde. Der Tag war lang gewesen. Er musste das hier schnell beenden und ins Bett. Jetzt hieß es, die Sprachlosigkeit der Umstehenden, inklusive Sarim Mosk, auszunutzen.

„Verzweifeln Sie bitte in Ihrer Freizeit und passen Sie jetzt auf. Laermo West wurde vergreist wie schon die beiden jungen Moderatoren zuvor. Da er wohl kaum hier vor unserer Nase vergreist wurde – das hätten wir wohl mitbekommen – heißt das, dass er in seiner Kunst platziert wurde. Der Mörder wollte uns damit etwas mitteilen. Kunst ... Hm ..."

Die Leute starrten ihn gebannt an, Jakob Paletos fieberte regelrecht mit. Für ihn ging ein weiterer Traum in Erfüllung. Nun konnte er die Gedankengänge seines Idols aus erster Hand miterleben. Etwas, über das ihm sonst nur wilde Fantastereien und Spekulationen zur Verfügung standen.

„Ich werde nur meinen Hauptgedankenstrang wiedergeben, sonst werden Sie mir gar nicht mehr folgen können", warnte Henry und plapperte drauflos: „Das Opfer platziert in Kunst. Das ist unser Ausgangspunkt. Kunst – Kunst kommt von Käse, käme es von Wurst, hieße es ja Wunst. Wurst und Käse sind beide Teile eines nahrhaften Frühstücks, doch das bringt uns nicht weiter. Wurst und Käse sind auch beides landwirtschaftliche Erzeugnisse. Landwirte betreuen neben Feldern auch Weiden. Weiden werden aber auch von Förstern betreut. Försterei ist der verknappte Ausdruck für Waldmeisterei. Waldmeister ist eine der beiden beliebtesten Geschmacksrichtungen von Wackelpudding, den man auch Götterspeise nennt. Speis und Trank. Die Tränke der Götter aber sind klassisch Nektar und Ambrosia ... womit wir bei Ihnen wären, Frau Vollerd."

Anklagend wies Henry auf die Galeristin. Die Polizisten wollten sich aufrappeln, um sie zu verhaften, doch der Privatdetektiv hielt sie zurück. „Das war nur ein kleiner deduktiver Scherz. Eine Art gewollter naturalistischer Fehlschluss. Natürlich sind Sie nicht die Mörderin."

„Was Sie sagen, ergibt keinen Sinn!", rief jemand aus der Menge heraus.

„Davon rede ich doch die ganze Zeit!", rief der Detektiv zurück und fuhr fort: „Götterspeise. Da wir eine göttliche Existenz nicht beweisen können, können wir diesen Faktor aus unserer Ableitung rauskürzen – nebenbei bemerkt: Wenn wir eine göttliche Existenz beweisen könnten, dann wäre diese ja per Definition konstant und könnte damit auch vernachlässigt werden. Das ist einfachste Integralrechnung, oder so – jedenfalls bleibt dann die Speise übrig. Da wir uns mit Kunst befassen, denken wir an etwas, das Speisen verfeinert. Da wir Wurst und Käse – oder anders: Fleisch und Milchprodukte – schon abgehakt haben, bleiben noch Süßspeisen, Salate und Brot und so was. Etwas, womit man all diese Dinge verfeinern kann, sind … Mandeln."

Der Privatdetektiv durchsuchte den Toten. „Da ich bei Laermo keine Mandeln finden kann …"

„Moment!", warf Lady _ ein. Anscheinend hatte auch sie das Jagdfieber gepackt. „Was ist mit seinen Mandeln?"

„Was?", fragte Henry. Er verstand nicht ganz. Spielte sie auf die Testikel des Toten an? Dann war das aber ein ziemlich schlechter Vergleich … Doch da fiel es ihm wie Schuppen von den Augen. Natürlich! Seine Mandeln!

„Ach so!", machte Henry und fasste beherzt der Leiche in den Rachen. Ein neuerlicher Aufschrei ging durch die Besucher der Vernissage und mit einem „Hab sie!" riss der Privatdetektiv die rudimentären Organe des Künstlers einfach raus.

„Die sehen ganz normal aus", meinte Lady _ über Henrys Schulter gebeugt.

„Schaust du dir öfter die Mandeln eines Toten an?“, fragte er zurück.

„Nicht öfter“, grinste sie.

„Siehst du die feinen Einkerbungen? Da hat jemand was eingraviert.“

„Tatsache! Gravierte Mandeln. Hast du eine Lupe, Henry?“

„Nein“, sagte der Privatdetektiv pampig. Er lehnte es ab, eine Lupe bei sich zu tragen. Das war ihm zu sehr Klischee.

„Ich müsste im Anwesen eine haben ... wir haben ja quasi alles.“

Henry geriet etwas durcheinander bei der Aussicht, jetzt zu ihr zu gehen. Er konnte sich nicht entscheiden, ob er „Wundervoll“ oder „Fantastisch“ sagen wollte und so kam „Wundertastisch!“ aus seinem Mund.

„Na dann los!“, rief sie eifrig. Einen Moment starrte Henry sie versonnen an und lächelte etwas dümmlich. Dann rafften sich beide auf und stürmten hinaus in die Nacht.

Kommissar Sarim Mosk stand wie angewurzelt da. „Was zum Teufel ist hier gerade passiert?“, murmelte der erfahrene Ermittler. Jakob Paletos trat zu ihm: „Sind die beiden gerade mit einem Teil des Toten davongelaufen?“

„Sieht ganz danach aus. Wir müssen diesen Wahnsinnigen von einem Privatdetektiv einfangen und ...“ In dem Moment löste sich eine Art magischer Bann von den Künstlern, die bisher nahezu geräuschlos das Schauspiel aus dem Hintergrund beobachtet hatten. Jetzt redeten alle durcheinander und manche stürmten sogar auf die Polizisten zu, um sie mit Fragen und ihren Aussagen zu bombardieren. Die wenigen Beamten hatten alle Mühe, die Leute ruhig zu halten. Sie waren alle genauso verwirrt und schockiert über das, was das gerade geschehen war, wie Sarim Mosk. Es galt nun, die Ruhe zu bewahren und die Vorschriften zu befolgen. Tatort sichern. Zeugen vernehmen. Und so weiter.

Er nahm sich als Erstes eine Frau vor, die ihre Haare als Schnurrbart zusammengebunden unter der Nase trug und mit einer Schüssel Kartoffelsalat auf den toten Laermo West zuschlich. „Ach du Schande, gibt es denn nur Verrückte auf der Welt?“ Erst jetzt fiel ihm die mechanische Ente auf, die bisher ein Schläfchen gehalten hatte und nun schnatternd und watschelnd erwachte.

„Was zur Hölle ist das? – Paletos, halten Sie die Frau mit dem Kartoffelsalat von der Leiche fern!“

„Jawohl.“

Sarim kletterte in das Gehege, hob die Ente auf und begutachtete sie. „Was für eine Teufelei ist das?“ Als der Kommissar den mechanischen Nachbau eines Federtieres über seinen Kopf hielt, um ihn genauer zu begutachten, öffnete sich eine Schleuse unter dem Bürzel und das Ding schiss ihm auf die Rübe.

Angewidert wischte sich Kommissar Mosk den Entendreck vom Kopf. Mit ausgestreckten Armen hielt er das Kunstwerk von sich. „Kennt euer Hochmut denn keine Grenzen? Glaubt ihr, ihr könntet Gott spielen und einfach seine Geschöpfe nachbauen?“ Er sprach zu den versammelten Künstlern. „Lebewesen nachbauen aus Metall und Rädern. Findet ihr das nicht pervers?“

„Sie mögen bestimmt auch keine Roboter! Sie Pfeife!“, schallte es aus der Menge.

„Nein, mag ich nicht!“

„Wie kann man keine Roboter mögen?!“

Ein Tumult brach los, bei dem Sarim am liebsten die ganze Pro-Roboter-Fraktion verhaften lassen hätte, doch die Roboterfreunde waren deutlich in der Überzahl und so musste er sich mit seinen Kollegen zurückziehen.

„Was ist nur los mit dieser Stadt?“, fragte Sarim, als er und Jakob Paletos in einem Streifenwagen davonfuhren.

„Lief alles wie am Schnürchen", krächzte der Profikiller Sulaiman Putimir abd el Dachschadên, als er das verdunkelte Kellerbüro des düsteren Bosses betrat. Behutsam stellte er den Koffer, der den Vergreisungsstrahler beinhaltete, auf den Tisch.

Im Schatten kraulte der unbetrachtbare Anführer sein Schoßtier und sprach: „So ist denn nun dieser unsägliche Volldepp von Künstler, den sie Laermo West nennen, für die Scheiße, die er da zusammengezimmert hat, hinlänglich bestraft worden?"

„Macht keinen Mucks mehr. Und der Vergreisungsstrahler lässt sich jetzt auch genauer bedienen", antwortete der Profikiller.

„Fantastomatisch! Dann können wir ja den Sendemast aufstellen, meine Getreuen! Auf das Odysseum, wie besprochen. Ach, der verfickte Plan verwirklicht sich – fabelhaft. Kontaktiert unsere Frau an der Front. Das Luder soll Henry Frottey aus der Stadt schaffen. Sonst wird das nix."

Ein Handlanger nickte und eilte davon.

„Bald wird diese Stadt mir gehören!"

Im Strum-Anwesen angekommen, schickte Lady _ einen der Diener aus, ein Vergrößerungsglas zu holen, und warf einen Blick auf ihr Handy.

„Na? Wer schreibt dir so spät?", fragte Henry schelmisch.

„Ach, niemand", winkte sie ab, steckte das Mobiltelefon ein und küsste den Privatdetektiv. Damit hatte sich die Frage erledigt …

„Heächm!", räusperte sich jemand in der Türe. Schlagartig ließen die beiden voneinander ab. Wie peinlich wäre es gewesen, wenn nun der alte Strum in der eben erwähnten Türe stünde, doch es war nur der Diener mit der Lupe.

Der Diener mit der Lupe, dachte Henry. Das war ein guter Name für einen Fall. Er nahm sich vor, in der Richtung mal was zu bearbeiten.[20,21] Lady _ unterdes nahm das optische Gerät entgegen, sandte den Diener davon und kehrte zu Henry zurück.

„Jetzt zeig mal her die Mandeln!“, forderte sie mit ausgestreckter Hand.

„Ich finde, als amtierender Detektiv von uns beiden sollte ich zuerst einen Blick auf das Beweisstück werfen.“

„Als amtierender Wichtigtuer kriegst du gleich eins auf die Nuss“, lachte sie. Eine kurze Rangelei entstand, die ausartete. Mehr muss, glaube ich, nicht gesagt werden. Sie verstehen.

Geraume Zeit später wandten sich die beiden dann doch den Mandeln des Laermo West zu. Konzentriert blickte der Privatdetektiv durch die Lupe und suchte den Anfang der Gravur.

„Da! Hier geht's los.“

„Lies vor!“, kommandierte Maria und kuschelte sich an ihn, als würde er ihr eine Gutenachtgeschichte vorlesen und nicht die Botschaft eines wahnsinnigen Serienmörders. Henry fokussierte die winzigen in das Organ gestanzten Lettern.

„Sei mir gegrüßt, Henry Frottey, du Schnalle …“ Henry ärgerte sich, dass sein Name wie …

„Was?!“ Maria fuhr auf. „Es ist direkt an dich gerichtet! Wie? Was? Woher weiß er …?“

„Ich hatte schon länger den Verdacht, dass unser Mörder seine Hinweise extra für mich hinterlässt. Er weiß vermutlich, dass ich wahrscheinlich der Einzige bin, der sie finden kann.“

„Das ist ja gruselig.“ Sie schmiegte sich wieder an ihn.

„Wir sollten Sarim Mosk nichts davon erzählen. Der flippt total aus.“

---

20 Anm. d. A.: HUST! SEQUEL … HUST!
21 Anm. d. V.: HUST! DAS SEHEN WIR ANDERS. HUST!

„Stimmt ... lies weiter.“ Das tat er.

„Nachdem ich dir bereits meine Grüße übersandt habe, hab ich nun eine krasse Message direkt für dich, Bitch. Eine Botschaft des Hohns, möchte ich meinen. Guck dich doch mal an, Alter. Wie siehst du überhaupt aus? Ich spotte dein! Mordend und brandschatzend werde ich durch die Straßen ziehen und es gibt nichts, was du dagegen zu tun vermagst. Mein megageiler Masterplan entfaltet sich. Erwarte eine Demonstration meiner uneingeschränkten Macht in zwei Tagen – heute mit eingerechnet ... also quasi übermorgen. Nein, gravier das nicht alles mit drauf! Hast du schon? ... Du Bitch! Na ja, egal. Gehab dich wohl, Schlampe! Dein E.“

Der Privatdetektiv sah auf. Das klang nicht nur nach Ärger, das klang nach einem riesigen, dampfenden Haufen Ärger, doch was sollte er tun? Er hatte keinen Anhaltspunkt, was als Nächstes passieren würde. Das große Puzzle war noch nicht genug gepuzzlet worden, um sein puzzleiges Bild zu entpuzzlen. Die Teile lagen wild durcheinander, aber noch nicht wild genug.

„Hihi, ich mag es, wenn du so in dich versunken bist“, schmunzelte Maria. „Ich kann die Zahnräder in deinem Kopf förmlich rattern sehen.“ Sie tippte an seine Schläfe, doch er reagierte nicht.

„Henry?“

„Ja?“ Noch immer starrte er ins Leere.

„Lass uns morgen aus der Stadt rausfahren. Irgendwohin. Damit du einen klaren Kopf bekommst. Was kannst du denn schon tun an dieser Stelle?“

„Hm“, machte Henry. Er brauchte keinen klaren Kopf. Dass das nie jemand begriff. Er brauchte Anhaltspunkte. Was war übermorgen? Was sollte er tun? Er konnte weder in sein Büro, noch die Ermittlungen aufnehmen, noch die Machenschaften dieses E. verhindern. Vielleicht hatte sie recht.

„Ja, lass uns morgen wegfahren.“

Kapitel 10: Henry Frottey macht Urlaub auf dem Reiterhof

„Warum ich dieses doch sehr frühe Treffen einberufen habe, liebe Geschwister, hat folgenden Grund.“ In demselben evangelischen Gemeindezentrum, in dem sie sich jedes Mal trafen, hatten sich auch an jenem Morgen die Mitglieder der Exzeldika versammelt. Viel zu früh eigentlich. Normalerweise fanden ihre Versammlungen eher gegen Abend statt, da allgemein bekannt war, dass der Kosmische Aal lange schläft. Anscheinend versuchte man, an ihm vorbeizukonspirieren.

Aal-Schaman Aaloplop fuhr fort: „Eines unserer Suchmedien – Hildegard von Bing – hatte diese Nacht eine verstörende Vision …“

Die Suchmedien der Exzeldika hatten eine direkte kognitive Verbindung zum Übernatürlichen und konnten damit in die Zukunft sehen, doch das Ganze war etwas komplizierter, als es sich normalerweise darstellt. Sie konnten nicht einfach nach Belieben das Morgen, das Übermorgen oder das Nächstewochedienstag eines Neugierigen erspähen und darüber Auskunft erteilen. Wem der Kosmische Aal diese Gabe verlieh, dem ließ er die Gesamtheit der Zukunft in allen möglichen alternativen Realitäten durch den Kopf rauschen. Die Suchmedien durchforsteten das Wahrscheinlichkeitsgewebe mit Hilfe komplexer hellseherischer Algorithmen nach vorher definierten Suchbegriffen. Der Suchbegriff von Hildegard von Bing lautete „Großes Unheil“.

„Und ich meine eine wirklich verstörende Vision!“ Zur Bekräftigung seiner Aussage wies Aaloplop auf die zerzaust dreinblickende Hildegard, die mit aufgerissenen Augen und murmelnden Lippen neben ihm stand.

„Meine Brüder und Schwestern, da kommt etwas Gewaltiges auf uns zu. Vielleicht sogar der …" Der Schamane machte eine Kunstpause. Die Spannung stieg in den nicht messbaren Bereich. Im Grunde wussten alle, was jetzt kommen würde, doch erzeugte der Umstand, dass ihr geistiges Oberhaupt das Wort tatsächlich aussprechen würde – in ernstem Ton! – eine derartige Tension. Man wäre am liebsten ohnmächtig geworden.

„… Weltuntergang."

In der letzten Reihe seufzte der Weltuntergangsprediger auf. Das würde eine ganze Menge Arbeit für ihn bedeuten, doch er war kein Mann, der der Mühsal entfloh. Was ihn so resignieren ließ, war der Umstand, dass er sich vorgenommen hatte, seinen Wohltätern eine große Wahrheit zu eröffnen – etwas, für das sie in ihrer derzeitigen Weltuntergangsstimmung kein offenes Ohr mehr haben würden.

Doch die versammelten Geistmenschen schienen keinesfalls beunruhigt oder gar freudig erregt. So ein Ende der Welt konnte ja beliebig gedeutet werden. Während einige Religionen mit der Angst vor dem jüngsten Tag ihre Schäfchen zu Folgsamkeit und Frömmigkeit verführten, sehnten andere jenes Ereignis mit freudiger Erwartung herbei. Die Exzeldika allerdings schien unentschlossen zu sein.

„Ich weiß, wir haben das Thema bislang vor uns hergeschoben, aber jetzt müssen wir wohl oder übel Position beziehen … also, sind wir pro Weltuntergang oder contra?"

„Huiii!", rief der berühmte Privatdetektiv Henry Frottey und sauste über die Koppel. Hier auf dem Reiterhof Brödel fühlte er sich frei. Es gab dort nicht nur Pferde, sondern auch andere ausgefallenere Reittiere wie Zebras oder Emus und so weiter, die ganze Palette.

Früh morgens waren er und Lady _ angekommen und von Herrn Brödel persönlich begrüßt worden. Sofort hatte Henry sich daran gemacht, auf allem zu reiten, was nicht festgenagelt war, wobei er sich erst langsam zu den Pferden hocharbeiten musste. So hatte es sein Reitlehrer, ein Mann namens Josef Verdi, in seinem seltsamen Mischdialekt gesagt:

„Willste richti reide lerne, musse ers' lerne, wie de uffe Ameise reiten dust, nuh? Dann kümmt 'ne Maus, dann Huhn, Hund, danach 'ne sehr jroße Hund, dann machen wa Pony, Esel und danach können wa uns vielleischt ma janz langsam annet Pferdchen rantasten."

Henrys Taschenpferd Schneetänzer hatte er nicht gelten lassen, da es ja nur ein Faltpferd war. „Orijamijaul" hatte er es genannt. Also wurde das Faltpferd in den Faltpferdpferch gestellt, wo Henry vom Faltpferdpferchfachmann das Faltpferdpferchpfand erhielt, mit dem er Schneetänzer später wieder auslösen konnte. In der Zwischenzeit würde dieser umsorgt und betreut werden, das bedeutete das gesamte Programm an Faltpferdpferchfachpflege, wozu unter anderem eine schöne Unterbodenwäsche zählte.

Unterdessen wurden Lady _ und Henry von Josef Verdi instruiert. Auch wenn er sehr streng war, war er doch ein interessanter Kerl mit vielen Talenten. Früher war er Gewerkschafter gewesen, davor hatte er komponiert. Jetzt war er ein guter Reitlehrer, aber der Privatdetektiv war auch ein guter Reitschüler, schnell meisterte er Ameise, Maus und Huhn.

Lady _ konnte schon reiten. Sie war schon öfter hier gewesen. Gemeinsam trabten sie über die Koppeln, Tier an Tier. Maria auf einem stolzen Araberhengst und Henry auf einem stolzen Cockerspanielhengst.

Gegen Mittag legten sie eine Pause ein. Die beiden picknickten gerade auf einer Koppel am Waldrand, als plötzlich wie von der Wildsau getrieben ein Mann mit lautem „Hallo“ und „Hilfe, Hilfe!“ aus dem Unterholz hervorbrach. Die Person kam immer näher und schnell stellten sich zwei Dinge heraus. Erstens, dass es sich um den Kommissar Sarim Mosk handelte, und zweitens, dass er tatsächlich von einer Wildsau gejagt wurde.

Von dem Schwein gehetzt war Sarim bereits bis auf etwa hundert Meter herangestürmt, als dieses plötzlich das Picknick bemerkte, aus vollem Lauf abbremste und postwendend in den Forst zurückrannte. Denn wie allgemein bekannt ist, haben alle Wildschweine große Angst vor karierten Decken und Flechtkörben.

Schnaufend kam Sarim Mosk vor Henry und Maria zum Stehen. „Ich … hfff … Sie … huff! … zurück in die … pfffhhh! … warum weggelaufen … keuch! … Mandeln … schnauf! … WARUM?!“, presste der Kriminalist hervor und sackte auf der Erde zusammen.

„Oh, Herr Kommissar, holen Sie erst mal tief Luft. Hier ein Schluck Wasser.“ Lady _ kümmerte sich um den Gejagten und hockte sich neben ihn.

„Was stromern Sie denn im Wald herum, wenn man fragen darf?“

Langsam kam Sarim wieder zu Atem und antwortete: „Ich hab nach Ihnen gesucht. Man sagte mir, Sie wären auf einem Ausritt. Da bin ich etwas durch den Wald gegangen, in der Hoffnung, Sie zu finden.“

„Wir sind über die Koppeln geritten. Freut mich übrigens, Sie zu sehen, Herr Kommissar“, sagte Henry und grinste. Sarim fixierte ihn. „Was können wir für Sie tun?“

„Wie, was können Sie für mich tun? Sie haben gestern Abend Beweismittel entwendet und sind dann aus der Stadt geflohen. Sie können froh sein, dass wir Sie nicht verhaftet haben!“

Lady _ lachte. „Da hat uns wohl ein bisschen das Jagdfieber gepackt.“ Und Henry fügte hinzu: „Sie wollen mich doch nicht immer noch verhaften, Sarim.“

Der Kommissar grummelte verärgert, während er aufstand und sich den Staub von der Hose klopfte.

„Ich verlange, dass Sie mir die Mandeln des Laermo West herausgeben!"

Die Mandeln des Laermo West, wiederholte Henry in Gedanken. Das war doch ein guter Name für einen Fall. Vielleicht sollte er in Zukunft mal an so was arbeiten.[22,23]

Der Privatdetektiv sah zu Maria herüber, die verdutzt aus der Wäsche schaute. „Schaut mich nicht an. Ich hab die doch nicht mitgenommen!"

„Tja, dann befinden sich die Mandeln des Laermo West noch im Anwesen der Familie Strum, mein lieber Kommissar Sarim Mosk." Als Henry Frottey sich dies sagen hörte, blitzte eine Idee durch seine Rübe. Ein kleines Zweifeln. Solche Namen gab es doch nicht in echt. Das musste sich jemand ausgedacht haben!

Er schüttelte den Gedanken ab und war sogleich wieder bei der Sache. „Wir können also leider nichts für Sie tun. Guten Tag."

„In dem Fall muss ich Sie bitten, mich nach Schikargo zu begleiten und die Mandeln herauszugeben."

Von Kommissar und Privatdetektiv unbemerkt, huschte ein verzweifelter Ausdruck über das Antlitz von Lady _. Sofort hakte sie sich bei Henry ein. „Ach bitte, Herr Kommissar, gönnen Sie uns doch diesen einen Tag. Morgen früh sind wir auch wieder zurück, dann bekommen Sie sofort die Mandeln, versprochen." Sie zwinkerte ihm zu.

„Wir brauchen dieses Beweisstück. Glauben Sie, das hält sich ewig? Das ist menschliches Gewebe! Das beginnt zu verwesen!", rief Sarim Mosk.

„Natürlich haben wir die Mandeln in Formaldehyd eingelegt. Wir sind doch nicht dumm, Herr Kommissar", gab Lady _ aufgeweckt zurück. Henry fand es gut, dass er

22 Anm. d. A.: Das ist doch 'ne schöne Idee für ein Sequel, oder?
23 Anm. d. V.: Nein, das kam doch schon in diesem Buch vor!

für das Gespräch wohl nicht mehr benötigt wurde, also klinkte er sich aus.

„Bei ihm bin ich mir da nicht so sicher." Der Kommissar nickte zu Henry herüber, der mit verträumten Augen einem Schmetterling hinterhersah und leise vor sich hin murmelte: „Laserschmetterling. Piu, piu, piu!"

„Herr Kommissar, bitte", sagte Maria inständig. „Lassen Sie uns unseren gemeinsamen Tag." Nicht einmal Bambi hätte so flehend dreinschauen können, wie sie es in diesem Moment tat, aber Sarim Mosk blieb hart. Henry war immer noch abwesend.

„Nein, Frau _."

Da die Bambimasche nicht zündete, versuchte Maria _ eine andere Taktik.

„Aber, aber, Herr Kommissar, was sind Sie denn so streng? Nur dieser eine Tag. Das tut doch keinem weh", hauchte sie. Dann beugte sie sich lasziv vor und flüsterte dem Kommissar ins Ohr. Diesem stieg plötzlich die Schamesgräue ins Gesicht, er begann zu schwitzen und stotterte: „Ähm, ja, also, äh, na gut, aber das geht trotzdem nicht. Sie haben schließlich eine Straftat begangen. Ich muss Sie mitnehmen."

All ihre Bemühungen blieben fruchtlos. Der Kommissar war standhafter, als sie gedacht hatte. Sie würde wohl ihre Geheimwaffe anwenden müssen, bei der noch jeder Mann schwach geworden war. Langsam hob sie die Hände und …

Henry Frottey war an einem ganz anderen Ort des Universums. Die Handlung ging völlig an ihm vorbei. Sein messerscharfer Verstand befasste sich lieber mit Folgendem:

»Der natürliche Feind des Ritters ist der Magnet.
Hätte Napoleon das gewusst! Der Zweite Weltkrieg wäre ganz anders ausgegangen. Dann würde der Mond heute zum Hoheitsgebiet von Nikola Tesla gehören.

Aber Ritter sind sowieso komische Menschen. Ziehen sich einen Anzug an, der aus Konservendose gemacht ist, aber wenn ich meine Garderobe auftrage, die aus feinstem Thunfisch gezimmert ist, dann bin ich wieder der Bekloppte. „Nein, Henry, zieh das aus! Das stinkt!“
Warum leben Menschen in Sibirien? Warum? Das halbe Jahr ist es dunkel und wenn du rausgehst, stirbst du, weil es so kalt ist. Da muss doch mal jemand auf die Idee gekommen sein: Oh, vielleicht möchte Gott nicht, dass wir hier leben. Vielleicht sollten wir umziehen. In die Wüste. Und Kühe züchten …«

„Also gut …“, resignierte der Kommissar. „Aber sorgen Sie dafür, dass der Privatspinner die Füße still hält, der macht mir meine Arbeit regelrecht zur Qual.“

„Ich halte ihn zurück“, sagte Maria und nickte. Sie hatte es mal wieder geschafft.

„Wenn ich ein Cowboy wäre … aber gleichzeitig auch eine Seegurke, dann würde ich bestimmt Jimmy Glitschy heißen“, sagte Henry plötzlich.

Sarim Mosk seufzte und rieb sich mit Daumen und Zeigefinger den Nasenrücken. „Morgen früh zehn Uhr in meinem Büro, mit den konservierten Mandeln, und keine Minute später!“ Er drohte wieder mit dem Finger, machte auf dem Absatz kehrt und verschwand in Richtung des Reiterhofs Brödel.

Henry Frottey kehrte aus seiner Traumwelt zurück und schaute Maria verwirrt an. „Du hast die Mandeln in Formaldehyd eingelegt?“, fragte er. Das war das Letzte aus dem Gespräch, woran er sich erinnern konnte.

„Gott, nein. Ich weiß nicht mal, wo die Teile rumfliegen“, sagte Lady _. Dann kicherten beide. „Gut geblufft.“ Henry nickte anerkennend. „Jetzt müssen wir nur von irgendwoher Mandeln für den Kommissar besorgen." Auch Maria nickte.

„NEIIIN!" Ein Rufen gellte vom Gehöft zu ihnen herauf. Das klang nach der Stimme von Herrn Brödel. Zügig eilten Henry und Lady _ in Richtung der Stallungen, von wo sie den Schrei des Entsetzens vernommen hatten.

Der Privatdetektiv war verwundert, dass er das Geräusch nicht sofort entschlüsseln konnte. Es konnte also nicht der Klang des Todes gewesen sein. Doch warum beeilten sie sich dann so?

„Was ist passiert?"

„Tot, alle tot – wer tut so etwas?" Herbert Brödel kniete weinend mitten im Stall. In den Boxen lagen acht leblose Zebras. Ihre Bäuche waren geöffnet. Blut lief über den Boden. Lady _ wandte sich angewidert ab. Sogar Henry musste an sich halten. Es sah so aus, als hätte jemand in ihren Gedärmen herumgewühlt. Deswegen hatte er nicht sofort hören können, was geschehen war. Herr Brödel war unversehrt und auf den Mord an Tieren war Henry nicht spezialisiert. Hätte ein Ganove jemanden mit einem Zebra totgeschlagen, das hätte er erkennen können. Aber Mord an Zebras? Keine Chance.

„Wer tut so was?", fragte Brödel noch mal. Große Tränen rannen jetzt über sein Gesicht. Der Mann liebte seine Tiere wirklich.

„Genau das werde ich herausfinden", antwortete Henry und begann sofort zu detektivieren.

Unterdessen über den Dächern von Schikargo …

Sulaiman Putimir abd el Dachschadên kletterte über die Kuppel des Odysseums. Es war der perfekte Ort, um den Vergreisungsstrahler anzubringen, denn dort würde ihn niemand finden können. So hatte sein Boss es ihm erklärt.

Dem Profikiller war das alles mehr oder weniger egal. Der ganze diabolische Plan ging ihm ziemlich am Arsch vorbei. Sulaiman war Söldner. Er tat das, was man ihm auftrug, solange man ihn dafür bezahlte. Wenn das hier vorbei war, würde er sich den nächsten exzentrischen Superschurken suchen, um dann für den zu arbeiten. Auch das Geld interessierte ihn nur peripher. Natürlich war das ein netter Nebeneffekt, aber primär ging es ihm darum, Böses zu tun. Das war schlicht und einfach das, was er am besten konnte. Irgendwo gab es immer jemanden, der Fachleute brauchte, um die Menschheit zu unterjochen oder zu vernichten, und abd el Dachschadên war das nur recht. Er hatte sich noch nie gut mit den Menschen verstanden und sie sich nicht mit ihm.

Das begann bereits in utero. Seine Mutter – die afghanische Topgeheimagentin Urania abd el Dachschadên – war nach einem One-Night-Stand mit dem russischen Gemüsehändler Ovoshchi Putimir ungewollt schwanger geworden. Anstatt den Mutterschutz in Anspruch zu nehmen, verheimlichte sie den kleinen Sulaiman-Fötus, weshalb dieser schon vor seiner Geburt unterbewusst all die Niedertracht in sich aufnahm, mit der seine Mutter von Berufs wegen in Berührung kam. Geboren wurde er auf geheimer Mission. Genauer gesagt während eines Fallschirmabsprungs über der Antarktis. Er plumpste kurz vor der Landung heraus und fiel in den Schnee. Seine Mutter aber wurde von einer starken Windböe erfasst, welche sie aufs eisige Meer hinaustrug. Seit dem ward sie nicht mehr gesehen. Baby-Sulaiman wurde daraufhin von Pinguinen aufgezogen, die ihm all das beibrachten, was ich vorher schon mal erwähnt habe. Nur am Südpol unter den Watschelfrackvögeln hat der Profikiller sich jemals richtig wohlgefühlt. Dort wurde seine natürliche Bosheit wohlwollend aufgenommen und gefördert, denn Pinguine sind a priori böse.

Als er dann alt genug war zu begreifen, dass jene Vögel nicht seine direkten Vorfahren sein konnten, machte sich Sulaiman Putimir abd el Dachschadên auf die Suche nach seinem Ursprung. Nach langer Reise gelang es ihm, seinen Vater tatsächlich aufzuspüren. Manche sagen, dass er ihn daraufhin im Streit ermordet hat, andere sagen, dass sein Vater das aus Verzweiflung über seinen Spross selbst übernommen hat. Sicher ist nur eins, allein Sulaiman kennt die Wahrheit.

Er hielt beim Klettern kurz inne und warf einen Blick zurück auf die Handlanger, die ihm folgten. Sie baumelten ein ganzes Stück unter ihm. Ein unzufriedenes Knurren drang aus seiner Kehle. Mühelos erklomm er den höchsten Punkt der Kuppel, lud seine Fracht ab, die er auf dem Rücken trug, und machte sich daran, den Vergreisungsstrahler nebst der anderen Apparaturen aufzubauen.

Über dem Strahler, der senkrecht gen Himmel zeigte, befestigte er einen Brechungsaufsatz, welcher den Wirkungsbereich auf das gesamte Stadtgebiet ausdehnte. Jetzt fehlte nur noch die Fernsteuerungseinheit.

Der Killer war technisch sehr begabt. Aus einer AK-47, einem Stabmixer und Batterien beispielsweise konnte er im Handumdrehen eine AK-47 mit einem aufgepflanzten Stabmixer bauen. Eine supergefährliche Waffe, die sich sowohl für den Fern- und Nahkampf als auch zur Zubereitung von Suppen eignet. Führende Waffeningenieure bezeichnen dieses ausgeklügelte Werkzeug des Todes auch als „albern".

Nachdem Sulaiman seine Arbeit beendet hatte, kamen endlich seine Hilfsschergen auf dem Gipfel an. Er knurrte ein paar kurze Befehle, dann machten sie sich an den Abstieg. Der Plan entwickelte sich nach Plan, denn es war ja ein Plan. Wenn ein Plan nicht nach Plan läuft, ist es meistens kein richtiger Plan-Plan – sondern eher so eine halbgare Unternehmung – wie dieses Buch.

„Henry, glaubst du, das hängt alles irgendwie mit unserem Serienmörder zusammen?", fragte Lady _ aufgeregt, während sie zusammen den Schauplatz untersuchten.

„Das alles oder das jetzt hier speziell?", fragte Henry zurück.

„Na, das jetzt hier."

„Nö, glaub ich nicht. Es scheint keinen seiner sonst üblichen Hinweise zu geben. Außerdem ... warum sollte ein Menschenmörder auf einmal auf eine Horde Zebras umsatteln?" Ohne Vorwarnung hielt Henry inne.

„Was ist los?"

„Entschuldige bitte", sagte er und rieb sich die Schläfe. „Das war viel zu sinnvoll ... es war ein langer Tag ... ich bin müde ..."

„Bitte?" Sie sah ihn verwirrt an.

„Ich meine, das hier ist offenkundig eine Nebenhandlung. Mit der Hauptgeschichte hat das nichts zu tun. Nur ein kleiner Abstecher, verstehst du?"

„Eine Art Fall im Fall?", fragte Maria zurück und ihre Augen leuchteten. Er blickte sie noch eine Weile an und sagte dann: „Ja, genau."

„Entschuldigen Sie bitte." Herbert Brödel hatte sich zu ihnen heruntergebeugt. „Ich unterbreche Sie ja nur sehr ungern, aber ich würde es doch begrüßen, wenn Sie mir endlich sagten, wer meine wundervollen Tiere auf dem Gewissen hat."

„Natürlich, Herr Brödel. Ich werde sofort die Hinweise zu einem Bild zusammensetzen. Dieser Vorgang kann einige Minuten dauern. Bitte haben Sie einen Moment Geduld", meinte Henry, doch bevor er anfangen konnte zu überlegen, fasste ihn Lady _ am Arm.

„Bevor du deine Updates lädst, mein Lieber, können wir auch einfach den blutigen Fußspuren da hinten folgen."

„Oder so."

Zügig folgten sie der Spur bis hinter eine der entlegeneren Scheunen. Schon aus einiger Entfernung konnten sie hören, wie jemand vergeblich versuchte, mit einem Schaltwagen anzufahren.

„Manchmal machst du es dir schwieriger als nötig, oder?“, sagte Lady _ und lächelte Henry milde an. Dann spurteten die Drei los.

In dem Fahrzeug saß niemand Geringerer als Josef Verdi. Er war blutverschmiert und wütend.

„Dreckskarre, ick wees scho warum i Reitlehrer g'worde bi und net Rennfahrer!“

„Josef! Wie konntest du nur?!“ Herbert Brödel ging auf den Mann los und versuchte, ihn durch das geöffnete Fenster zu erwürgen. Nur mit größter Mühe gelang es Maria und Henry, den Tobenden zurückzuhalten.

„Keine Angst, Herr Brödel. Der fährt Ihnen nicht weg. Ich hab das Auto sabotiert“, versuchte Henry zu beschwichtigen.

„Ach, Quatsch. Der Depp kann bloß nicht Auto fahren. Und jetzt lassen sie ihn mich gefälligst erwürgen!“

Es dauerte eine Weile, bis sich der Zebraenthusiast beruhigt hatte und man in der Lage war, den Übeltäter gemeinsam zu verhören. Henry war nur froh, dass ihm eine Verfolgungsjagd zu Pferde erspart geblieben war.

„Warum sind Sie als Profireiter nicht einfach auf einem Pferd abgehauen?“, fragte Maria. Sie war schon in medias res, während Henry noch träumte.

„Keins von däin Vichas wollt mi troa'gn. Ick sachet dia, die ham dat jespührt, wat ech met ihren Kumpels jetan hab“, antwortete der gefesselte Josef Verdi.

„Ich finde Ihren Dialekt äußerst irritierend. Können Sie das lassen?“, fragte der Privatdetektiv und schaute mit schiefem Kopf auf den Gefangenen.

„Nei, det chann ick nüscht.“

„Können wir das Verhör dann bitte kurz halten?“, fragte Henry in die Runde.

„Mich interessiert sowieso nur eine Sache“, presste Herr Brödel hervor: „Warum?“

Och nee, jetzt fängt der Verdi-Typ an, ohne Pause seine ganze Geschichte zu erzählen, dachte Henry. Und das alles in diesem furchtbaren dialektischen Durcheinander.

„Halt stopp, jetzt rede nich’!“, rief er und kramte in seiner Tasche. Er musste ihn doch dabei haben ... Na, wo war er denn? ... Ah, da war er ja ... der Hochdeutschhelm.

Der Hochdeutschhelm war eine nützliche Erfindung, die man Leuten aufsetzten konnte, die zu unverständlich Mundart sprachen. Durch einen Lokalolingoresonator verwandelte die Apparatur jedes noch so unverständliche Gebrabbel in lupenreines Hochdeutsch. Henry Frottey war der Ansicht, dass man jedes Problem mit der passenden Kopfbedeckung lösen konnte.

Nachdem der Helm das Haupt des Josef Verdi zierte, erteilte der Privatdetektiv ihm die Erlaubnis zu sprechen.

„Also, das war so: Seit geraumer Zeit beschäftige ich mich nun schon mit indianischer Literatur. Das ist mein Hobby. Jedenfalls stieß ich auf einer alten Steintafel der Cree-Indianer auf eines ihrer Sprichworte, welches zur Zeit des Goldrausches sehr beliebt war. Es lautete: ‚Blprb hjamjam nohoma tokka klippklopp ikom okom klbl zZzZz‘.

Nach Wochen langer Arbeit gelang es mir heute endlich, dieses Sprichwort zu übersetzen: ‚Das Gold dieser Erde ruht in den Bäuchen der Zebras‘.

Gold! Gold, versteht ihr? Seit 40 Jahren schlage ich mich durch die verschiedensten Berufe – ich meine, seht mich an! Jetzt bin ich Reitlehrer. Meistens wird den Leuten irgendwann mein dämlicher Dialekt zu viel und dann schmeißen sie mich raus. Versuch mal, dir was aufzubauen, wenn du alle paar Monate den Job wechselst. Mit dem Gold hätte ich mich endlich zur Ruhe setzen und eine

Sprachtherapie anfangen können! Und darum hab ich sie alle umgebracht! HAHAHA! ALLE UMGEBRACHT! ALLE ZEBRAS! ALLE ACHT! JA!

Aber da war kein Gold, nein! Ich musste einen Fehler begangen haben. Ich schaute mir den Quellentext noch mal an, zog den indianischen Stoßwasser zu Rate und bemerkte, dass ich sogar einige Fehler gemacht hatte. Tatsächlich musste es heißen: ‚Das Glück dieser Erde liegt auf dem Rücken der Pferde.‘ ALLES FÜR DIE KATZ! HAHAHA! VÖLLIG UMSONST! HAHAHA!“

Herbert Brödel zog seinem Angestellten vorsichtig den Helm vom Kopf und reichte ihn Henry mit den Worten: „Halten Sie mal kurz.“ Dann schlug er zu.

In einem Tipi in der Innenstadt von Schikargo lief Häuptling Stronghorse Freeborn ein kalter Schauer über den Rücken. Er schüttelte sich, und als seine Stammesgeschwister ihn ansahen, war er bereits in Trance. „Großer Geist spricht zu mir. Er sagt: ‚Hier passiert doch gerade wieder etwas Albernes!‘“

„Was meint Häuptling Freeborn damit?“

„Jemand verarscht uns.“

Am anderen Ende der Stadt wollte Kommissar Sarim Mosk gerade seine Haustüre aufschließen, als ihm ein kalter Schauer über den Rücken lief. Er ging hinein und hatte das Gefühl, dass ihm jemand den Text geklaut hatte.

„Da verarscht mich doch jemand ganz gewaltig.“

„Was sollen wir jetzt mit ihm tun?“ Henry packte den Schlawiner am Schlafittchen, aber nur, weil er die Wörter lustig fand, immerhin war der Mann ja gefesselt.

„Er muss Buße tun!“, forderte der aufgebrachte Ex-Zebrahalter.

„In Form von Ersatz?“, fragte Lady _ dazwischen. Henry bemerkte an ihr dasselbe Jagdfieber wie bei der Sache mit Laermo West. Er lächelte.

„Reden Sie keinen Unsinn!“, empörte sich Brödel. „Diese majestätischen Tiere waren unersetzbar. Schon emotional! Nein. Ich will ein Denkmal für sie, damit auf ewig ihrer gedacht werden kann!“

„Wat soll isch'n dohn? Bronzestatuen für de Viechers jießen un' uffstellen?“, spottete Verdi.

„Das wäre zumindest ein Anfang!“, sagte Herbert Brödel trotzig.

„Ich hätte da vielleicht eine andere Idee, Herr Brödel“, warf Henry ein. „Sie haben da doch noch ein paar Eimer mit weißer Farbe rumstehen …“

Und so wurde der Zerbrastreifen erfunden. Leider wird er seit jeher völlig falsch interpretiert und zur gefahrlosen Überquerung von Straßen missbraucht. Schande über all diejenigen, welche dieses ehrenwerte Mahnmal nur für ihre persönliche Sicherheit entweihen!

Herbert Brödel war von der Idee des Privatdetektivs hellauf begeistert. Aus überschwänglichem Dank heraus sagte er „Danke!“ und fuhr dann fort: „Gehe hin, Henry, und nimm dir das beste Pferd aus meinem Stall.“ Und so ging er hin und tat, wie ihm geheißen ward, indem er hinging. Wie er aber ankam, da nahm er das beste unter den Pferden und machte es zu seinem eigenen, denn so ward es prophezeit worden – drei Minuten zuvor.

Kapitel 11: Will All That Mord Ever Stop? Seriously, What the f@$%?

Wie versprochen kehrten Henry Frottey und Lady Maria _ nach Schikargo zurück. Um seine neu erworbenen alten Fähigkeiten zu erproben, ritt der Privatdetektiv auf einem Esel in die Stadt ein. Weiter als bis zum Esel war er gestern nicht aufgestiegen.

Ganz Gentleman, ließ er Lady _ auf seinem Taschenpferd Schneetänzer reiten. Gemächlich zuckelten die beiden auf die urbane Akkumulation von Beton zu, während links und rechts einige Menschen mit Palmwedeln winkten.

Was für ein hübscher Empfang, ganz so, als ob ich es geplant hätte, dachte der Privatdetektiv und lächelte stolz seiner Begleiterin zu: „Na? Gefällt dir meine kleine Überraschung zu unserer Rückkehr?"

Lady _ prustete los. „Warum lachst du?", fragte Henry und schaute verwirrt.

„Gott, du bist süß. Als ob du die Leute mit den Palmwedeln engagiert hättest. Die sind für die Floristik-Messe hier", sagte sie und deutete auf eine Werbetafel mit der Aufschrift:

Super Floristik-Messe!
Heute: Palmsonntag. Bringt uns auf die Palme! Große Palmenaustellung!
Außerdem: Special Guest Palmela Anderson liest aus ihrem Buch „In love with the palm".

Henry schaute auf das Plakat, dann auf die Leute mit den Pflanzen, dann wieder auf das Plakat und sagte schließlich: „Floristen haben einen sehr blumigen Humor."

„Ich find's eher platt", entgegnete Lady _, wobei sie liebreizend die Achseln zuckte. Mit einem Blick auf die Uhr fügte sie hinzu: „Oh! Wir müssen ja noch zu Kommissar Mosk. Besser, wir beeilen uns."

„Ich würde ja, aber der Esel hat nur drei Gänge", gab Henry missmutig zurück.

„Du bist bekloppt", sagte Maria amüsiert. „Vorschlag: Ich reite voraus und hole die Mandeln und dann treffen wir uns in zwei Stunden im Park am Polizeipräsidium. Okay?"

„Na gut", erwiderte Henry. Manchmal tat ein bisschen Zielstrebigkeit vielleicht ganz gut, dachte der Privatdetektiv.

Zum Abschied küssten sie sich, dann galoppierte Lady _ davon, um die Mandeln des Laermo West zu holen.

Sie holte aber gar nicht wirklich die Mandeln. Das heißt, wenigstens nicht die richtigen Mandeln. Ihr Plan sah es vor, sich mit ihrem Auftraggeber in Verbindung zu setzen, Ersatzmandeln zu besorgen und damit diesem unerträglich unnachgiebigen Kommissar Mosk vorläufig einen Schritt voraus zu sein. Es zählte also jede Sekunde.

Lady _ spornte das Pferd an. Der Wind in ihrem Gesicht, das muskulöse, aus Papier gefaltete Tier unter sich – für einen Moment vergaß sie alle Intrigen, alle Hinterlist, alle Täuschungen. Für diesen einen Moment war sie bloß Maria _, Tochter eines einfachen Steuerberaters und einer Flötistin.

Alles war vergessen.

Henry Frottey stieg von seinem Esel. Der Park lag auf der anderen Straßenseite in seiner ganzen grauen Pracht. Es würde noch gut eine Stunde dauern, bis Lady _ zurückkehrte. Was sollte er in der Zwischenzeit nur tun?

Gedankenverloren warf er eine Münze in die Parkuhr für seinen Esel und trottete los in Richtung des naturalistischen Kontrapunkts zur technokratischen Urbanerei drumherum. Er hatte nicht wirklich Lust, irgendetwas zu unternehmen. Er hätte eh nichts ausrichten können an diesem Punkt, wo es längst zu spät war, etwas zu verhindern, aber noch nicht spät genug, um die Ereignisse aufzuklären. Die Situation war noch nicht konfus genug. Das Kätzchen der Wahrheit war noch nicht angelockt. Irgendwie musste er alles noch weiter verwirren. Aber wie?

Ziellos wanderte der Privatdetektiv in die Grauanlage hinein, während im Hintergrund sein Esel wegen Falschparkens abgeschleppt wurde.

Er suchte nach einer Bank, um ein bisschen zu rasten und Kräfte zu sammeln für ein gezieltes surrealistisches Moment wie eine brennende Schubladenfrau oder eine Pfeife mit der Unterschrift „Dies ist keine Pfeife“ oder eine schmale Wolke, die am Mond vorüberzieht und dann schneidet jemand jemand anderem mit einer Rasierklinge das Auge auf.

So in seine Gedanken vertieft hatte der Privatdetektiv gar nicht bemerkt, dass er bereits eine Parkbank gefunden und sich niedergelassen hatte. Es musste doch etwas geben, das er tun konnte, um die Ereignisse voranzutreiben. Bedauerlicherweise kam er gerade nicht drauf. Hinzu kam, dass die städtische Grauanlage nicht unbedingt bekannt für Skurrilitäten war, sondern eher für Schmutziges, Verstörendes und Gefährliches. Ein ganz normaler Stadtpark eben.

„Nicht mehr lange, dann ist es endlich geschafft“, murmelte Henry und seufzte.

„Was denn?“, fragte Henry selbst zurück, da gerade niemand zugegen war.

„Das Leben“, antwortete Henry düster.

„Das ist aber ganz schön makaber“, entgegnete Henry. „Passt gar nicht zu dir.“

„Hm“, machte Henry. Er hatte keine Lust mehr, mit sich zu reden, doch so leicht wimmelte er sich nicht ab.

„Sag doch mal! Wo kommt denn auf einmal diese Lebensmüdigkeit her?“, bohrte Henry nach.

„Halt die Klappe“, grummelte Henry und drehte sich weg.

„Nie teilst du deine Gedanken mit mir!“, meckerte Henry. „Ich weiß gar nicht, wann wir uns das letzte Mal richtig unterhalten haben!“

„Ich weiß nicht, was du erwartest“, behauptete Henry.

„Ich möchte einfach nur an deinen Gefühlen und Gedanken teilhaben“, bat Henry traurig.

„Ach was, so wichtig ist das meistens gar nicht“, winkte Henry ab.

„Für mich ist es wichtig“, schluchzte Henry.

„Jetzt geht das Geheule wieder los!“, rief Henry und sprang auf. Das konnte er an Henry am wenigsten ertragen, hauptsächlich, weil es ihn unbeschreiblich traurig machte, ihn weinen zu sehen.

„Schrei mich nicht an“, wimmerte Henry, der immer noch auf der Bank saß.

„Ich schreie gar nicht!“, schrie Henry. Rastlos begann er, auf und ab zu tigern. Manchmal sprach er etwas lauter mit sich, doch das war nur Ausdruck seiner Überforderung mit der Situation. Das verstand er zwar meistens nicht, doch er hatte nicht vor, sich das zu erklären.

„Doch, du schreist. Erst schließt du mich aus und dann schreist du mich an!“, kreischte jetzt auch Henry.

„Ich schließe dich nicht aus, verdammt noch mal! Ich muss nur nicht jede kognitive Flatulenz mit dir teilen!“, regte Henry sich auf.

„Benutz nicht immer solche Wörter. Du weißt, dass mich das einschüchtert“, weinte Henry.

„Warum?!", brüllte Henry zurück. Er hatte das noch nie verstanden.

„Ich bin nicht so wortgewandt wie du, aber ich hab immer das Gefühl, ich müsste mithalten", gab Henry zu und schaute zu Boden.

„Ach, das ist doch Unsinn! Erstens bin ich nicht wortgewandt und zweitens musst du mit überhaupt nichts mithalten!", erwiderte Henry.

„Doch … ich hab … ich hab das Gefühl, dich beeindrucken zu müssen …", stotterte Henry, ohne den Blick zu heben.

„Warum denn das?", wollte Henry wissen. Für ihn war das total unverständlich.

„Na ja, weil du so ein berühmter Privatdetektiv bist und die ganze Zeit Fälle löst und den Menschen hilfst und ich … na ja …", sagte Henry.

Henry stutzte. Für ihn war das, was er tat, völlig normal, wobei die Möglichkeit, dass andere sich davor ehrfürchtigen konnten, gar nicht den Weg in sein Bewusstsein gefunden hatte. In keinster Weise hätte er sich wegen seiner Tätigkeit tatsächlich besser oder erhabener gefühlt als irgendein beliebiger anderer Mensch.

„Du stellst mich auf ein Podest … das ist nicht gut. Das solltest du nicht tun", brach Henry schließlich heraus.

„Warum lässt du mich nicht an deinen Gedanken teilhaben?", wiederholte Henry nach einer kurzen Pause.

„Ich … weil … öhm …", stammelte Henry und sah nun seinerseits zu Boden.

„Du hast an jemand anderen gedacht", stellte Henry fest. In seiner Stimme lag kein Vorwurf. Es war ein nüchterner Befund.

Verdammt, dachte Henry und schwieg. Henry las in ihm wie in einem offenem Buch. Mehr noch. Henry las ihn wie eine Plakatwand mit blinkender Neonbeleuchtung.

„Dein Schweigen sagt mehr als tausend Bilder", kryptelte Henry.

„Heißt es nicht ‚mehr als tausend Worte'?", wunderte sich Henry.

„Ja, aber ein Bild sagt eben mehr als tausend Worte!", korrigierte Henry.

„Äh ... also sagt mein Schweigen tausend tausend?", mutmaßte Henry verwirrt.

„Man nennt das eine Million!", belehrte Henry.

„Ach so ...", nuschelte Henry. Er war nur froh, dass das unangenehme Thema seiner Liebschaft mit Lady _ vom Tisch zu sein schien.

„Da hast du ja wieder großartig abgelenkt, Henry", zürnte Henry. Dass der aber auch alles mitbekam. Wieder blieb es still – bis auf die Geräusche der Natur, die ja nun mal da sind und die man auch nicht abstellen kann. Auch wenn es ohne sie stimmungsvoller gewesen wäre. Na ja, was soll man machen?

„Sag es einfach", forderte Henry.

„ ... Ja ... Gut! Ich geb's ja zu! Es gibt eine andere!", gestand Henry.

„Ich wusste es", meinte Henry.

„Und was jetzt?", erkundigte sich Henry.

„Das ist jetzt nicht dein Ernst, oder?!", begehrte Henry auf und fuhr hoch. Nun standen sie beide aufrecht mitten im Park, wo jeder, der wollte, die Szene mit ansehen konnte – Henry zornig aufbegehrend und Henry völlig zerstreut und unendlich traurig.

„Wieso?", hakte Henry unnötigerweise nach, nur um zu kaschieren, dass er nicht wusste, was er vorbringen sollte.

„Sollen wir die ganze Sache einfach vergessen und weitermachen wie bisher?", scherzte Henry bitter. „Nein, wir sind fertig miteinander!"

Henry rannte davon. Wenig später kehrte er allerdings mit einigen Tellern zurück. Wo hatte er die so schnell herbekommen? Doch Henry konnte nicht darüber nachdenken, denn schon begann er, das Geschirr kunstvoll auf dem Boden zu zerschmeißen, dabei stieß er wüste Flüche gegen sich selbst aus. Henry seinerseits blieb nichts anderes übrig, als dabeizustehen und den Zorn des Betrogenen zu ertragen.

Als er schließlich das letzte Porzellan zerdeppert hatte, schnaubte Henry und sprach: „Wie heißt sie?"

„Maria _", offenbarte Henry ohne Umschweife.

„Warum sagst du mir ihren Nachnamen nicht?!", keifte Henry.

„Mach ich doch", nölte Henry.

„Und der wäre?", fauchte Henry zurück.

„_", schwieg Henry wahrheitsgemäß mit geöffneter Futterluke.

„Halt keine Maulaffen feil und sag ihn mir endlich!", verlangte Henry.

„Mach ich doch!", trotze Henry.

„Hä?", quäkte Henry. „Ach, weißt du was?! Wenn du nicht mit mir reden willst, dann sag es doch einfach!"

Jetzt wurde es Henry aber zu ungrau. Entnervt erklärte er: „Pass mal auf, du hast keine Ahnung, was tatsächlich vor sich geht oder wie es mir geht, aber interpretierst in alles den Teufel rein. Hast du vielleicht auch nur eine Sekunde darüber nachgedacht, dass sie vielleicht keinen Nachnamen hat oder der stimmlos ausgesprochen wird?"

„Ach, hör dich doch mal an! Deine Lügen sind total unrealistisch!", zweifelte Henry.

„Verdammte Scheiße! Gerade mit dir werde ich mich darüber streiten, was realistisch ist und was nicht, Henry Frottey!", empörte er sich lautstark und wütend.

Henry konnte nicht glauben, was er gerade gesagt hatte. Wie konnte er es wagen? Diese garstige Frechheit musste gesühnt werden. Mit Inbrunst schlug er Henry ins Gesicht.

Erstaunlich gefasst nahm der Privatdetektiv den Fausthieb hin und wischte dann das Blut weg, das aus seiner Nase rann. „Besser, du gehst jetzt."

„Ja, besser, ich gehe jetzt."

Erhobenen Hauptes stolzierte Henry davon und ließ sich selbst zurück.

Zehn Minuten später war sein blinder Zorn verraucht und er realisierte, dass er nicht wusste, wo er sich befand. Schließlich war er gleichzeitig davongelaufen und zurückgeblieben. Jetzt konnte er sich gar nicht mehr verorten. Henry Frottey war lokal völlig verwirrt. Hilfesuchend blickte er sich um und erkannte … das Odysseum.

„Och nö!", fluchte Henry kindgerecht. „Nicht schon wieder!" In dem Moment vibrierte sein Mobiltelefon. Lady _:

„Hey! Wo bist du? Ich dachte, wir treffen uns im Park.

Kuss, Maria."

„Doppel-och-nö!" Der Privatdetektiv rannte los.

„Das glauben Sie mir nie, Paletos!" Kommissar Sarim Mosk betrat das Büro, hängte seinen Mantel an einen Haken und setzte sich hinter seinen Schreibtisch. Jakob Paletos stand nur da.

„Was denn, Chef?"

„Raten Sie mal, wo ich Ihren Kumpel Henry Frottey gefunden habe", forderte Sarim und nahm einen Schluck von dem Kaffee, den Jakob Paletos ihm anreichte.

„Er hat bestimmt in einer schäbigen Spelunke Informationen aus einem Handlanger rausgeprügelt oder unseren Serienmörder durch eine dunkle Seitenstraße verfolgt", schwärmte der junge Polizist.

„Vorsicht, Paletos. Außer Henry Frottey gibt es keine Verbindung zwischen den einzelnen Morden." Jakob klappte seinen Mund auf und wieder zu, als wollte er etwas sagen, ließ es dann aber doch.

„Jedenfalls …“, fuhr der Kommissar fort, „sind Ihre romantischen Fanboy-Fantasien von unserem Herrn Frottey nicht annähernd korrekt. Ich fand ihn auf einem Gestüt außerhalb der Stadt. Und wissen Sie, was er da gemacht hat?“ Ein fieses Grinsen breitete sich auf seinem Gesicht aus.

„Ermittelt?“, fragte Paletos hoffnungsvoll.

„Urlaub“, antwortete Sarim und nahm genüsslich einen weiteren Schluck Kaffee. Erneut klappte Jakobs Mund auf, doch dieses Mal blieb er offen.

„Ja, sieht ganz danach aus, als würde ihr heißgeliebter Held auf der faulen Haut liegen, während wir uns den Arsch aufreißen.“ Sarim Mosk stand auf.

„Wollen Sie hören, was ich glaube, Paletos? Ich glaube, Henry Frottey ist ein ganz gewöhnlicher Aufschneider. Ein gelangweilter, ganz normaler Mensch, der Detektiv spielt und sich wichtig macht, wenn er die Gelegenheit hat. Ein Betrüger.“ Der Kommissar war ganz nah an seinen jungen Kollegen herangekommen. Mit hinter dem Rücken verschränkten Armen flüsterte er Jakob ins Ohr.

„Ich weiß, was Sie denken, Jakob. Wenn Henry Frottey nur ein Aufschneider ist, woher wusste er dann von den ganzen Sachen, die uns entgangen sind? Der Elefant? Der Mann in der Schublade? Laminat und Teebeutel in den Köpfen von toten Menschen? Explodierende Pekingenten? Da war er ja auch dabei. Wir haben Zeugenaussagen, die das bestätigen. Und jetzt gravierte Mandeln? Wie konnte uns das entgehen, aber er wusste davon, wo er doch nicht mal ein echter Detektiv ist? Er war jedes Mal schon lange vor uns am Tatort. Vielleicht hat er das alles vorbereitet, um vor uns brillieren zu können. Vielleicht hat er sogar die Morde selbst begangen, nur um sein Spielchen mit uns spielen zu können.“

Jakob Paletos, der bislang nur auf den Boden gestarrt hatte, wandte sich seinem Chef zu und hob an, etwas zu sagen, doch der Kommissar fiel ihm ins Wort, bevor er etwas sagen konnte.

„Natürlich, natürlich, natürlich, diese Diskussion hatten wir schon mit ihm. Aber denken Sie doch mal darüber nach: Wenn Henry Frottey tatsächlich so ein Genie ist, warum hat er dann den Fall nicht schon längst gelöst? Wieso müssen immer noch Leute sterben?“

Dem jungen Polizisten fiel nun vollends alles aus dem Gesicht und der Kaffee aus den Händen. Entsetzen und Unglaube spiegelte sich in seinem Gesicht wider, dabei verharrte er absolut regungslos. Sein Weltbild schien gerade umgemalt zu werden.

„Äh … Paletos? Sind Sie noch bei mir?“

Doch er war nicht mehr bei ihm. Der junge Polizist stellte sich unfreiwillig tot, wie es manche kleinere Säugetiere tun, wenn sie sich in einer lebensbedrohlichen Situation befinden und nicht flüchten können.

„Hallo?“ Sarim Mosk tippte seinen Kollegen leicht vor die Brust und dem fiel nichts Besseres ein, als nach hinten überzukippen. Steif wie ein Brett schlug er auf dem Boden auf, die Augen weit aufgerissen.

„Tja … da kann man nichts machen“, sagte der Kommissar, stieg über den Versteinerten hinweg und ging in die Kantine.

„Entschuldige bitte“, keuchte Henry, als er Lady _ endlich erreicht hatte. „Ich hab mich im Park verlaufen und bin beim Odysseum rausgekommen, da musste ich erst mal wieder hierher kommen, unterwegs hab ich dann aber einen albernen kurzschnäbligen Eisverkäufer getroffen, der seinen Zauberregenschirm verloren hatte, und darum …“

Seine Ausreden waren noch nie besonders gut gewesen. Meistens begann er mit der Wahrheit und steigerte sich dann recht schnell in irgendeine fantastische Lügengeschichte hinein, die häufig mit Einhörnern, Turmspringen und Zauberregenschirmen in unterschiedlicher Reihenfolge zu tun hat.

Maria lachte nur und küsste ihn. Henry fand es bemerkenswert, dass es anscheinend eine Frau gab, die mit seinen ganzen wahnsinnigen Verrückterichkeiten zurechtkam.

„Lass uns ein paar Schritte zusammen gehen, bevor wir uns um Sarim Mosk kümmern", sagte sie, als sie sich bei ihm unterhakte und ihn in Richtung des Teiches zog.

Während sie so am Ufer entlangschritten, beobachtete er die Enten, die im Teich planschten, wie es ihrem Naturell entesprach – friedlich, verspielt, niedlich. Der Anblick machte den Privatdetektiv unfassbar nervös. Irgendwas Furchtbares würde passieren, da war er sich ganz sicher. Seit dem Vorfall mit der Pekingente stand er den Wasservögeln sehr skeptisch gegenüber.

Sanft streichelte ihm Maria über den Arm. Ob sie spürte, dass etwas nicht in Ordnung war? Bislang hatte sie ein beeindruckendes detektivisches Gespür an den Tag gelegt.

„Möchtest du dich setzen, Henry?"

„Ja, ich glaube schon", antwortete er und ließ sich von ihr auf eine Bank bugsieren, auf der bereits ein sehr alter Mann saß. Er schlief anscheinend.

„Deine Hände", sagte Maria und nickte in Richtung von Henrys Greiforganen. Sie zitterten stark. Sofort zog sie der Privatdetektiv zurück und rang sie in seinem Schoß.

„Das ... ähm .... das ist nur die unbändige Freude darüber, dich zu sehen", sagte er und lächelte dabei verschmitzt. Besorgt lächelte Lady _ zurück. Sie machte Anstalten, sich neben ihm auf der Bank niederzulassen, also rutschte Henry und stieß dabei versehentlich an den schlafenden Alten.

„Entschuldigung, altvorderer Herr", bat der Privatdetektiv, doch die Reaktion des Greises beschränkte sich darauf, stumm von der Bank zu rutschen.

„Hoppla! Jetzt ist der runtergefallen." Manchmal sagt man sehr profane Sachen, wenn man überrascht ist. Lady _ war da schon etwas scharfsinniger.

„Ja, und er hat seine Hand vergessen."

Tatsächlich lag der alte Mann im Staub, aber seine rechte Hand noch auf der Bank. Das war ungewöhnlich. Henry befand, dass sich hier wohl eine genauere Betrachtung der Umstände lohnen würde. Gespannt erhob er sich von seinem Rastplatz und drehte den Greis um.

Wie von der Tarantel gestochen fuhr der Privatdetektiv zurück. Der Vonderbankfaller entpuppte sich als Alfons Gabriel Knurhahn – der oberste Mafiaboss von ganz Schikargo.

„Oh, das wird unserem Herrn Mosk so gar nicht gefallen."

Die Stadt hatte seit geraumer Zeit ein seltsames Verhältnis zur Mafia. Während die Polizei auf Grund der tobenden Korruption immer fauler wurde, wurde der dadurch entstehende juristische Freiraum dankbar von der Mafia aufgefüllt.

Irgendwann kam das organisierte Verbrechen nicht mehr hinterher, die ganzen Verbrechen auch tatsächlich zu begehen, die nun auf einmal möglich waren. Daraufhin traten Leih- und Zeitarbeitsfirmen auf den Plan, welche die Lücke mit günstigen, kriminellen Arbeitskräften auffüllten.

Stück für Stück mauserte sich die Cosa Nostra damit zum größten Arbeitgeber der Region. Komplexe, wirtschaftlich unabhängige Parallelgesellschaften entstanden, in denen Gauner reichen Menschen ganze Häuser samt Bediensteten unterm Arsch wegstibitzten. Da viele Reiche ihren Lebtag noch nicht richtig gearbeitet hatten, fiel ihnen meistens nichts Besseres ein, als nun ihrerseits kriminell zu werden und dann ihren ganzen Krempel zurückzuklauen. Die ursprünglichen Gauner hatten sich aber schnell an einen gewissen Lebensstil gewöhnt, weshalb sie alles wieder rückrückklauten. Ein ewiger Kreis des Verbrechens wurde in Gang gesetzt, bei dem Gegenverbrechen auf Verbrechen folgte und immer so weiter rundherum, dass einem schlecht wurde.

Der einzige Mann, der das alles überblickte, war Alfons Gabriel Knurhahn. Bei ihm liefen die Fäden aller wirklich wichtigen krummen Geschäfte, Gangstereien und Illegalitäten zusammen. In der Unterwelt trug er daher den Beinamen „Meister der richtig dicken Dinger" – aber nur genau so lange, bis jemandem auffiel, dass sich dieser Spitzname ganz schön seltsam anhört, allen die Situation ziemlich peinlich war und man dazu überging, ihn einfach „Al Knurhahn" zu nennen.

Sein Aufstieg durch die Ränge der Mafia war nicht gerade reibungslos verlaufen. Anfangs hielt man ihn noch für ein bisschen sonderbar, weil er sein Geld in einer Waschmaschine aufzubewahren pflegte. Als Boss wurde er dann derart wohlhabend, dass er für die Verstauung seiner Moneten eine Kette von Waschsalons eröffnete. Man hätte ihn wohl einen Spinner nennen können, aber weil er reich war, sagten die Leute bloß „Sir".

Zu der Zeit, als der geistig umnachtete Bürgermeister Andreas Wollstied kurzzeitig in Schikargo alle Flüssigkeiten verbot und sogar den Regen unter Strafe stellte, verdiente Al Knurhahn sich den Respekt und die Bewunderung der Unterwelt, indem er eine Methode erfand, mit der man Flüssigkeiten verfestigen kann, um sie bei Bedarf nur durch das Zuführen von Hitze wieder zu entfestigen. So wurde die Nachfrage nach dem illegalen Aggregatzustand in geheimen Kneipen im Handumdrehen gestillt, ohne dass man bei Lager- und Lieferung mit dem Gesetz in Konflikt geraten wäre. Zum Dank stieg Knurhahn nicht nur zum Boss der Unterwelt auf, außerdem wurde auch die von ihm entwickelte Methode fortan als „Einknurren" bezeichnet.

Hinzu kommt, dass Al den Schinken erfunden haben soll, aber das ist Waschweibergeschwätz – Dirty Talk – und gehört ins Reich der Legenden und nicht in eine seriöse Erzählung wie diese … hehehe … oh, Entschuldigung bitte. Da musste ich gerade selber lachen.

Dieser beeindruckende Gangsterboss jedenfalls war nun tot.

„Verdammt, Chef! Wissen Sie, was das bedeutet?", fragte ein Polizist. Ein guter Kerl. Sein Name tat nichts zur Sache.

„Einen ganzen Haufen Arbeit!", beantwortete der andere die rhetorische Frage des ersten. Zwei Polizisten. Mehr war vom Tross des Sarim Mosk nicht übrig geblieben. Zwei Polizisten. Nach und nach waren ihm alle Mitarbeiter abhanden gekommen, als sie merkten, dass sich ehrliche Arbeit nicht auszahlt in Schikargo. Nur noch zwei Männer, und die rebellierten nun auch.

Der Kommissar seufzte. Natürlich bedeutete das Arbeit. Arbeit bedeutete immer Arbeit und Polizeiarbeit ganz besonders, denn sie ist eine der arbeitsreichsten Arbeiten, an der man arbeiten kann. Sie erfordert sowohl gedankliche als auch körperliche Anstrengung, zwei Dinge, welche die örtlichen Gesetzeshüter scheuten. Doch der Tod eines Mafiaoberhauptes? Das war zu viel für das faule Pack.

„Herr Kommissar, da hab ich echt keinen Bock drauf!"

„Stimmt, mir wird das hier auch zu anstrengend."

Bloß zwei Leute, die gerade ihren Hang zur Trägheit entdeckten und schon im nächsten Moment weg sein konnten. Der Kommissar musste sie unbedingt motivieren oder wenigstens zur Ordnung rufen. Er entschied sich für Letzteres.

„Hören Sie auf zu jammern und tun Sie gefälligst Ihren Job. Gelände sichern und Spuren suchen, aber ein bisschen plötzlich!"

Missmutig machten sich die beiden ans Werk. Wenn er auch nicht besonders motivierend war, seine natürliche Autorität konnte man Sarim Mosk nicht absprechen. Gereizt sah er den verbliebenen Polizisten hinterher und glaubte noch, ein genuscheltes „Soll er das doch diesen Henry-Frottey-Typen machen lassen" zu hören. Wie aufs Stichwort tauchte dieser natürlich genau in jenem Moment neben ihm auf.

„Na, Sarim? Da haben wir ja wieder was … eieiei. Der Obermafioso von ganz Schikargo ist ebenfalls vorzeitig vergreist. Was sagt man dazu?"

Der Kommissar rieb sich mit Daumen und Zeigefinger den Nasenrücken, dabei murmelte er immer wieder: „Wenn ich ihn ignoriere, gibt er vielleicht irgendwann auf." Aber Henry gab nicht auf. Hier lagen der größte Gangster der Stadt und seine rechte Hand vor ihm – beide vergreist. Da musste er doch was tun.

Beim genaueren Betrachten der Leiche fiel ihm auf, dass der Kerl sein Haltbarkeitsdatum nur knapp überschritten hatte. Er war nicht so weit gealtert, dass er fast zu Staub zerfiel, wie es bei dem Doppelmord im Odysseum noch der Fall gewesen war. Die Vergreisung des Laermo West war zwar nicht derartig radikal gewesen, ging aber deutlich über seinen Todestag hinaus, erinnerte sich der Privatdetektiv. Doch hier – hier war auf den Punkt vergreist worden.

Wie auch immer der Mörder es zu Stande brachte, seine Opfer altern zu lassen, er wurde mit jedem Mal besser darin.

Doch was hatte es mit Alfons Knurhahns rechter Hand auf sich? Henry schüttelte sie und hoffte auf ein Geräusch, doch alle Restschwingungen schienen bereits abgeklungen zu sein. Sein Stethoskop bestätigte ihm das. So genau er auch horchte. Die Hand war leer.

Da würden auch seine Reflexhämmerchen nicht helfen. Der Tote und seine rechte Hand mussten schon länger auf der Bank gesessen haben. Dem Privatdetektiv blieb nur eine Wahl, obwohl er gehofft hatte, nicht darauf zurückgreifen zu müssen.

Widerwillig nahm er die Hand auf, drehte sie und leckte über den Schnitt. Ja, genau! Leckte! Eklig, oder? Aber auch sehr informativ.

„Hmmm … verletzt im Ansatz und alt im Abgang. Soso. Aha. Die Kopfnote ist ungewöhnlich“, sinnierte Henry vor sich ihn.

„Hat der Privatdetektiv gerade an der Leichenhand gelutscht?“, fragte einer der Polizisten, Mund und Augen weit aufgerissen.

„Ich hab das jetzt nicht gesehen“, seufzte Kommissar Sarim Mosk und stützte die Stirn auf seiner Handfläche ab. Eine Geste der Verzweiflung, die in gewissen Teilen der westlichen Hemisphäre als Facepalm bezeichnet wird, besonders aber in jenen Teilen der westlichen Hemisphäre, die im Internet liegen.

„Aber, Herr Kommissar, der hat gerade an der Leichenhand geleckt!“, kreischte der Polizist, dabei zeigte er mit ausgestrecktem Finger auf den Detektiv. Stück für Stück schien ihm klar zu werden, wie eklig das eigentlich war.

Henry Frottey bekam vom allgemeinen Entsetzen nichts mit. Er war schon wieder in Gedanken. Der Geschmack hatte ihm verraten, dass die Hand erst abgetrennt worden und danach separat gealtert war. Dann war da auch noch ein seltsamer Beigeschmack, den er nicht verstand. Vermutlich ein Rückstand des Vergreisungsprozesses. Was mochte das bedeuten? Vielleicht hatte da jemand seinen Auftrag, Alfons Knurhahn und seine rechte Hand zu töten, etwas zu wörtlich genommen? Dies wäre ein weiteres Indiz dafür, dass der Mörder nicht aus eigenem Antrieb heraus handelte, sondern befehligt wurde.

Hier half nur noch eins: scharf nachdenken und kombinieren!

„Ich hab es gesehen!“, schnauzte Sarim. „Was soll ich jetzt tun? Ich weiß nicht mal, ob das illegal ist!“ Der Kommissar war gründlich überfordert. Immer, wenn man gerade dachte, verrückter geht es nicht, wurde es noch verrückter!

„Das ist Leichenschändung! ER! HAT! DIE! LEICHENHAND! ANGELECKT!“ Der Polizist überbetonte jedes einzelne Wort und schlackerte dabei wild mit den Armen. Ja, es sah albern aus. Dann wurde ihm vollends bewusst, was Henry getan hatte, und er übergab sich hinter ein Gebüsch.

Kommissar Mosk musste offenbar handeln. Zielstrebig ging er auf den Privatdetektiv zu, der mit der Hand in der Hand nur so dastand.

„Jetzt sind Sie entgültig zu weit gegangen. Geben Sie mir sofort die Leichenhand!“, forderte er, doch Henry war schon nicht mehr ansprechbar.

»Alfons Knurhahn wurde in einem Park gefunden. Leute werden in Parks immer überfallen. Aber Alfons ist ja der Boss der Mafia. Der überfällt gar nicht mehr selbst. Also scheidet das aus.

Was findet man denn sonst noch in einem Park? Bäume und Obdachlose! Was haben Bäume und Obdachlose gemeinsam? Sie haben beide eine Kruste außenrum.

Brötchen haben auch eine Kruste. Brötchen werden sehr früh morgens gemacht, damit sie frisch sind, wenn die ersten Kunden kommen. Man sagt ja: Der Kunde ist König.

Im Mittelalter gab es viele Könige, die noch mehr Ritter besaßen. Der größte Feind des Ritters ist der Magnet … Magneten – wie funktionieren sie? Die Mormonen wissen das aber auch nicht. Nun war Alfons Knurhahn aber kein Mormone.

Der Gedanke führt ins Nichts. Ich sollte einen Schritt zurückgehen. Zu den Königen. Könige leben in Burgen. In Burgen hat man unheimlich hohe Heizkosten, weil es keine Wärmedämmung gibt. Darum leben die Menschen heute nicht mehr in Burgen. Also „Wärmedämmung" und „nicht mehr". Was ist also eine Wärmedämmung, die heute nicht mehr verwendet wird? Das lässt nur einen Schluss zu … Asbest!«

Diese Überlegung kam dem Privatdetektiv ein wenig zu kurz vor. Manchmal war es wichtig, einen Gegencheck zu machen und sich dem Problem aus einer anderen Richtung zu nähern, um sicherzustellen, dass man sich nicht beim Kombinieren verzwurbelt hatte. Also dachte er von vorne nach.

»Alfons Knurhahn war ein schlechter Mensch. Was ist sonst noch schlecht? Asbest!«

Henry hatte richtig überlegt. Als Nächstes fragte er sich, wo das Asbest wohl verborgen sein mochte, doch diese Überlegung war noch schneller beendet:

»Knurhahn – Knur = Hahn. Da man ein Knur abgezogen hat, muss man nun ein Wort mit ebenso vielen Buchstaben wieder addieren, damit kein mathematischer Verlust entsteht.
Knur =[24] Trut
Trut + Hahn = Truthahn
Draus folgt: Truthahn entspricht Knurhahn.
Aus Truthahn folgt Füllung.
Quod erat fertig ist die Laube.«

„… und darum muss Alfons Knurhahn mit Asbest gefüllt sein. Aber was ist mit der Hand?"

24 „=" ist an dieser Stelle falsch. Es muss ein „entspricht"-Zeichen da rein. Ein Gleich mit einem Dach drüber, aber ich fand das nicht.

„Hören Sie mir überhaupt zu?“, brüllte Kommissar Sarim Mosk. Tat er nicht. Sein Verstand raste direkt weiter:

»Hand ... Hand ... Hand ... Was ist mit der Hand? Nichts.«

Sein Kopf war zum Thema Hand völlig leer. Alle Gedankenstränge kamen immer wieder zum selben Ergebnis: Nichts.

Ganz offenkundig handelte es sich um eine ganz normale Hand. Das war so auch noch nicht vorgekommen. Warum zum Teufel hatte er dann an dem Ding geleckt?! Geistesungegenwärtig, aber heftig wischte er sich über seinen Schmecklappen.

„Warum nichts? Ganz schön seltsam ... Na ja, wenigstens können wir ganz leicht überprüfen, ob der Kollege Bratwurst da tatsächlich mit Asbest gefüllt ist“, quasselte Henry, während er ein Feuerzeug aus der Tasche zog. Dann ließ er es aufschnappen und mit dem üblichen schmatzenden Geräusch die Flamme auflodern. Zielsicher schritt er auf die Leiche zu.

„Nein, Henry, es reicht.“

Es war Jakob Paletos. Er hielt Henrys Feuerzeughand und blickte ihn traurig an.

„Es sterben immer mehr Menschen, Henry. Und wir wissen immer noch nicht, warum? Ich dachte, ein Genie wie du schließt den Fall mit links ab, aber es wird alles nur noch schlimmer. Anscheinend hast du nur auf der faulen Haut gelegen und zwischendurch den großen Max raushängen lassen. Aber das reicht nicht. Wir arbeiten wirklich hart daran, die Morde aufzuklären, und du machst dich nur über uns lustig und machst gar nichts ... Und jetzt haben wir auch noch das Problem mit der Mafia! ... Und ... und ... ach, vergiss es.“ Der junge Polizist wandte den Blick ab.

Henry war baff. Damit hatte er nicht gerechnet. Jakob schien wirklich enttäuscht zu sein. Konnte der denn nicht verstehen, dass er natürlich gerne mehr getan hätte, ihm aber zu diesem Zeitpunkt die Hände gebunden waren?

„Ich … also … ähm, um ehrlich zu sein …“, stammelte der Privatdetektiv.

„Lass es, Henry. Ich hoffe, du bist einfach nur stinkfaul, denn die Alternative wäre, dass du uns nicht helfen willst. Du bist nicht mehr mein Vorbild. Vielleicht war ich einfach zu naiv“, winkte Paletos ab.

„Wie bitte?“, fragte Kommissar Mosk. Auch er schien verblüfft zu sein.

„Ich sagte, Henry ist nicht mehr mein Vorbild.“

„Na, da wird aus Ihnen vielleicht doch noch ein richtiger Polizist“, lachte Sarim Mosk und klopfte seinem Kollegen anerkennend auf die Schulter, die dieser aber bloß wegzog.

Henry Frottey stand wie vom Donner gerührt da.

„Was?“

„Versteh es doch endlich, Henry. Du hättest das alles bestimmt verhindern können, aber du hast nichts getan und darum bist du nicht mehr mein Vorbild.“

Dreimal, dachte der Privatdetektiv, dreimal. Eine Ente schnatterte.

Jetzt würden die Ereignisse an Fahrt gewinnen, vielleicht konnte er sie sogar zusätzlich beschleunigen. Dazu musste er den Kommissar nur ein bisschen kitzeln.

„Na, Kommissaribärchen, was machen die Ermittlungen so? Läuft's? Ach, wen frag ich das? Ohne mich hätten Sie ja nicht einen Hinweis gefunden, nicht wahr?“, lachte Henry und klopfte dem Kriminalisten kumpelhaft auf die Schulter. Dieser zuckte merklich zusammen.

„Passen Sie auf, was Sie da sagen, Sie Privatspinner.“

„Nee! Wie fühlt sich das an, Sarimausi, wenn da so ein x-beliebiger Privatdetektiv daherkommt und den eigenen Job besser macht als man selbst?“

Seine Bemühungen schienen erfolgreich zu sein. Das konnte er an Sarim Mosks Gesicht ablesen. Jetzt musste er den Bogen nur noch überspannen, um damit den Pfeil der Provokation tief ins Herz des bedauernswerten Kommissars zu tragen.

Und so nahm Henry die abgetrennte Hand des Mafiabosses, hielt sie sich ans Ohr und tat, als ob er telefoniere. „Hallo, hier bei Sarim Mosk. Ja? Einen Moment bitte, ich verbinde …“ Er streckte dem Kommissar das tote Stück Fleisch entgegen, das man scherzhaft als Handy bezeichnen könnte, und sagte: „Für Sie, Herr Kommissar. Es ist das Bundesamt für lahmarschige Ermittlungen und Blindfischhaftigkeit. Sie wollen Ihnen eine Auszeichnung verleihen.“

Sarim kochte vor Wut. Es wäre reichlich untertrieben gewesen zu behaupten, dass ihm das alles gerade ziemlich gegen den Strich ging. Seit der Grundschule war er nicht mehr so verhöhnt worden.

„Warten Sie, ich hab Ihnen die Auszeichnung mitgebracht“, fuhr Henry fort und kramte mit der Mafiahand in seinen Taschen. „Ah! Da ist sie ja.“ Der Privatdetektiv zeigte Sarim Mosk mit der toten Hand den Stinkefinger. Eine für sich allein genommen bereits unglaublich bösartige Geste, doch dann leckte Henry den exponierten Mittelfinger an und steckte ihn dem Kommissar auch noch ins Ohr. In Fachkreisen nennt man das einen „Feuchten Futzi des Todes“. Schlimmer kann man einen Mann nicht demütigen.

Der Kommissar zitterte am ganzen Körper. Der Versuch, seinen unbändigen Zorn unter Kontrolle zu behalten, ließ ihn grau anlaufen. Dann stolperte ihm ein Wort über die bebenden Lippen: „Frottee.“

„Was haben Sie gesagt?“, fragte Henry und hörte auf, im Ohr des Mannes herumzurühren. Anscheinend fruchteten seine Bemühungen – zu seinem Ärger.

„Frottee“, wiederholte Sarim etwas lauter.

„Sagen Sie das noch EINmal ...“, sagte Henry böse und drohte dabei mit der abgetrennten Hand.

„Henry Frottee! Henry Frottee! Henry Frottee!“, brüllte Sarim Mosk, atmete tief ein und begann zu singen wie ein Opernsänger: „Hehehenry Frohohohotee! HENRY FROTTEEEEEEEE!“

Nun variierte er in einen feschen Kongarhythmus: „Henry, Henry, Frottee! Henry, Henry, Frottee! Henry, Henry, Frottee!“

Jetzt versuchte er auch noch, Paletos mit reinzuziehen und mit ihm eine Kongareihe zu tanzen, doch dieser wehrte den Kommissar nur kopfschüttelnd ab, der daraufhin seine rhythmischen Bewegungen abbrach und stattdessen ein Stück Stoff aus der Tasche zog. Es war aus Frottee.

„Mmmhh, Frottee“, säuselte Sarim Mosk, dann rieb er sein Gesicht an dem Tuch. Mit zärtlichen Bewegungen und geschlossenen Augen führte er es weiter über seinen Körper und schnurrte dabei immer wieder: „Frottee!“

Unvermittelt stoppte er plötzlich, schlug die Augen auf und warf dem Privatdetektiv das Stück des geächteten Stoffs vor die Füße. Dann reckte Sarim Mosk die Fäuste gen Himmel und brüllte mit markerschütternder Stimme: „FROTTEE!“

Henry Frottey sah das alles mit an und explodierte.

Kapitel 12: The CruciFiction

Am Rand des Parks stand ein einzelner Verkehrspylon. Vorsichtig lugte Kegel-Günther daraus hervor. Aus diesem Winkel konnte er die Ereignisse gut observieren.

Nachdem der Kommissar sich in einen regelrechten Tobsuchtsanfall hineingesteigert hatte und dabei Henrys Nachnamen ein paarmal zu oft falsch ausgesprochen hatte – was der Privatdetektiv gar nicht leiden konnte, das wusste Kegel-Günther –, war es nun an Henry, auszurasten. Blind und wütend schlug Henry wild um sich, schubste die Polizisten und rupfte die halbe Wiese kahl. Es war ein richtiger Kindergarten.

Schließlich bekamen sie ihn zu packen und führten den tobenden Privatdetektiv ab. Keuchend stieß Kegel-Günther Luft aus. „Wissen die nicht, dass er ihre einzige Chance ist?"

„Halt!", rief Kommissar Mosk und Hoffnung leuchtete in den Augen der Baustellensicherung.

Die Polizisten, die den immer noch wehrhaften Henry mit sich zerrten, hielten inne. Von hinten näherte sich der Kommissar dem Gefesselten.

„Was hat der vor?", fragte Kegel-Günther sich selbst laut.

Sarim Mosk zog seinen Gummiknüppel und schmetterte diesen mit voller Wucht auf den Schädel des Privatdetektivs. Seine ohnehin schon vergeblichen Versuche, sich zu befreien, erstarben mit einem Mal völlig.

„Das wollte ich schon seit langer Zeit tun. Abführen!", hörte man noch den Kommissar selbstgefällig sagen, dann schleiften sie Henry Frottey davon. Kegel-Günther schlug traurig den Blick nieder. „Vergib ihnen, denn sie wissen nicht, was sie tun.“

Kuchengott Hassmilch war auf offener Straße zusammengebrochen, als ihm ein unachtsamer Radfahrer über beide Füße geradelt war. Der enorme Druck hatte die stark entzündeten, eingewachsenen Zehennägel aufbrechen lassen. Das war natürlich über jedes ertragbare Maß schmerzhaft, doch der Wutbürger war durch die tägliche Tortur einiges gewohnt. Er war noch fünf Schritte hinter dem Radfahrer hergelaufen, wobei jedes Mal Blut und Eiter aus seinen Schuhen quollen. Dann war Kuchengott ohnmächtig geworden.

Wenig später erwachte er in einem Krankenwagen, den wohl ein aufmerksamer Passant gerufen haben musste. Neben ihm saß einer der Sanitäter und überwachte auf einem Elektrofußiogramm die Lebenszeichen seiner verbundenen und verkabelten untersten Extremitäten. Als Kuchengott versuchte, sich aufzurichten, hielt er ihn zurück und sagte: „Schonen Sie sich. Bei dem, was Sie mitgemacht haben, ist es ein Wunder, dass Sie schon wieder wach sind.“

Kuchengott fühlte sich seltsam. Anders irgendwie.

„Meine Füße … ich …“, sagte er langsam. Sofort wandte der Sanitäter sich vom Monitor ab.

„Was ist damit? Werden sie taub? Oh, das ist nicht gut, wenn die taub werden.“ Er begann, nervös in ein paar Regalen zu kramen, doch sein Patient hielt ihn zurück.

„Nein, nein … sie schmerzen nicht mehr ganz so sehr … das ist … neu.“

„Ach du Schande … na ja, da ist ja jetzt der komplette Druck raus, ne? Wie lange laufen Sie denn schon damit rum?“, fragte der Sani. Entsetzen sprach aus seinen Ohren. Eigentlich ja aus den Augen, ne? Aber bei dem Mann zitterten eben die Ohren vor Entsetzen.

Ein angestrengter, konzentrierter Ausdruck legte sich über das Gesicht des Wutbürgers. Sein Kiefer spannte sich an. Dann stammelte er: „Ich … ich weiß es gar nicht … Ich kann … mich an die Zeit davor nicht mehr e-erinnern."

„Krass." Dem Mann fiel die Kinnlade herunter. „Ich bin kein Arzt, aber man sollte Entzündungen nicht so lange im Körper haben." Er schüttelte den Kopf.

„Wie heißen Sie, junger Freund?", fragte Kuchengott.

„Thomas", antwortete der Sanitäter und streckte die Hand aus. Kuchengott Hassmilch ergriff sie und erwiderte: „Angenehm, Kuchengott mein Name."

„Freut mich." Thomas lächelte freundlich. Er schien eine ehrliche Haut zu sein. Einfach ein netter Kerl. Aus irgendeinem Grund, den er selbst noch nicht nachvollziehen konnte, stimmte das Kuchengott Hassmilch glücklich.

„Was passiert jetzt als Nächstes, Thomas?"

„Wir bringen dich ins Krankenhaus – offensichtlich – dann werden sie dich operieren und dann müssten deine Füße gar nicht mehr schmerzen."

Patient Hassmilch fiel alles aus dem Gesicht. Ruckartig richtete er sich von der Liege auf. „Wie?! Gar nicht mehr?! Richtig gar nicht? Nicht mal ein bisschen?!"

„Ja", lachte Thomas. „Das geht." Er drückte den Verletzten sanft wieder herunter und fuhr fort: „Das muss eine immense Erleichterung für dich sein. Endlich kein stechender Schmerz mehr bei jedem Schritt … Ich kann das nachvollziehen, weil ich das auch mal hatte – nicht so heftig wie du natürlich, aber ich weiß, dass das kein Spaziergang ist … hehe, im wahrsten Sinne. Und ich kann dir sagen, wenn du die eingewachsenen Nägel erst mal los bist, das ist der Himmel auf Erden. Keine Angst – heute noch wirst du mit mir im Paradies sein."

In den vergangenen Tagen hatte Sid Happens auf der Straße gegenüber von Henry Frotteys Haus ausgeharrt und beobachtet, doch außer den Bauarbeitern, welche die Folgen seiner missglückten Sprengung der Büroräume des

Privatdetektivs beseitigten, hatte niemand das Gebäude betreten oder verlassen.

Jetzt saß er in einer Kneipe. Der Barkeeper schenkte konsequent Whiskey nach und hatte ein offenes Ohr für die persönlichen Tragödien des Verzweifelten.

„Also wenn ich das richtig verstehe, dann verfolgen Sie seit Monaten diesen komischen Privatdetektiv – Tag und Nacht. Und warum, wenn ich fragen darf?" Beiläufig polierte er Gläser, so, wie es sich gehörte.

„Wenn man was macht, muss man das richtig machen", lallte Sid. Seine Leber arbeitete auf Hochtouren. Andernfalls wäre er auch beileibe nicht so gesprächig gewesen.

„Nein, ach, ich meinte, warum verfolgen Sie ihn?"

„Wen?"

„Den Privatdetektiv!"

„Ach so …"

Sid Happens schielte den Schankwirt an. Alkohol sprach aus seinen Augen und aus seinem Mund. Da er seit Längerem nüchtern gewesen war, hatten bereits zwei Gläser gereicht, damit alles wieder aus ihm herausbrach – die Trinkerei, die Probleme mit seiner Frau und dann Henry Frottey.

Vor etwa neun Monaten noch sah Sid die Welt durch die hellgraugraue Brille des Alkohols. Ständige Frustrationen bei der Arbeit trieben ihn in den Grauwein[25], was, wenn man Jack Kerouac Glauben schenkt, noch schlimmer ist, als dem Whiskey zu verfallen. Mit dem Grauwein geht nämlich auch eine gewisse Attitüde einher.

Tagsüber arbeitete Sid Happens als einfacher Vertreter für Unfall- und Hausratsversicherungen, doch nachts verwandelte er sich in Doktor Aquillasophus von Schnabelschuh – einen gebildeten, höflichen Menschen, ausgewiesenen Experten für die mittelalterliche Kultur des Schlüsselanhängers und Enthusiasten der Önologie.

25 GRAUwein? Ich bin mir nicht sicher …

Immer häufiger schlug er sich die Nächte in den gehobenen Weinkellern der Stadt um die Ohren, nur, um am nächsten Morgen den Leuten sternhagelvoll das Graue vom Himmel herunter zu versichern.

Seine Lebensgefährtin Anna Cover, die zwar seinen Alkoholismus nicht mitbekam – das verbarg Sid sehr sorgfältig, zuhause war er stets Sid Happens, der Versicherungskaufmann, der einen sehr stressigen Job hatte, nur, wenn er Aquillasophus von Schnabelschuh wurde, trank er auch –, bemerkte aber doch, dass er etwas verbarg. Tief besorgt, er würde sie betrügen, engagierte sie Henry Frottey, ihren Mann zu beschatten.

Henry fand schnell heraus, was da gespielt wurde, befand sich allerdings finanziell in einer Notlage, sodass er die Ermittlungen künstlich in die Länge zog. Schnell traf er sich jeden zweiten Tag mit seiner Klientin, um den neuesten ereignislosen Bericht zu erstatten.

Doch dass seine Frau derart häufig das Haus verließ, um nach wenigen Stunden zurückzukehren, und größere Summen Geld einfach verschwanden, musste selbst Sid Happens auffallen.

Ihm blieb nur ein Schluss übrig: Anna betrog ihn. Und in einer verhängnisvollen Mittagspause wollte er den berühmten Privatdetektiv Henry Frottey engagieren, damit er ihr nachstellte, doch wen musste er in Henrys Büro antreffen? Richtig! Seine eigene Lebensgefährtin Anna Cover!

Sofort zählte sein Gehirn zwei und zwei zusammen. Leider kam dabei fünf heraus, sodass er die irrige Erkenntnis gewann, sie würde ihn mit dem Detektiv betrügen.

Ein handfester Streit entbrannte, bei dem jeder dem anderen vorwarf, er würde sie oder sie würde ihn betrügen, ohne dass jemand etwas beweisen konnte. Henry hätte natürlich alles aufklären können, hätte er nicht schon zu Beginn der Kabale das Feld aus Respekt geräumt.

Schließlich trennten sich Sid Happens und Anna Cover. Ein trauriger Umstand, für den Sid den Privatdetektiv nicht nur verantwortlich machte, sondern ihm immer noch fälschlicherweise nachtrug, dass er mit seiner Frau geschlafen hatte.

Nein, „nachtrug" ist nicht das richtige Wort. Sid Happens hatte das Trinken komplett eingestellt und blutige Rache geschworen. Seitdem verfolgte er Henry, der gar nicht so genau wusste, warum eigentlich ... aber auf der anderen Seite, wann wusste Henry jemals warum?

Das ganze Durcheinander quoll in einem Schwall aus dem betrunkenen Sid Happens heraus und lag nun auf dem Tresen zwischen ihm und dem Barkeeper. Als dieser fertig zugehört hatte, wollte er gerade vermutlich etwas sehr Kluges sagen, Barkeeper sind ja häufig ein überraschender Quell an Weisheit, da flog die Kneipentür auf.

„Aha! So verbringst du also deine Zeit. Na, das hätte ich mir ja denken können." Es war die Stimme seiner Lebensgefährtin. Da fiel ihm plötzlich ein, dass er etwas vergessen hatte. Langsam drehte er sich um.

„Frau ..."

„Siehe, dein Sohn", sagte Anna und streckte ihm ein frisches Baby entgegen. Sein Durst nach Rache hatte zwar seinen Durst nach Alkohol gestillt, ihn aber die Geburt seines Kindes verpassen lassen. Und das sollte man nicht, selbst wenn man getrennt lebt.

„Dann halte ich also fest, dass wir uns nicht einig sind?"

„Abgelehnt!"

„Enthaltung!"

„Neuw-Aal!"

Der Weltuntergangsprediger lauschte nun schon seit geschlagenen dreiundvierzig Stunden den Diskussionen der Exzeldika. Die Klärung der Frage, wie sich die inhomogene Glaubensgemeinschaft zur Problematik des drohenden Endes positionierte, lag in weiter Ferne. Tatsächlich war sie so weit entfernt, dass selbst das begabteste Suchmedium – ein Mann namens Nikolai Googol – nicht erkennen konnte, wann und ob es dazu jemals kommen würde.

Mittlerweile war ein arger Streit ausgebrochen. Die Splittergruppe der Radikaalen äußerte sich eindeutig pro Weltuntergang, da sie der Ansicht war, dass dies den Kosmischen Aal für die nächsten fünfhundertachtundreißig Jahre, vier Monate, neun Tage, zwei Stunden und siebenundnullzig Minuten auf jeden Fall besänftigen würde. Außerdem waren sie der Ansicht, dass sie für eine Beschleunigung des jüngsten Tages im Paradies mit 72 jungfräulichen Krabbenbrötchen empfangen würden. Dagegen standen vier neoatlantische Kristalljünger, die glaubten, man müsse das gesamte Universum mit einer Quantenheilmatrix energetisieren. Was auch immer das bedeuten mochte ... eindeutig contra. Zwei ultrakonservative Agnostiker wollten sich nicht entscheiden und ein Hardcore-Nihilist hatte nach Stunde 30 der Diskussion so lange und vehement seine eigene Existenz geleugnet, dass er sich einfach aufgelöst hatte.

Das hatte dem Weltuntergangsprediger dann doch zu denken gegeben, auch weil es sich ja um sein Fachgebiet handelte, aber niemand bislang auf die Idee gekommen war, ihn einfach zu fragen. Und wenn er auch den Ansatz, Glaubensinhalte basisdemokratisch im Plenum zu diskutieren, sehr fortschrittlich fand, so war er doch ein bisschen beleidigt.

Als man sich nun aber die letzten dreizehn Stunden darüber gestritten hatte, warum in den Ostfriesischen Evangelien gar nichts über den Weltuntergang drin stand und ob man wohl die Speisevorschriften für glutenfreies Roggenbrot ändern könnte, hatte der arme Prediger schließlich genug und beschloss, zu intervenieren.

„Liebe Freunde, geschätzte Gastgeber – hattet ihr vielleicht schon mal an Vertagung gedacht?“

„Wir können die Diskussion nicht vertagen, das Ende ist nahe!“, rief ein robokatholischer Aalnudist.

„Ich mein ja auch nicht die Diskussion, sondern den Weltuntergang. Vertagt einfach den Weltuntergang, bis ihr euch entschieden habt, ob ihr dafür oder dagegen seid“, schlug der Weltuntergangsprediger vor.

„Ein weiser Vorschlag“, stimmte Rüdiger Aaloplop zu. „Wer ist dafür, den Weltuntergang zu vertagen?“

Einstimmig – selbst die ultrakonservativen Agnostiker waren dafür. Wenn sie die Möglichkeit hatten, einen Glaubensaspekt in einem ungewissen Schwebezustand zu lassen, ergriffen sie die gern.

„Danke … ähhh …“, machte Rüdiger und nickte anerkennend, aber auch peinlich berührt, weil er immer noch nicht den Namen des Weltuntergangspredigers wusste, in dessen Richtung.

„Prof. Hartmann“, sagte dieser und erhob sich. „Da nun das drohende Unheil auf unbestimmte Zeit verschoben ist, hatte ich gehofft, dass ich einige Worte an euch richten dürfte.“

„Nur zu!“, gestattete der Aalschamane. „Du hast uns gerade weiter gebracht als die letzten vierzehn Jahre Konzile, theologische Studien und kleinere Glaubenskriege zusammen. Ich denke, du hast dir etwas Redezeit mehr als verdient.“

Jetzt war sein großer Augenblick gekommen. Der Grund, warum er hier war. Prof. Hartmann atmete tief durch, konzentrierte sich und teilte dann mit den Mitgliedern der Exzeldika die finale Weisheit.

„Liebe Freunde, ich möchte euch das Geheimnis der Welt darlegen, denn ich kenne den wahren Grund, warum das hier so seltsam ist … Wir sind alle Figuren in einem Roman, der von einem seltsamen Typen namens Jan Philipp Zymny geschrieben wird. So sieht’s aus.“

Alle starrten ihn verwirrt an. Er hätte mit jeder Reaktion gerechnet, doch gar keine Reaktion? Das war merkwürdig. Dann räusperte sich Rüdiger.

„Pass mal auf, Hartmann. Ich hab in den letzten vierzehn Jahren, in denen unsere kleine Gruppe existiert, schon eine Menge seltsames Zeug gehört – absurdes Zeug, ja sogar verrücktes Zeug, aber das ... das ist selbst für mich als Aalschamane 'ne Spur zu abgedreht. Du kannst das gerne glauben, überhaupt kein Problem, und du bist auch gerne weiterhin bei uns willkommen, aber erwarte bitte nicht, dass wir dir das abkaufen, okay?"

„Aber es ist die Wahrheit! Ich habe selbst mit dem Kerl gesprochen!" Er konnte es nicht fassen. Die Zeichen waren doch überall! Wieso wollten ihm die Leute nicht glauben? Eine ältliche Frau trippelte langsam vor und sagte: „Wenn das hier ein Roman ist, könnte ich dann das hier?"

Mit einem Ruck riss sie sich beide Ohren ab, doch anstatt Blut kam aus den Wunden Konfetti und Glitzer.

„Ja!", rief Prof. Hartmann inständig. „Nur weil das ein Roman ist, kannst du das!"

Die anderen Leute winkten ab, stöhnten oder schüttelten die Köpfe. Niemand schenkte ihm Glauben. Der Prophet im eigenen Buch gilt nichts ...

Hartmann zog sich zurück. Er hatte gehofft, bei diesen Leuten ein offenes Ohr für seine Botschaft zu finden, doch was taten die? Sie rissen sich die Ohren einfach ab! Ein tyssonitisches Zeichen!

Verzweifelt rollte er sich auf seiner Schlafstätte zusammen. Was sollte er nun tun? Offensichtlich würde ich es ihm in diesem Buch nicht so leicht wie im ersten machen.

„Mein Autor, warum hast du mich verlassen?"

„Lalala! Ich bin eine hilflose, junge Frau und ich gehe durch ein paar gefährliche Straßen", sagte die hilflose junge Frau, während sie durch ein paar echt gefährliche Straßen spazierte. Hätte jemand anderes als Messer-Ricardo diese Worte gehört, er wäre bestimmt skeptisch geworden, ob er diese Person wirklich überfallen sollte. Da musste doch was faul sein. Für Messer-Ricardo war genau das eher ein Ansporn. Aus den Schatten beobachtete er sein auserwähltes Opfer und verfolgte es.

„Jetzt werde ich mich mit dem Rücken zu dieser zwielichtig aussehenden Gasse hinstellen, mit verminderter Aufmerksamkeit und ohne Verteidigung", fuhr die Frau fort. Sie hieß vielleicht Jessica oder Gertrude oder Monika. Eigentlich spielte das keine Rolle, weil sie keine Rolle spielte. Schon gar nicht für Messer-Ricardo. Er wollte nur töten. Und er war keiner dieser ausgefuchsten Psychokiller, die ihre Opfer nach Sternzeichen, Lieblingsrenaissancemaler des Mathelehrers in der dritten Klasse oder anderem Firlefanz aussuchte. Raubtier – Beute – Gelegenheit. So einfach war das.

Und so einfach war das dann auch für ihn. Er pirschte sich an, zog sein Messer und stach zu. Blutend sank die Unschuldige zu Boden. (Sie sind immer unschuldig. Das macht es fieser.)

„Oh nein! Ich sterbe! Aua! Aua, aua, aua! Sterben tut weh! Ja, ich sterbe, so, wie es von mir erwartet wird, dabei wurde ich nicht mal gescheit in die Geschichte eingeführt! Diese Respektlosigkeit schmerzt fast genauso wie das Sterben! Aua! Aua! So, ich bin fertig mit Sterben, jetzt bin ich tot."

Und dann war sie tot. Fertig. Die einzige Person, die Prof. Hartmann vielleicht hätte überzeugen können. Tja, schade eigentlich.

Zum Schluss sagte Messer-Ricardo etwas, das er im Fernsehen gesehen hatte und ihm passend schien: „Mich dürstet … nach mehr!"

Henry Frottey hatte keine Erinnerung an das, was passiert war. Er wusste nur drei Dinge: Erstens hatte jemand zu oft seinen Nachnamen gesagt. Zweitens war er völlig eskaliert. Und drittens saß er in einer Gefängniszelle.

Irgendetwas sagte ihm, dass alles nach Plan verlief. Also machte er sich keine Sorgen, auch wenn die Situation von außen betrachtet recht aussichtslos wirkte. Dem Privatdetektiv war es wichtig, dass er sich auf sein Bauchgefühl verlassen konnte, denn häufig geschah es, dass er den Plan aus den Augen verlor – ein unangenehmer Nebeneffekt des unkontrollierten Gewittersturms aus Gedanken, Kombinationen und Möglichkeiten, die sein Unterbewusstsein jede Sekunde millionenfach auf seinen Verstand abbildete. Wenn er sich nicht konzentrierte, oder wie in diesem Moment gerade erwachte, blieb ihm nur, seiner inneren Ahnung gemäß darauf zu vertrauen, dass er einen Plan hatte, oder nicht, oder was wusste er denn?

Im Moment fühlte es sich richtig an, dass er im Kittchen saß. Es bedeutete, dass etwas funktioniert hatte, an das er sich gerade nicht erinnern konnte.

Sein Schädel schmerzte. Prüfend tastete der Privatdetektiv über seinen Hinterkopf und entdeckte eine immense Beule. Jemand musste ihm ordentlich einen mitgegeben haben. Dankbar rieb sich Henry über die Schwellung. Dankbar deshalb, weil sie ganz offensichtlich sein Schädelvolumen vergrößerte und damit seine Denkleistung erhöhte.

Während er immer noch auf der Stelle herumdrückte, um ihre Ausmaße abschätzen zu können, hörte er, wie Eisen an Eisen vorbeiratterte. Anscheinend bekam er Besuch. Um möglichst cool zu wirken, suchte Henry nach seinem Jo-Jo, Kaugummi, den Zigaretten, seiner Münze und dem obligatorischen Kartenspiel, fand doch aber nichts von alledem. So musste er sich damit begnügen, sich stilvoll auf seiner Schlafstätte zu drapieren. Just als er eine angemessene Pose gefunden hatte, stand auch schon der Kommissar Sarim Mosk vor ihm.

„Guten Morgen, Privatspinner", sagte er durch die Gitterstäbe und schritt langsam vor der Zelle auf und ab. Ganz offenbar genoss der Kommissar es, dass er nun scheinbar die Überhand besaß. Als er der Ansicht war, seine Position lange genuge zelebriert zu haben, lehnte er sich an das kühle Metall.

„Alles zu deiner Zufriedenheit, Henry?“, fragte der Kriminalist sarkastisch.

„Lief doch gut. Alles nach Plan. Es fehlt nur noch eine Sache ...“, antwortete der Detektiv leichthin und streckte sich auf seiner unbequemen Schlafstätte genießerisch aus. Sarim gefiel die Erwiderung augenscheinlich überhaupt nicht. Sofort war er wieder auf 180.

„Tun Sie doch nicht immer so, als ob Sie das alles geplant hätten!“

„Genau!“, mischte sich jemand aus einer der anderen Zellen ein.

„Ständig spielen Sie sich als genialer Privatdetektiv auf!“, fuhr der Kommissar unbeirrt fort.

„Was bilden Sie sich ein?“, stimmte der gefangene Zwischenrufer zu. Henry war beeindruckt, wie gekonnt Sarim den Störenfried ignorierte.

„Dabei sind Sie bloß ein gemeiner Verbrecher wie jeder andere auch! Absolut austauschbar, ganz genau wie der Rest des Abschaums!“

„He, was wollen Sie damit sagen? Bin ich etwa nichts Besonderes für Sie?“, empörte sich der andere Eingekerkerte.

„HALTEN SIE JETZT ENDLICH MAL DIE KLAPPE?!“, brüllte Sarim Mosk nach hinten.

„Was wollen Sie denn tun? Mich einbuchten? Hahaha ...“, lachte der Gefangene. Etwas zynisch Verzweifeltes lag in seiner Stimme. Der Kommissar sandte einen der etwas zwielichtiger aussehenden Polizisten zu dem Störenfried herüber, dann war Ruhe im Karton.

Er wandte sich wieder an Henry: „Sie haben einem Mordopfer die Mandeln rausgerissen und sind damit aus der Stadt geflüchtet! Sie haben versucht, ein zweites Opfer anzuzünden, weil Sie der Ansicht waren, es sei mit Asbest gefüllt! Sie sind eine Gefahr für sich, für andere und ganz speziell für meine Nerven! Man sollte Sie in ein Irrenhaus sperren – nein! Sie sind so bekloppt, Sie gehören in zwei Irrenhäuser und ein Gefängnis ... gleichzeitig! Weil eine einzige, arme Klapse mit Ihrem ganzen Schwachsinn gar nicht fertig werden würde!“ Vor lauter zornigem Geschrei war das Gesicht des Kommissars grau angelaufen. Doch nun hatte er sich anscheinend leergebrüllt. Stille legte sich über die kargen Gefängnismauern. Sarim Mosk sammelte sich, während Henry nur fragend dreinschaute. Es bestand für ihn kein Grund mehr, sich derart zu echauffieren. Schließlich hatte er gewonnen, oder? Er seufzte.

„Jedenfalls wirst du mir in Zukunft nicht mehr in die Quere kommen. Bis deine Sache vor den Untersuchungsrichter kommt, wird die eine oder andere Woche vergehen und dass jemand für dich Kaution stellt, wage ich, gelinde gesagt, zu bezweifeln. Selbst deine kleine Freundin wird froh sein, ein paar Tage Ruhe vor dir zu haben. Aber zur Sicherheit ...“

Der Kommissar nahm wieder Haltung an und proklamierte, als würde er den Privatdetektiv mit einem Fluch belegen: „Ich entziehe dir hiermit offiziell den Fall. Nein! Ich *verbiete* dir, dich weiterhin einzumischen.“

Ein Lächeln breitete sich auf Henry Frotteys Gesicht aus. Der Plan war aufgegangen. Darauf hatte er gewartet. Auf den einen Satz. „Ich entziehe dir hiermit offiziell den Fall.“ Es hatte viel zu lange gedauert, diesen Punkt zu erreichen. Diesen Wendepunkt in jedem Detektivfall, der jemals irgendwo auf der Welt bearbeitet worden war, denn in der Welt der Ermittler jedweder Couleur ist es eisernes Gesetz, dass man einen Fall erst dann richtig lösen darf, wenn er einem offiziell entzogen wurde.

Jetzt konnte Henry endlich aktiv werden. Er würde sich um einige Dinge kümmern müssen. Da konnten ihn auch diese popeligen Stahlbetonmauern nicht aufhalten. Das Kätzchen der Wahrheit war angelockt. Die Zeit war reif. Der Privatdetektiv erhob sich von seiner Pritsche und sprach: „Es ist vollbracht."

In dem finsteren Hauptquartier unseres bislang unbekannten Superschurken leuchtete ein Handy auf. Die Kurznachricht war von Lady Maria _ und lautete:

„Ihm wurde der Fall entzogen und er sitzt im Gefängnis."

Ein Raunen ging durch die Handlanger. Sie alle wussten, was das bedeutete. Sie waren ihrem Ziel, Schikargo an sich zu reißen, ein großes Stück näher gekommen. In der Welt der Erzbösewichte war es eisernes Gesetz, den Fakt zu ignorieren, dass Detektive erst dann richtig gefährlich werden, wenn sie scheinbar auf Eis gelegt waren.

Aus dem Dunkel war zufriedenes Schnattern zu hören, darauf das Knarzen eines Sessels. Über den Schreibtisch ins Licht watschelte eine Ente.

Eine Ente mit einem kleinen Zylinder, einem kleinen Gehstock und einem wirklich kleinen Monokel. Sie putzte kurz ihr Gefieder und quakte dann: „Bitches, in unsere Hände lege ich diese Stadt."

Feierlich betätigte der Vogel den Fernzünder des Vergreisungsstrahlers.

…

Urplötzlich ging das Licht an. Mit einem Mal war das finstere Hauptquartier taghell erleuchtet und entpuppte sich als ganz gewöhnlicher Waschkeller. Die ganze düstere Gesellschaft stand wie angewurzelt da, als dann auch noch Schritte auf der Kellertreppe zu hören waren.

„Kevin-Spatz, was hockst du denn mit deinen Freunden im Dunkeln? Ihr verderbt euch noch die Augen", tönte eine mütterliche Stimme von oben.

Einer der Handlanger – eher ein Helfershelfer als ein richtiger Handlanger – zuckte besonders zusammen und rief zurück: „Hau ab, Mama! Wir spielen gerade!"

„Ich wollte nur die Wäsche machen."

Sulaiman Putimir abd el Dachschadên schlug sich mit der flachen Hand vor die Stirn. Ein dumpfes Grollen polterte aus seinem bärtigen, mit Narben gezeichneten Gesicht. Nur ein unartikulierter Laut der Entnervung.

„War das dein türkischer Freund, der Sulaiman, Kevin-Spatz?", fragte es von der Treppe herunter.

Kevin wurde pudergrau im Gesicht.

„Er ist kein Türke! Er ist halb Russe und halb Afghane! Und was zur Hölle hat das mit irgendwas zu tun, Mama?!"

„Ich mein ja nur! ... Sulaiman, du solltest nicht so viel rauchen! Das ist nicht gut für dich."

Abd el Dachschadên blickte zu Kevin herüber. Bedrohlich entblößte er seine grauen Zähne und fuhr sich langsam mit dem Daumen über die Kehle. Doch die Ente bedeutete ihm, ruhig zu bleiben. Dann machte sie eine auffordernde Geste mit dem linken Flügel. Sulaiman zuckte nur mit den Schultern, worauf die Ente demonstrativ ihren Schnabel auf und zu klappte. Da machte es im Gehirn des Profikillers klick.

„Äh ...", grummelte er. „Ich verspreche, mit dem Rauchen aufzuhören, Frau Kevinsmutter."

„So lob ich mir das", quäkte die Alte auf der Treppe zurück. „Ach, Kevin-Spatz? Soll ich euch noch ein paar Schnittchen machen?"

„Boah, Mama, verpiss dich entlich!", keifte Kevin zurück. Von oben kam sofort ein empörtes Geräusch.

„Junger Mann, wie redest du denn mit deiner Mutter? Seit du nur noch mit diesen Gangstern rumhängst, ist dein Betragen unter aller Sau! Ich glaube, diese Verbrecher haben einen ganz schlechten Einfluss auf dich!"

„Wir sind der schlechte Einfluss, Mama!", brüllte Kevin und rannte nach oben, um sich mit seiner Mutter auseinanderzusetzten. Während oben der Streit seine vollen Ausmaße erst annahm, stand unten das überrumpelte Häuflein Bösewichte und sah sich schweigend an.

Schließlich durchbrach die Ente die peinliche Stille: „Okaaay ... ja ... wir benötigen wohl einen neuen Unterschlupf."

Fortsetzung folgt ...

HENRY FROTTEY

Sein erster Fall: Teil 2 – Das Ende der Trilogie

Die Fortsetzung

Ein Roman zum selber Ausmalen

Kapitel 13: E – wie Elefant

… jetzt!

Drei Tage später erwachte der unbekannte Privatdetektiv Henry Frottey in seinem eigenen Bett. Er fühlte sich, als hätte er in einer Höhle gelegen. Beim Durchsuchen seines Bettzeugs fand er den Grund für seine unbequeme Nachtnachnachtruhe. Sein Taschenpferd Schneetänzer hatte sich in Ermangelung eines Stalls die gesamte Zeit zwischen Matratze und Lattenrost versteckt. Anscheinend hatte er es im Schlaf versehentlich totgelegen.

„Tschuldi", murmelte Henry traurig und unter Tränen versenkte er die sterblichen Überreste seines geliebten Gauls im Aktenvernichter. Doch für angemessene Trauer blieb dem Privatdetektiv keine Zeit. Mit einem mächtigen Ritsch-Ratsch rasierte er sich den Sechstagebart aus der Visage, setzte seinen Hut auf und klebte sich einen falschen Schnurrbart an. Ein Pullunder und eine Cordhose taten das Übrige. Schließlich durfte ihn niemand erkennen.

Es wird Zeit, den Müll rauszubringen, dachte der Privatdetektiv. Dann fielen ihm die grauen Säcke ins Auge, die sich in seiner Küche stapelten, hübsch mit Fruchtfliegen dekoriert.

Im übertragenen Sinne, fügte der Detektiv in Gedanken hinzu, und stürmte wie so oft aus der Wohnung.

Wütende Rockmusik dröhnte aus seinem Walkman, als er auf die Straße trat. Er blickte sich kurz um, dann fiel ihm ein unscheinbarer älterer Herr auf, der sehr unverdächtig aussah. Schnurstracks ging er auf ihn zu, trat ihm seine Gehhilfe weg und drückte ihn unsanft gegen die Hauswand.

„Wa-wa-was wollen Sie von mir? Ich hab kein Geld. Bitte, lassen Sie mich los! Hilfe!“

Der Privatdetektiv wich keinen Zentimeter zurück. Die richtigen Superverbrecher sahen niemals verdächtig aus. Das wäre ja schön blöd, wenn man sie sofort als Bösewichte erkennen würde. Man erwischte sie nie in Laborkitteln und Augenklappen tragend, das Gesicht vernarbt, in einsamen Todesfestungen umgeben von Handlangern. Nein, sie waren getarnt als Banker oder Rechtsanwalt oder leiteten Hähnchenschnellimbissketten. Je unverdächtiger jemand wirkte, desto höher war die Wahrscheinlichkeit, dass er den richtig fiesen Dreck am Stecken hatte. Und was war unverdächtiger als ein wehrloser, alter Mann?

„Spuck aus, was du weißt!“, grollte Henry. Kräftig schüttelte er den wehrlosen Greis.

„Ich ... was ... bitte, ich sagte doch, ich habe kein Geld.“

Der Privatdetektiv ließ von dem Greis ab. Manchmal war ein alter Mann eben nur ein alter Mann. „Entschuldigen Sie bitte. Ich ... äh ... muss Sie verwechselt haben“, meinte der Privatdetektiv, klopfte dem Rentner den Staub aus der Kleidung, schenkte ihm etwas Süßes und machte sich schleunigst davon.

Es war der Tag von Sändi McLin Wus Beerdigung, anders gesagt die letzte Möglichkeit, sie noch einmal in Augenschein zu nehmen, bevor sie unter der Erde verschwand und man sie erst in einer spannenden, aber illegalen Nacht-und-Nebel-Aktion hätte ausgraben müssen, doch das war Henry eindeutig zu viel Arbeit. Da ging er lieber jetzt zu ihrer Einsargung.

Unruhig schritt der Kommissar Sarim Mosk in seinem Büro auf und ab. Drei Tage war es jetzt her, seit sie Henry

Frottey eingebuchtet hatten und er wenige Stunden später wieder entkommen war, wie, war ihm jedoch ein Rätsel. Die Zelle wies keine Ausbruchsspuren auf, er hatte keine Notiz hinterlassen, niemand wusste auch nur irgendetwas.

Gerade eben war auch noch der Beschattungsbericht eingetroffen. Seit dem Ausbruch hatte in wechselnden Schichten ein verdeckter Ermittler vor der Wohnung des Privatdetektivs Wache gehalten. Sarim Mosk hatte die Polizisten nur dazu bewegen können, indem er ihnen vorlog, dass dort ein gefährlicher Auftragsmörder residierte, dem es bestimmt ein ordentliches Sümmchen wert wäre, unerkannt zu bleiben. Eieiei, wenn die das herausfänden … dann würde was passieren.

Der Kommissar ging auf-er und ab-er. In einer ruckartigen Bewegung fegte er die Ordner und Papiere von seinem Schreibtisch.

„Nichts! Drei verdammte Tage Observation! Der Kerl ist ausgeflogen!“ Tatsächlich hatte keiner der Ermittler auch nur jemanden, der so ähnlich wie Henry aussah, in der Nähe des Hauses gesehen. Anscheinend war der Privatdetektiv nach der Katzenexplosion, wie es die Zeitungen nannten, nicht mehr dort gewesen.

„Wenn der klug ist, hat der längst die Stadt verlassen … aber er ist nicht klug …“ Mit stampfenden Schritten ging der Kommissar auf das Fenster zu.

„Du bist noch irgendwo da draußen, nicht wahr?“ Die Stadt lag vor ihm in ihrer morgendlichen Geschäftigkeit. Hunderte Menschen wuselten durcheinander wie die Haare eines Mannes mit einer sehr unordentlichen Frisur. Vielleicht bestand noch Hoffnung.

„Ich kriege dich. Koste es, was es wolle“, sagte er. Der Gedanke spendete ihm Trost. Energisch trat er zurück und begann wieder, umherzutigern – nein, „tigern“ wäre zu wenig, „elefanten“ trifft es eher.

„Aber wie stelle ich es an? Wie finde ich Henry Frottey?“ Wie von der Tarantel gestochen stürzte Sarim auf den Boden, um sich durch seine Akten zu wühlen. Er suchte nach allem, was ihm Auskunft über den Detektiv geben konnte, doch auch hier war nichts zu finden. Er war noch nie straffällig geworden oder, außer in den vergangenen Tagen, jemals in Erscheinung getreten. Henry Frottey war aufgetaucht und wieder verschwunden.

„Das ist doch alles scheiße“, sagte er resignierend. Dann sprang er wieder auf. Er ging am auf-sten und ab-sten, kam aber anscheinend zu keinem Ergebnis, darum nahm er seine Jacke und ging nach Hause zu seiner Familie. Ja, er hatte Familie.

Als Henry die Kapelle am Stadtrand betrat, nahm er seinen Hut ab und hoffte, dass ihn niemand erkannte. Eine seltsame Trauergesellschaft hatte sich dort zusammengefunden. Die Reihen waren gefüllt mit Schaustellern, ein paar Schulkindern und sogar die herrische Herbergsmutter hatte sich eingefunden, sie hatten sogar Sändis Lieblingstiger mitgebracht, am meisten irritierten allerdings die Clowns. Vor Kopf standen Sändi McLin Wus Eltern und empfingen, gebeugt von ihrem unbeschreiblichen Verlust, die Kondolenzen der Gemeinde. Sie wirkten, als seien sie um Jahre gealtert.

Henry hätte sich direkt anstellen können, doch wollte er unbefleckt vor die Kleine treten. Das war er ihr schon aus bloßem Respekt heraus schuldig.

Nachdem er sich kurz am Taufbecken die Zähne geputzt hatte, schritt er zielstrebig auf den Beichtstuhl zu, zog den Vorhang auf, ließ sich nieder und sprach: „Vergib mir, Vater, denn ich habe gesündigt.“

Mit einem Surren fuhr aus der mit Holzschnitzereien verzierten Wand ein designtes, elektronisches Touchpad, und eine Computerstimme spulte eine automatische Ansage ab: „Herzlich Willkommen in der Beichtomatik 3000. Vergebung bequem und schnell. Wenn Sie Sünden beichten möchten, drücken Sie jetzt bitte die 1. Wollen Sie unser Te-Absolvo-Sonderangebot nutzen, bei dem Sie drei Sünden beichten und nur zwei büßen müssen, drücken Sie jetzt bitte die 3. Wenn Sie online beichten möchten, gehen Sie auf www.beichte.de oder laden Sie sich unsere kostenlose Beicht-App aus dem AppStore runter."

Der Privatdetektiv staunte gut – man könnte auch sagen: nicht schlecht. Nach kurzem Überlegen kam er zu dem Schluss, dass er das irgendwie pervers fand. Angeekelt verließ er den Holzkasten.

„Mein Sohn", sprach ihn ein Priester an. Henry drehte sich um, froh, einem echten Mann Gottes aus Fleisch und Blut zu begegnen.

„Ja, Pater?"

„Schenke uns dein Like auf Facebook."

„Och nö", meinte Henry, doch der Priester ließ nicht locker: „Heißt es nicht, du sollst deinen Nächsten liken wie dich selbst?"

„Ich hab gar keinen Account", log Henry und ein kalter Schauer lief ihm über den Rücken. Einen Priester anzulügen, da hätte er auch gleich Baby Jesus den Lolli klauen können.

„Möge dein Handyinternet stets wenigstens G sein, mein Sohn", singsangte der Diener Gottes etwas ungehalten und schritt würdevoll davon. Dem Detektiv schien das alles recht merkwürdig zu sein. Jetzt wollte er die Sache einfach nur hinter sich bringen und dann schnellstmöglich hier verschwinden.

Er stellte sich in die Schlange der Trauernden vor dem Sarg und dachte nach. Irgendwas musste er übersehen haben, oder hatte er vielleicht nicht weit genug gedacht? Warum war sie eigentlich ermordet worden? Was hatte dieses arme Mädchen dem 1,86 Meter großen, dreiundsiebzig Kilo schweren Mann mit den gefärbten Haaren getan? Was hatte er davon, sie umzubringen? Ganz schön schwierige Fragen.

Scharf dachte er nach, wobei er aber auch kombinierte:

»In der Toilette war ein Elefant versteckt. Was soll mir
das sagen?
Günther Jauch zuckt mit den Schultern, dann knabbert
er ein bisschen an ihnen.
Elefanten haben ein sehr gutes Gedächtnis.
Pavarotti betont in einem Internetcafé in Sansibar, dass
auch er ein sehr gutes Gedächtnis habe, sich aber jegliche
sonstigen Parallelen zu Dickhäutern verbitte.
Das Gedächtnis wohnt im Kopf, auf dem oben die
Haare thronen.
Wo ist der Bahnhof? Ich glaube, nein!
Haare! Das ist es doch!
Aber was war damit?
Verwirrt zeigt sich der Schatten eines einzelnen
abgetragenen Mantels, den ein Mann, der sehr lange
dafür gespart hat, nur um ihn dann zu verlieren, mit
Käse einreibt.«

Bevor er den Gedanken zu Ende denken konnte, war er bei der Verstorbenen angelangt. Er trat an den Sarg heran und betrachtete konzentriert den Haarschopf des zwergalbinochinesoschottischen Mädchens. Lange musste er nicht suchen, dann fiel es ihm auf: Mitten auf dem Kopf fehlte ein einzelnes, weißes Haar.

„Aha!", rief Henry aus. Einhundert Augenpaare starrten ihn finster an. Verdammt, dachte er, so lässt sich nicht gut verdeckt ermitteln.

„Entschuldigung", murmelte der Privatdetektiv mit verstellter Stimme und wandte sich wieder Sändi zu. „Verzeih mir, dass ich dir in der Jugendherberge nicht helfen konnte."

„Ach, geschenkt, Alter. Du konntest halt nix machen", antwortete er sich selbst mit hoher Mädchenstimme. „Aber du musst mir etwas versprechen, okay?"

„Was denn?", fragte Henry.

„Finde das Schwein, das mir das angetan hat, Mann."

„Okidoki", sagte der Privatdetektiv und antwortete sich: „Cool."

„He, Sie!" Shao Lin Wu trat zu Henry an den Sarg und packte ihn am Arm. „Imitieren Sie meine Tochter auf ihrer eigenen Beerdigung?!"

„Ich leiste Trauerarbeit", gab Henry mit immer noch verstellter Stimme zurück.

„Wer sind Sie überhaupt?" Shao Lin Wus Griff verstärkte sich.

„Ich heiße ... Ramses O'Cherrypie del Erlebnispark und ich arbeite in der Jugendherberge Wüppenhorst." Zum Glück war dem Privatdetektiv ein alter Tarnname eingefallen, den er früher oft benutzt hatte.

„Lügner!" Die Herbergsmutter sprang auf, dabei deutete sie anklagend mit dem Finger auf ihn. Wahnsinn war in ihren Augen. „Ein Lügner! Und das in einem Gotteshaus!"

„Mein Herr", Shao brachte sein Gesicht ganz nah an Henrys, „ich weiß nicht, wer Sie sind, aber Ihr Verhalten ist absolut respektlos. Heppo, Beppo, schmeißt ihn raus!"

Zwei bullige Clowns standen von der Bank auf, ergriffen den Privatdetektiv und setzten ihn mehr als unsanft vor die Tür.

„Okay, das hab ich verdient", sagte Henry Frottey, als er sich von der staubigen Straße erhob. Wenigstens hatte er erfahren, was er wissen wollte. Sein nächster Anlaufpunkt war nun die Schule, in der sich Sändi angemeldet hatte.

„Was machst du hier?", fragte ein kleiner Junge.

„Ich geh hier zur Schule", antwortete Henry Frottey. Er saß in einer Ecke des Schulhofes und seine Tarnung war perfekt. Nicht nur hatte er seinen alten Tornister ausgegraben, er trug auch kurze Hosen und eines dieser Propellerkäppchen, das sich albern im Wind drehte.

„Du lügst", stellte der Kleine nüchtern fest. „Du bist alt."

„Ich hab ein paar Mal wiederholt, weil ich lernbehindert bin. Lass mich in Ruhe.“ Er schob den Jungen beiseite und observierte weiter den Pausenhof. Alles schien das zu sein, was jeder andere als Henry Frottey als normal bezeichnet hätte. Mit Ausnahme natürlich einer Gruppe Ommas, die sich auf dem Klettergerüst vergnügten. Was haben die hier zu suchen?, fragte sich der Privatdetektiv. Vielleicht mussten in einer alternden Gesellschaft irgendwann selbst die kindertypischsten Aufgaben von Rentnern übernommen werden.

„Was heißt ‚lernbehindert‘?“ Der Junge hatte sich neben Henry gesetzt und sein Butterbrot ausgepackt.

„Das heißt, dass ich langsam lerne“, sagte Henry, ohne den Blick von den alten Frauen zu nehmen. Eigentlich hätte er am liebsten ein Fernglas gehabt, aber ein Erwachsener, der als Schulkind verkleidet mit einem Fernglas auf dem Schulhof rumhing? Das kam nicht so gut.

„Ich hab eine Schildkröte. Ich versuche, ihr Tricks beizubringen, aber sie will irgendwie nicht. Ich glaube, die ist auch lernbehindert“, sagte der Junge und nahm den Salat von seinem Käsebrot.

„Schildkröten sind nicht lernbehindert. Schildkröten sind zusammen mit Einsiedlerkrebsen die Wohnmobile des Tierreichs.“

„Meine Mama und ich wohnen auch in einem Wohnmobil.“

Henry drehte sich zu dem Kind neben sich und schaute es von oben bis unten an. „Verarschst du mich gerade?“

„Keine Ahnung. Ich weiß nur eins, und zwar, dass du mit deinem Aufzug niemanden verarschst, Kumpel“, sagte er und mümmelte an seinem Brot.

„Du bist aber ganz schön frech, Kleiner“, meinte der Privatdetektiv.

„Ich bevorzuge den Ausdruck ‚frühreif‘.“

„Und ich bevorzuge, dass du mich in Ruhe lässt. Ich suche nach jemandem.“ Henrys Blick glitt wieder über den Schulhof, doch der Frechdachs ließ ihn nicht in Frieden.

„Hältst wohl Ausschau nach jemandem, der genauso lächerlich aussieht wie du, oder? Aber da würde ich mir an deiner Stelle keine Hoffnungen machen.“

Bevor Henry etwas sagen konnte, trat ein 1,86 Meter großer Mann mit schwarzen Haaren aus dem Schulgebäude. Er trug einen grauen Overall und wog 73 kg, schätzte der Privatdetektiv. An den schwarzen Haaren zeigte sich bereits ein hellerer Ansatz. Das konnte doch nicht wahr sein!

„Wer ist der Mann da?“, fragte Henry und deutete auf den Mörder ganz vom Anfang der Geschichte. Der Mann musste es einfach sein. Eine weitere Verwechslung war ausgeschlossen, denn jetzt war die Zeit endlich reif und der Witz schon sehr strapaziert.

„Das ist Manferd Mandolini von Hammerschmatz – unser Hausmeister“, erklärte der Kleine und biss in sein Brot. Aha, ein Hausmeister also. Daher kannten sich Mörder und Opfer. Der Mann musste Sändi McLin Wu bei ihrer Anmeldung in der Schule gesehen haben und ihr nachmittags in die Jugendherberge gefolgt sein. In seiner Hausmeisterkluft konnte er sich dort unverdächtig bewegen. Was war unauffälliger als ein Hausmeister? ... Zwei Hausmeister? Nein, zwei Hausmeister waren auffälliger als ein Hausmeister! Welches Haus hat schon zwei Hausmeister? Das widerspricht dem Konzept eines Meisters. Zwei Hausmeister in einer Jugendherberge waren sehr auffällig. Wahrscheinlich hatte der Kerl da – sein Name war Henry Frottey entfallen – den Hausmeister der Jugendherberge auch auf dem Gewissen, doch das war nur Spekulation. Dafür gab es keine Beweise. Wofür es Beweise gab, war, dass jener Mann dort – wie war noch sein Name? – Sändi McLin Wu erknipst hatte. Henry Frottey war selbst Ohrenzeuge gewesen.

„Wie heißt der? Manfred?“, fragte der Privatdetektiv und deutete auf den Hausmeister, obwohl man das ja nicht tat, aber hier zählte auf einmal und ohne erkennbaren Grund jede Sekunde.

„Nein, Manferd. Manferd Mandolini von Hammerschmatz“, mümmelte es zwischen zwei Bissen hervor. Das war ganz offensichtlich ein Tarnname. Das war leicht zu erkennen.

„Ich muss los.“ Henry sprang auf. „Danke, Kleiner.“ Zum Abschied drückte er ihm Geld in die Hand. Es waren fünfzig Einheiten.

„Alter, ich bin zehn Jahre alt! Das ist zu viel! Fünf hätten's auch getan!“

„Ach komm, Jungs in deinem Alter brauchen immer Geld!“, rief der Privatdetektiv noch, dann war er verschwunden.

Manferd Mandolini von Hammerschmatz machte Pause im Heizungskeller. Der Tag war erbärmlich gewesen. Fünfmal hatten ihm die Bälger auf den Flur gekotzt, allein vor der ersten großen Pause. Das war neuer Rekord. Wie die meisten Menschen, die nur peripher mit Kindern arbeiten, konnte er sie nicht ausstehen. Kinder sind dumm, Kinder sind nervig, Kinder machen Dinge kaputt. Er konnte es gar nicht abwarten, bis der demografische Wandel derart fortgeschritten war, dass endlich alle Menschen alt waren. Wenigstens hatte er hier im Heizungskeller Ruhe.

Plötzlich klopfte es an der Tür.

„Wer is' das denn jetzt?“, grollte Manferd. Draußen stand ein seltsamer Junge. Er sah ein bisschen zu alt für die Schule aus, sogar für die weiterführende Schule, aber die sehen ja heutzutage eh alle älter aus, als sie eigentlich sind.

„Was willst du?“, fragte er barsch.

„Entschuldigen Sie, ich hab das Klo gesucht und mich verlaufen. Würden Sie …“

„Ich bin kein Wegweiser!“, brüllte der Hausmeister und dann knallte er die Tür zu, aber mit Schmackes.

Da war er gewesen. Der Mörder von Sändi McLin Wu. Henry hatte nur einige Zentimeter von ihm entfernt gestanden und ihm fest in die Augen geblickt. Gut, sein Plan, sich als Schuljunge zu verkleiden sowie schüchtern nach der Toilette zu fragen, um Einlass zu erhalten, hatte nicht funktioniert, aber das war ja das Tolle an Plänen – wenn sie nicht klappten, konnte man sich einen neuen überlegen. Darum verkleidete er sich jetzt als alter Mann und versuchte es noch mal.

Klopf! Klopf! Die Tür ging auf.

„Ich hab gesagt ... Oh, entschuldigen Sie, mein Herr, ich dachte ...“

„Jaja, hören Sie auf zu denken und sagen Sie mir lieber, ob sie ’nen ordentlichen Schnaps haben“, polterte Henry los. Seine Imitation eines zornigen alten Mannes war durchaus sehenswert.

„Selbstverständlich. Anders hält man das ja hier nicht aus!“, sagte der Hausmeister sichtlich erleichtert, dabei bat er den verkleideten Detektiv herein.

„Meine Rede!“, antwortete dieser und folgte dem Angebot. Drinnen angekommen holte der Wartungsbeauftragte einen Flachmann aus der Tasche. Er bat ihn Henry an, der ihn unwirsch entgegennahm.

„Alles voller Rotznasen hier. Laufen über den Pausenhof, als könnten sie kein Wässerchen trüben, aber zuhause erschießen sie dann am Computer ihre Pokémons. Alles kleine Verbrecher.“

„Mir gehen die auch auf den Sack“, nickte Manferd, nahm den Flachmann zurück und tat einen kräftigen Schluck daraus. „Den ganzen Tag kotzen die mir die Bude voll.“ Er bot ihn dem Pseudogreis an, doch der winkte ab.

„Drecksbälger. Sagt meine Enkelin zu mir: ‚Opa, hol mich von der Schule ab.‘ Sag ich: ‚Wenn es sein muss.‘ Jetzt bin ich hier und die Schule ist noch nicht aus. Da hat das Gör doch glatt vergessen, mir zu sagen, wann ich hier sein soll! Glaubt man das? So was hätte es früher nicht gegeben. Da hatte man noch Respekt! UND! Noch nicht so lange Schule. Ich erinnere mich noch, damals, als ich zur Schule gegangen bin, da war die Schule um Punkt zwölf aus! Weil wir dann nach Hause sind, um unseren Eltern bei der Arbeit zu helfen! Und in der Schule haben sie nicht so einen modernen Schnickschnack unterrichtet wie Rechnen oder Schreiben oder Biologie. Wir hatten vier Fächer damals. Geographie, Turnen, Ernten und Fronarbeit. Egal, ob man krank war oder nicht! Da gab's überhaupt keine Diskussion. Wenn da nicht gespurt wurde, gab es – zack! – eins drauf mit dem Rohrstock auf die unegalen Finger! Weißte, was meine Eltern damals gesagt haben? ‚Wer nicht hört, kriegt schiefe Hände'! So sieht das aus! Früher lief noch vieles anders", schwadronierte Henry drauflos. Sein Plan schien aufzugehen. Der Hausmeister hing an seinen Lippen und an der Flasche. Gut!

„Damals war ja auch noch vieles aus Holz, nicht wahr?", bemerkte Manferd.

„So ein Quatsch. Da war genauso vieles aus Holz wie heute auch! Nur, dass damals das Holz noch echtes Holz war und nicht so 'ne Pressspanplastikkacke mit Holzoptik!"

„Darauf trink ich."

„Ja, mach das mal, Jüngelchen. Aber nicht von dem billigen Fusel, den du da hast. Ich hab was Feines", sagte der verkleidete Privatdetektiv und reichte dem Mann seinen eigenen präparierten Flachmann. „Das ist Küstenstürmer aus Vladirostock. 120 Prozent. Der enthält mehr Alkohol, als in dem Flachmann Schnaps drin ist. Das ist noch 'n richtiger Selbstgebrannter."

Der Hausmeister langte zu. Ein Schluck würde ihn so betrunken machen, dass Henry alles aus ihm heraus bekam, was er wissen musste, ein zweiter würde ihn für die nächsten zweiundsiebzig Stunden ins Land der Träume schicken.

Erster Schluck.

Manferd Mandolini von Hammerschmatz stieß einen ächzenden Laut aus, gefolgt von einem „Der ist gut! Hohoho!“. Sein Blick verklärte sich. Sofort begann er zu schwanken und bekam einen Schluckauf. Der Küstenstürmer tat seine Wirkung.

„Hausmeister in einer Schule, Jüngelchen? Würdest du die Bälger am liebsten nicht alle erschlagen?“, fragte der Detektiv ohne Umschweife. Er machte sich nicht mal mehr die Mühe, mit verstellter Stimme zu sprechen, sondern holte in aller Ruhe ein Tonbandgerät heraus und schaltete es ein.

„Da ... hick! ... da darfischnich’ drüber reden“, lallte von Hammerschmatz. Rastlos rollten seine Augen in ihren Höhlen.

„Mir kannst du es doch sagen.“

„Na’ut, aber nur ... hick! ... weil wir so ’uute Freunde sind und beide Kinder hassen ... hick! ... Nur eine.“ Manferd zeigte drei Finger.

„Was, nur eine?“

„Nur eine hab ich erschla’en ... hick! ... und der hab ich mit einem Na’elknipser das ... das Rück ... GRAT! Durch’eknippppscht! Hihihihi, isch hab die also ’ar nisch erschla’en.“

„Soso, mit einem Nagelknipser das Rückgrat durchgeknipst?“

„Ja ... hick!“

„Und hatte sie es verdient?“

„Sie ham es alle verdient. Alle.“

„Aha, wo war das? Hier im Heizungskeller?“

„Nein, nein, nein ... hick! In einem Badezimmer.“

„Welches Badezimmer?“

„So ... sooo ’ne Ju’endherber’e ... hick!“

„Sag mal deinen Namen.“

„Wa’um?“

„Nur so.“

„Okay … hick! … ei'entlich heiß isch Manfred 'littenber' … G … Glittenberg … hick! … aber, aber die haben 'esa't, ich soll sa'en, ich heiß Manferd … hicks! … Mandolini von … hicks! … Hammerschmatz, jawohl! … pfff … plöder Name."

„Manfred."

„Ja?"

„Hast du den Nagelknipser noch?"

„Ja. Schöne … schöne Erinnerun'en soll man … hicks! … aufbewahren. Au-au-auch wenn die 'esa't ham isch soll das nich' … hicks!"

„Wo ist der?"

„Wer?"

„Der Nagelknipser."

„Oh, der … der is' hier."

Der Betrunkene deutete unstet auf einen Schuhkarton, der im obersten Regal zwischen allerlei Kisten mit Klempnerutensilien und einem Fernrohr lag, das wohl anwesend war, um Wasser in weit entfernte Gebiete zu leiten, also buchstäblich in die Ferne zu rohren. Henry holte den Karton herunter und öffnete ihn. Er enthielt tatsächlich den Nagelknipser.

„Da klebt ja sogar noch Blut dran. Na, prost Mahlzeit", sagte der Privatdetektiv erstaunt.

„Ja, 'enau! Prost!", stimmte der Hausmeister zu, hob den Flachmann und setzte ihn an den Mund.

„Neiiin!", rief Henry noch, dann war es zu spät.

Zweiter Schluck.

„Och nö!"

Der Polizist Jakob Paletos schritt entlang der Verwahrzellen der Wache. Obwohl er erst vor Kurzem von der Akademie kam, durfte er bereits selbstständig die Gefangenen überwachen. Offenkundig hatte seine letzte Interaktion mit Henry Frottey Eindruck bei seinem vorgesetzten Kommissar gemacht.

Dessen Verhalten in den letzten beiden Tagen beunruhigte ihn sehr. Sarim Mosk schien langsam, aber sicher manisch zu werden. Erst heute Morgen hatte er mit sich selbst geschrien und war dann einfach davongestürmt, ohne sich abzumelden. Nach dem ersten Ausbruch seines Chefs ging er jedoch lieber nicht mehr einfach so in sein Büro, nur weil er Lärm von dort hörte.

Mittlerweile hatte Jakob Paletos seinen Rundgang fast beendet, der schwerste Teil lag allerdings noch vor ihm – die Zelle, in der Henry Frottey gesessen hatte. Nicht für lange, aber immerhin. Er hatte jedes Mal ein komisches Gefühl, wenn er sie kontrollierte.

Als Jakob hineinsah, schlug ihm der Geruch von Alkohol entgegen und er erschrak. Laut seinem Plan sollte sie leer sein, doch da lag ein Mann drin. Ein Mann, der sich, wie es aussah, in einen seligen Schlaf gesoffen hatte. Auf ihm lag ein Umschlag, an seiner Stirn klebte ein grauer Post-it-Zettel.

Verunsichert öffnete der Polizist den Menschenkäfig und trat näher. Er erkannte die Handschrift sofort. Henry Frottey. Zum Glück war die Nachricht nicht lang, darum konnte er sich gut zusammen reimen, was da wohl stehen mochte:

„Für Jakob Paletos. Von Henry Frottey.“

Jakob kratzte sich am Kopf. Verwirrung sprach aus seinen Augen, dann öffnete er den Briefumschlag. Darin enthalten waren ein Tonbandgerät und … ein blutverkrusteter Nagelknipser. Er zählte eins und eins zusammen.

„Das ist ein Anfang, aber noch lange nicht genug.“

Kapitel 14: Die Geburt eines Helden

Zur Abwechslung war es in Schikargo größtenteils friedlich. Das kam alle paar Wochen mal vor, denn auch Gauner brauchen ja irgendwann mal eine Pause von ihrer Übeltäterei. Dann taten sie alle ganz gerne für einen Tag so, als ob sie normale Bürger wären. Sie spielten Kaufladen, besuchten ihre Omas oder tollten durch die Parks. Die Stadt nahm die Gelegenheit wahr und atmete ruhig durch. Man kann von niemandem verlangen, dass er tagein, tagaus ein und dasselbe tut, ganz egal, was das ist.

An jenem Tag waren die Eiscafés gut gefüllt, der Zoo stand in voller Blüte und die Straßen waren ruhig ... zu ruhig. Da hätte ruhig etwas mehr passieren können. Es war fast ein bisschen langweilig, wie sich alle miteinander vertrugen. Die Sonne schien ebenfalls, Vöglein sangen ... aber Songs von Metallica! Einfach nur, damit doch irgendwas Krawalliges passiert. Abgesehen davon ruhte, wie gesagt, die gesamte Region in sich selbst. Es gab keinen Streit, keine Zwietracht, keinen Raufhandel. Jeder war lieb und höflich zu seinen Mitmenschen.

Durch die ganze Harmonie flanierte Kuchengott Hassmilch. Er war fröhlich. Ein Lächeln zierte sein Gesicht, denn seine Füße schmerzten nicht. Für ihn absolutes Neuland, und nur seiner guten Laune wegen hopste er ein bisschen. Das hatte er schon dreißig Jahre nicht mehr gemacht, daher war Kuchengott hopsetechnisch ziemlich aus der Übung. Er stolperte, fiel, sprang aber sofort wieder auf die Beine und lachte über sein Missgeschick. In dem Moment bemerkte er, wie lange er auch nicht mehr gelacht hatte, und tat es gleich noch mal – glücklich, dass er dieses wunderbare Gefühl wiederentdeckt hatte. Ihm kam eine Idee.

Hassmilch hüpfte durch die ganze Stadt, bis hin zur Praxis von Doktor Visago – Arzt für Gesicht und Füße. Er drückte auf die Klingel und eine Stimme erschallte: „He, da ist jemand an der Tür!“ Die Situation entlockte ihm ein Kichern. Voller Freude drückte er noch mal.

„He, da ist jemand an der Tür!“, tönte es erneut, dann wurde ihm geöffnet.

„Ahhh, Kuchengott Hassmilch, mein Lieblingspatient. Komm doch herein!“, begrüßte der Doktor seinen alten Bekannten. Krachend zerschmetterte Kuchengottes Faust sein Nasenbein. Blutend taumelte der Mediziner zurück, doch augenblicklich sandte sein Patient einen Fuß hinterher und warf ihn damit zu Boden. Kuchengott beugte sich über seinen Arzt, der sich die Nase haltend auf der Erde krümmte.

„Das ist dafür, dass du mich die ganzen Jahre falsch behandelt hast, du Quacksalber“, kicherte Hassmilch, dann hopste er so lange auf Doktor Visago herum, bis dieser ganz platt war. Der Mann verstarb nicht, er war nur von jenem Tag an horizontal eingeschränkt. Fürs Erste zufrieden mit sich und der Welt, floh der ehemalige Patient, und zwar im Hopserlauf.

Es kehrte wieder Frieden in Schikargo ein. Love was in the air that day. Auf jeden Einzelnen schien das Glück hinter der nächsten Ecke zu warten. Man zeigte sich von seiner besten Seite.

Gott, war das öde.

Währenddessen passierte auf der anderen Seite der Stadt zum Glück etwas sehr, sehr Interessantes. Nichts Böses oder Verbrecherisches, aber doch etwas äußerst Bemerkenswertes, etwas Spannendes, etwas Nervenaufreibendes. Wirklich, da war richtig was los! Da wurde Geschichte geschrieben! Noch Generationen würden davon sprechen, was dort an jenem Tag zu jener Stunde geschehen war. Ein Happening! Ein Großereignis, das sich in das kollektive Gedächtnis der Menschheit einbrannte.

Also ehrlich, da war nicht nur ein Bär steppenderweise zugegen und ein boxendes Glaubensoberhaupt in mittelalterlicher Kriegsgarderobe, nein, da hobelte der Astronaut den Parmesan beim Haareschneiden!

Um aber noch ehrlicher zu sein, hab ich vergessen, was da passiert ist. Schnell weiter mit Henry Frottey.

Die Bürotür fiel hinter dem Privatdetektiv mit einem beruhigenden Geräusch ins Schloss und sperrte die Stadt aus. In den Händen hielt er seine Post. Er sah die Briefe durch und fragte sich, ob das alles war oder ob vielleicht einer verloren gegangen war. Wie hätte er auch davon erfahren sollen, wenn dem so war? Briefe, die nicht bei ihm ankamen, konnte er schlecht vermissen. Es sei denn, jemand hätte ihn darauf angesprochen.

„Hey Henry, hast du meinen Brief bekommen?"

„Nein, welchen Brief?"

„Ich hatte dir einen geschickt."

„Hab ich anscheinend nicht erhalten."

„Ach komm, das ist doch eine Ausrede! Genau wie man behauptet, dass der Handyakku leer war, wenn man keine Lust hatte, jemanden zurückzurufen!"

„Nein, echt! Wenn ich es dir doch sage, ich hab den Brief nicht bekommen."

„Und das soll ich dir glauben?"

„Ja!"

„Na gut, dann will ich dir das mal abkaufen. Vielleicht war meine Reaktion auch ein bisschen übertrieben."

„Ein bisschen."

„Entschuldige bitte."

„Schon vergessen. Komm an meine Brust, du alter Rabauke."

Mit seinen imaginären Freunden stritt er sich am liebsten. Die waren immer so versöhnlich.

Henry bemerkte, dass er eine ganze Weile unbeweglich im Raum gestanden hatte, darum ließ er sich kurzerhand fallen, nur, falls jemand ihn unbemerkt beobachtete und sich wunderte. Sollte der ruhig glauben, dass er ohnmächtig geworden war. Langsam robbte er zu seinem Schreibtisch herüber. Darunter blieb er liegen.

Einen nach dem anderen öffnete er die Briefe. Unwichtiges Zeug. Der letzte Umschlag hingegen sah hochoffiziell aus. Er riss ihn ungeduldig auf, überflog ihn und sackte in sich zusammen.

Anscheinend hatte er seine Steuern ungenau gezahlt, und um die Schuld abzutragen, sollte er nun unter amtlicher Aufsicht für Vater Staat arbeiten. Das Finanzamt wollte den Privatdetektiv verstaatlichen.

Nicht mit ihm! Was sollte denn aus ihm werden? Ein Kommunaldetektiv? Ein öffentlicher Detektiv? Ein Staatsdetektiv? So weit würde er es nicht kommen lassen! Nicht, solange noch ein Tropfen Leben durch seine Adern floss und ein Funken Ehre in seinem Detektivherzen glomm. Wie hieß er denn? Hieß er Gerrit, oder was? Konnte er nicht pfeifen? Hatte er etwa Waschbecken in den Hosentaschen? Für wen hielten die ihn? Sah er in dem Kleid dick aus?

Nein!, dachte Henry. Garniemalsnienichtüberhauptsowasvonkeinechance! Wütend zerknüllte er den Brief, danach warf er ihn durch die Fensterscheibe. Er war eine stolze, unabhängige, starke Frau und würde sich von niemandem in sein Handwerk pfuschen lassen. Plötzlich klopfte es an das Milchglas seiner Bürotür.

„Nicht herein!“, rief er. Erst wurde die Klinke gedrückt, dann wieder losgelassen.

„Warum nicht?“ Es war Lady _. Das hörte er. Der Privatdetektiv konnte über 9000 Menschen an ihrer Stimme erkennen.

„Ich bin nicht da", antwortete Henry lapidar.

„Stimmt, du sitzt ja auch im Gefängnis", lachte sie und kam herein. Schwer atmete er aus. Was jetzt kam, würde nicht leicht werden – für sie beide.

„Tschüss", behauptete der Detektiv. Die Behauptung stellte sich als falsch heraus, denn Maria erwiderte sie mit einem Kopfschütteln und einem Hallo. Offenbar hatte er sich geirrt, dafür war direkt zu Anfang das Gesprächsthema gekommen.

„Henry, wo warst du? Ich hab die letzten vier Tage nichts von dir gehört. Anfangs dachte ich, du sitzt immer noch im Gefängnis, aber als ich da war, warst du schon weg. Wie bist du da überhaupt rausgekommen? Die haben gesagt, du wärst ausgebrochen! Kommissar Mosk war außer sich."

Bei dem Gedanken musste Henry kichern. In seinem Kopf tanzte ein zeternder, auf Rumpelstilzchengröße zusammengeschrumpfter Sarim vor seiner leeren Zelle auf und ab.

„Findest du das etwa lustig? Ich hab mir Sorgen gemacht!", sagte sie vorwurfsvoll, dabei verschränkte sie die Arme vor der Brust. Sie schauspielerte. Mittlerweile bemerkte er das, wenn sie es tat.

„Nee, ich hab nur an was Lustiges denken müssen", gnichelte der Detektiv und lächelte verschmitzt. Maria fixierte ihn.

„... Ach, ich kann dir nicht böse sein", lachte sie. „Aber erzähl mal: Wie bist du aus dem Gefängnis gekommen?"

„Ich hatte noch eine Du-kommst-aus-dem-Gefängnis-frei-Karte."

„Henry ..."

„Okay, ich bin mit einem Ninja befreundet, der hat mich rausgeholt", gestand Henry. Das war vielleicht für ihn ein bisschen unrühmlich, aber was wollte sie denn hören?

„Wieso glaub ich dir das jetzt nicht?“, sagte Lady _ und lächelte wieder dabei. Dem Privatdetektiv gefiel das zwar, doch das würde es insgesamt schwieriger machen.

„Ich hab ein Foto von uns, als wir im Phantasialand mit der Wildwasserbahn gefahren sind!“, rief er aufgeregt, dann kramte er in seinen Schubladen. Schließlich fand er die Fotografie und reichte sie Lady _. Das Polaroid zeigte Henry im Wagen eines wasserbezogenen Fahrgeschäftes. Der andere Sitzplatz neben ihm war leer.

„Er ist da neben mir“, erklärte der Detektiv, dabei patschte er auf das Bild.

„Da ist niemand“, stellte Lady _ fest. Sie gab es ihm zurück. Er nahm es an, legte es in die Schublade zurück und sagte: „Na, wenn man ihn sofort entdecken würde, dann wäre er ein sehr schlechter Ninja, oder?“ Das Foto lag in der Schublade im Dunkeln.

„Jaaa …“, machte Maria. Sie steckte sich eine Zigarette an. „Und?“, atmete sie Rauch aus. „Wo warst du die letzten vier Tage?“ Es klang nicht böse oder vorwurfsvoll. Sie schien tatsächlich interessiert zu sein. Henry überlegte.

„Die ersten drei Tage hab ich geschlafen, und gestern hab ich so ein bisschen herumermittelt, mal hier, mal da … das war’s eigentlich.“ Er wollte nicht mehr sagen, also ließ er es. Sie musste nicht alles wissen.

„Soso.“ Rauch stieg zur Decke auf.

„Aber ich hab auch nachgedacht …“, fügte der Privatdetektiv hinzu, verschränkte die Finger ineinander und lehnte sich über den Schreibtisch.

„Bei dir klingt das immer so lustig, wenn du das sagst.“

„He!“

„Ich necke dich doch bloß ein bisschen, Henry“, sagte sie, zwinkerte und streckte ihm die Zunge raus, aber nur leicht und ganz kurz, immerhin war sie eine Lady.

„Jedenfalls hab ich überlegt und bin zu dem Schluss gekommen, dass der Fall mehr Aufmerksamkeit von mir erfordert, als gedacht, und da ...", begann der Detektiv, wurde aber sofort von Maria unterbrochen.

„Da kann ich dir doch bei helfen."

„Ja, aber ich hab zurzeit schrecklich viel zu tun, äh, auch sonst und ..."

„Henry, du hast drei Tage durchgeschlafen und es sieht nicht so aus, als ob sich für dich dadurch irgendwelche Unannehmlichkeiten ergeben hätten", scherzte sie.

„Stimmt irgendwie ... weißt du, ich bin einfach noch nicht bereit für eine ernste ..."

Wieder unterbrach sie ihn: „Was heißt hier ernst? Wann sind wir beide denn jemals wirklich ernst? Ich finde das sogar ganz schön, dadurch wird alles so ... entspannt."

„Ja, da hast du ja recht, aber ich hab einfach das Gefühl, dass ich dir nicht geben kann, was du brauchst ..." Die Situation wurde irgendwie schwieriger, aber nicht auf die normale Weise, in der dies geschah.

„Was brauch ich denn? Ich hab doch alles ...", entgegnete sie und legte währenddessen den Kopf schief. Sie gab vor, ihn nicht zu verstehen.

„Es liegt ja gar nicht an dir ...", sagte Henry auf einmal. Schwenkte er eben um, wenn sie so tat, als wüsste sie nicht, worum es geht.

„Was denn?"

„Ich hab Probleme mit mir selbst und ich will nicht, dass du dich schlecht fühlst", gestand der Privatdetektiv. Er schaute besonders bedröppelt aus der Wäsche, um seinem Standpunkt Nachdruck zu verleihen. Es war nicht unbedingt die Wahrheit, denn von kleineren Ausbrüchen hin und wieder abgesehen, kam er eigentlich hervorragend mit sich aus ... oder?

„Also, um ehrlich zu sein, war mir das schon nach unserem ersten Gespräch klar, dass du ein paar Probleme mit dir herumträgst. Sagen wir mal so, du hast 'ne Menge guter Eigenschaften, die das aufwiegen." Lady _ zwinkerte ihm erneut zu.

„Aber du hast doch was Besseres verdient", insistierte Henry Frottey. Langsam wurde ihm das alles hier zu ungrau. Ging das nicht auch einfacher? Er bemerkte, wie Maria ernst wurde – wirklich ernst.

„Du hast keine Ahnung, was ich verdient habe und was nicht ... aber es geht ja nicht darum, was ich verdiene, sondern was ich will." Grauer Dunst stieg zum Lampenschirm auf, wo er wabernd seine Kreise zog. Bisher war auf jeden von Henrys Angriffen eine Parade gefolgt. Vielleicht wurde es Zeit, dass der Privatdetektiv den Degen aus der Hand legte und stattdessen den Vorschlaghammer bemühte.

Gequält langsam stand er auf, ging zum Fenster herüber, dann drehte er die Lamellen so, dass er hinaussehen konnte. Vor ihm erstreckten sich die erstaunliche Ruhe und die Friedfertigkeit dieses Tages, doch irgendetwas lauerte da draußen. Etwas, das er noch nicht ganz begriff. Etwas, das aber anscheinend eine riesige Gefahr für die Bürger von Schikargo darstellte. Diese Stadt brauchte ihn ... jetzt. Er musste was tun und das umgehend und ohne Ablenkung.

Wieso musste das alles ausgerechnet jetzt passieren? Er könnte einfach, während er sprach, weiter aus dem Fenster sehen, dann müsste er nicht sehen, wie sie reagierte. Das würde wohl das Schlimmste sein.

„Reiß dich zusammen und sei ein Mann, verdammt!", schalt ihn sofort eine innere Stimme für diese Überlegung.

Und so drehte Henry Frottey sich seufzend um und sagte dann: „Ich mache Schluss mit dir."

Lady Maria _ starrte ihn mit offenem Mund an. Erstaunlicherweise konnte er nicht bestimmen, ob es gespielt oder real war. Sie hatte das doch im Verlaufe des Gespräches kommen sehen müssen, oder hatte er sich mal wieder derart kryptisch ausgedrückt, dass man ihn nicht verstand? Oder konnte man unter dem ganzen Unsinn, den er manchmal redete, die ernsten Anliegen nicht mehr heraushören?

Derweil feierten in Lady _s Gesicht sämtliche Ausdrücke der Überraschung eine wilde Party. Sie hatten sogar ihre Cousins Schockierung und Entgeisterung eingeladen. Gegen Mitternacht kam Traurigkeit vorbei. Sie drängte sich sofort in den Mittelpunkt. Ganz am Ende tauchte plötzlich Zorn auf. Er war sehr betrunken, pöbelte rum und sprengte die Party. Maria sprang auf.

„Niemand macht einfach so mit Lady Maria _ Schluss!" Der Klang ihres stumm gebrüllten Nachnamens erfüllte negativ den Raum, doch damit war sie noch nicht fertig. Aufbrausend und ohne Pause fuhr sie fort: „Ich sage nein!"

„Wie? Du sagst nein?" Er verstand das nicht.

„Du sagst, du verlässt mich und ich sage dazu nein!" Der Privatdetektiv fiel aus allen Wolken. Er wusste bis heute gar nicht, dass das geht! Man kann nein zu Trennungen sagen! Das revolutionierte sein ganzes Beziehungsweltbild, obwohl es seiner momentanen Situation nicht förderlich war. Es brachte ihn kein Stück voran … oder doch? Wenn man nein zu einer Trennung sagen konnte, dann konnte man auch nein zum Nein zu einer Trennung sagen! Er musste es nur etwas geschickter verpacken als ein einfaches Nein.

„Du kannst nicht nein sagen, wenn ich mit dir Schluss mache! Das ist unlogisch!"

„Von dir werde ich mir gerade erzählen lassen, was logisch ist und was nicht!", brüllte sie. Der Privatdetektiv hatte ein Déjà-vu. Es war ziemlich anstrengend, mit jemandem Schluss zu machen, wenn der sich mit Händen und Füßen dagegen wehrte. Henry seufzte und wiederholte sich, ließ aber den letzten Satz weg.

„Natürlich kann ich das! Ich lasse es nicht zu, dass unsere Beziehung hier so endet!", konstatierte sie.

„Wie soll das denn gehen, wenn ich sage, ich bin nicht mehr mit dir zusammen?“, fragte der Privatdetektiv. Beziehungen waren ein Fall für sich, den er wohl nie ganz lösen können würde.

„Ich … ich …“, stammelte sie. Es war das erste Mal, dass er sie sprachlos sah.

„Ich weiche einfach nicht mehr von deiner Seite.“

Wer ist jetzt hier abwegig oder unlogisch, he?, dachte Henry, sagte aber: „Vielleicht ist es besser, wenn du jetzt gehst …“

„Hast du mir nicht zugehört? Ich geh nicht. Ich weiß nicht, wie ich diese Beziehung sonst retten soll“, erwiderte Lady _.

„Es kann keine Beziehung mehr geben“, sagte der Detektiv traurig.

„Nur, wenn ich es zulasse“, begehrte Maria dagegen auf. Eigentlich gefiel es ihm, wie sie kämpfte und nicht aufgab, obwohl die Situation mittlerweile äußerst absurd war. Er hatte jedoch keine Wahl, hier standen Menschenleben auf dem Spiel.

„Bitte geh“, beharrte er.

„Nein“, beharrte sie.

So würde es wohl ewig weitergehen, doch eine Idee ward erdacht. Henry hatte ja genau getan, was sie wollte: Er war ernst geworden und setzte sich weiterhin mit ihr auseinander. Wenn er da gegensteuern konnte, hatte er vielleicht eine Chance, das Gespräch zu beenden sowie sie dazu zu bewegen, sein Büro zu verlassen.

„Würdest du jetzt bitte gehen? Da kommt gerade ein wichtiger Anruf rein“, sagte der Privatdetektiv.

„Es hat noch nicht mal geklingelt!“, empörte sich Lady _. Das hatte es tatsächlich nicht. Sie starrte den Privatdetektiv böse und auch ein bisschen irritiert an, während dieser trotzdem den Hörer von der Gabel nahm und drauflos plapperte: „Detektei Henry Frottey.“ Seine Miene verzog sich zu einer leidenden Grimasse, nahm dann aber schnell wieder den ursprünglichen finsteren Ausdruck an und hellte sich dann sogar auf.

„Ahhh, wie geht es dir ... SHERLOCK HOLMES ... natürlich kann ich dir bei einem Fall helfen ... Nee, ich hab Zeit, SHERLOCK HOLMES."

„Das ist noch nicht vorbei!", brüllte sie noch, stürmte aus dem Raum und knallte die Tür hinter sich zu, dass die Milchglasscheibe klirrte. Henry blieb alleine in dem chaotischen Büro zurück.

Auf der Straße vor dem Haus blieb Lady Maria _ stehen. Bis auf einen einsamen Verkehrspylon war sie allein, doch den bemerkte sie gar nicht. Sie holte ihr Handy aus der Tasche und tippte fluchend eine SMS an ihren Auftraggeber. Als sie fertig war, stieg sie in ihren Wagen. Mit quietschenden Reifen raste der weiße Flitzer davon.

Aus dem spitzen Ende des Baustellenhütchens presste sich ein Kopf hervor: Kegel-Günther.

„Mann, Mann, Mann, das geht hier aber in letzter Zeit echt zur Sache", sagte er zu sich selbst, dabei schüttelte er den Kopf. Seit geraumer Zeit verfolgte er nun schon die Ereignisse als unbeteiligter Beobachter. Er hatte ein paarmal versucht, mit Henry Frottey Kontakt aufzunehmen, doch seit ihrem letzten Gespräch, während dem der Detektiv Richtung Jahrmarkt abgehauen war, hatte er ihn gar nicht wahrgenommen.

Skeptisch schaute Kegel-Günther in die Weltgeschichte. Jetzt, wo sich die allgemeine Lage weiter zuspitzte, würde Henry erst recht keine Muße haben, sich mit ihm auseinanderzusetzen. Dabei hätte die menschliche Baustellensicherung ihm einige interessante Dinge berichten können.

Wieso beachtete ihn Henry nicht? Klar, der Detektiv hatte viel zu tun, aber Kegel-Günther hätte ihm dabei doch helfen können. Er eignete sich besser als jeder andere für Observierungen, kannte sich aus in der Unterwelt und bekam so einiges mit. Warum nutzte der Detektiv das nicht?

Schließlich lag in Schikargo zur Zeit einiges im Argen. Da musste doch was getan werden! Zugegeben brannte es an mehr Ecken und Enden, als Polyeder Seiten haben, und Henry Frottey konnte ja auch nicht überall sein, aber trotzdem ...

„Vielleicht ... vielleicht sollte ich mich nicht darauf verlassen, dass ein Mann alles wieder ins Lot bringt."

Es arbeitete schwer in Günthers Gehirn, was sich deutlich in seiner Mimik widerspiegelte. Völlig neue Gedanken breiteten sich in ihm aus.

„Vielleicht ... muss ich selber meinen Teil dazu beitragen, um unsere Stadt zu retten", sagte er langsam. Und da machte es klick in seinem Kopf. Warum sollte er nicht selbst seine einmaligen Fähigkeiten nutzen? Er war schon ziemlich besonders. Ein guter Ausgangspunkt für die Verbrechensbekämpfung.

„Genau! Ich werde ein Superheld!"

Zufrieden mit seiner gedanklichen Arbeit stand er einfach so da und merkte gar nicht, dass er vergessen hatte, wieder den Kopf einzuziehen.

„Mami, guck mal da! Was ist das denn?" Zwei Frauen tauchten neben Kegel-Günther auf und beäugten ihn verwundert. Eine war im besten Alter, die andere hatte dieses überschritten.

„Ein menschlicher Kopf auf einem Verkehrshütchen? Ist das Kunst? Laura, fass das nicht an!", die Überschrittene hielt ihre Begleiterin zurück, die mit ausgestreckter Hand vorgetreten war, und fuhr fort, sich zu wundern.

„Wer macht so was? Sieht aber täuschend echt aus."

„Ich bin echt", sagte Kegel-Günther.

Die beiden Frauen schrien auf, dabei taten sie einen Hüpfer rückwärts. „Es spricht!", kreischte die Ältere. Günther fand, dass es Zeit war, sich aus dem Staub zu machen und aktiv zu werden. Der Verkehrspylon hob sich um einige Zentimeter an, darunter kamen seine Füßchen zum Vorschein.

„Kegel-Günther hinfort!“, rief er noch, dann trippelte er davon.

Henry Frottey hatte noch eine ganze Weile mit seinem alten Freund Mr. Sherlock Holmes gesprochen, nachdem Lady _ gegangen war. Als das Telefon dann aber tatsächlich klingelte, war er so durcheinander, dass er einfach aufgelegt hatte. Jetzt, eine gute Dreiviertelstunde später, lag der Privatdetektiv wieder unter dem Schreibtisch, mittlerweile hatte er sich jedoch dort eine Kissenburg gebaut, und es pochte schon wieder an seiner Tür.

„Das geht hier ja heute zu wie auf dem Postamt, als es noch kein Internet gab“, grummelte Henry. „Herein!“

Den Raum betrat Henrys Psychotherapeut, ein Mann Mitte dreißig namens Thaddäus el Schmuff, der für sein Alter bereits erstaunlich graue Haare hatte.

„Hallo, Henry“, sagte der heiter. „Ich hab vorhin angerufen, aber Sie sind nicht drangegangen, da dachte ich, ich komme mal vorbei, um nach dem Rechten zu seh'n.“

„Ja, ich glaub, das ist ganz gut. Setzen Sie sich doch. Ich hab's mir schon gemütlich gemacht“, erwiderte Henry.

„Danke ... Möchten Sie mir was erzählen, Henry?“

Er fragt nicht, warum ich unter dem Tisch liege. Er ist sehr gut, dachte der Privatdetektiv und entschied sich, zu schweigen. Eine kleine Weile verstrich stumm.

„Wenn Sie nichts sagen möchten, kann ich auch was erzähl'n“, bot der Diplom-Psychologe an, wobei er lässig mit den Schultern zuckte. „Heute morgen bin ich aufgewacht und fühlte mich viereckig. Ich hab mich noch nie viereckig gefühlt. Und da dachte ich: Bleibt das jetzt für immer so? Ich bin mir nicht sicher, ob mir das gefällt, denn ...“

„Ich hab da ein Problem“, unterbrach der unter dem Tisch Liegende.

„Niemand will die Geschichte des viereckigen Thaddäus hören ... Ein Problem? Sie meinen Ihre unkontrollierte Wut, wenn jemand Ihren Nachnamen ausspricht?“, fragte el Schmuff, wobei es eigentlich eher wie eine Feststellung klang.

„Ja, richtig“, entgegnete der Detektiv verblüfft. Prinzipiell war er dagegen, dass ihm ein Seelenarzt in den Kopf guckte. Er war sich nicht sicher, wovor er mehr Angst hatte, dass der herausfand, dass er verrückt war und Henry den Rest seines Lebens damit verbringen durfte, sich selbst in den Griff zu bekommen, oder dass er nichts fand und er ohne Erklärung für seinen Geisteszustand mit einer augenscheinlich normalen Psyche dastand. Im Moment tat es jedoch gut, mit jemandem über alles reden zu können.

„Wollen Sie unter dem Schreibtisch hervorkommen, damit wir uns besser unterhalten können, Henry?“, fragte der Therapeut, während er sich zu ihm herunterbeugte.

„Nein.“

„Na gut, dann nicht. Erzählen Sie mal, was bedrückt Sie daran?“

„Abgesehen davon, dass ich anscheinend gerade mit meiner Freundin Schluss gemacht habe ...“, hob Henry an, „... ärgert es mich mittlerweile total, dass es mich immer ärgert, wenn jemand meinen Nachnamen sagt. Das will ich schnellstmöglich loswerden. Was können Sie mir da empfehlen?“

„Na ja, wir könnten mit einer Therapie beginnen, aber sechs Monate bis ein Jahr wird das schon dauern, denke ich“, erklärte Thaddäus.

„So viel Zeit habe ich leider im Moment noch nicht. Ich bin da gerade an einem sehr großen Fall dran, der meine volle Konzentration verlangt, und da würde ich das gerne jetzt sofort abstellen.“

Schweigen erfüllte den Raum. Der Psychologe überlegte kurz und sagte dann langsam: „Na ja, ich könnte Ihnen etwas verschreiben, das Ihnen hilft, ausgeglichener zu sein.“

„Perfekt!“, klang es aus der Höhle.

„Henry, ich denke nicht, dass das der richtige Weg ist.“

„Mittelfristig vielleicht nicht, aber kurzfristig ist es die einzige Option“, insistierte der Privatdetektiv.

„Ich bin mir nicht …“, hob el Schmuff an, doch Henry Frottey unterbrach ihn sofort.

„Gib mir die Pille, du Arzt!“, brüllte er und rüttelte zur Bekräftigung seines Nichtargumentes an der Einrichtung.

„Na gut, dann verschreibe ich Ihnen Placeboforte 500, aber glücklich bin ich damit nicht und Sie müssen mir versprechen, dass wir bald mit der Therapie anfangen!“ Dem Psychologen war die Sache sichtlich ernst.

„Versprochen“, nuschelte Henry aus seiner Kissenburg hervor.

Thaddäus el Schmuff seufzte, dann kam ein Rezept in das Fort hineingeflattert.

„Möchten Sie jetzt vielleicht über die Sache mit Ihrer Freundin reden?“

„Nein.“

„Ihre Esssucht?“

„Nein.“

„Ihre anhaltenden Wahnvorstellungen?“

„Ich bin sehr glücklich mit meinen Wahnvorstellungen, vielen Dank. Bitte gehen Sie jetzt.“

„Na gut“, sagte der Therapeut. Er schien entrüstet, gekränkt und genervt zu sein, was jedoch kaum wahrnehmbar war. Ein echter Profi eben. Die Tür fiel hinter ihm mit einem beruhigenden Geräusch ins Schloss.

Er ist sehr gut, dachte Henry noch einmal, dann blieb er in seiner Kissenburg die ganze Nacht lang auf, trank zu viel Cola und schaute Filme, die nicht für ihn geeignet waren.

Kapitel 15: N – wie Nachttischschublade

„Jetz klopf nomma, Rüdi. Vielleicht hat der uns nur nich gehört."

Der Mann, der sich durch Rüdi angesprochen fühlte, bollerte mit seinem muskulösen rechten Arm gegen die Milchglasscheibe von Henry Frotteys Büro. Keine Reaktion.

„Hömma, isch hab dir gesacht, dat dat 'ne Wäscherei is und kein Detektiv, du oller Klappspaten."

Klappspaten setzte sein Bier ab und schaute grantig aus seinem Unterhemd heraus. Offensichtlich hatten ihn die Worte seines Kumpels gekränkt. „Sach du mich nich, wat dat is und wat dat nich is, dat lass ich mich von dich nich sagen. Dat hab ich nämlich inne Telefonbuch rausgesucht. Sach du den Rüdi ma lieber, der soll nomma klopfen, Beule."

„Rüdi, klopf nomma", sagte Beule. Rüdi klopfte. Keine Reaktion.

„Vielleicht is der nich da?", wunderte sich Klappspaten.

„Wie, nich da? Wo soll der denn sein?", fragte Beule zurück.

„Ja, nich da!", wiederholte Ersterer.

„Aber wo isser dann, wenn nich da?" Beule schien verwirrt.

„Gute Frage … wo isser, wenner nich da is?"

„Irgendwo musser ja sein."

„Vielleicht … aber da isser nich."

„Ja, aber er is ja auch nich ganz wech."

„Wie? Ich dachte, der is nich da?"

„Er is nich da, aber ganz wech isser auch nich."
„Kanner überhaupt da sein, wenner nich da is?"
„Er is ja nich nich da! Er is nur nich da!"
„Also wech?"
„JA!"
„Wo isser denn?"
„Nich da!"
„Du sachs mich, der is gar nich nich da!"
„Sach ich gar nich!"
„Dat hat Diskrepanz ...", schloss Klappspaten. Stille kehrte ein. Niemand wusste, was nun zu sagen war, geschweige denn, was gerade gesagt worden war. Eine ganze Weile geschah gar nichts. Sie standen einfach nur da. Völlig verwirrt.
„Wat hat eigentlich der SV gespielt?", fragte Klappspaten schließlich.
„3:2, glaub ich", erwiderte Beule, dabei machte er ein angestrengtes Gesicht, als müsste er sich an etwas erinnern, das aus seinem Gedächtnis entfernt wurde.
„Sach du mich nich, wat der SV gespielt hat. Dat lass ich mich nur von den Rüdi sagen", schnauzte Klappspaten seinen Kumpel an, dann wandte er sich an Rüdi. Ohne den Blick von der Tür zu nehmen, sagte dieser knapp: „3:2, weiß ich."
„Firma dankt. Siehs'e? Der Rüdi weiß sowat", feixte Klappspaten.
„Dat is genau dat, wat ich auch gesacht hab!", empörte sich Beule.
„Nee, du has mich gesacht: 3:2, *glaub ich*. Der Rüdi hat mich gesacht: 3:2, *weiß ich*. Dat is 'n eklatanten Unterschied."
„Isset nich. Ich sach 3:2. Er sacht 3:2."
„Isset wohl!"
„Isset nich!"
„Isset wohl! Dat is der Unterschied zwischen *glaub ich mich* und *weiß ich mich*. Dat hat Diskrepanz", erklärte

Klappspaten. Er sah Beule triumphierend an. Der schüttelte jedoch nur den Kopf.

„Ich werd mich nich mit dir auf 'ne erkenntnistheoretische Grundsatzdiskussion einlassen. Und guck jetzt nich wie so'n Auto! Gibbet nich! Fettich!"

„Is ja gut! Ker inne Kiste … Kein Niwo, der Mann … Sach den Rüdi ma lieber, der soll nomma klopfen", resignierte Klappspaten und hob beschwichtigend die Hände.

„Rüdi …", wollte Beule schon sagen, als sein Kumpel ihn unterbrach.

„Ruhich! Ich glaub, ich hab mich da wat gehört! …"

Mucksmäuschenstill standen die drei bulligen Männer da und horchten gespannt an der Milchglasscheibe auf das, wat … Jetzt fang ich auch schon damit an! … was Klappspaten da zu hören geglaubt hatte. Doch das Büro blieb still.

„Nix", stellte Beule entmutigt fest.

„Boah, wenn der Ker da drinne is un nich rauskommt, dann klopp ich mich … ähhh … klopp mich den einer … dann klopp ich allet kaputt!"

Mr. Doggei zog mit seinem Buttermesser gelangweilt Furchen durch seinen veganen Brotaufstrich. Der passionierte Rentner hatte angefangen, auf Fleisch zu verzichten, als das Geld zu knapp geworden war. Fleisch kaufte er, wenn überhaupt noch, nur für seinen Hund Ketchup.

Seiner monetären Notlage war auch sein Umzug geschuldet, der erst ein paar Tage zurücklag. Er hatte vorher in einem geräumigen, ebenerdigen Appartement am Stadtrand gelebt, was auch besser für Ketchup gewesen war. Jetzt waren sie mitten in Schikargo, was schlechter für Ketchup war. Die zwei wohnten zwar erst wenige Tage hier, doch litten bereits beide darunter. Während Ketchup langsam ertaubte und Arthritis bekam, quälten ihn sein Rheuma und das Treppensteigen.

Ihre neue Unterkunft lag im ersten Stock eines schmalen Hauses, welches im Erdgeschoss ein Detektivbüro beherbergte und, direkt neben Doggei, den dazugehörigen Betreiber. Obwohl gestern und vorgestern unterschiedlichste Herren nicht nur das Büro, sondern sogar dessen Wohnung betreten und verlassen hatten, hatte er den Ermittler selbst noch nicht gesehen. Dabei gehörte das Spähen durch den Türspion zu seinen Hauptbeschäftigungen.

Heimlich ließ der Rentner ein Stück Fleischwurst vom Esstisch fallen, doch er tat nur so, als ob es heimlich gewesen wäre. In Wahrheit fühlte er sich gerade ein bisschen einsam und hoffte, so seinen tierischen Freund anlocken zu können. Müde erhob sich Ketchup aus seinem Körbchen und schlurfte zu seinem Herrchen, dann fraß er die Wurst. Doggei streichelte ihn dabei.

Das arme Tier würde es nicht mehr lange machen, genau wie er selbst, das wusste er, aber es war ihm egal. Ohnehin prophezeite er seit dem Tag seiner Inrentierung, dass er innerhalb der nächsten drei Jahre sterben würde. Das lag nun siebzehn Jahre zurück. Seine Enkelkinder schockierte das jedes Mal, dann lachte er immer nur. Die würden noch verstehen, wie er das meinte, und besuchen könnten die ihn auch mal wieder!

„Wir zwei … wir leben schon zu lange, ne?“, scherzte Doggei bitter, während er Ketchup ein weiteres Stück Fleischwurst anreichte. Der Hund verschlang es mit einem Happs, sah sein Herrchen mit schiefem Kopf an und wollte damit sagen: „Wie bitte? Wer muss in die Wanne?“

Doch das verstand der Mensch nicht, so, wie Menschen nie verstehen. Sie bilden sich immer ein, sie würden mit ihrem vierbeinigen Freund bestens kommunizieren, und sind stolz wie Oskars sehr stolzer Cousin Stolzkar auf die Klugheit ihres Köters, wenn der seine ganzen Tricks nacheinander abspult, um zu prüfen, welcher davon ihm eine Belohnung einbringt. Um fair zu bleiben: Katzenliebhaber sind auch nicht besser. Die sind stolz darauf, dass ihr

Tier überhaupt keine Kunststücke lernen will. Die nennen das „Charakter". Von Menschen, die sich Vögel halten, will ich gar nicht erst anfangen! …

Doggeis Blick glitt durch den Raum. Dafür, dass dies der Schauplatz einer kleineren Explosion gewesen war, hatten die das ordentlich renoviert. Seine Augen wanderten weiter zu der Wand, die er sich mit seinem geheimnisvollen Nachbarn teilte. Von dort drangen seit Kurzem die sonderbarsten Geräusche an sein Ohr.

Ständig öffnete und schloss dieser Privatdetektiv seine Fenster, als ob er sich nicht entscheiden könnte, knallte die Tür, gut, das hatte nachgelassen, und schien nicht nur häufiger hitzige Diskussionen mit sich selbst zu führen, sondern außerdem nicht zu schlafen. Die ersten drei Tage war es noch totenstill gewesen, doch seit vorgestern schien dieser Kerl in Aufruhr. Jetzt schloss der gerade wieder die Wohnungstür. Obwohl es sanft passiert war, konnte Doggei es deutlich hören. Er hätte nur zu gern gewusst, was da los war.

Henry Frottey stieg, als Seemann verkleidet, die Treppe zu seinem Büro herunter. In Gedanken war er bei Lady _. Warum hatte er die Sache ausgerechnet gestern beendet, wo er doch heute ins Anwesen der Strums musste, um den Schubladenmord an Horatio Strum aufzuklären?

Schlechte Planung, dachte der Privatdetektiv. Wobei … welche Planung? Wäre wohl Zeit, damit anzufangen.

Das würde alles nur Zank und Zwietracht geben, wenn er auf Lady _ traf, weshalb er nur wenig Lust hatte, tatsächlich dort zu erscheinen, doch er war schon das letzte Mal zu spät gekommen. Heute hatte er zwar keinen Termin, aber trotzdem galt es, keine Zeit zu verlieren. Er musste das jetzt fertigkriegen. Weiter aufschieben war nicht, auch wenn er keinen Bock hatte und sich deutlich

Angenehmeres vorstellen konnte, als seine frisch Verexte zu besuchen.

Unten an der Treppe standen drei mächtige Schränke vor seinem Büro. Nur waren es keine echten Schränke, sondern Männer, die man nur bildhaft als solche bezeichnet hätte, weil sie viel Stauraum in ihren dicken Bäuchen boten. Das Trio war Mitte fünfzig, hoch und breit gewachsen, aber mit jeweils einem trainierten Arm, jeder hatte eine Bierdose in der Hand. Das roch nach Kegelklub.

„Moin", plattdeutschelte er und wollte sich an ihnen vorbeischieben, als einer der Kerle ihn aufhielt. Er hatte diese Frisur, die man wohl als umgedrehten Undercut beschreiben würde, die zur Zeit modern bei älteren Herren war.

„Samma, Ker, kenns du den Detektiv hier?" Er zeigte auf die Milchglasscheibe und hob an, weiterzusprechen: „Diesen Henry Fr..."

Der Privatdetektivseemann unterbrach ihn sofort: „Näi. Tschöss." Dann war er auch schon zur Tür hinaus.

„War dat eben 'ne Matrone?", fragte Klappspaten.

„Nee, wat du meins, is 'n Matrosen", korrigierte Beule.

„Sach du mich nich, wat ich mein un wat nich, Beule! Ich weiß dat nämlich, wat ich mein!"

„Geht dat wieder los ... Rüdi, klopf nomma. Vielleicht hat der uns nur nich gehört."

Rüdi klopfte. Keine Reaktion. Der Kegelklub „Kegelkumpels Rottstraße 04" war in einer Endlosschleife gefangen.

Auf der Straße fragte sich Henry, was die wohl von ihm wollten. Er würde es nie erfahren. Gut, er hätte auch einfach umdrehen und die Leute fragen können, aber schließlich musste er zügig zum Anwesen der Strums, um die Sache endlich hinter sich zu bringen. Energisch schritt er die Straße entlang zum Bus. Plötzlich kam ihm ein Gedanke. Er könnte auch eigentlich bei den Docks vorbeischauen. Am Hafen gab es immer Spannendes zu ermitteln.

Bedauerlicherweise lag dieser genau in der entgegengesetzten Richtung. Doch er konnte jetzt nicht einfach wieder umdrehen. Was, wenn ihn jemand zufällig beobachtete? Also tastete der Privatdetektiv demonstrativ seine Taschen ab, ganz so, als ob er etwas vergessen hätte, fluchte kurz und kehrte dann um.

Seltsamer Mensch, dieser Henry Frottey. Interessiert doch niemanden, ob der unvermittelt auf dem Absatz kehrt macht oder dieses unnötige Schauspiel aufführt. Für ihn war da wohl ein Unterschied.

Lachend turnten die Kinder des Sarim Mosk durch sein Wohnzimmer. Papa war da. Allein das war Grund genug für ein bisschen Eskalation. Der Kommissar freute sich über das Schauspiel. Endlich mal Chaos ohne Leichen, Elefanten in Toilettenkabinen und dergleichen.

Aus dem Nichts saß auf einmal sein Sohn auf Sarims Knien. Er ächzte kurz und sagte: „Mensch, ihr werdet auch immer schneller immer größer, oder?“, dann lachte auch er.

„Ich kann mich noch erinnern, da wart ihr so klein“, fügte der Familienvater hinzu, dabei zeigte er mit der Hand eine beliebige kleine Größe.

„Das liegt daran, dass du sie das letzte Mal richtig angesehen hast, als sie so klein waren.“ Im Türrahmen stand seine Frau: Nasmiri Mosk.

Er seufzte. „Geht bitte mal in euer Zimmer, Kinder.“

Sofort schlug die komplette Atmosphäre im Raum um. Die kleinen Moske waren urplötzlich still, nahmen sich bei der Hand und verschwanden. Sarim saß weiter auf der Couch. Ruhig harrte er der Dinge, die da kommen mochten.

„Sarim.“ Sie machte eine Pause. „Glaubst du wirklich, du kannst alles wieder gutmachen, indem du ein paarmal eher von der Arbeit nach Hause kommst?“

Er stand auf. Es ging wieder los. Langsam ging er zum Kleiderständer herüber. Nasmiri ließ ihn passieren, die Arme in die Seiten gestemmt. Die schöne Inderin war eine sehr leidenschaftliche Frau. Ihr Temperament kochte schnell hoch und benötigte auch einige Stunden, um sich wieder zu beruhigen. Die Zeit konnte er sinnvoll nutzen.

„Wo gehst du hin?", fragte sie scharf, während er seine Jacke überstreifte.

„Einen Verrückten einfangen", antwortete er knapp.

„Warum, Sarim? Warum?"

Bestimmt drückte er die Klinke, hielt dann aber doch noch kurz inne.

„Weil ich anscheinend der Einzige bin, dem es nicht egal ist, ob diese Stadt vor die Hunde geht oder nicht." Mit einem mächtigen Knall zog er hinter sich zu.

Er hatte recht, jedoch ihre Frage falsch verstanden.

Es hatte sich auf jeden Fall gelohnt, bei den Docks vorbeizuschauen. So als Seemann getarnt fiel er hier gar nicht auf. Unerkannt schlenderte der Unbekannte von Pier zu Pier und beobachtete. Erst am hintersten Kai jedoch, wo traditionsgemäß die zwielichtigsten Geschäfte stattfanden, wurde er fündig.

In sicherer Entfernung blieb der Privatdetektiv stehen, um aus den Schatten heraus die Gangster bei ihrer Arbeit zu beobachten. Es war zwar helllichter Tag, doch hier am Hafen war es irgendwie immer dunkel, oder so, als würde es plötzlich Nacht werden, solange man dort war, und danach liefe die Zeit normal weiter.

Da geschah definitiv was Halbseidenes! Auf dem Steg standen zwei Gestalten, tauschten Papiere und redeten über irgendwas. Er konnte es nicht ganz verstehen. Sie flüsterten und er war zu weit weg. Wenn er sich weiter durch die Schatten bewegte und vorsichtig schlich, würden die ihn bestimmt nicht bemerken. Er wollte sich gerade in Bewegung setzen, als plötzlich …

„Pssst", machte es in der Dunkelheit hinter ihm. Konnte er nicht mal zwei Minuten in Ruhe jemanden bespitzeln, ohne dass er direkt abgelenkt wurde? Er versuchte doch, seine Arbeit zu machen. War es da zu viel verlangt, in Ruhe gelassen zu werden? Ständig passierte immer irgendwo etwas ... die ganze Zeit! Jede einzelne verdammte Sekunde ist gefüllt mit Ereignissen. Da musste man sich doch auf irgendwas konzentrieren, um nicht komplett verrückt zu werden. Ehrlich mal jetzt. Woher sollte er denn wissen, ob es das Richtige war? Irgendwo musste er ja anfangen.

„Wer ist da?", flüsterte Henry entnervt in die Finsternis.

„Watashiwa Hattori Hanzo desu. Hast du einen Auftrag für mich, Henry-San?" Es war der Ninja, der in den Diensten des Privatdetektivs stand, dafür sprach auch der Umstand, dass er niemanden erspähen konnte, nicht mal Umrisse, und doch schien die Stimme genau vor ihm zu sein. Hattori war ein Meister seines Fachs, darum verzieh Henry ihm die unförmliche Anrede.

„Hab ich. Komm heute Abend zu dieser Adresse, dann müsste ich ein weiteres Paket in den Knast für dich haben." Er streckte einen Zettel in die Dunkelheit vor sich.

„Hai", sagte der Ninja. Das Stück Papier verschwand aus Henrys Hand, dann kam ein Windstoß auf und alles war wieder still. Totenstill, bis auf die flüsternden Gestalten auf dem Steg natürlich.

Ninjas, dachte Henry und schaute bedröppelt drein. Immer so theatralisch, aber auch immer so cool. Er sah auf die Uhr, aber es war zu dunkel. Vermutete er eben, dass es schon ziemlich spät am Tag war und er sich beeilen musste, um zur Strum-Villa zu kommen. Henry zögerte. Für ein kleines Eis im Café Venezia würde noch Zeit sein. Der entspannteste Stress ist eben der, den man sich selbst ausdenkt.

„Tschüss, Kai", sagte der Privatdetektiv im Gehen.

„Tschüss, Henry“, antwortete der Kai. Er hing da so rum und beobachtete den Hafen. Niemand bemerkte Kai wirklich, weil er immer da war, aber nur selten einen Laut von sich gab. Vielleicht mochte er einfach bloß Schiffe? Niemand wusste es, denn niemand hatte ihn gefragt.

Früher gab es so einen Kai an jedem Hafen, der nichts tat, als auf das Wasser zu starren, deswegen heißt es heute „Kai“.

Kuchengott Hassmilch tanzte durch die nachmittäglichen Straßen. Überall tummelten sich alte Menschen und gingen den verschiedensten Tätigkeiten nach.

„Ist heute verkaufsoffener Sonntag?“, lachte der ehemalige Wutbürger, während er durch die Masse von weißen Schöpfen trippelte. Er war auf der Suche nach seinem alten Freund Horst Schlabunski, weil er an diesem Morgen mit dem Wunsch nach Geselligkeit aufgewacht war. Auch das war neu für ihn, also ging er dem umgehend nach.

Er hatte eine lange Weile suchen müssen, doch jetzt stand er endlich vor dem Tipi des Indianerstamms. Schüchtern klopfte Hassmilch an.

„Tretet ein!“, schallte es würdevoll von drinnen.

Als er das Zelt betrat, stellte er fest, dass es von innen einen ganz anderen Eindruck machte als von außen. War es für die Umwelt eindeutig als Tipi zu erkennen, so war die Inneneinrichtung unverkennbar mittelalterlich.

„Kuchengott, mein Getreuer! Ist er wohlauf?“ Horst schepperte auf ihn zu. Sein rosiges Gesicht quoll oben aus einer Ritterrüstung heraus. Der Exwutbürger war verwirrt.

„Aber, Horst … ich dachte … hä?“

„Ja, das Ordnungsamt hat uns die Indianerlizenz entzogen, aber schau mal, wir sind jetzt Ritter. Das ist doch auch was.“ Der ehemalige Häuptling breitete die Arme aus und drehte sich demonstrativ im Kreis.

„Aber … das Zelt? … Ich … hä?“, stammelte Kuchengott.

„Ach so, das Zelt!“, lachte Ritter Horst Schlabunski. „Nachdem wir den ganzen Ritterkrempel beisammen hatten, war dafür leider kein Geld mehr, ha!“ Der Zeltgast verstand immer noch nur Bahnhof. Er schien völlig desorientiert zu sein, als würde sein Gehirn gerade einige Synapsen neu verknüpfen.

„Aber … dein Traum, Horst … Oh Gott, Horst, dein Traum!“ Kuchengott Hassmilch brach in Tränen aus. Er war todtraurig und das gefiel ihm gar nicht. Traurig sein war scheiße. „Horst, du musstest deinen Traum aufgeben! Das ist so traurig!“

„Ach, dafür hab ich ja jetzt was Neues.“ Stolz klopfte er auf seinen Harnisch.

„Wie … wie …“, schluchzte Hassmilch. „Wie kannst du da einfach so drüber hinweggehen? Erst machst du mich traurig und jetzt fühle ich mich … enttäuscht. Ich will mich nicht so fühlen! Lass das!“

Obwohl Kuchengott flennte wie ein Wasserfall, begann er, auf den Mann in der Konservendose einzuprügeln. Das Blech verbeulte schnell unter seinen mächtigen Schlägen, was dazu führte, dass Horst Schlabunski langsam die Luft abgeschnitten wurde.

„Ich will nicht traurig und enttäuscht sein! Wie kannst du es wagen, mich so fühlen zu lassen, du Unmensch!“ Hieb um Hieb ging auf den fassungslosen Ritter nieder.

Und wie immer, wenn irgendwo ein Ritter zu Boden geht, erhob sich an anderer Stelle ein neuer …

„Lasset mich ein oder sterbt durch mein Schwert!“, brüllte Henry, als ihm das Portal des Herrenhauses geöffnet wurde. In Erinnerung an seinen ersten Besuch hatte er wieder die Taktik des zornigen Ritters gewählt, auch wenn ihm selbst nicht ganz klar war, warum überhaupt, außerdem war er spät dran. Er war unterwegs noch bei

Jupiter Markt gewesen, um sich Elektroartikel anzugucken und alle Rasierer sowie die elektrischen Zahnbürsten gleichzeitig einzuschalten. Die geballte Vibration hatte eine Resonanzkatastrophe ausgelöst, was zum Einsturz des Gebäudes geführt hatte. Huppsi.

„Die Herrschaften erwarten Sie bereits“, sagte der Diener höflich und verbeugte sich sogar. Der Privatdetektiv wunderte sich. Er hasste diesen Johann auf einmal nicht mehr ganz so sehr. Was ein respektvoller Umgang alles ausmachen kann.

Im Empfangssaal traf er auf Lady _ und den alten Strum, der gramgebeugt in seinem Sessel saß und sogar noch älter wirkte als beim letzten Mal, auch Lady _ schien eine schlaflose Nacht hinter sich zu haben. Auf dem kleinen Beistelltisch zwischen ihnen stand eine Auswahl an Naschereien, auch seine Lieblingssüßigkeit Katzenzungen war dabei.

Er wollte schon vorpreschen, um sie sich zu sichern, da sagte Maria: „Guten Tag, Herr Frottey“, und grinste ihn dabei bösartig an. Henry griff langsam in die Tasche, holte eine Tablette Placeboforte 500 heraus und schluckte sie.

„Guten Tag, Lady _“, sagte er dann. Sie schaute verwirrt drein. Anscheinend hatte ihr Plan, ihn zu provozieren, nicht ganz so geklappt, wie sie das gehofft hatte. „Herr Strum“, fügte der Detektiv mit einem Nicken in dessen Richtung hinzu.

„Darf ich Ihnen etwas Süßes anbieten, *Herr Frottey*?“, überbetonte sie seinen Nachnamen, während sie auf das Zuckerarrangement wies.

„Nein, danke. Ich hab meine eigenen.“ Er wedelte mit dem Blister und nahm noch eine Tablette.

„Na, dann nicht“, sagte sie schnippisch.

„Würdet ihr jetzt mit euren Kindereien aufhören?“, mischte sich Adalber Strum in das Gespräch ein. „Ist ja nicht zum Aushalten! Sie, Privatdetektiv! Wofür hab ich Sie eigentlich bezahlt?“

„Gut, kommen wir direkt zur Sache“, sagte Henry gelassen. „Ich habe Grund zu der Annahme, dass Sie mir Informationen vorenthalten, Herr Strum.“

Ein super Satz. De facto hatte er das nicht. Er sagte das nur, manchmal wurden die Leute nervös und erzählten dann freiwillig, was sie eigentlich nicht erzählen wollten.

„Das tue ich nicht!“, polterte der Alte ungehalten.

„Tun Sie doch!“

„Tu ich nicht!“

„Tun Sie doch! … Danke, das genügt“, sagte der Privatdetektiv, nachdem er auf die Stopp-Taste seines Aufnahmegerätes gedrückt hatte. Die anderen sahen ihn verwirrt an. Seelenruhig drückte Henry auf die Play-Taste. „Tu ich nicht! – Tun Sie doch!“ erklang in Endlosschleife.

„Lady _, würden Sie uns kurz allein lassen?“, bat er. Sie gab ein entnervtes Geräusch von sich, dann wanderte ihr Blick auf Adalber. Der nickte nur. Sie verschwand. Krachend fiel die schwere Tür ins Schloss.

„Nun können wir reden.“

„Gut, ich vertrau ihr eh nicht. Mein Sohn ist seit Tagen unter der Erde und sie wohnt immer noch hier. Das kann doch nicht sein“, beschwerte sich der Hausherr gegen das Getöse aus Henrys Gerät.

„Als wir uns das letzte Mal unterhalten haben, schien Ihnen der Tod Ihres Sohnes nicht sonderlich nahe zu gehen. Lady Maria _ berichtete da etwas Ähnliches. Hat sie mich angelogen? Ich glaube nämlich, dass sie mich angelogen hat.“

„Es gibt nichts, was ich tun konnte“, sagte Adalber bitter. Er wandte sich ab.

„Wogegen?“, hakte Henry nach.

Der Industriemagnat Adalber Strum stand auf und ging zu einem antiken Globus herüber. Er öffnete ihn, zum Vorschein kam eine Minibar. Mit einem Seufzer schenkte er sich einen Whiskey ein, der vermutlich älter war als Henry, dann trank er.

„Lassen Sie mich von vorne erzählen." Im Schneidersitz machte es sich der Privatdetektiv daraufhin auf dem Teppich gemütlich. Die Ellenbogen auf die Knie und das Kinn auf die Hände gestützt, hörte er zu.

„Vor geraumer Zeit schnellte der Umsatz für Socken der Strumbert Textil GmbH in die Höhe. Ein Umstand, der mich anfangs noch sehr erfreut hat. Doch ehe ich mich versah, war ein großer Teil der Aktien meines Unternehmens in der Hand einer Firma, von der ich zuvor noch nie gehört hatte. Eine Aktiengesellschaft namens Drake & Mallard Investment Corporation. Zuerst habe ich keinen Verdacht geschöpft, doch als sie ihren Sitz im Aufsichtsrat dafür missbrauchten, Druck auf mich auszuüben, ich solle die Sockenproduktion vergrößern, da begann ich, Lunte zu riechen. Selbstverständlich ließ ich mich nicht einschüchtern, außerdem halte ich unangefochten die Aktienmehrheit, doch ich setzte einige meiner persönlichen Assistenten auf die Sache an. Sie sollten das Unternehmen mal überprüfen.

Dabei kam heraus, dass Drake & Mallard äußerst ungewöhnlich aufgestellt sind, was ihre Anteilseignungen angeht. Medizinische Unternehmen – Sanitätshäuser allen voran – private Krankenhäuser, Produktionsfirmen für Werbesendungen, Rüstungsunternehmen, die hingen überall mit drin und überall hatten sie auch wenigstens halbkriminelle Verhaltensweisen an den Tag gelegt.

Ich konnte mir denken, was da passierte. Stück für Stück übernahm Drake & Mallard auch lokale Unternehmen und damit schlussendlich die Stadt. Die Schande ist ja, dass so was in Schikargo niemanden mehr alarmiert. Aber nicht mit mir. Nicht mit Adalber Strum!

Schweren Herzens beschloss ich, die Sockenproduktion komplett einzustellen und durch irgendwas Anderes zu ersetzen, um diesen Schurken Paroli zu bieten … was war das noch?"

„Käse“, half Henry nach. Der Alte nahm noch einen Schluck Whiskey und fuhr fort: „Ja … richtig … Jedenfalls, Sie hätten mal den Vertreter von denen sehen sollen, der ist fuchsteufelswild geworden. Anscheinend hatte ich einen wunden Punkt getroffen. Drake & Mallard versuchten daraufhin, mich regelrecht zu erpressen. Sie stellten mir Ultimaten und drohten, mich in den Ruin zu treiben. Sehe ich aus wie ein Mann, dem man drohen sollte?“

In einer Geste der Unbesiegbarkeit breitete er die Arme aus und deutete damit auf all das um sie herum. Bei einem derart unermesslichen Reichtum gab es vermutlich nichts, was Adalber nicht bewerkstelligt bekommen hätte.

„Nein! Man droht Adalber Strum nicht! Ich hab so viel Geld und es gibt nichts, was man mit Geld nicht kaufen könnte. Ich kann *alles*, was ich will. Ich kann Staaten von der Landkarte tilgen lassen, wenn ich will, und ungestraft davonkommen!

Ich kann Gott das Licht abkaufen, wenn ich will. Jede einzelne verdammte elektromagnetische Frequenz! Und immer, wenn Sie dann irgendetwas angucken, verdiene ich noch mehr Geld. Sollten Sie sich fragen, wie das geht, dann verdiene ich schon wieder Geld, denn ich kann auch die Verwirrung kaufen!

Wenn ich einen schlechten Tag hab, kaufe ich mir Kinderlachen und hau es mit einem Hammer kaputt! Und das ist nicht irgendein Hammer, das können Sie mir glauben! Ich hab das Bernsteinzimmer! Ich benutze es, um darin einen einzelnen versteinerten Hundehaufen aufzubewahren, weil es mir egal ist! Ich habe Verwalter, die die Verwalter verwalten, die Gebäude verwalten, in welchen die Verwalter sitzen, die meine Konten verwalten!

Ich bin so abartig und widerlich reich, dass einem wie Ihnen übel davon wird!“, schloss der Greis und leerte seinen Drink. Henry wurde übel. Der Mann war in seinem Reichtum wie ein Autounfall. Man wollte nicht mit ihm tauschen, man konnte aber auch nicht wegsehen.

„Man droht mir nicht! Und als Drake & Mallard das begriffen hatten, hatte ich ganz schnell die da im Haus." Er wies auf die verschlossene Tür, durch die Lady _ verschwunden war.

„Gut, ein temporärer Zusammenhang impliziert jetzt noch lange keinen kausalen", intervenierte Henry brüskiert, dann fragte er sich, woher er diese Wörter kannte.

„Wozu eindeutig ein kausaler Zusammenhang besteht, sind die Morddrohungen gegen meinen Sohn, die ich daraufhin erhielt. *Mehr Socken oder weniger Sohn* hieß es da zum Beispiel. Die wirtschaftliche Ebene hatte nicht funktioniert, also versuchten sie die emotionale. Sie nannten es ‚unsere kleine Vereinbarung' und die letzte Drohung haben Sie ja selbst gesehen."

„Ja, Lady _ kam damit in mein Büro."

„Richtig, richtig." Adalber schenkte sich Whiskey nach, sah dann auf das gefüllte Glas, zuckte mit den Schultern und zerschmiss es an der Wand. Er trank aus der Flasche. Inzwischen fragte Henry sich, warum er eigentlich keinen Whiskey angeboten bekam.

„Auf einmal stand ich vor der schwierigsten Entscheidung meines Lebens. Meinen Sohn retten oder die ganze Stadt diesen Ganoven überlassen. Ich habe meine Wahl getroffen."

Er nahm einen gewaltigen Zug aus der Flasche und sackte im Sessel zusammen. Seine Rede schien zu Ende zu sein. Das war eine ganze Menge gewesen, worüber der Henry erst mal nachdenken musste. Langsam setzte sich das große Puzzle zusammen, doch das Bild, das sich da andeutete, gefiel ihm gar nicht.

Eine Frage lag genau vor ihm, die ihm der überbetuchte Alte anscheinend nicht beantworten konnte. Wer hatte Horatio Strum getötet? Er wusste wie und nun auch warum, aber der Nominativ war weiterhin unklar. Vielleicht hatte er auch hier nicht weit genug gedacht. Das war die einzige Schwachstelle an seiner Ermittlungsmethode.

Streng genommen konnte er nie genau sagen, wann sein Schlussfolgerungsgedankenstrang abgeschlossen war. Mittlerweile hatte er zwar ein Gefühl dafür entwickelt, doch in diesem Fall war die Wahrheit einfach zu vielschichtig.

Der Privatdetektiv dachte scharf nach und kombinierte, wobei er leise vor sich hinmurmelte:

»Nachttischschublade reimt sich auf „Macht nichts, Flugmade." ... Flugmaden kommen aus Brasilien und sind ein ernstes Problem ... Amtssprache ... Portugiesisch ... portugiesische Form von ernst ist „Ernesto" ... in Brasilien gibt es auch den Karneval ... viel Alkohol ... jajaja ... Hopfen ... zählt zu den Hanfgewächsen ... also Hanfseil ... Strangulation ... Potzdonner, die Würgemale! Jetzt weiß ich wieder, wo ich die schon mal gesehen habe! ... Herr Strum ...«

Der Privatdetektiv wandte sich an den Hausherren, der ihn während seiner Deduktion nur skeptisch und betrunken angeglotzt hatte.

„Es tut mir leid, Ihnen mitteilen zu müssen, dass Ihr Sohn Horatio Strum von Ernesto von Etepetete erwürgt und in die Schublade gefaltet wurde."

„Der bekannte Lackaffenwürger von Bottrop?", fragte der Alte zurück. „Ja, worauf warten Sie noch?! Fangen Sie ihn ein!" Sofort sprang Henry Frottey auf und rannte ein bisschen im Kreis wie ein Hund, der seinem Schwanz nachjagt, weil er nicht wusste, wo er zuerst suchen sollte.

„Ausgezeichnet", sagte da auf einmal Johann, dabei applaudierte er spöttisch. Als er fertiggeklatscht hatte, griff er sich ohne Erklärung an den Hals und zog sich eine Gummimaske vom Kopf. Der Butler war gar kein echter Johann! Er trug nur ein Johanngesicht! Unter dem Latex kam der eben erwähnte Ernesto von Etepetete zum Vorschein.

Der Lackaffenwürger von Bottrop war ein Gentlemanschurke, der sich seinen Namen dadurch verdient hatte, dass er in Bottrop einige sehr reiche egomanische Vollidioten stranguliert hatte. Als das Pflaster dort jedoch zu heiß wurde, war er untergetaucht. Ernesto hielt nicht viel von Gewalt, von seinem Drang zum Würgen mal abgesehen. Er gab sich lieber kultiviert, setzte auf Manieren und entwischte der Polizei immer wieder.

„Ausgezeichnet", wiederholte von Etepetete. „Du bist mir auf die Schliche gekommen, bist du nicht, Henry Frottey?"

Der Privatdetektiv schluckte eine Tablette.

„Deswegen bin ich hier", entgegnete Henry. Das war zur Abwechslung sogar die Wahrheit.

„Fein, fein, fein. Die weitere Abendplanung erlaubt es mir, dir eine Information preiszugeben, nur eine, danach wirst du mich fesseln und ins Gefängnis bringen lassen, wo ich nicht zu verweilen gedenke. Fürs Erste jedoch ist der Ablauf der Gestalt, wie es durch den Gentlemanverbrecher-Ehrenkodex vorgeschrieben ist."

„Okay ...", sagte Henry langsam. Ihm war noch nicht ganz klar, worauf das hinauslaufen würde. War das eine Falle oder wirklich so einfach?

„Wir sind doch zivilisierte Menschen, also können wir auf Gewalt von vorneherein verzichten, können wir nicht?", fragte Ernesto. Gemessenen Schrittes flanierte er auf dem teuren Teppich auf und ab.

„Wenn du kooperierst."

„In der Tat, in der Tat, mein Lieber. Wohlan denn, wie du sicher weißt, bin ich nur eine weitere Figur in diesem Schauspiel und, auch wenn es meinen Stolz etwas kränkt, nicht die graue Eminenz im Hintergrund ..."

„Spätestens jetzt weiß ich es", ging Henry dazwischen und lächelte schelmisch.

„Ach, mein Lieber, du bist ganz schön ausgefuchst, bist du nicht? Mag man gar nicht glauben. Versuchst mich bloßzustellen, indem du so tust, als ob du mir mehr als eine Information aus dem Kreuz leiertest ... Gleichwohl habe ich von meinem Auftraggeber nur einen Hinweis für dich. Es ist ein einzelnes Wort: Vergreisungsstrahler."

„Was soll das denn sein?", wunderte sich Henry. „Habt ihr damit die Leute totgealtert?"

„Mehr kann und werde ich dir nicht sagen. Auch das gebietet der Kodex", sagte von Etepetete sanft. Nun war es an ihm, zu lächeln.

„Dann fessel ich dich jetzt?", fragte der Detektiv und zog ein Seil aus seinem Trenchcoat.

„Ich bitte darum", sagte Ernesto höflich. Henry tat es. Als er fertig verschnürt war, schaute der Ermittler ihn erwartungsvoll an.

„Gestattest du mir einen kurzen Schlussdialog, Henry? Tust du?"

„Okay, du warst so entgegenkommend, da können wir gerne was machen", antwortete der Privatdetektiv und zuckte mit den Schultern.

„Zu gütig von dir. Das Skript befindet sich in meiner Westentasche. Es ist wirklich ausgesprochen kurz, schließlich möchte ich auch nicht zur Last fallen, und doch gestattet es mir einen würdigen Abgang."

Gespannt kramte er in den Taschen des Bösewichts, dabei förderte er ein einzelnes Karteikärtchen mit seinem Namen darauf zu Tage. Er las es vor.

„‚So bringe nun ich, der Privatdetektiv Henry Frottey, dich, Ernesto von Etepetete, ins Gefängnis' ... Das mach ich gar nicht selber", unterbrach er das kurze Theaterstück und schluckte dann eine Tablette.

„Lies es einfach nur vor, wärst du so freundlich?", entgegnete der Schurke.

„Na gut … ‚So bringe nun ich, der Privatdetektiv Henry Frottey, dich, Ernesto von Etepetete, ins Gefängnis. Hossa.'"

„Gefängnismauern werden mich nicht aufhalten können, denn wo immer ein Ferrari drei Parkplätze belegt, wo immer ein Mann Mitte fünfzig eine Affäre mit einer Zwanzigjährigen hat, wo immer ein Banker Kokain nimmt, da werde ich sein, um zu strangulieren. Ich, Ernesto von Etepetete, der Lackaffenwürger von Bottrop."

Der Vorhang fiel.

An dem Abend saßen zwei Gefangene in Henry Frotteys ehemaliger Zelle.

Kapitel 16: Der Haken der verzögerten Erlösung

Schrill klingelte Henrys Wecker. Tastend suchte seine Hand den Knopf, welcher den nervigen Ton zum Schweigen brachte, dann versuchte er, die Augenlider aufzuschlagen. Sie waren verklebt. Nur mit für das Aufschlagen von Augenlidern verhältnismäßig großer Mühe gelang es ihm doch.

Die digitale Anzeige präsentierte ihm eine gottlose Zahl. 06:66 – oder auch 07:06 – ganz egal, jedenfalls eine menschenunwürdige Zeit zum Aufstehen. Kurzerhand entschied der Privatdetektiv, heute nicht zu existieren, da er neulich erst zweimal existiert hatte, und ließ es bleiben.

Messer-Ricardo schlief zwischen Müllsäcken in irgendeiner Gasse. Er hatte zwar keinen digitalen Wecker, wurde aber auch elektrisch geweckt ... durch einen Taser der Polizei. Manchmal, wenn ihnen ob ihrer Warterei auf Bestechungsgelder langweilig wurde, machten sie sich einen Spaß daraus, arme Schlucker zu quälen.

„Aufwachen, Polizei!", rief einer. Sie waren insgesamt zu sechst, weil sie so mutig waren. Gleich würde die Jagd beginnen, der sie entgegenfieberten. Womit sie nicht gerechnet hatten, war, dass, nachdem die Muskelkrämpfe aufgehört hatten, Messer-Ricardo seelenruhig aufstand, sich den Staub von der löchrigen Kleidung klopfte und sagte: „Bitte lassen Sie das bleiben."

Irgendwas schien der Stromschlag in ihm verändert zu haben. Ihm war, als hätte sein Gehirn Starthilfe gebraucht und würde nun rund laufen. In seinen Augen leuchtete ein verständiges Blitzen.

„Was?“, fragte ein anderer Polizist. „Das hier?“ Ein weiterer Schock fuhr durch Ricardos Körper und lähmte ihn.

Nachdem er wieder auf die Beine gekommen war, ging er einen Schritt auf die Uniformierten zu. Wahnsinn stand in seinem Blick. Aus seiner Tasche zog er sein Messer.

„Boah ey, nee ey! Euch mach ich ja mal so was von fertig, echt!“

Mit wildem Gebrüll, die Klinge wild um sich schwingend, stürzte sich Messer-Ricardo auf seine Gegner, die allerdings umgehend ihre Gummiknüppel zur Hand hatten. Gegen eine ordentliche Keilerei hatten sie nichts einzuwenden.

Sie hatten sich bereits in eine Wolke aus Staub und fliegenden Fäusten gehüllt, da traf ein dritter Schuss aus dem Taser sein Ziel.

Krampfend stürzte Ricardo zu Boden, erholte sich nur schwer wieder und bildete dann mit seinen Handflächen ein T. „Bitte, wir können uns gerne weiterschlagen, aber lassen Sie mich kurz verschnaufen.“

„Was sollen wir? Ich hab dich nicht gehört, mein Taser war so laut“, sagte einer der Polizisten und feuerte erneut.

Sofort sprang Messer-Ricardo den Männern entgegen, in der Hand sein blutiges Schneidwerkzeug. Das war nicht die Aufmerksamkeit, die er sich von der Polizei gewünscht hatte, doch es war besser als gar keine Aufmerksamkeit.

Einige Male noch ging das Spiel so hin und her, bis die Polizisten die Lust verloren und ihre Wunden leckend abzogen. Ihr Opfer ließen sie völlig verwirrt, entkräftet und verletzt zurück.

Kegel-Günther hatte alles genau gesehen. Er war allerdings nicht mehr Kegel-Günther, sondern Captain Eyewitness und würde über die Umstände genau Meldung machen.

„Wie Sie sehen, kommen Sie durch die Gullydeckel bequem, schnell und vor allem unbemerkt an jeden Ort der Stadt. Also wenn das nicht praktisch ist“, sagte der Makler, während er den Entleman und seine Handlanger durch die Kanalisation von Schikargo führte. Lady _ studierte einen Stadtplan.

„Ja, in der Tat … Schau mal, es gibt teilweise sogar Zugänge zu öffentlichen Gebäuden.“ Sie hielt dem Vogel den Stadtplan unter die Nase.

„Würdest du das aus meinem Gesicht nehmen, Bitch? … Er bietet uns aber nicht voll so den ganzen Untergrund an, oder?“

Der Makler lachte unterwürfig auf. „Nein, natürlich nicht. Wir haben da eine kleine Festung auf einer tieferen Ebene an einem zentralen Knotenpunkt für Sie vorbereitet. Top-Lage. Nur dreimal bisher durch den integrierten Selbstzerstörungsmechanismus komplett gesprengt und wieder aufgebaut. Ein Traum für jeden Schurken von Format.“

„Ein Schurke von Format versteckt sich nicht in den Abwasserkanälen, Bitch, echt jetzt. Er regiert mit Terror und Gewalt an der Oberfläche“, schnatterte der Entleman unzufrieden.

„Natürlich, natürlich“, bestätigte der Makler des Bösen und führte sie um eine neuerliche Biegung. „Allerdings waren unsere anderen Kunden sehr begeistert von der Anlage. Warten Sie, bis Sie es in natura gesehen haben, Herr Entleman.“

„Es stinkt ziemlich hier unten“, stellte Maria fest, wobei sie die Nase kraus zog.

„Glauben Sie mir, zufällig kommt hier keiner vorbei, um Sie bei Ihren finst’r’n Machenschaften zu stören … sooo, da sind wir auch schon. Sehen Sie sich ruhig um.“

Sie waren in einer großen unterirdischen Halle angelangt, in der viele Abwasserströme zu einem größeren vereinigt und weitergeleitet wurden. Die Szenerie wurde von wenigen Grubenlampen an den Wänden in ein schummriges Zwielicht getaucht. Überall verliefen Rohre oder standen breite, hohe Wassertanks herum. Von der Decke tropfte es ununterbrochen. Mittendrin stand tatsächlich eine kleine Festung auf dicken Betonpfeilern über das Hauptwasserbecken gebaut. Sie war etwa so groß wie sechzehn quadratisch angeordnete Einfamilienhäuser und dreigeschossig.

„Stahlbeton, voll ausgerüstet mit Selbstschussanlagen, Fallen, Lasern, einer autarken Energieversorgung mit einigen hundert Gigawatt Leistung für Todesmaschinen aller Art, Trainingsanlagen für Handlanger – es gibt doch nichts Schlimmeres als untrainierte Handlanger, nicht wahr? –, Fußbodenheizung, Wellnessbereich mit Pool, und, und, und. Alles, was das böse Herz begehrt. Und natürlich der immer beliebte Klassiker … der große, graue Selbstzerstörungsknopf. Hier ist der Schlüssel." Mit stolzgeschwellter Brust hielt der Makler den Schlüssel hoch.

„Ganz nett, Bitch", quakte der Entleman, dann watschelte er davon, um sich umzusehen, ohne den Immobilienvertreter zu beachten. Tatsächlich sprang er sogar ins Abwasser, um sich aus der Nähe ein Bild zu machen.

Während seiner Abwesenheit wandte sich Lady _ an den Unterschlupfvermittler.

„Was soll das denn kosten?"

„Alles in allem knapp hundertdreißig Millionen … aber für Sie", er musterte sie, „für Sie mach ich einen Sonderpreis." Sie stöhnte, sein Blick wanderte zu dem Vogel. Schnell setzte er hinzu:

„Sind Sie … und …" Er deutete zwischen ihr und dem Entleman hin und her.

„Wie? … Oh nein … nein", wehrte sie ab.

„Dann kann ich Sie mal zum Essen einladen?"

„Nur über deine Leiche, Freundchen."

Mittlerweile war der Superschurke von seiner Inspektion zurückgekehrt. Er schüttelte kurz sein Gefieder aus, dann sagte er: „Erschieße er die Bitch!"

Ein Handlanger zog, ohne Fragen zu stellen, eine Pistole und schoss auf den Makler. Mit seinem letzten Atemzug röchelte er noch: „Beschissene Berufswahl … war ja … zu erwarten …"

Maria blickte auf den Verblichenen. „Jetzt schuldet er mir auch noch ein Essen."

„Homies?", fragte der Entleman in die Runde. „Wird das unser neues Hauptquartier, oder was?"

Jubel unter den Verbrechern.

Auf einer Baustelle nur wenige Straßen weiter hatte sich die gesamte Exzeldika versammelt, mit Ausnahme von Prof. Hartmann, den sie schon seit einigen Tagen nicht mehr gesehen hatten.

Sie hatten sich um einen gigantischen, metallischen Haken versammelt, den sie zuvor in mühsamer stundenlanger Arbeit in die Erde gedreht hatten, immerhin reichte das Gewinde fast vier Kilometer tief. Dazu war eine riesige Menge an geomantischer Energie vonnöten gewesen … also mindestens zehn Einheiten geomantische Energie … Erdmana, sagte man auch. Das klingt vielleicht nicht nachviel, aber der energetische Level eines durchschnittlichen Menschen bei dieser Form von Magie liegt bei etwa minus eine Million! Erst ab Level minus fünfhunderttausend ist man so dolle mit Steinen befreundet, dass sie einen nicht mehr verletzen! Ab Level minus hundert kann man sie dann dazu veranlassen, sich selbstständig zu bewegen.

Erschöpft betrachteten sie ihr Werk, dann trat der ehemalige Aalschamane Rüdiger Aaloplop vor. Er war vor Kurzem auf die nächste spirituelle Stufe befördert worden, weil man allgemein der Ansicht war, dass für ihr Vorhaben, den Weltuntergang hinauszuzögern, ein erfahrener Anführer nützlich wäre, also hatte man ihn erfahrener gemacht. Er war jetzt auf der spirituellen Stufe vier. Das klingt vielleicht nicht nach viel, aber … dies verlieh ihm den Titel des unfair bevorzugt behandelten Lieblingskinds des Kosmischen Aals. Rüdiger war nun ein richtiger greiser Weiser. Wäre er allein gewesen, hätte er als Eremit gegolten, so aber war er maximal ein Eremit mit Angst vor dem Alleinsein. Was schon echt doof ist.

„Das haben wir gut gemacht. Ich bin wirklich sehr stolz auf jeden von euch", sagte er, dabei nickte er freundlich in die Runde.

„Lobet den Kosmischen Aal!", schallten einige Rufe über die Baustelle.

„Remoulade unseren Seelen", erwiderte der greise Weise.

„Entschuldigung, unfair bevorzugt behandeltes Lieblingskind des Kosmischen Aals …", meldete sich ein hinduistischer Channelhexer zu Wort.

„Sag einfach Ubbldka", warf Aaloplop gönnerhaft ein. „Oder, noch besser, einfach nur Ubbl."

„Jaaa … Rüdiger, das ist ja sehr schön, dass wir dieses Dings da in die Erde gezaubert haben. Dafür kriegen wir bestimmt ein paar Treuepunkte in unser Karmasammelalbum geklebt in einer anderen Dimension, aber … und ich finde, die Frage muss gestattet sein … warum haben wir das gemacht?"

Der Ubbl ging gemessenen Schrittes zu ihm herüber, legte ihm eine Hand auf die Schulter und sagte zu der Gruppe versammelter Esoteriker: „Das fragen sich bestimmt einige von euch."

Allgemeines Nicken sowie zustimmendes Murmeln erhob sich.

„Ich nicht! Und ich will es auch gar nicht wissen!", rief ein erkenntnisresistenter Ignoyogi, der die Erleuchtung dadurch zu erlangen versuchte, indem er so wenig wie möglich wusste und seinen Körper nahezu keinen Strapazen aussetzte.

„Ich weiß, Peter, ich weiß", sagte das Glaubensoberhaupt.

„Ich nicht!", wiederholte der Ignoyogi, dann setzte er sich hin, um die Wolken anzustarren. Rüdiger starrte ihn kurz an.

„Liebe Freunde", hob er an, als er fertiggeglotzt hatte, „im Traum ist mir der Kosmische Aal erschienen." Ein ehrfürchtiges Raunen ging durch die Menge.

„Er sprach zu mir und offenbarte mir, was wir tun sollen. Er zeigte mir eine Möglichkeit – und ich weiß, das hat in den vergangenen Tagen für viel Diskussionsstoff gesorgt –, wie die Erde untergehen wird."

„Sag es uns!", rief jemand.

„Genau!", fügte ein anderer hinzu.

Rüdiger machte eine Kunstpause und donnerte dann: „Die Erde wird runterfallen und am Grund zerbrechen!"

„Großer Aal, nein!", kreischte jemand.

„Davor hab ich schon mein ganzes Leben Angst!", fügte ein anderer hinzu.

„Ich habe also überlegt", fuhr Aaloplop fort, „wie wir die Erde davor bewahren können, und da kam mir die Idee, sie einfach aufzuhängen, dann kann sie nicht mehr runterfallen. Dafür brauchen wir den Haken ... ich nenne ihn *den Haken der verzögerten Erlösung*!" Mit einer ausladenden Geste wies er auf die enorme Konstruktion. Ein erneutes Raunen ging durch die Gemeinschaft.

„Rüdiger, woran hängt denn der Haken?", fragte der Channelhexer, nachdem der erste Anflug des Erstaunens verklungen war.

„Wie bitte?"

„Na, woran hängt denn der Haken? Am Raum selbst?"

„Ähhh, nein. Dafür ist der Kran hier." Ubbl Rüdiger deutete jetzt auf den Kran, der auf der Baustelle rumstand und von dem alle geglaubt hatten, er sei einfach nur so da.

„Also, der Haken hält die Erde und der Kran hält den Haken, richtig?“, bohrte der Channelhexer nach.

„Richtig.“

„Und worauf steht der Kran?“

„Mein Aal, du kannst Fragen stellen, Helmut. Auf der Erde natürlich!“ Dieser Channelhexer Helmut ging dem Ubbl manchmal regelrecht auf die Nerven. Der wollte immer alles ganz genau wissen und gab dann keine Ruhe, bis man sich den Mund fusselig geredet hatte. Auch jetzt nicht.

„Ist das nicht kontraproduktiv?“

„Na ja ... ähm ... schon irgendwie“, musste Rüdiger gestehen.

„Wenn wir den Kran am Mond festbinden, dann sind wir auf der sicheren Seite!“, rief der jemand. Es war immer dieselbe Stimme, aber der dazugehörige Rufer ließ sich nicht ausmachen. Aaloplop wurde das alles hier zu ungrau. Schließlich war er hier der Ubbl und nicht die.

„Wir wollen den Weltuntergang nicht aufhalten, sondern nur hinauszögern“, sagte er, „... also ... singt mit mir, meine Brüder und Schwestern und geschlechtslose, halbkörperliche Geistwesen, während sich der Kran der Standhaftigkeit herniedersenkt und seine ewige Verbindung mit dem Haken der verzögerten Erlösung eingeht.“

Die Exzeldika stimmte die Gebetsgesänge an.

Einige Meter entfernt ging Sid Happens an der Baustelle vorbei und warf einen Blick auf das illustre Treiben. Es war schlichtweg unmöglich, den riesigen Haken nicht zu bemerken.

„Soll das so eine Art Skulptur sein?“, dachte er laut. Er verengte die Augen zu Schlitzen, in der Hoffnung, besser erkennen zu können, was ja, wenn man mal drüber nachdenkt, ganz schön bescheuert ist. Wieso erwartet man denn, mehr zu sehen, wenn man seine Augen fast ganz zumacht?

Ohne auch nur kurz anzuhalten, stiefelte er an dem seltsamen Treiben vorbei. Kunst war nicht sein Fall. Sid war auf dem Weg zu Henry, um ihm mitzuteilen, dass er ihn nun nicht mehr verfolgen und umbringen wollte. Der Zwischenfall in der Kneipe mit seiner Frau hatte ihm die Augen geöffnet.

Aha! Wenn man die Augen öffnet, erkennt man mehr!

Kapitel 17: T und L – wie Teebeutel und Laminat

Seit dem Morgengrauen war Sarim Mosk auf den Beinen. Er suchte nach irgendeiner Fährte, die zu Henry Frottey führen würde. Da er so gut wie keine Anhaltspunkte hatte, hielt er sich an alle ungewöhnlichen Ereignisse, von denen er Wind bekam. Das Problem an der Sache war, dass es davon in Schikargo so verdammt viele gab. Dementsprechend erfolglos war seine Suche gewesen.

Ziellos lief er durch die Seitenstraßen, befragte willkürlich Passanten und ärgerte sich maßlos. Wie konnte es derart schwierig sein, eine auffällige Person wie Henry Frottey zu finden?

Fröstelnd betrat er einen Kiosk.

„Morgen“, sagte der Mann hinter der Theke, der gerade ein Schwein ausnahm. Der Kiosk war eine Fleischerei. Das bekam der Kommissar alles schon gar nicht mehr mit.

„Morgen. Kennen Sie diesen Mann?“ Er schob eine Fotografie des Detektivs über die Ladentheke, die er aus der Sammlung von Jakob Paletos geklaut hatte. Vor seinen Augen verwandelte sich die Fleischerei in ein Kino.

„Natürlich kenne ich den. Das ist Henry Frottey!“

„Haben Sie den in letzter Zeit mal gesehen?“

„Nein, leider nicht.“ Immer dieselbe Antwort. Immer dieselbe verdammte Antwort. Sarim steckte das Bild wieder ein.

„Als Menü oder einzeln?“

„Wie bitte?“, fragte er. Er hatte nicht zugehört.

„Als Menü oder einzeln, Schätzchen.“

Die McDonald’s-Frau sah ihn auffordernd an. Ohne ein Wort zu sagen, ging der Kommissar.

Es war gleichfalls früh am Tag, als der Privatdetektiv schon seine Haustür hinter sich zuzog. Keine drei Schritte war er gegangen, als ihm ein Mann vor die Füße lief, der ihm bekannt vorkam.

„Sag mal, bist du nicht der Typ, der mir eine Paketbombe bringen wollte und damit meine Nachbarin gesprengt hat?", fragte Henry. Er blieb stehen.

„Irgendwie schon ... Hör mal, gut, dass wir uns hier treffen. Ich wollte eh zu dir, Henry", erwiderte Sid Happens. Er sah ihn erwartungsvoll an. Eine peinliche Pause entstand.

„Du weißt nicht, wer ich bin, oder?"

„Nein, tut mir leid. Sollte ich das?", fragte Henry zurück. Die Peinlichkeit stieg. Sein Gegenüber wirkte ebenfalls etwas verlegen.

„Ich bin Sid Happens ... ja, ich hab lange Zeit versucht, dich umzubringen. Das tut mir leid."

Die Situation überforderte den Privatdetektiv ungeheuer. Er kannte sich mit Verbrechen aus, aber nicht mit solchen Begegnungen.

„Warum?"

„Na, weil du mit meiner Frau geschlafen hast ... Anna Cover?"

Da klingelte etwas beim Privatdetektiv, aber das war das Telefon in seinem Büro, darum konnte er es nicht hören. Dafür erinnerte er sich.

„Ahhh!", macht er.

„Siehste. Jedenfalls wollte ich dir nur sagen, dass ich jetzt keine Leute mehr umbringen will. Ich versuche gerade, mein Leben auf die Reihe zu bekommen", erklärte Sid.

„Öhm, das ist ja toll, aber tut mir leid, dich enttäuschen zu müssen. Ich hab nicht mit deiner Frau geschlafen."

„Wie ... du hast nicht mit der geschlafen?"

„Nie. Sie hatte mich engagiert, weil sie vermutete, dass du sie betrügst, und das sollte ich untersuchen. Das ist alles", sagte der Detektiv leichthin.

„Haha, ich dachte, sie betrügt mich!“, lachte Sid Happens auf, dann stockte er, schluckte und wurde kreidebleich. „Moment … alles, was ich durchgemacht habe … alles … ein Irrtum?“, stammelte er. Kurz sackte er völlig in sich zusammen.

Ein Kinnhaken schnellte auf den Privatdetektiv zu und traf. Er wollte seine Magnum ziehen, doch die war mittlerweile in ihrem Halfter geschmolzen.

Sid nutzte die kurze Verwirrung des Detektivs und verprügelte ihn ganz.

Henry schreckte hoch. Er war im Krankenhaus. Das behagte ihm gar nicht.

„Mir geht’s gut! Mir geht’s gut! Alles in Ordnung! Kein Grund, mich zu operieren oder mir Spritzen zu geben!“, rief er vorsichtshalber, doch es war gar keine bedrohliche medizinische Wesenheit im Zimmer. Außer ihm selbst war bloß eine Gruppe von 30 steinalten Männern zugegen, die sich ein Bett teilten und schliefen … oder tot waren. An so einem Ort konnte man das nie genau sagen. Tatsächlich lockte sein Geschrei erst das Pflegepersonal an.

„Alles in Ordnung bei Ihnen?“ Der Krankenschwester Torben Weißmühl betrat sein Zimmer. Er war ein männlicher Krankenschwester, darum sagt man „ein Krankenschwester“. Dem Privatdetektiv war das freilich schnuppe. Seine Hauptsorge war, dass man ihn aufschneiden oder piksen würde, also sagte er: „Jaja, alles im grauen Bereich. Mir geht’s schon viel besser als vorher. So ein Krankenhaus wirkt echt wahre Wunder.“ Dabei lächelte er gequält.

„Sie sind ja auch nur K. o. gegangen“, entgegnete Weißmühl und konsultierte das Krankenblatt. „Keine Frakturen, kein Trauma … genau, hier steht, dass Sie gehen dürfen, wenn Sie wieder wach sind.“

„Dann würde ich das gerne in Anspruch nehmen.“ Ohne eine Antwort abzuwarten, packte er seinen Krempel, dann rannte er davon. Der Krankenschwester blieb etwas verdutzt zurück.

Bereits wenige Minuten später war der Privatdetektiv völlig orientierungslos. Da er nicht wusste, wie er hier reingekommen war, wusste er auch nicht, wie er wieder rauskam. Im Moment taperte er über die Säuglingsstation. Irgendwas war hier faul, das merkte er sofort. Er spähte in eines der Zimmer, wo sie die Babys aufbewahren, doch es war verwaist, genauso wie das nächste und auch das dritte. Alle Bettchen, sorgsam zurechtgemacht mit Auto-, Katzen- und Einhorndecken, waren leer.

Henry sprach eine der Schwestern an. „Entschuldigung, ist das normal?"

„Was denn?", fragte sie freundlich zurück. Zum Glück hatte er immer noch nicht seine eigene Kleidung angezogen, sondern trug noch eines dieser Leibchen, in das sie Patienten für gewöhnlich steckten.

„Na, dass auf der Säuglingsstation keine Säuglinge sind."

„Ach so … Nee, eigentlich nicht. Wo Sie es sagen, wir haben auch gar keine Geburt mehr reinbekommen. Das ist schon ungewöhnlich. Aber wissen Sie, so ein paar ruhige Tage, da beschwert man sich nicht, ne?" Sie lachte, er auch, dann ging sie weiter.

Beruflich fand er diese Entwicklung äußerst bedenklich – persönlich weniger tragisch. Er hatte ein komisches Verhältnis zu Babys. Er konnte sie nicht auseinanderhalten. Manchmal dachte er, wenn er ein eigenes Kind hätte, müsste er es wohl tätowieren, um es nicht zu verwechseln.

Da tauchte schon das erste Problem auf: Was tätowiert man auf ein Baby? Vielleicht einen dieser QR-Codes auf die Brust, damit, wenn es verloren ginge und gefunden würde, umgehend alle Informationen abrufbar wären.

Das eigentliche Problem waren auch gar nicht die Babys an sich. Babys sind neutral. Das eigentliche Problem sind die, die Kinder … ja … bauen. Eltern. Die wurden nämlich, das hatte er mal beobachtet, immer jünger. Manchmal waren die so jung, dass sie noch nicht mal richtig konjugieren konnten, und dann hieß es nicht „ich gebar", sondern „ich gebärte". Und – zack! – neun Monate später … ein Bär! Das überfordert natürlich, denn Bären sind sehr gefährliche Tiere. Dann ist das Geschrei groß: „Wäh! Mein Kind hat mich gegessen … voll nicht so geil!"

Teilweise waren die Eltern aber auch noch jünger, so dass die selbst noch Kinder waren, aber schon Kinder bekamen. Irgendwann würde es wohl soweit sein, dass Kinder Kinder kriegen und die aber auch schon noch weitere Kinder. Da war man schnell in dieser lächerlichen Matruschkapüppchen-Situation. Das wollte doch auch keiner. … Die Menschen würden dann zu schnell zu Urgroßeltern werden und dann heißt es: „Uropa, erzähl uns vom Krieg!", aber der Uropa ist 25, hat gar keinen Krieg erlebt und dann erzählt der halt von Call of Duty … das ist doch scheiße.

Ein sehr kompliziertes Thema, wie er fand. Was er auch nicht verstand: Wenn eine Frau schwanger wurde und das Kind bekam, wieso kam dann da ein ganz anderer Mensch raus? Er fand das viel logischer, wenn da noch mal derselbe Mensch rauskäme. Wo kam der neue Mensch her?

Klar, heute konnte man das alles verstehen durch Genetik, aber dass die Menschen im Mittelalter nicht ständig ausgerastet sind …

Überhaupt stellte er sich das Kinderkriegen damals noch sehr schwierig vor. Da musste es viele Verwechslungen gegeben haben, weil Mann und Frau sich damals ja noch sehr ähnlich sahen. Man kennt das aus historischen Dokumentationen wie … den „Herr der Ringe"-Filmen …, dass alle Männer lange Haare hatten und Frauen oft an Bartwuchs litten, wie zum Beispiel dieses bedauernswerte Fräulein Gimli.

Warum entstand da bei der Geburt nicht noch mal derselbe Mensch? Zellen teilten sich ja auch so, dass noch mal die gleiche Zelle entstand. Wenn eine Leberzelle sich teilt und damit eine neue Leberzelle macht, dann ist das ebenfalls eine Leberzelle und keine ... pfff, was wusste er denn ... Ellenbogenzelle. Das stellte er sich äußerst unangenehm vor, wenn in der Leber auf einmal ein Ellenbogen wächst und man weiß davon nix. Das tut nur irgendwie weh und man geht ins Krankenhaus und die wissen auch nicht, was da ist. Dann schneiden die einen auf, spreizen die Rippen mit so einem Autoheber für Menschen und gucken auf die Leber und – tada! – ein Ellenbogen! Alle sind megaschockiert, rasten völlig aus, weil sie so was noch nie gesehen haben, eine Schwester macht ein Foto mit ihrem Handy, lädt das bei Facebook hoch, der Chirurg schneidet den Ellenbogen raus, nimmt den mit nach Hause und stellt den in sein Regal mit dem ganzen anderen verrückten Scheiß, den der in Menschen gefunden hat. Davor hatte Henry Angst!

Gedankenverloren war der Privatdetektiv die ganze Zeit weitergelaufen und hatte sich prompt in den verschlungenen Gängen des Krankenhauses verirrt.

Unterdessen war Sid Happens, der es mittlerweile bereute, Henry Frottey geschlagen zu haben, von einer Prügelei in die nächste geraten. Das war gar nicht seine Absicht gewesen, er war einfach durch die Menschenmengen spaziert und plötzlich war er mittendrin gewesen. Es war auch nicht ersichtlich, wer gegen wen kämpfte. Es schienen sich einfach alle untereinander auf die Mütze zu hauen.

Im Gegensatz zu Schießereien waren Massenschlägereien in Schikargo immer ein wahres Volksfest und ein heilloses Durcheinander. Jeder war herzlich dazu eingeladen, mal seinen undefinierten Frust abzuhauen.

Was vorher passiert war, Sid aber nicht wusste, war Folgendes. Zehn Minuten zuvor ...

Siggi war Manni über den Weg gelaufen. Die beiden konnten sich aber auf den Tod nicht ausstehen, also wurden ein paar Leute zusammentelefoniert und schnell standen sich fünfundzwanzig Mann ungleich verteilt gegenüber. Danach begann der übliche Hickhack zwischen den Anführern, der allen Keilereien vorausgeht.

„Hau bloß ab, du!"

„Ich war zuerst hier!"

„Das hab ich zu deinem Vater damals auch gesagt!"

„Das ergibt nicht mal Sinn!"

„Weißt du, was auch keinen Sinn ergibt? ... Dein Gesicht, wenn ich mit dir fertig bin!"

Johlendes Gelächter auf der einen, ungläubiges Schnauben auf der anderen Seite der Fußgängerzone. Einige Omas bemerkten, was vor sich ging und machten sich mit trippelnden Schritten aus dem Staub.

Der Streit wurde immer heftiger, wobei die Beleidigungen unflätiger wurden, von Gewalt wurde bisher noch abgesehen, als plötzlich Uwe, der auf der Seite von Siggi zu kämpfen gedachte, seinen Cousin Hubert auf der Seite von Manni bemerkte.

„Ey, Hubert, was machst du denn da bei dem Manni? Komm mal schnell rüber zu uns!", rief Uwe. Hubert sah sich um, schien erst jetzt zu bemerken, wo er eigentlich stand, und lief auf Siggis Seite rüber. Das musste natürlich einigen auffallen. Allen voran Siggi.

„Was machst du da, Hubert? Bist du bekloppt? Warum gehst du zu dem Affen da rüber?", empörte dieser sich lauthals.

„Da ist mein Cousin Uwe, zu dem wollte ich hin", rechtfertigte sich Hubert.

„Aber du bist auch mein Cousin, Hubi. Bleib mal hier!"

„Dann soll aber der Uwe auch mit rüberkommen!"

„Na gut!"

Uwe und Hubert trabten zusammen von Mannis auf Siggis Seite, doch als sie ankamen, beschwerte sich ein Kerl namens Dietmar: „Nee, also wenn der Uwe hier ist, dann geh ich aber rüber!" und wechselte die Front.

„Was soll denn das?", fragte Siggi ungläubig in die Runde, doch bevor jemand antworten konnte, rannte plötzlich Wilhelm zu Mannis Truppe.

„Und was soll das?!"

„Der Dietmar ist mein Cousin, wenn der rübergeht, dann geh ich auch rüber." In dem ganzen Durcheinander fiel der unstete Blick von Karl-Heinz auf Wolfgang. Er stieß seinen Nebenmann an. „Schau mal, Walter. Da, beim Siggi, da ist der Wolfgang."

„Ouh ja, dann lass mal rübergehen."

Gemeinsam machten sich Karl-Heinz und Walter auf den Weg zu Wolfgang, das passte Manni natürlich gar nicht.

„He! Was macht ihr da?", schnauzte er die beiden an.

„Wir gehen zum Wolfgang."

„Lasst mich raten. Das ist euer Cousin?", fragte Manni.

„Richtig", bestätigte Walter.

„Sind denn hier alle miteinander verwandt?!", brüllte Siggi über den Platz. Die beiden Parteien begutachteten sich skeptisch und kamen dabei sogar ein Stück aufeinander zu. Als alle sich ausgiebig betrachtet hatten, erhob sich ein bestätigendes Stimmengewirr.

„Die sind tatsächlich alle miteinander verwandt", resignierte Manni.

„Was erwartet ihr denn, wenn zwei Brüder alle ihre Cousins anrufen?", kam ein Ruf aus der Menge.

„Seid ihr ein bisschen blöd?!", wollte ein anderer lautstark wissen.

„Dein mit Innengewinde versehenes Gegenstück zu Schraubbolzen ist blöd!", gab Siggi zurück.

„Lass meine Mutter aus dem Spiel!"

Das war der Tropfen, der das Pulverfass zum Explodieren brachte. Der erste Schlag fiel und zahlreiche folgten wild in alle Richtungen. Klare Fronten gab es nicht mehr, so dass man sich in eine große, comichafte Wolke aus Staub und fliegenden Fäusten verwandelte.

Da drin steckte Sid Happens und wusste weder ein noch aus. Er hatte nicht bemerkt, was vor sich geht, was dazu führte, dass er einfach mitten hineingelatscht war. Zum Glück hatte Captain Eyewitness alles mit angesehen …

„Also, das finde jetzt sogar ich unlogisch“, protestierte Henry Frottey. „Wie kann ich mich denn im Krankenhaus verlaufen und am Odysseum rauskommen?“ Vor seiner Nase stand das riesenhafte Veranstaltungszentrum und schien ihn anzugrinsen. Ganz egal, er wollte ohnehin hier vorbeischauen, also ging er widerstandslos hinein.

Innerhalb des Gebäudes fand er sich erstaunlich gut zurecht. Er erinnerte sich, wo die Künstlergarderobe gewesen war und fand den Weg verhältnismäßig schnell.

Verhältnismäßig, weil er an einem Stand noch eine Brezel gekauft hatte, die er noch im Gehen verschlang, weil ihm mit einem Mal bewusst geworden war, wie lange er schon nicht mehr gegessen hatte. Es war wesentlich länger als eine Stunde her. Er hatte es einfach vergessen. Gut, dass er bislang an keinem Badeunfall vorbeigekommen war.

Vor dem Eingang zum Backstagebereich blieb er stehen. Die Tür war verschlossen. Gut, dass er für solche Fälle immer einen Dietrich dabei hatte … Dietrich war 2,03 Meter groß, hatte ein breites Kreuz und viele Muskeln, von denen nur die wenigsten jemals gehört haben. Er trat für Henry Türen ein.

„Wärst du so freundlich, Dietrich?“, bat der Privatdetektiv.

„Mit Vergnügen“, erwiderte dieser und drückte ganz sanft das Portal ein. Er brauchte keine schnellen Bewegungen, denn er war ein Meister im Türeintreten, der die hohe Kunst beherrschte, Türen einzutreten ohne zu treten.

„Danke, Dietrich“, sagte Henry an seinen Kumpanen gewandt und ergänzte leise in Richtung der Tür: „Entschuldigung.“

Nachdem der Weg nun freigeräumt war, stiefelte Henry in den Backstagebereich und rief laut: „Sooo! Steuerpolizeiliche Fahndung, meine Damen und Herren! Wer hat denn hier seine Steuern nicht gezahlt?“

Sofort flüchtete alles Hals über Kopf, was Künstler oder Freiberufler war, wie die Kakerlaken, wenn man das Licht anmacht. Der Privatdetektiv hatte sich diesen Effekt erhofft, schließlich hatte er extra dafür ein Hemd mit Pullunder angezogen. Brille und Aktenkoffer erledigten den Rest.

Brille und Aktenkoffer waren jeweils 2,13 Meter groß … nein, war nur Spaß. Es war natürlich von seiner Kleidung die Rede.

In der Garderobe von Joas und Klako traf er auf deren schmierigen Managertyp, den er schon damals nicht leiden konnte. Henry beschloss, seine Rolle fürs Erste beizubehalten.

„Guten Tag. Sind Sie der Manager von Joas und Klako?“, fragte er.

„Guten Tag. Ja, das bin ich, und Sie … hab ich Sie nicht schon mal irgendwo gesehen?“, fragte dieser zurück. Henry Frottey rückte seine Brille zurecht.

„Nein, das kann ich mir nicht vorstellen. Aber kommen wir zur Sache. Möchten Sie mir irgendwas gestehen … so steuerlich … hm?“ Er zückte einen Notizblock.

„Nein, das hat alles seine Richtigkeit, und wenn Sie mir nicht glauben, dann schlage ich vor, wir machen einen Termin und setzen uns mit meinem Steuerberater zusammen“, sagte der Managermann glatt.

„Nichts … nicht mal eine einzelne unangemeldete Rechnung … ein bisschen Schwarzarbeit … hm? … nein? Nichts … ein Mord?“

„Wie bitte?“

„Hm? Was? Ich hab nichts gesagt, haben Sie was gesagt?“, machte der Detektiv. Vielleicht würde der Kerl sich ja irgendwie verraten. Nur in den seltensten Fällen konnte man den Leuten so beikommen, aber man sollte Henry ja nicht hinterher vorwerfen, er habe nicht alles versucht!

„Nein, hab ich nicht“, entgegnete der Mann leicht irritiert.

„Soso …“, machte der Privatdetektiv und ließ den Blick durch das Zimmer schweifen. Hier musste es doch irgendwo etwas geben, was er übersehen hatte.

„Also … Herr … ähm … ja … ich habe Grund zu der Annahme, dass Sie mir etwas verheimlichen … vielleicht die eine oder andere Gage unter der Hand … oder … frisierte Bücher … einen Doppelmord …“ Er hustete gekünstelt.

„Wie bitte?“ Der Manager von Joas und Klako zog die Augenbrauen bis zum Haaransatz hoch.

„Hm? Was? Ich hab nichts gesagt, haben Sie was gesagt?“, wiederholte Henry, dabei machte er wilde Notizen auf seinem Block.

„Hab ich nicht!“ Sehr gut, er verlor bereits die Geduld. Der einzige Grund, warum der noch nicht ausflippte, war wahrscheinlich, dass Dietrich in der Tür der Garderobe stand und mächtig aussah.

„Dann haben Sie sicher nichts dagegen, wenn ich mich hier ein wenig umsehe.“

„Ich hab nichts zu verbergen.“

Der Privatdetektiv begann, fieberhaft den Raum zu durchsuchen. Irgendwo musste er doch eine Spur des seltsamen Geräusches finden, das er beim Mord an Joas und Klako hier gehört hatte. Klar, das konnte schon der Vergreissungstrahler gewesen sein, doch Henry wollte handfeste Beweise.

All seine Mühen förderten aber nichts Neues zu Tage. Es war utopisch zu hoffen, nach so vielen Tagen noch Hinweise zu finden. Mittlerweile war hier geputzt und aufgeräumt worden, alles, was nützliche Informationen beinhaltet hätte, war verwischt oder fortgeschafft worden. Auf diese Art kam er nicht weiter.

Vor seinem geistigen Auge ließ er die Ereignisse jenes Tages noch einmal aufleben. Nein, ihm war nichts entgangen, schließlich war er auch ein guter Detektiv. Allerdings hatte er nun schon zweimal nicht weit genug geschlussfolgert. Vielleicht lag da wieder der Hund begraben. Einen Versuch war es wert.

Bei den zwei Hinweisen des Doppelmordes musste er jedoch einen komplizierten Zweigleisig-parallel-Doppelgedankengang anstrengen, um zum richtigen Ergebnis zu kommen. Das war anstrengend, aber anscheinend notwendig, also dachte er scharf nach und kombinierte:

» Teebeutel.
Mit Teebeuteln macht man Tee und der ist sehr beliebt in England. Jack the Ripper war Engländer und ein … Killer!«

» Laminat.
Laminat ist Belag auf dem Fußboden. Auch Mortadella ist eine Art von Belag. Manchmal sind in der Mortadella diese kleinen grauen Dinger drin … was war das nochmal? … Pistazien, genau! Pistazien sind Nüsse. Viele Leute haben ja auch eine Nussallergie. Andere Dinge, gegen die man allergisch sein kann, sind Katzen oder auch Hausstaub. Und beides zusammen findet man natürlich auf Dachböden, ganz klar. Aber das ist es noch nicht ganz. Da stimmt noch was nicht. Am besten teile ich das auf. Dach und Boden. Bei Boden bin ich ganz schnell wieder bei Fußboden, da stimmt die Schlussfolgerung nicht. Wenn etwas nicht stimmt, dann ist es falsch oder nicht richtig. Wann ist etwas nicht richtig? … Wenn es falsch ist. Okay, da drehe ich mich jetzt im Kreis, also wann ist etwas nicht richtig, aber nicht zwangsläufig falsch? … Na, wenn es beschädigt ist! So komm ich weiter! Ich hab also „Dach" und „beschädigt" … Ganz klar! Dachschaden!«

Manchmal bestand ein großer Längen- und Breitenunterschied zwischen den einzelnen Gedankensträngen seiner

Schlussfolgerungen, aber was sollte er machen? Er konnte ja nichts dafür.

Killer und Dachschaden? Da kommt nur einer in Frage …, dachte Henry. Sulaiman Putimir abd el Dachschadên. Der beste Profikiller der Welt.

Welcher Detektiv kannte ihn nicht? Die wenigsten hatten ihn jemals zu Gesicht bekommen und noch weniger waren mit dem Leben davongekommen, um von diesem Gesicht zu erzählen. Aber wenn sie es taten, dann war das keine schöne Erzählung.

Nach allem, was Henry wusste, war auch Sulaiman kein Drahtzieher. Der Kerl war ein Söldner und ein Auftragsmörder, aber kein böses Verbrechergenie, das eine Mordreihe mit versteckten Hinweisen plante und dafür extra eine Todesmaschine wie den Vergreisungsstrahler bauen ließ.

Doch allein die Tatsache, dass abd el Dachenschadên mit im Spiel war, jagte dem Privatdetektiv kalte Schauer über den Rücken. Wenn er es mit einem derart gefährlichen Gegner zu tun bekam, sollte er sich besser vorbereiten.

Er wollte gerade gehen, da riss ihn der Manager aus seinen Gedanken. Sofort hatte Henry seine Hand auf der Schulter.

„Sie scheinen mir ein schneidiger Typ zu sein, hätten Sie nicht Lust, in der Unterhaltungsbranche zu arbeiten?“

„Nein“, sagte Henry und ging. Sich auf die Angebote dieses Mannes einzulassen war auch irgendwie, wie zu einem Fremden in ein Auto mit verdunkelten Scheiben zu steigen.

Kapitel 18: Wenn Traum zu Realität wird, ist Fantasie eine tödliche Waffe

Wir unterbrechen den Film für eine wichtige Durchsage des Bundesinstitutes für Textverständnis: „Bitte lesen Sie die nächsten Passagen sehr laut und mit mächtiger, tiefer Stimme. Danke.“

»EXPLOSION!

Roboter kämpfen gegen Zombies kämpfen gegen
Aliens kämpfen gegen Monster kämpfen gegen
Zauberer kämpfen gegen Ritter kämpfen gegen
Piraten kämpfen gegen Nazis kämpfen gegen
Helikopter IM WELTRAUM!

Wo sind die Ninjas? Wo, wo, wo sind die Ninjas? Genau vor Ihrer Nase, aber Sie sehen sie nicht, denn es sind Ninjas! In diesem Moment sind 42 Ninjas in diesem Bild! ABER ... IHR ... SEHT ... KEINEN!

AWESOME!™

„Hi, mein Name ist Hannibal Starkarm McSteel und früher war ich ein Schwächling, genau wie ihr, doch habe ich AWESOME!™ entdeckt. Schon eine Spritze nur jede Stunde hilft. Jetzt kann ich Gitarre, spiele Kung-Fu, kläre Burgen auf und besitze eigene Verbrechen. Ich bin Heavy-Metal-Shaolin-Ritter-Detektiv! Das können Sie auch!“

Explosion!

Ja, nehmen Sie AWESOME!™ und spüren Sie die Gefahr! „Gefahr" ist Ihr zweiter Vorname? Nehmen Sie AWESOME!™ und „Gefahr" wird Ihr erster Vorname ... UND NACHNAME!

„Hi, wie heißt du?"

„GEFAHR G. McGEFAHR!"

„Gefahr" ist Ihnen nicht brutal genug? Nehmen Sie AWESOME!™ und hängen Sie „zid" an Ihren Nachnamen!

„Aber warum denn?"

ZID ist Lateinisch für tödlich! FUNGIZID! PESTIZID! THILO SARRAZID!

„Aber Latein ist eine tote Sprache."

DOUBLEKILL!

AWESOME!™

Sie mögen Sprache?

Vergessen Sie den Superlativ, nehmen Sie AWESOME!™ und benutzen Sie den ULTRALATIV!

„Du bist der schnellste Läufer?"

„ICH BIN DER SCHEISS LÄUFER!"

Steigern Sie alles so weit, dass es zu SCHEISSE wird!

Schnell – Schneller! – AM SCHNELLSTEN – SCHEISSE SCHNELL!

Steigern Sie Namen!

„Uäh, früher war ich Stefan, ABER HEUTE BIN ICH AM STEFANSTEN!"

Sie mögen immer noch Sprache?

AWESOME!™ ermöglicht Ihnen das Futur III! Beschreiben Sie Vorgänge, die in der Zukunft schon so lange abgeschlossen sind, dass sie in der Gegenwart stattfinden! Das ist wie Präsens … aber UMSTÄNDLICH!

BEISPIEL!

Futur II: Ich werde gegessen haben.

Futur III: Ich werde gegessen hatten!

FUNKTIONIERT AUCH IM PASSIV!

Futur II Passiv: Du wirst geschlagen worden sein.

Futur III Passiv: Du wirst geschlagen worden war!

AWESOME!™

Sie wollen mit Kanonen auf Spatzen schießen?

Vergessen Sie's! Bauen Sie eine orbitale Laserkanone, um Ameisen zu tätowieren!

Sie wollen graue Flecken?

Vergessen Sie's! Sie kriegen keine grauen Flecken! Sie tätowieren sich von innen! MIT SCHMERZEN!

Sie wollen Laserstrahlen aus den Augen schießen?

Vergessen Sie's! Laserstrahlen aus den Augen zu schießen war vorgestern! Schießen Sie etwas Besseres aus Ihren Augen: KETTENSÄGEN!

Explosion!

„Oh, ich bin so schwach.Welches Müsli soll ich nur zum Frühstück essen?"

WHISKEY!

Explosion!

BÄRENKATAPULT!

„Was?"

BÄRENKATAPULT!

„Was?"

BÄRENKATAPULT!

„Warum?"

FICK DICH! DESHALB!

Nichts ist tödlicher als fliegende Bären! Doch HALT! Eins ist tödlicher als fliegende Bären!

FLIEGENDE BÄREN MIT STREITÄXTEN!

AWESOME!™

AWESOME!™ kommt zu Ihnen in drei überragenden Geschmacksrichtungen: METALL, BART und SCHMERZ!

Doch HALT! Wir haben unseren Wissenschaftlern AWESOME!™ gegeben, sie sind verrückt geworden und haben in dieser Sekunde drei neue Geschmacksrichtungen entwickelt: NITROGLYCERIN, WELTRAUM und MOTORRAD!

Explosion!

„Hi, ich bin es wieder, Hannibal Starkarm McSteel. Jetzt spiele ich ... EINE BAND! ... MIT DEN FÜSSEN! ... während ich auf einem T-Rex reite und einen Roman über einen Autoreifen schreibe, der mit seinen Gedanken Köpfe explodieren lassen kann!

Sie glauben, AWESOME!™ ist wie ein Gewitter? Falsch! AWESOME!™ ist ein Tornado ... mit Kuchen! ... und Sauriern! ... EIN KUCHOSAURONADO!

Aber glauben Sie nicht mir. Ich bin nur ein Mann, der Probleme damit hat, in Zimmerlautstärke zu sprechen.

Glauben Sie der Wissenschaft! Denn sie hat uns viele unglaubliche Dinge geschenkt! Hier sind die coolsten:

Laser! YEAH!

Das Internet! YEAH!

Strahlungsbedingte Mutation! YEAH!

Sie würden diese Dinge vermissen, also glauben Sie der Wissenschaft! Wissenschaft ist AWESOME!™! Glauben Sie AWESOME!™! Glauben Sie AN AWESOME!™!

BETEN SIE AWESOME!™ AN UND SIE VERWANDELN SICH IN EINEN AKKUSCHRAUBER!"

„Warum?"

„DU KENNST DIE ANTWORT!"

AWESOME!™

Wenn Sie jetzt anrufen, mit Kreditkarte zahlen und mir Ihr erstgeborenes Kind opfern, bekommen sie die AWESOME!™ + Steel-Edition gratis dazu!

„Aber was soll ich damit?"

...

AWESOME!™

WARNUNG!

AWESOME!™ kann folgende Nebenwirkungen haben: permanentes Brüllen, unkontrollierten Speichelfluss beim Brüllen, Bartwuchs, spontane Mutationen und Angst vor den eigenen Zehennägeln.

AWESOME!™«

Henry schaltete den Fernseher ab ... mit seiner Waffe. Diese amerikanischen Werbungen waren alle gleich. Laut, stumpf und viel zu schnell geschnitten. Ständig wurde man angebrüllt, wie unglaublich dies sei oder wie revolutionär jenes. UND ALLES SO GÜNSTIG!

Der Privatdetektiv brauchte kein Messer, das durch andere Messer schnitt. Eines, mit dem man ordentlich Tomaten schneiden könnte, würde ihm völlig ausreichen. Doch wenn es etwas gab, das Messer nicht schneiden konnten, dann waren es Tomaten! Vielleicht hätte das jemand mal den Rittern sagen sollen. Hätten die Rüstungen aus Tomaten gehabt, es hätten weniger von ihnen sterben müssen.

Bei der Werbung, die er eben gesehen hatte, wusste er nicht mal, was sie ihm überhaupt verkaufen wollten. Jedes Mal, wenn er die Glotze entgegen seiner Überzeugungen doch einschaltete, gab sie ihr Bestes, um ihn daran zu erinnern, warum er das eigentlich nicht mehr tun wollte. Eigentlich sehr nett von ihr. Er ging lieber raus und erlebte etwas.

Der Privatdetektiv erhob sich aus dem Sessel in der Absicht, genau dies zu tun, war schon an der Tür, drehte dann allerdings wieder um. Beherzt packte er den Röhrenfernseher, riss ihn von der Wand und warf ihn aus dem Fenster.

Das Gerät durchschlug die Scheibe, fiel und landete auf dem Kopf eines Rentners, der von da an sein Leben als „Fernsehkopf, der Schreckliche“ weiterführen musste. So schnell wird man zum Superschurken. Armer Kerl.

Freilich bekam Henry davon nichts mit. Er hatte sich nicht die Mühe gemacht, der Glotze hinterherzuschauen, sondern war bereits auf und davon. Erst auf der Straße begegnete er dem frisch geschlüpften Bösewicht.

Der sieht auch bescheuert aus, dachte er, dann lief er weiter.

Fernsehkopf, der Schreckliche taumelte über den Gehweg. Wer er zuvor gewesen war, spielte keine Rolle mehr, da er sich nun selbst nicht mehr daran erinnern konnte. Als der Röhrenbildschirm auf sein Haupt traf, zerschmetterte er einen Teil seines Gehirns und da eh niemand genau versteht, wie das Gehirn funktioniert, kann ich hier einfach behaupten, dass ihn das nicht nur sein Gedächtnis gekostet hat, sondern auch böse gemacht und einen unstillbares Verlangen nach Menschenfleisch geweckt hat. Stöhnend und schlurfend zog er daraufhin durch die Straßen von Schikargo, dabei sagte er immer wieder: „Ich … bin … bereit“. Doch er wusste nicht, zu was.

Gut, dass Captain Eyewitness vor Ort war, um alles genau zu beobachten.

In der Innenstadt wanderte Kuchengott Hassmilch umher. Sobald er seine Behausung verlassen hatte, ergriff ihn ein allumfassender Weltekel. Das gesamte Treiben hier draußen schien ihm widerwärtig und falsch zu sein. Schon wieder ein neues Gefühl.

Er konnte nicht genau benennen, warum er an jenem Tag nichts als Verachtung für die Menschheit übrig hatte, schließlich hinterfragte er seine ungewohnten Regungen nicht. Primär ging es ihm darum, sie grundlegend zu erfahren.

Ekel und Verachtung machten es ihm schwierig, sich überhaupt durch die Massen von Bürgern fortgeschrittenen Alters zu bewegen – um jene Uhrzeit schienen sie die Einzigen zu sein, die die Straßen bevölkerten –, da er stets einen Mindestabstand einhalten musste.

Auf einem Platz in der Fußgängerzone konnte er durchatmen, denn auf dem Platz dort hatte er Platz …

„Ich hab Platz auf dem Platz?“, murmelte Kuchengott, sofort gesellte sich zu seinem Welt- auch noch Sprachekel. Nachdem ihm ein kalter Schauer über den Rücken gelaufen war, hatte er wieder die Kraft, sich umzusehen.

Ihm gegenüber, auf der anderen Seite der Freifläche, stand ein abgerissener Typ mit einem Pappschild, auf dem stand: „Macht die Augen auf!“ Neugier befiel Hassmilch, also ging er näher ran.

„Ihr seid alle nur Figuren in einem Roman! Ihr existiert gar nicht wirklich! Merkt doch mal, was passiert!“, hörte er den Typ rufen. Kurz dachte er darüber nach, wie es sein mochte, gar nicht wirklich zu existieren. Sein Verstand konnte diese Aufgabe kaum bewältigen. Furcht befiel sein ungeübtes Herz.

Mitten auf dem Gehweg ließ er sich auf die Erde nieder und rollte sich in Fötusstellung zusammen, um zu verzweifeln. Er kam sich dermaßen unwichtig vor, dass er keinen Finger mehr rührte.

Zwölf Minuten lag er einfach so da, wie vom Himmel gefallen und nicht abgeholt, dann fasste er den Entschluss, dass der Schreihals dafür büßen musste, ihn in ein derart schwarzes Loch gestoßen zu haben. Spielte ja eh keine Rolle, wenn sie alle nicht wirklich existierten, ob das gerechtfertigt war oder nicht. Sein Motiv war nicht Wut, das hatte er lange hinter sich gelassen. Sein Motiv war die nackte Angst.

Fäuste flogen.

Sarim Mosk halluzinierte. Er hatte seit Tagen nicht geschlafen. Entweder war er durch die Gegend gelaufen, um Henry Frottey aufzuspüren, oder hatte dessen Wohnung beobachtet. Außerdem konnte er keine Toilette mehr benutzen, da jede einzelne, die er aufsuchte, besetzt war … von ein und demselben Elefanten. Das Biest war schnell.

Manisch jagte er imaginären Privatdetektiven hinterher, nur um jedes Mal, wenn er sie fast erwischt hatte, in einer Sackgasse zu landen.

Seit dem Streit mit seiner Frau war er gar nicht mehr nach Hause gekommen. Zuhause – ein Konzept, das in seiner derzeitigen Welt keine Rolle spielte. Es gab nur ihn und Henry Frottey, der aber nicht da war. Seine Welt war nicht vollständig. Seine Welt war wie dieses kleine Dings, das da immer so … warum eigentlich? Wem gehörte das?

Der Verstand des Kommissars Sarim Mosk begann, sich in einen wirbelnden, chaotischen Malstrom aufzulösen … Wer hatte denn nun eigentlich die Kokosnuss geklaut? Grau, grau, Dienstag, zwei und siebzig. Schweinchenspeck. Mmmhh … Schweinchenspeck.

Er konnte keinen klaren Gedanken mehr fassen … die Hunde da! Die redeten doch über ihn! Er wusste es! Die hatten eben noch über ihn geredet! Die standen ihn betreffend bestimmt auch in Korrespondenz miteinander. Er musste dem Frauchen hinterher.

Nein, er musste Henry hinterher! Doch was, wenn es den gar nicht gab? Was, wenn er ihn nur erfunden hatte, um auszugleichen, dass er mit dem letzten Fall nicht zurecht kam?

Piffpaff! Schnickschnack!

Eine Filiale einer Straßencaféкette. Ricardo hatte sich etwas Geld erbettelt und trank nun seit langer Zeit endlich mal wieder einen Kaffee. Seit er wieder klare Gedanken fassen konnte, hatte er einige Probleme. Er brauchte einen Job, neue Kleidung, eine Wohnung. Nichts, womit er nicht fertig werden würde. Selbst seine Wunden waren fast verheilt.

Hinten, in der Hose verborgen, steckte sein Messer.

Jakob Paletos bog um eine Ecke. Der Polizist hatte gerade einen Einbruchdiebstahl in einer Privatwohnung untersucht. Ein luxuriöses Apartment. Wesentlich größer und besser ausgestattet als sein eigenes. Da konnte man schon mal neidisch werden.

„Entschuldigung, waren Sie gerade bei Hempels in der Wohnung?“ Der Mann war so unvermittelt neben ihm aufgetaucht, dass Jakob aus lauter Überraschung die Frage ehrlich beantwortete. Sein Gegenüber – teurer Nadelstreifenanzug, zurückgegelte Haare und Sonnenbrille – musterte ihn von oben bis unten.

„Sie ermitteln da?“

„Das ist Polizeiangelegenheit. Da darf ich keine Auskunft drüber geben.“ Mittlerweile war er gefasst genug, dass er professionell antworten konnte.

„Das heißt also ja ... Pass auf, Kumpel. Ich möchte dir ein kleines Geschenk machen, wenn du die Sache bei Hempels auf sich beruhen lässt."

Der Mann versuchte ganz eindeutig, Paletos zu bestechen. Nicht mal besonders geschickt. Jakob war noch nie bestochen worden.

„Das geht nicht. Da wird jetzt ermittelt."

„Ach, wirklich? Ich glaube, nicht", sagte der Anzugträger süffisant und hielt dem Polizisten ein Bündel Scheine unter die Nase. Die Summe war gewaltig.

Jakob zögerte, betrachtete die kostspielige Kleidung des Gauners und musste unweigerlich an seine eigene Garderobe denken.

Dann nahm er das Geld an.

An diesem Tag hatte Henry Frottey sehr viel erlebt. Tat nur leider alles nichts zur Sache. Schade. Er war einkaufen und beim Friseur oder so. Total langweilig und überhaupt nicht relevant.

Was ja beweist, dass absolut gewöhnliche, alltägliche Aktivitäten um ihrer selbst willen beschrieben nicht zwangsläufig produktiv für die globale Handlung sein müssen. Man kann sie ganz gut weglassen und niemand vermisst etwas. Nimm das, Realismus!

Im Reinen mit sich selbst kehrte er nach Hause zurück. Man könnte den Tag als erfolgreich, aber unnötig bezeichnen.

Kapitel 19: E – wie der Buchstabe E

Die Universität Schikargo reflektierte stolz das gleißende Licht der morgendlichen Sonne, wie es sich für einen Tempel des Wissens gehört. Wobei ... nein, ein Tempel war sie nicht. Vielleicht eher ein Hort des Wissens. Zugegebenermaßen klingt „Hort“ etwas abwertend, wie eine Tagesverwahranstalt für das, was eines fernen Tages mal Akademiker sein wollte. Die besagte Hochschule war auf der Skala wohl irgendwo zwischen Hort und Tempel anzusiedeln. Ein Hempel des Wissens.[26]

Henry war extra früh aufgestanden, um dieses architektonische Armutszeugnis der siebziger Jahre bewundern zu können, bevor das Heer von wissbegierigen Studierenden anrückte, damit er in Ruhe den Arbeitsplatz von Darel H. Clash untersuchen konnte. Nostalgisch strolchte er durch die Gänge auf der Suche nach dem Fachbereich Physik.

Nicht nur von außen war das Gebäude eine Zumutung – warum hatten die Siebzigerjahre sowohl eine Epoche der Erbauung als auch des Hässlichen sein müssen? Was zum Teufel war so toll an freien Betonflächen und grauen Plastikverkleidungen? Auch von innen war es absolut unübersichtlich.

Selbst mit Hilfe der aushängenden Lagepläne sowie der Beschriftungen nützte dem Privatdetektiv sein frühes Erscheinen nichts. Bald war er von Studikern umzingelt, wurde von ihnen in einen Hörsaal gespült und auf einen Platz in der letzten Reihe verfrachtet.

26 Anm. d. A.: Oder möglicherweise doch ein Tort des Wissens? Das klingt wenigstens nach „Torte“.

Er sah sich um. Im Plenum waren erstaunlich viele Seniorstudenten vertreten. Manchen von ihnen war der Kater am Gesicht anzusehen. Studium, dachte Henry. Ein Lächeln machte sich auf seinem Gesicht breit.

Als der Dozent vorne erklärte, dass er die Vertretung für Professor Clash sei und das Thema für die nächsten neunzig Minuten vorstellte, wurde dem Privatdetektiv bewusst, dass er nicht nur den Fachbereich Physik bereits gefunden hatte, sondern direkt in eine Physikvorlesung geraten war.

Verzweifelt stöhnte er auf. Außer dem, was er an mechanischen Grundkenntnissen für Ballistik und andere Bereiche seines Detektivhandwerkes aufbringen musste, war diese Naturwissenschaft nie sein Steckenpferd gewesen.

Wenn man Physik nicht versteht, kann man leicht den Eindruck gewinnen, bloß ihr Spielball zu sein. So fühlte sich Henry wenigstens, und der große Dichter und Seefahrer Käpt'n Hansen Präsident Jamaica Rumverschnitt hatte dazu einmal gesagt: „Physik ist eine anmutige Wissenschaft, welche die plastischen Phänomene der Welt um uns herum, die winzigen Wunder der kleinsten Teilchen und das gagantoeske Ballett des Universums beschreibt. Dabei gelingt es ihr spielend, die Neugier und das Erstaunen der Menschen in Langeweile und Verwirrung zu verwandeln."

Henry verstand ja, dass diese Wissenschaft an sich unfassbar wichtig war, sowohl technisch als auch philosophisch. Niemand sprach der Physik ihren Wert ab, doch wie konnte etwas so Essentielles und so Wichtiges so unglaublich langweilig sein?

Die Durchschnittsmenschen auf der Straße hatten nahezu keinen Dunst von Physik. Für die glich sie eher einer Geheimwissenschaft. Meistens reichte ihr Wissen von „Alles fällt runter" bis hin zu „Strom kommt aus einem Loch in der Wand und schmeckt aua!" und endete dort abrupt. Und trotzdem kamen sie zurecht.

Gut, dafür benötigte man kein physikalisches Verständnis. Das waren Erkenntnisse, die jeder zehnjährige Hobby-ADHS'ler gewann, der an einem verregneten Mittwochnachmittag aus Langeweile an einer Steckdose lutscht.

Henry fragte sich, was diese Berufsphysiker eigentlich den ganzen Tag zu tun hatten. Irgendwo hatte er mal aufgeschnappt, dass die Naturphilosophen im antiken Griechenland den ganzen Tag lang in den Nachthimmel gestarrt hatten, um herauszufinden, was da mit den krassen Lichtpunkten abging. Angeblich starrten auch heute noch die Nachfahren der Naturphilosophen ins Firmament, um sich eine sehr viel weiterentwickelte Frage zu stellen: Was geht da ab mit dem krassen, dunklen Raum zwischen den langweiligen Lichtpunkten?

Er fand das erstaunlich, was man mit dreitausend Jahren systematischem Nachdenken für Fortschritte erzielen konnte. Natürlich hatte sich in diesen dreitausend Jahren technisch unheimlich viel getan. Heute bauten sie im Minutentakt neue Hightechwunderdinge, die hätte sich vor hundert Jahren niemand vorstellen können, wie zum Beispiel das iPhone ... oder das iPhone 2, oder aber das iPhone 3, oder auch das iPhone 4 oder sogar das iPhone 5 ... Niemand kann sagen, was sie als Nächstes erfinden!

Unterdessen stellte der Dozent eine Übungsaufgabe. Um nicht aufzufallen, schließlich ermittelte er immer noch verdeckt, schrieb der Privatdetektiv in seinem Notizbuch ein bisschen mit:

„Eine Tänzerin – das ist etwas, das die meisten Physiker aus dem Internet kennen – dreht sich im Kreis. Dabei wird ihr Körper durch einen Zylinder mit einem Durchmesser von 30 cm und einer Höhe von 70 cm angenähert, ihre Arme durch Zylinder mit einem Durchmesser von 10 cm und einer Länge von 40 cm. Ihr Gewicht beträgt 50 kg.

Bestimmen Sie ihr Trägheitsmoment mit ausgestreckten und angelegten Armen."

„Was zum Teufel ist denn ein Trägheitsmoment?", fragte sich Henry. Das war bestimmt wieder eine dieser abstrakten Größen, die man weder sehen noch anfassen konnte – aus denselben Gründen wollen einige Menschen nicht an Gott glauben, warum sollte also er an das Trägheitsmoment glauben?

Es gab da allerdings noch einige andere Sachen, die ihn irritierten. Vor seinem geistigen Auge sah er die Tänzerin vor sich. Eine anmutige Ballerina. Vermutlich hieß sie Günter-Jacqueline ... Ohnebein ... Günter-Jacqueline Ohnebein. Zumindest war in der Aufgabe von ihren Beinen keine Rede gewesen. Wahrscheinlich war sie ein Veteran aus Stalingrad, wo sie beide Beine an den Russen verloren hatte.

Jedenfalls drehte sie sich im Kreis. Da sie keine Beine hatte, auf ihrem Stumpf. Auf ihrem blutigen, aufgescheuerten Stumpf. Niemand wusste, wie lange sie sich schon drehte, auch dazu schwieg die Aufgabe. Stunden? Tage vielleicht? Dieser selbstverstümmelnde Pirouettenzwang klang für den Privatdetektiv nach posttraumatischer Belastungsstörung, was ja für seine Stalingrad-Theorie sprechen würde.

Mit fünfzig Kilogramm und diesem Tonnenkörper konnte Günter-Jacqueline auch nicht besonders anmutig sein. Ihr Body-Mass-Index musste schätzungsweise bei knapp über hundertsechzig liegen, was bei einem normalen Menschen einem Körpergewicht von knapp dreihundert Kilogramm entsprechen würde.

Irgendwas stimmte da vorne und hinten nicht. Die beschriebene Günter-Jacqueline war doch nie im Leben eine Tänzerin! Die log doch eindeutig! Günter-Jacqueline war viel eher ein Baggerfahrer, der durch sein Kettenrauchen beide Beine verloren hatte und auf der Armatur seiner Maschine eingeschlafen war, weshalb er sich unkontrolliert im Kreis drehte. Jemand musste dem Mann zu Hilfe eilen und nicht abstruse Berechnungen anstellen!

Währenddessen war die Vorlesung beendet worden. Endlich konnte er seine Überlegungen abbrechen, die er nur deshalb angestellt hatte, um sich von dem Vortrag abzulenken. Als Nächstes war das Büro von Darel H. Clash sein Ziel.

Ubbl Rüdiger war mit einem Lieferwagen auf die Einfahrt des Treffpunktes der Exzeldika gefahren gekommen, hatte die Hecktür geöffnet und alle antanzen lassen. Als sich die Esoteriker endlich vollzählig hinausbequemt hatten, hatte er verkündet, dass sie beim letzten Mal alle gute Arbeit geleistet hatten und er stolz auf sie sei, aber …

„Der Kosmische Aal hat mir im Traum eine Vision gesandt. Die Welt könnte noch auf eine andere Art und Weise untergehen, und zwar, wenn die Sonne implodiert und uns alle vernichtet", erklärte der Ubbl, während er hinten im Transporter die Pakete kontrollierte, die dort gestapelt standen.

„Auch dies gilt es zu verzögern." Er sprang aus dem Wagen auf die Straße. „Zum Glück hat mir der Kosmische Aal auch gleich gezeigt, wie. Wir verschicken so eine Art Care-Paket, und zwar mit …" Zügig öffnete er einen der Kartons, um etwas daraus hervorzuholen.

„… diesen Luftpumpen. Mit denen können die Sonnenwesen die Sonne vor Ort aufblasen, um so zu verzögern, dass sie in sich zusammenfällt. Könnt ihr mir folgen?"

Allgemeines zustimmendes Murmeln machte sich breit. Begeisterung kam nicht auf, aber das war ja auch nicht vonnöten. Es ging um Resultate und nicht um die richtige Einstellung. Auf einmal erhob sich eine Stimme über das Durcheinander: „Was sind Sonnenwesen?"

„Das sind Wesenheiten, die auf der Oberfläche der Sonne leben und hauptsächlich aus Energie und Plasma bestehen", führte der Ubbl aus.

„Wieso hab ich noch nichts von denen gehört?", fragte ein Quantenmagier, der von Anfang an Mitglied der Exzeldika gewesen war.

„Ich kannte die bis zu meiner Vision gestern Nacht auch nicht", erwiderte Aaloplop aufgeregt.

„In den Ostfriesischen Evangelien steht überhaupt nichts von Sonnenwesen." Ein Wortgetreuer hatte eine Ausgabe hervorgekramt und sie kurz überflogen.

„Das mag sein, aber …", hob der Ubbl an, wurde aber sofort unsanft unterbrochen, was ihn maßlos verärgerte.

„Ich glaube gar nicht an die Sonne!", rief eine der Superskeptizisten aus – Hardliner, die es sich zur Aufgabe gemacht hatten, Dinge umso stärker zu bezweifeln, je greifbarer sie waren. Eine Strömung innerhalb seiner Gemeinde, die dem Glaubensoberhaupt besonders auf die Nerven fiel. „Wie, du glaubst nicht an die Sonne? Du siehst sie doch! Wie kannst du nicht an die Sonne glauben?"

„Ich hab die Erfahrung gemacht, dass, wenn ich versuche, die Sonne wahrzunehmen, das jedes Mal in Schmerzen ausartet. Ich schließe daraus, dass irgendeine Macht nicht möchte, dass ich an die Sonne glaube, und aus Angst mach ich das darum nicht."

„Das klingt aber nicht sehr skeptizistisch", wunderte sich Aaloplop.

„Ich bezweifle die Existenz der Sonne an sich, aber nur weil etwas nicht existiert, heißt das doch nicht, dass ich nicht daran glauben kann. Mach ich aber nicht, weil sie das nicht will!", verteidigte sie sich.

„Jetzt lass die Marianne doch nicht an eine Sonne glauben, deren Existenz sie bezweifelt … Ubbl", mischte sich der Channelhexer ein. Der nun wieder. Konnten die nicht einmal blind gehorsam sein?

„Schluss jetzt! Ich bin der Ubbl und ich sage, die Sonne existiert. Da leben die Sonnenwesen, und weil das Teil implodieren wird, schicken wir denen jetzt die Luftpumpen! Basta!"

„Wie viele Luftpumpen hast du eigentlich besorgt, mächtiger und weiser Ubbl?" Es war immer noch der Channelhexer. Dass hier aber auch alles diskutiert werden musste.

„Zweiundvierzig", sagte das Glaubensoberhaupt trocken.

„Und du glaubst, das ist genug, um damit die Sonne aufzupumpen?"

„Ja, das glaube ich! Und darum glaubt ihr das auch! Ich bin euer Ubbl!", brüllte Aaloplop. „Jeder nimmt sich jetzt ein Paket und bringt das zur Post ... ohne Widerrede!"

„Wir schicken die per Post?"

„JA! Und jetzt: Weniger diskutieren und mehr Weltuntergang verzögern!"

Vor dem Büro des verstorbenen Professors Darel H. Clash. Henry lauschte an der Tür. Drinnen vernahm er deutlich den Klang einer Sekretärin, was ungünstig war, wenn er den Raum durchsuchen wollte. Kurz dachte er darüber nach, wie er die Assistentin extrahieren konnte, dann kam ihm eine Idee ...

Leise schloss der Privatdetektiv hinter sich ab. Er war stets aufs Neue überrascht, auf was für einfache Tricks die Menschen immer hereinfielen. Dieses Mal hatte eine Spur aus Keksen, die in eine Falle führte, völlig ausgereicht.

Das Büro war ziemlich chaotisch, doch irgendwo zwischen den Unterlagen des bekannten Professors musste sich ein weiterer Hinweis verbergen – ein Anhaltspunkt für die Frage, warum er im Yoo Get Phat gesprengt worden war. Das spürte Henry.

Außerdem: Was war eigentlich mit dem Kellner, der den explosiven Vogel serviert hatte und der daraufhin so schnell verschwunden war? Den musste Henry ja auch noch aufspüren.

So viel Arbeit, dachte Henry, dann machte er sich daran, sich durch die Akten zu wühlen. Das System des Professor Clash für die Sortierung seiner Papiere war dem des Privatdetektivs sehr ähnlich. Es gab kein System! Darum hatte sich der Detektiv schnell einen globalen, umfassenden Überblick verschafft und wusste, dass nichts Ungewöhnliches dabei war.

Er würde wohl tiefer graben müssen. Der Reihe nach checkte Henry die gebräuchlichsten Geheimverstecke: versteckter Safe hinter einem Bild, falsches Buch im Regal, das einen verborgenen Tunnel öffnete, doppelter Boden in einer Schreibtischschublade – und da wurde er fündig!

„Ach, Professor Clash, dafür, dass Sie so ein intelligenter Mann sind, ist Ihr Versteck aber ganz schön bescheiden", murmelte der Privatdetektiv, während er den Zwischenboden herausfriemelte. Darunter kam etwas sehr Interessantes zum Vorschein. Henry hob es auf, breitete es auf dem Schreibtisch aus und musterte es mit prüfendem Blick. Es waren einige technische Zeichnungen, Graupausen und Schaltpläne. Sie alle trugen den Titel: „Vergreisungsstrahler VGS3000".

Aus den Plänen ging hervor, dass jener Vergreisungsstrahler, der auf den Skizzen aussah, wie eine tragbare Strahlenkanone halt auszusehen hatte, tatsächlich die Macht besaß, Leute beliebig altern zu lassen. Er konnte sich irren und die handschriftlichen Randnotizen, die mit physikalischen Fachbegriffen wie „Quantendampfelektromagie" gespickt waren, falsch interpretieren, doch das Ergebnis hatte er ja mit eigenen Augen gesehen. Wahrscheinlich sogar gehört! Die Vermutung lag nahe, dass diese neuartige Waffe jenes Geräusch erzeugt hatte, das er bei der Untersuchung von Joas und Klako vernommen hatte.

Aus den Plänen ging aber auch hervor, dass der Professor zusätzlich etwas eingebaut hatte, das er „Polarisationsumkehrautomatik" nannte und schlussendlich dafür vorgesehen war, den Effekt des Gerätes umzukehren. Henry lächelte.

Clash, du alter Hund, dachte er, während er hastig die Pläne einpackte und alles wieder genauso herrichtete, wie es gewesen war, wischte seine Fingerabdrücke ab und sammelte Haare sowie Hautschüppchen ein, die ihm in dem Büro ausgefallen waren, um keine Spuren zu hinterlassen.

Wer auch immer dieser E. aus der Glückskeksbotschaft und von den Mandeln des Laermo West sein mochte, Darel H. Clash hatte nicht nur für ihn den Vergreisungsstrahler gebaut, sondern anscheinend auch Henry eine Möglichkeit gegeben, die verheerenden Folgen der neuartigen Waffe auszugleichen. Der Privatdetektiv bezweifelte stark, dass er damit die Toten wieder ins Leben zurückentgreisen konnte, doch vielleicht konnte er einigen teilweise vergreisten Opfern helfen.

Der Fall kam gut voran, jetzt musste er nur noch den Kellner finden, der sich Rambo McPingpong abd el Bowlingbahn nannte und Clash den präparierten Vogel überreicht hatte.

In dem Moment trat er unvorsichtigerweise in eine Schlinge am Boden, die sich augenblicklich zuzog und in die Höhe schnellte. Hilflos baumelte der Privatdetektiv von der Decke, da trat die Sekretärin auf ihn zu. Sie hatte sich offensichtlich aus seiner Falle befreit und nun ihrerseits eine aufgestellt. Beeindruckend.

„Wer anderen eine Grube gräbt …“, sagte die attraktive Frau, während sie näherkam.

„Baumelt am Ende selbst von der Decke“, führte Henry fort. Sie war nun ganz nah vor ihm. „Hallo. Ich bin …“

„Uninteressant“, sagte sie, drehte sich um und ging stürmisch davon.

Holla, dachte der Detektiv, dann hing er noch ein bisschen so rum.

Missmutig trampelte der Entleman, mit seinen Handlangern im Dauerlauf hinterdrein, durch die Abwassersysteme unter Schikargo, dabei murmelte der Bösewicht zornig quakend vor sich hin, dass man ihn kaum verstand. Lady _ war auch mit von der Partie. Sie schaute betroffen auf den gefiederten Bösewicht.

„Wer konnte denn ahnen, dass ausgerechnet unser neues Hauptquartier der Brutplatz einer Kolonie Kanalisationskrokodile ist?“, entschuldigte sie, während sie einen Zahn zulegte, um zu dem Vogel aufzuschließen.

Tatsächlich war unmittelbar nach dem Einzug in die kleine, unterirdische Festung eine große Gruppe der Reptilien durch einen der Zuflüsse angespült worden. Anfangs hatte man noch versucht, sich mit ihnen zu arrangieren, um sie als zusätzliche Verteidigungslinie nutzbar zu machen. Doch die Tiere waren angesichts ihres Nachwuchses derartig aggressiv, dass man nicht bleiben konnte. Zusätzlich zu denen, die er bei dem vergeblichen Domestizierungsversuch verloren hatte, waren bei ihrem Auszug weitere fünf von Entlemans Handlangern gefressen worden.

„Kacke, dass wir den Makler schon umgeballert haben. Mich gelüstet danach, dies zu wiederholen“, ärgerte sich der Wasservogel.

„Wir könnten seine Frau und seine Kinder abmurksen“, warf einer der Helfershelfer von hinten ein. Kurz überlegte der Anführer.

„Das wäre schon krass unmenschlich … Das stößt bei mir auf Wohlwollen, Bitch … Zuvorderst benötigen wir aber voll so einen neuen Gangster-Hideout … Mann ey, die Festung war so geeignet für unser Unterfangen, Bitches. Tödlich und furchteinflößend, und mit den megavielen Rohren, Asphalt und Erdreich über uns hätte uns der Vergreisungsstrahler gar nix gemacht. Wir hätten bloß ausharren müssen, bis dieser Henry-Arsch zu uns kommt und dann so noch ein bisschen, damit alle Leute voll alt wären, um schließlich und entlich die Stadt an uns zu reißen ... aber jetzt ist alles voll kacke so!“, schnatterte der Entleman.

Sie wateten noch eine Weile durch das schmutzige Wasser, bis Lady _ in die Pause hineinfragte: „Wo gehen wir denn dann jetzt eigentlich hin?“

„Bitch, selbstverfreilich in die Lagerhalle der Drake & Mallard Investment Corporation ... was soll’n wir denn sonst machen, Bitch?“

„Die am Hafen, wo wir Henry auflauern wollen, wenn er soweit ist?“

„Eben jene Bruchbude.“

„Aber da sind wir doch dem Vergreisungsstrahler fast schutzlos ausgeliefert! Ich will nicht alt werden!“, warf der Handlanger von eben wieder ein.

„Bitch, zügle mal deine Fresse und laber nicht stets in unser Gespräch hinein!“, maßregelte der Vogel den vorlauten Untergebenen. „Wirst du auch voll nicht, weißt du? Von dem Depot geht ein Schacht in die Kanalisation ab, wo ihr euch verbergen möget, bis die Zeit reif ist, ihr Opfers.“

„Und ich hatte gehofft, wir kommen aus dieser stinkenden Kloake endlich raus“, resignierte Lady _. Wieder entstand eine Pause.

Kapitel 20: Mensch Verfolgungsjagd Stadt

Bis weit nach Mitternacht war es Henry nicht gelungen, sich aus eigener Kraft zu befreien. Anscheinend hatte man es auch nicht für notwendig befunden, ihm zu helfen. In unregelmäßigen Abständen waren zwar immer wieder Personen vorbeigekommen und hatten ihn komisch beäugt, dann aber nichts unternommen. Kam so was hier häufiger vor, dass Menschen kopfüber von der Decke hingen, oder wie erklärte sich das? Sogar Kegel-Günther hatte nur geguckt.

Jetzt war er zum Glück frei und konnte sich endlich auf die Suche nach dem Kellner machen, der Professor Clash bedient hatte. Seine Worte hallten immer noch in Henrys Ohren nach: „Kleine Aufmerksamkeit des Hauses." Wie höhnisch das im Nachhinein klang.

Der Privatdetektiv versuchte, sich die Gestalt des Kerls ins Gedächtnis zu rufen, doch es gelang ihm nicht. Er hatte nicht auf ihn geachtet, was für einen Detektiv natürlich ein Riesen-Fauxpas war. Tatsächlich schämte er sich sogar, weshalb er nicht wirklich Lust hatte, sich mit dem Futterschlepper auseinanderzusetzen.

Außerdem gab es keinen Anhaltspunkt, wer der Mann tatsächlich war. Wenn Henry Pech hatte, war das einfach nur ein ganz normaler Kellner, der, nicht wissend, was passieren würde, schlicht und einfach seinen Job gemacht hatte und dann, nachdem der Vogel sehr, sehr doll geplatzt war, in Panik geraten war.

Spätestens an dieser Stelle war der Punkt erreicht, an dem der Privatdetektiv normalerweise alle weiteren Bemühungen um diesen Menschen eingestellt hätte, doch mittlerweile war die Geschichte so weit fortgeschritten, dass vermutlich alles mit dem großen Ganzen zu tun hatte. Schließlich hatte er auch noch den Decknamen, welchen der Kellner benutzt hatte: Rambo McPingpong abd el Bowlingbahn.

Na gut, wenn es sein muss, dachte Henry. Ich gehe in *einen* Nachtclub und frage *eine* Person nach Rambo. Vielleicht hab ich ja Glück und direkt der Erste, den ich frage, weiß was. Okay?

Okay.

Jakob Paletos hatte Nachtschicht. Streife. Eine Aufgabe, welche die wenigsten Polizisten von Schikargo ernsthaft wahrnahmen. In der Umkleide seiner Wache bereitete er sich gerade darauf vor, als ein Kollege an ihn herantrat. Das war recht ungewöhnlich, weil er einen wesentlich höheren Dienstgrad hatte und immens viel länger dabei war als Paletos.

„Jakob … richtig?"

Er nickte stramm. Der andere kannte seinen Namen.

„Du bist gleich auf Streife, oder?"

Wieder nickte er.

„Ein paar Kollegen und ich hatten uns gefragt, ob du nicht mitkommen willst. Wir sollten eigentlich auch auf Streife, aber … pfff … was soll's. Wir gehen lieber ein paar Obdachlose durch die Gegend jagen."

Der lud ihn tatsächlich zur heit'ren Pennerhatz ein. An sich war das natürlich nicht in Ordnung, aber Jakob schien langsam in den Kreisen der erfahreneren Polizisten akzeptiert zu werden, was ihn ungemein freute. Was er nicht wusste, war, dass sie seine anfängliche Tollpatschigkeit und Unsicherheit als kreative Form der Arbeitsverweigerung ansahen, weshalb sie ihm ein Mindestmaß an Respekt zollten – zu Unrecht, wie man meinen könnte.

Unrecht war auch die ganze Sache mit der Pennerhatz an sich. Doppelunrecht, wenn nicht mehr! Das wusste

Paletos, doch die Anerkennung seiner Kollegen war ihm wichtiger. Henry hätte das alles nicht gut gefunden. Doppel-nicht-gut, wenn nicht mehr! Auch das interessierte Jakob wenig. Vor Kurzem hatte der Polizist all seine selbstgebastelten Frottey-Fanartikel entsorgt.

Natürlich waren zwei Mörder in ihrem Gefängnis aufgetaucht, mit Nachrichten des Detektivs, aber seitdem waren bereits einige Tage vergangen, in denen nichts passiert war und niemand etwas von ihm gehört hatte. Inzwischen reichte es Jakob Paletos einfach. Er hatte sich von Henry losgesagt.

„Ich bin dabei."

Ein Nachtclub. Musik, die hauptsächlich aus Bumm- und Utz-Lauten bestand, im Ganzen aber wie ein Akkuschrauber mit Ladehemmungen klang, dröhnte durch den Raum. Nikotin flirrte durch die Luft.

Genau so, wie Henry es vermutet hatte, war es dann auch gewesen. Tatsächlich konnte der erste Typ, den Henry auf jemanden, der manchmal den Namen Rambo McPingpong abd el Bowlingbahn benutzte, ansprach, ihm sagen, dass ein Rambo McPingpong abd el Bowlingbahn heute an der Bar arbeitete.

Das musste einfach was mit dem Fall zu tun haben, ansonsten wäre es nicht dermaßen einfach gewesen, den Gesuchten zu finden.

Ein bisschen hatte er erwartet, dass eine stundenlange Verfolgungsjagd anstand – richtig spannend, mit Autos und Hubschraubern und Jetskis/Motorbooten und in einem Zug und dann mit Raumschiffen, doch am Ende würde sich rausstellen, dass er gar nichts mit den Ereignissen zu tun hatte, aber so … so lief es eindeutig darauf hinaus, dass diesem Burschen zentrale Bedeutung beikam.

„Bist du Rambo McPingpong abd el Bowlingbahn?", fragte Henry irgendeinen Barkeeper zwischen zwei Songs.

„Ja …" Wie am Schnürchen lief das hier. Rambo wirkte stark verunsichert.

„Hast du im Yoo Get Phat gearbeitet?"

„Ja …" Angst flammte in seiner Miene auf. „Bin ich jetzt verhaftet?"

Konnte es sein, dass der Kerl ein Feigling war? Irgendwas stimmte hier doch nicht. Wieso hatte es keine Verfolgungsjagd gegeben? Es gab immer eine Verfolgungsjagd. Auf der anderen Seite … wann stimmte denn hier jemals irgendwas, ne?

„Nein … ähhh … ich w..."

BUMM BUMM BUMM – UTZ! BUMM BUMM BUMM – UTZ! BUMM BUMM UTZ! WOBWOB W-W-W! W-W-W-WW! BUMM BUMM BUMM – UTZ! SSSSSS! SS! SS! RRR! WOB WOB! KSCH! BUMM BUMM UTZ! WopwopwopwapwapWobWob! WOB! WOB! WOB! RRR! WOB WAP! BUMM BUMM UTZ! BUMM BUMM BUMM – UTZ! BUMM BUMM BUMM … wiuuuuuuuuuuuuuuuUUUUUUUUUH!!! BUMM BUMM BUMM – UTZ! WOBWOB WOBWOBWOB! SS! SS![27,28]

Ein extrem lauter, nerviger Song unterbrach den Privatdetektiv. Das allein reichte, dass er die Nerven verlor. Henry packte den Barmann, zog ihn über den Tresen und nach draußen.

Kuchengott Hassmilch fühlte sich überrascht und schlug zu. Mehr ist dazu nicht zu sagen.

Auf der Straße angekommen, stellte Henry Frottey den zitternden McPingpong abd el Bowlingbahn auf die Füße. An der Tür waren sie ohne Probleme vorbeigekommen, indem der Detektiv bedrohlich geknurrt hatte.

27 Anm. d. A.: Ja, es gibt ein Techno/Dubstep-Solo in diesem Buch!
28 Anm. d. V.: Nicht, wenn wir es verhindern können!

„So, Rambo, pass mal auf …“, hob er an, doch in dem Moment verwandelte sich das ängstliche Zittern des Barkeepers übergangslos in einen ausgewachsenen Heulkrampf.

„B-b-bitte … ich will … nicht sterben! … Ich wusste doch nicht, dass die Ente … bitte, bitte, bitte.“

„Na, na, na“, machte Henry und nananate Rambos Rücken. So verhielt sich doch kein bombenlegender Mörder, aber vielleicht schauspielerte er. Die Tränen waren jedenfalls echt.

„Hast du den Sprengsatz in den Vogel gesteckt und den Glückskeks präpariert?“, fragte Henry ernst, dabei sah er dem Heuler tief in die Augen. Dieser schnappte mehrmals nach Luft, unterbrach sein Weinen kurz und antwortete: „Nein, das stand halt da so rum in der Küche. Ich hab das nur rausgebracht und nach der Explosion bin ich in Panik geraten, weil ich dachte, dass man mir die Schuld dafür gibt … Was gar nicht stimmt!“

Rambo McPingpong abd el Bowlingbahn war einfach nur ein Barkeeper. Jemand versuchte, ihm das mit der Pekingente bloß anzuhängen. Henry wusste das jetzt und es ärgerte ihn maßlos!

Das alles hatte überhaupt nichts gebracht, verdammt!

Kapitel 21: M – wie Mandeln

Die Ereignisse spitzten sich zu. Sogar Schikargo selbst schien sich zuzuspitzen. War es in Erdnähe noch sehr breit, so wurde es, je höher man sich erhob, immer schmaler, bis man den höchsten Punkt, die Spitze des Blitzableiters eines Hochhauses im Bankenviertel, erreicht hatte.

Von dort oben hätte man sämtliche Ereignisse in der Stadt im Blick gehabt und ein kalter Schauer wäre einem über den Rücken gelaufen, die Augen hätte man abwenden müssen, um sich erst mal zu setzen und dann zu verzweifeln.

Die meisten der Fenster starrten blind oder mit einer hölzernen Augenklappe aus vernagelten Brettern auf die Straßen, die entweder ausgestorben waren oder von scheintoten, ziellosen Greisen durchwandert wurden.

Viele der Einwohner hatten Angst, ohne genau zu wissen, wovor – die schlimmste Form der Angst. Die wenigen, die wussten, wovor sie sich fürchteten, flüsterten immer wieder einen Namen im Schlaf, um dann schweißgebadet zu erwachen … ENTLEMAN.

Die große Eieruhr lief ab.

Auch Ricardo hatte jene diffuse Angst befallen, allerdings schrieb er dies seiner allgemeinen Situation zu. Er fühlte sich schwach, krank und alt. Noch immer hatte er weder Arbeit noch Geld, was nicht seiner neuerlichen Intelligenz, sondern eher dem Umstand geschuldet war, dass er wie ein Obdachloser aussah, roch und weder Papiere noch Ausbildung vorweisen konnte.

Frustriert trottete er durch die Gegend. Nur weil man klug ist, öffnen sich einem nicht automatisch alle Türen. Das wurde ihm nun klar. Er berührte kurz das Messer in seiner Hose. Aus irgendeinem Grund war die Welt früher einfacher gewesen. Wenn man nur dorthin zurück könnte.

Dann hatte er sein Ziel erreicht. Vor ihm erstreckte sich das Sperrgebiet eines Militärstützpunktes, was ihn aber nicht störte. Sein Blick ruhte auf dem Zaun aus Drahtgeflecht. Ein graues Schild mit schwarzer Umrandung verkündete:

„Achtung! Hochspannung!“

Kurz zögerte er und warf einen Blick zurück auf die Stadt. In dieser Welt wollte er nicht leben. Ricardo streckte die Hand aus. Gnadenlos floss der elektrische Strom durch seinen Körper.

Messer-Ricardo stürzte zu Boden.

Sarim Mosk war gefangen in einem Strudel aus Wahnsinn. Ein irrer Flächenbrand hatte seinen Verstand befallen, dessen Herd Henry Frottey war.

Zu kontrollierten Handlungen war er nicht mehr fähig, da die äußere Welt für ihn jegliche Bedeutung verloren hatte.

So merkte Sarim nicht, wie er sich Trenchcoat und Hut stahl, sich damit in einer schmutzigen Gasse einkleidete und sich von da an „Privatdetektiv Sarim Mosk“ nannte.

In seinem Büro saß Henry Frottey ungeduscht hinterm Schreibtisch. Ohne sich zeitraubenden, nichtigen Aktivitäten wie Morgentoilette oder Frühstück zu widmen, hatte der Privatdetektiv direkt seinen Arbeitsplatz aufgesucht.

Eile war geboten. Er durfte nicht weiter zögern, sondern musste jetzt handeln. Ihm war dabei völlig bewusst, dass er nicht einmal Zeit hatte, das Haus zu verlassen. Vor Ort die Vergreisung des Laermo West zu untersuchen bedeutete Anfahrt, Inspektion des Tatorts, Befragungen, Beschattungen, um dann doch nur wieder festzustellen, dass er nicht weit genug gedacht hatte.

Da konnte er auch zuhause bleiben und hier nachdenken. Genau betrachtet hätte er nicht mal aus dem Bett aufstehen sollen! Jetzt also schnell scharf nachdenken und weiter kombinieren:

»Mandeln. Mandeln sind der essbare Teil der Steinfrucht des Mandelbaums. Der Mandelbaum-Effekt hatte, wenn ich mich richtig an Wikipedia erinnere, irgendwas mit Augen zu tun. Augen hat man meistens zwei, aber das ist ja kein gewöhnlicher Fall, in dem man mit Formulierungen wie „meistens“ weiterkommt. Was hat denn zum Beispiel nur ein Auge? Klar, da wären natürlich einige Piraten, aber das ist ja nicht per definitionem so. Per definitionem hat ein Zyklop nur ein Auge. Um den Kunstgriff des „per definitionem“ auszugleichen, brauche ich jetzt ein einzelnes Beispiel für einen Zyklopen. Da wäre natürlich Polyphem, den Odysseus ... Potzblitz! Potzdonner! Und Potzdam! Das Odysseum!«

„Aber da war ich doch schon zweimal! Da hab ich doch inzwischen alles abgesucht ... alles? ... Nein, einen Ort hab ich noch nicht abgesucht. Das Dach!“

Natürlich, das Dach. Irgendwas musste da oben sein. Ein weiterer Hinweis? Sein bösegewichtiger Gegenspieler selbst? Das würde er ohne weitere Umschweife herausfinden.

Na, dann sollte ich wohl mal da raufsteigen ... am besten jetzt gleich, dachte er, schloss den Browser, mit dessen Hilfe er sich lustige Katzenbilder in den Untiefen des Internets angesehen hatte, und rannte davon.

Kapitel 22: Henry Frottey Takes a Day Off at the Zoo

Dem Privatdetektiv war nach Urlaub zumute. Ihm war aufgefallen, dass er in den letzten Tagen so viel und ernsthaft gearbeitet hatte wie schon lange nicht mehr. Wenn er genau darüber nachdachte ... wie eigentlich noch nie zuvor, darum war er auch der Meinung, dass er sich eine Auszeit verdient hatte. Einen Offday, wie der Engländer sagt. Jetzt schien ein guter Zeitpunkt dafür zu sein.

Als Henry den Tierpark erreichte, war er ganz hibbelig vor Freude. Er liebte den Zoo, oder auch „El Zorro", wie der Spanier sagte. Er fand, die Freilufttierausstellungen waren der Hammer! Er kam gerne her.

Doch ihm war auch bewusst, dass einige Menschen seine Begeisterung nicht teilen konnten. Sie hatten wohlüberlegte, moralische Einwände gegen Tierparks und häufig hörte man sie beim Verlassen eines ebensolchen lautstark schimpfen: „Üah! Zoos sind voll doof! Die Tiere kannte ich alle schon, die sollen sich mal neue ausdenken!" Zugegebenermaßen war das ein berechtigtes Argument, schließlich waren Zoos die Einzigen, die seit mehreren hundert Jahren immer mit demselben Programm durchkamen.

Allerdings stellte ein Bestiarium nicht nur eine bloße Ansammlung von eingekerkerten Kreaturen dar, auch die Menschen trugen ihren Teil zum Erlebnis Tierpark bei. Es gab dort erstaunlich viel zu lernen und da man am besten durch Nachahmung lernt, gedachte er, nicht nur die Tiere zu imitieren, sondern auch die Menschen zu imimenschen.

Schließlich gab es auch noch jene Leute, die den Reiz am Zoo weder in den Tieren noch den Menschen sahen, die standen halt auf Käfige. Doch es lohnt nicht, darüber zu reden. Das muss jeder für sich selbst entscheiden.

Nachdem er den Eintritt entrichtet und das Drehkreuz hinter sich gelassen hatte, atmete er den unverwechselbaren Geruch ein. Es war ein sonniger ... war es Wochenende oder Werktag? ... Es war ein sonniger Mittag. Schätzungsweise dreiundzwanzig Grad. Ein leichter Ostwind trug den Duft des Pumakäfigs über das Gelände – unverwechselbar ... Der Luftdruck mochte wohl bei 1024 Millibar liegen. Perfekte Bedingungen, um abzuschalten. Kurz wanderten seine Gedanken zu Lady _. Er hätte natürlich auch mit ihr herkommen können. Schnell schüttelte er sie mit dem ganzen Körper fort.

Ihm fiel eine Mutter mit Kind ins Auge. Die konnte er gut unbemerkt verfolgen. Rasch heftete er sich an ihre Fersen. Irgendwas war seltsam an ihnen und besonders an dem Kind, doch er konnte nicht genau benennen, was. Als er ihnen eine Weile gefolgt war, bemerkte er außerdem, dass sie wohl von außerhalb kommen mussten, denn sie sprachen einen leichten Dialekt. Kurzerhand protokollierte er – nur zu detektivischen Übungszwecken natürlich – ihren Dialog.

Kind: „Hab Dank, dass du mit mir in den Zoo gegangen bist, ehrenwerte Frau Mutter."

Mutter: „Gerne, Jeremy-Jürgen. Das hast du dir verdient. Schließlich hat sich daheim deine mündliche Mitarbeit auch deutlich verbessert, nicht wahr?"

Kind: „Ach, wie schade, dass ich ein Lehrerkind sein muss."

Mutter: „Wie bitte?"

Kind: „Ähhh ... ich sagte: Siehe, ein Bär."

Bär (gelangweilt): „... roar ..."

Kind: „Sind Bären eigentlich sehr gefährlich, oh du großmütige Lebensspenderin?"

Mutter: „Gewöhnlich schon, Jeremy-Jochen, doch dieses Exemplar scheint mir etwas lethargisch zu sein."

Bär (entnervt): „... na gut, was soll's ... **ROAR!!!**"

Mutter: „Da! Nun gibt er sich Mühe! Spende ihm Applaus, Jeremy-Peter."

Kind: „Hussa! (applaudiert) ... Schau dort, geliebte Erzeugerin! Ein Rhinozeros!"

Rhinozeros (vibrierend): „Klingeling! Klingeling!"

Kind: „Horch auf, gnädige Architektin meiner körperlichen Gestalt. Das Rhinozeros ... es klingelt."

Mutter: „Du sprichst wahr, Jeremy-Waldemar. Ich werde rangehen. (nimmt ab) Hallo, hier bei Zoos?"

Anrufer: „Guten Tach, ist da die Mama von Jeremy-Shakira?"

Mutter: „Ja ... nee ... sozusagen, eigentlich heißt das Kind nämlich Jeremy-Soundso."

Kind: „Ich heiße Sandra!"

Mutter: „Wie?"

Kind: „Respektiere bitte meinen alternativen Lebensstil."

Mutter: „Du bist fünf!"

Kind: „Alt genug, um zu bemerken, dass du mich in den falschen Körper geboren hast! Danke dafür, elterliche Gebärversagerin!"

Mutter: „... Oha! ... Die Mama kann jetzt nicht, Heribert-Sandra. Die Mama muss rhinofonieren."

Kind: „Warum sprichst du von dir in der dritten Person, fehlerhafte Existenzverantwortliche? Sind deine Kenntnisse der Grammatik gar so falsch wie deine Lenden?"

Mutter: „... Boah! ... Ich meine: Schweig still, Kind! ... Hallo, Monsignore Anrufer, sind Sie noch dran?"

Anrufer: „Nein!"

Mutter: „Na, dann sollte ich wohl auflegen!"

Anrufer: „Das sollten Sie ... ach, nee! Halt! Moment!"

Mutter: „Ja, was denn noch?"

Anrufer: „Sie nehmen jetzt den Affen und ha...“

Mutter: „Welcher Affe?“

Anrufer: „Kein Affe? Auf welchem Tier hab ich Sie dann angerufen?“

Mutter: „Auf einem Rhinozeros.“

Anrufer: „Rhinozeros? Niemals!“

Mutter: „Immermals!“

Anrufer (abgewandt): „Günter, glaubse dat? Ich Idiot hab schon wieder auf dem Rhinozeros statt auf dem Affen angerufen!“

Anrufer (zugewandt): „'Tschuldigung, hab ich mich wohl verwählt. Tschüss!“

(legt auf. Rhinozeros grast weiter.)

Kind: „Wer war das, geschätzte Ich-Manufaktur?“

Mutter: „Keine Ahnung.“

Kind: „Hm.“

Mutter: „Hm.“

Kind: „Richte nun dein Augenmerk auf jenen Elefanten dort, du oller pränataler Container, du! Der Elefant, er macht Häufchen!“

(Elefant verrichtet seine Notdurft.)

Mutter: „Der macht aber ganz schön viel Häufchen!“

Kind: „Ei, wahrlich und wahrhaftig, welch immenses Häufchen!“

Mutter: „Was freust du dich denn so?“

Kind: „Ich bin fünf! Darum lässt Häufchen mein Herz jubilieren.“

Mutter: „Ach, seufz, ach, seufz und erneut stöhn! Sandra, du bist mir argumentativ überlegen, darum muss ich dich zur Adoption freigeben.“

Eine andere Person: „Zu Hilfe! Hier ist ein grauenhaftes Verbrechen geschehen.“

Hier brachen die Aufzeichnungen des Privatdetektivs ab. Manchmal war es auch wichtig, den Leuten ihre Privatsphäre zu lassen, selbst wenn er die gesammelten Informationen nicht verwertete. Er war eben nur zu Erholungs- und Trainingszwecken hier.

Und doch schien ihm das alles äußerst seltsam zu sein. Ihm! Henry Frottey! Nicht der Umstand, dass das Rhinozeros klingelte, nebenbei bemerkt. Das Tier war ganz offensichtlich einer der letzten Vertreter der finnischen Rhinozerösser. Ein sogenanntes Rhinokia! Das klingelte aus Instinkt.

Seltsam war das Gebaren von Mutter und Kind. Eine merkwürdige Stimmung lag in der Luft. Irgendwas ging vor und das war nicht gut. Vielleicht war es keine gute Idee gewesen, gerade jetzt ein Päuschen einzulegen. Er musste anscheinend weiter aktiv bleiben. Ohne weiter zu überlegen, machte er auf dem Absatz kehrt und rannte Richtung Ausgang.

Kurz vor dem Drehkreuz passierte er noch das Giraffengehege und warf einen kurzen Blick auf die langhalsigen Stelzentiere. Sie waren um einiges höher, als er sie in Erinnerung hatte. Das ging ihm jedes Mal so. Vielleicht waren sie einfach zu hoch. Sie würden sich niemals an irgendwen anschleichen können. Wie traurig das eigentlich war. Ein Leben, das er sich als Detektiv nicht vorstellen konnte. Sind Giraffen dein Kontrahent, gibt es kein Überraschungsmoment, dachte er noch, bevor er den Zoo verließ. Das Odysseum war sein Ziel. Es selbst mochte ihm nicht weglaufen, aber womöglich die Zeit.

„Aufgepasst, liebe Freunde der gepflegten Abendesoterik“, rief Ubbl Aaloplop seine Gefolgschaft zur Ordnung. Eigentlich hatte es nur ein gemütliches Beisammensein werden sollen, mit Brunch und allem Drum und Dran, doch nun kippte schlagartig die Stimmung. Ausnahmslos alle waren augenblicklich ruhig und starrten Rüdiger ernst an. Dieser wunderte sich über die feindselige Atmosphäre, die sich ausbreitete, ließ sich aber nicht beirren.

„Ich hatte mal wieder eine Vision.“ Totenstille. „Im Traum erschien mir der Kosmische Aal. Er zeigte mir, wie die Welt untergeht.“

„Was ist es dieses Mal?“, unterbrach einer der Kristalljünger ungeduldig. Rüdiger blickte in finstere Gesichter, fuhr aber dennoch fort.

„Das Ende ist nahe, sagte mir der Kosmische Aal. Die Vision, die er mir sandte, zeigte eindeutig, dass bald alle Menschen der Welt alt sein werden und dann zu Staub zerfallen. Und die wenigen Kinder, die noch geboren werden, werden es ihren Eltern gleichtun, indem sie alt zur Welt kommen und ebenfalls zu Staub zerfallen. Und die Erde wird wüst und leer sein, bis auf den Staub der Menschen, der alles bedecken wird. Dann hab ich auch von einer Ente mit Zylinder und Monokel geträumt, aber da war die Vision wohl schon zu Ende.“

Gespannt wartete er auf ihre Reaktion, doch es kam keine. Die spirituellen Menschen der Exzeldika wirkten wenig beeindruckt – geradezu entgeistert.

„Remoulade unseren Seelen?“, versuchte der Ubbl, um überhaupt eine Regung seiner Gemeinschaft zu provozieren. Stille. Dann erhob sich der Channelhexer.

„Wir haben nachgedacht, Rüdiger“, sagte er ernst. Der schon wieder. Immer funkte er dazwischen.

„Ach ja, worüber denn?“, fragte Alolop scharf.

„Na ja, die Gruppe und ich, wir finden das total toll, wie viel Mühe du dir gibst und wie ernst du das nimmst, aber wir fragen uns auch, ob das so stimmt, was du da erzählst.“

„Wie meinst du das?“ Der Ubbl verengte die Augen zu Schlitzen.

„Also, das bin ja nicht nur ich … wir alle glauben halt nicht, dass du wirklich Visionen vom Kosmischen Aal bekommst, sondern dir das alles nur ausdenkst, um deine Machtposition zu legitimieren, ne?“, erklärte der Channelhexer. Die übrigen Mitglieder nickten zustimmend.

„Du hältst uns in dieser konstanten Bedrohung, dass wir den Weltuntergang verzögern müssen …“

„Aber das Ende ist nah!“, unterbrach Rüdiger.

„… Lass mich ausreden, okay? Wir glauben mittlerweile, du schaffst diese Kulisse einer konstanten Bedrohung, damit wir nicht darüber nachdenken, wie herrisch du auf einmal mit uns umgehst – ständig müssen wir hier zaubern, da den Untergang rauszögern … Wir haben das hier als friedlichen Verein spirituellen Miteinanders gegründet und dich nur zum Anführer gemacht, weil einer die Zeremonien leiten muss, ne? Wir sollten uns mal darüber unterhalten, ob deine Beförderung nicht vielleicht zu früh kam und du noch gar nicht die nötige seelische Entwicklung vollzogen hast, wenn du dieses ganze Weltuntergangsszenario auf einmal total instrumentalisierst.“ Zustimmendes Murmeln machte sich in der Gruppe breit. Rüdiger konnte es kaum fassen. Selbst die zurückhaltende Ignostikerin, die sich weigerte, die Frage nach der Existenz eines Gottes zu beantworten, bis jemand die Begriffe „Existenz“ und „Gott“ ordentlich definierte, schien angesichts dieses Themas nicht mehr ganz so zurückhaltend.

„Aber wir müssen doch was tun!“, wandte Rüdiger aufgebracht ein. Die waren doch alle bloß neidisch, weil er eine besondere Verbindung zum Kosmischen Aal hatte und sie nicht.

„Das ist ja, was wir meinen. Vielleicht müssen wir das ja gar nicht. Du kannst uns jedenfalls nicht dazu zwingen. Nur weil du das so behauptest, dass das alles so und so ist, heißt das ja noch lange nicht, dass wir das auch so als richtig empfinden. Hier soll und darf jeder auf seine Weise den Weg zum Kosmischen Aal finden, gemeinschaftlich mit der Unterstützung der anderen, und nicht durch deine Zwänge, Gängelungen und Vorschriften. Du zentralisierst das alles so, wir wollen aber eine dezentrale Glaubensgemeinschaft. Ein vielfältiges Wir und keine feste Ideologie. Ursprünglich wollten wir den Weltuntergang verzögern, damit wir darüber diskutieren können, ob wir pro oder contra sind, aber darum geht es gar nicht mehr. Mittlerweile zögern wir nur noch raus. Das ist so zum Selbstzweck geworden. Uns geht's aber um die Diskussion. Die muss ja nicht mal zu einem Ergebnis führen. Uns ist halt der Austausch wichtig. Verstehst du, was wir meinen?"

Er verstand nicht. Was war das für ein rebellischer Haufen Blasphemiker, der da gemütlich mit ihm brunchte? Die Botschaft war klar und eindeutig: Die Welt ging unter. Der Kosmische Aal sprach durch ihn, was zu tun war. Begriffen die das denn nicht? Wollten sie die klare und einfache Wahrheit, die sichtbar vor ihnen allen lag, nicht erkennen? Vielleicht wollten sie auch bewusst den Weltuntergang herbeiführen. Wie ein trotziger Rentner starrte Rüdiger nur noch und sagte schon gar nichts mehr, die Arme verschränkt, die Augen zornig funkelnd.

„Hör mal, Rüdiger", setzte der Channelhexer erneut an. „Wir machen einen Kompromiss. Wir helfen dir dieses eine Mal noch, den Weltuntergang zu verhindern, aber danach unterhalten wir uns echt mal über deine Position in unserer Gemeinschaft, okay?" Allgemeiner Zuspruch.

Sofort hellte sich Rüdigers Miene auf. Beherzt griff er unter den Tisch und holte eine große Kiste mit Anti-Aging-Produkten hervor.

„Ausgezeichnet", plapperte er freudig drauflos. „Ich habe mir überlegt, dass wir dem Kosmischen Aal ganz viele von diesen Faltencremes und Gesichtsmasken und so opfern, weil die den Alterungsprozess ja auch maximal rauszögern und nicht beenden. Ich hoffe, eine Kiste reicht erst mal, sonst müssen wir später bei dm noch mehr besorgen, aber das können wir ja aus der Exzeldika-Kasse bezahlen, dachte ich."

„Nee, ist 'ne ganz tolle Idee, Rüdiger."

Hoch über den Dächern der Stadt. Henry Frottey stand an der Brüstung des unauffindbaren Veranstaltungszentrums und starrte in den Abgrund vor sich. Er schätzte die Höhe des Odysseums auf etwa 6 Schrödinger.[29]

Gut, dass ich mich doch entschieden habe, nicht an der Fassade hochzuklettern, dachte der Privatdetektiv. Das wäre echt anstrengend gewesen und auch ganz schön unnötig, wo es doch ein bequemes Treppenhaus gab. Manchmal ist eben die erste Idee nicht unbedingt die beste.

Als ihm einfiel, dass er unter Höhenangst litt, machte er einen Satz von der Kante weg. Was er alles auf sich nahm, nur um den Fall zu lösen, fand er selbst äußerst beachtlich. Wahrscheinlich würde er sich, wenn alles vorbei war, einen Orden verleihen – den Henry-Frottey-Orden für besondere detektivische Leistungen im Angesicht unzumutbarer Erdferne. Realistischer war jedoch, dass nur die wenigsten davon wussten, was er getan haben würde.

Detektivisch sah er sich um. Irgendwo hier oben musste ein weiterer Hinweis sein, ein Anhaltspunkt, eine Notiz, auf der stand: „Ätsch, du bist ganz umsonst hier raufgeklettert." Seine feine Spürnase zeigte ihm den Weg, während seine Augen die Fährte aufnahmen und seine Ohren einfach nur doof an seinem Kopf herumbaumelten.

In der Mitte des Dachs stand, kaum zu übersehen, ein enormer Blitzableiter – an ihm befestigt der Vergreisungsstrahler. Henry erkannte ihn sofort. Genau das Ding hatte er auf den technischen Zeichnungen in Darel H. Clashs Laboratorium gesehen. Es erzeugte auch das Geräusch, welches er vom Mord an Joas und Klako kannte, dabei vibrierte es leicht und ein schwaches Leuchten ging von ihm aus.

---

29 Anm. d. A.: Die Maßeinheit Schrödinger für die Höhe von Gebäuden geht auf den Physiker Erwin Schrödinger zurück, der, nachdem seine Experimente mit Katzen und zu 50 % tödlichen Kisten seine perversen Gelüste nach sinnlosen Tierversuchen nicht mehr befriedigen konnten, anfing, selbige von Türmen et cetera zu werfen. Dabei entspricht ein Schrödinger der Anzahl von Leben, die eine Katze verbraucht. Und das alles nur für eine Maßeinheit, die niemand verwendet. Krank!

Was machte der Apparat hier oben? Schließlich lässt man seine Mordwaffe doch nicht einfach irgendwo rumliegen! Was, wenn ein Trittbrettfahrer sie fände? Dann könnte man ihn kaum noch vom eigentlichen Täter unterscheiden!

Er besah sich das Gerät etwas genauer. Da hatte anscheinend jemand in Eigenarbeit noch zwei Teile angeschraubt. Das eine war mit dem Auslösemechanismus verbunden und besaß eine eigene kleine Antenne.

„Ein Fernzünder …", vermutete der Privatdetektiv völlig richtig.

Oberhalb der Mündung des Vergreisungsstrahlers war das zweite zusätzliche Teil befestigt. Eine Art Prisma oder Kristall. Krampfhaft versuchte er, sich an den Physikunterricht zu erinnern, um seine Funktion zu entschlüsseln. Als der Physikunterricht damals jedoch seinen Kopf durch die Ohren betreten hatte, verhielt er sich wie ein einzelner Justin-Bieber-Fan, der zufällig in eine Hardrock-Kneipe stolpert, wo nur die ganz harten Typen abhängen. Er hoffte, dass ihn niemand bemerkt hatte, und ging langsam rückwärts wieder raus.

Darüber kam Henry aber das Albumcover von Grey Floyds „The Dark Side of the Moon" in den Sinn und er verstand.

„Verdammt, die versuchen, die ganze Stadt zu vergreisen!", stieß Henry entsetzt aus. Auf einmal ergab alles einen Sinn … also nicht *alles* alles, aber schon *einiges* alles – zum Beispiel, warum er in letzter Zeit dermaßen viele alte Menschen in den Straßen gesehen hatte, warum viele seiner Bekannten ausgelaugt und verbraucht wirkten, oder warum die Fünfjährige aus dem Zoo heute so seltsam altklug dahergeredet hatte, ohne selbst alt zu sein. Sie und ihre Mutter kamen von außerhalb und hatten noch nicht die volle Dosis Vergreisungsstrahlen abbekommen. Ihm dämmerten noch ein paar weitere Situationen, doch er wollte sie nicht alle Revue passieren lassen, denn es galt zu handeln. Apropos handeln …

Henry blickte auf seine Hände. Wieso war er eigentlich nicht mitgealtert? Wer weiß, wie lange das Ding hier oben schon aktiv war? Es mochte wohl damit zusammenhängen, dass er gar nicht so genau wusste, wie alt er eigentlich war. Doch es war müßig, an dieser Stelle darüber zu philosophieren, denn mit jeder Sekunde, die verstrich, wurden die Menschen von Schikargo immer älter … und zwar nicht um die übliche Sekunde!

Zum Glück hatte ja dieser Fuchs von einem Professor, Darel H. Clash, die Polarisationsumkehrautomatik eingebaut, sodass er den Effekt rückgängig machen konnte. Aus der Innentasche seines Trenchcoats holte Henry sein Taschenmesser hervor, dann schraubte er die Verkleidung über dem Auslöser der Strahlenkanone ab, wie er es auf den Graupausen gesehen hatte.

Direkt vor ihm erschien ein Kippschalter, an dem „PUA“ stand. Nachdem er ihn umgelegt hatte, begann die Maschine kurz zu stottern, ging aus und lief dann rückwärts. Der Privatdetektiv stöhnte bei dem Gedanken, die unzähligen Treppenstufen in ein paar Tagen erneut erklimmen zu müssen, nur, um das Teil komplett abzuschalten. Die Leute sollten sich ja auch nicht in Babys verwandeln.

Kurzentschlossen kleisterte er alles mit Plastiksprengstoff voll und brachte einen Zeitzünder an, den er auf zweihundertsechzig Stunden stellte. Zu der Zeit etwa war Alfons Knurhahn gestorben. Er war das letzte Opfer gewesen. Kurz danach würden sie den Vergreisungsstrahler wohl hier raufgeschafft haben.

Wo er schon dabei war, konnte er auch gleich die Fernsteuerung lahmlegen. Nicht, dass ihm jemand reinpfuschte. Nachdem er das Gehäuse demontiert hatte, erstarrte der Detektiv. Da war alles voll mit Drähten … und sie waren alle grau. Henry hatte schlechte Erfahrungen damit gemacht, Drähte von etwas zu durchtrennen, das ein Superschurke gebastelt hat. Abgesehen davon wusste er auch gar nicht, welchen grauen Draht er durchschneiden sollte. Im Fernsehen sah das immer so leicht aus. Konnten die nicht mal was ohne Drähte konstruieren? Oder einen Schaltplan mitliefern? Welchen sollte er nur nehmen?

Er atmete tief durch und erholte sich von seinem ersten Schock. Das sah aus wie Spaghetti-Eis da drin. Grau, grau oder grau? Was schnitt er zuerst durch? Schweiß perlte von seiner Stirn. Wenn er den falschen Draht durchschnitt, waren die Folgen unabsehbar.

Noch nie im Leben hatte er so viel Verantwortung getragen. Für sich. Für die ganze Stadt. Sein nächster Schritt konnte entscheidend für das Schicksal so vieler Menschen sein. An was für kleinen Handbewegungen, wie beispielsweise am Zudrücken eines Seitenschneiders, sich manchmal die ganze Welt aufhängte.

Hab ich überhaupt einen Seitenschneider dabei?, dachte Henry und kramte in seinen Taschen, fand aber nichts.

„Na toll! Da liegt das Schicksal der Stadt einmal in meinen Händen und ich bring keinen Seitenschneider mit! Soll ich den Draht einfach rausreißen, oder was?!“, brüllte der Privatdetektiv zornig, dann schlug er mit der geballten Faust in die Elektronik der Fernsteuerung.

Flackernd leuchteten einige Dioden auf und mit einem BRZL! verrauchten Transistoren und Kondensatoren. Sein Herz blieb fast stehen. Was würde nun geschehen? Hatte er durch einen unüberlegten Faustschlag das Schicksal von Schikargo besiegelt?

Der Vergreisungsstrahler vibrierte unablässig weiter. Keine Veränderung. Keine Explosion. Alles gut. Erleichtert atmete Henry Frottey aus. Erst jetzt fiel ihm auf, dass er die Luft anhielt.

„Ja, schön. Hat sich das auch erledigt“, sagte Henry Frottey fröhlich, dann erhob er sich, um zu gehen.

„Halt!“

„Wer bist du denn jetzt auch noch?!“

„Ich bin Handlanger Nummer 4 und der Wächter des Vergreisungsstrahlers, Jungchen. Man nennt mich ... ähm ... Steve, den Alliterationslosen.“ Ein wirklich uralter Mann zitterte auf ihn zu. Er musste mehrere Tage in direkter Nähe der Waffe verbracht haben, so verbraucht, wie er war. Haar und Bart wallten in langen weißen Mähnen an ihm herab. In seine Falten hätte man einen Stein fallen lassen und auf den Aufschlag warten können. Seit der Privatdetektiv das Dach betreten hatte, musste er sich von der anderen Seite her auf ihn zubewegt haben, doch erst jetzt hatte der zahnlose, tatterige Greis ihn erreicht. Der würde keine Gefahr darstellen.

„Was willst du?“, fragte Henry.

„Ich ... ich werde gegen dich kämpfen. Mach dich bereit zu sterben!“, keuchte Steve, dann brach er in einen Mitleid erregenden Hustenanfall aus. Gemächlich ging der Detektiv auf ihn zu. Erst aus der Nähe bemerkte er, dass auf dem Buckel des Wächters Moos wuchs.

„Dann kämpf mal gegen mich“, forderte Henry auf, als sich der Alte beruhigt hatte. Dann begann Steve mit einer Serie kraftloser, aber extrem mühevoller Schläge gegen die Brust des Privatdetektivs. Die Serie hatte aber nur zwei Folgen und wurde dann abgesetzt. Den Sendeplatz nahm ein neuer keuchender Hustenanfall ein.

„Ich hab jetzt keine Zeit für so was“, verkündete Henry. Er schnipste seinem Gegner mit dem Zeigefinger vor die Stirn, was dazu führte, dass dieser sofort hinten überfiel. Mit einem Scheppern zerbrach die Hüfte von Steve, dem Alliterationslosen.

„He! Du kannst mich doch nicht einfach hier liegenlassen, Jüngelchen“, rief jener, allerdings mit einiger Verzögerung, so dass der Privatdetektiv es bereits nicht mehr hörte. Er war schon im Treppenhaus und auf dem langen Weg nach unten.

Kapitel 23: A und N – wie Asbest und Nichts

Still und dunkel schmiegte sich der Hafen von Schikargo in Henrys Blickfeld. An Gaunereien mangelte es hier wahrlich nicht, allerdings hatten die Gangster hier ein anderes Format. Auf irgendeine pseudopoetische Art und Weise schienen sie mit dem Wasser selbst verbunden zu sein. Natürlich konnte in ihren Gemütern Sturmflut herrschen, doch meistens ruhten sie in sich selbst. Eine Eigenschaft, die den leidenschaftlichen Gangstern aus Muspelhome – einem Stadtteil von Schikargo, der seit 1912 ununterbrochen brannte – unbekannt war. Auch die aufbrausenden Bösewichte, der Wolkenkratzer oder die tumben Ganoven aus den Gebieten der Stadt, die unterirdisch lagen, konnten da nicht mithalten.

Die Mafia kam noch häufig zum Hafen. So auch an diesem Tag. Darum war er hier, denn dieser Tag war derjenige, an welchem er Informationen über den Tod von Alfons Knurhahn einzuholen gedachte.

Einige Meter entfernt konnte Henry Frottey bereits einen Lieferwagen ausmachen. Während der Fahrer hinterm Steuer eingeschlafen war, stand der Laderaum offen. Zwei Gestalten luden fleißig aus. Ein hagerer, kleiner Kerl mit Bart. Ein bulliger Kerl mit Glatze. Beide mochten wohl Ende vierzig sein.

Die Ausladenden unterhielten sich während ihrer Arbeit lautstark, also horchte der Privatdetektiv gespannt auf, während er sich in den Schatten verbarg.

„Pass auf, Frank, es sind für uns alle harte Zeiten und wir versuchen nur, irgendwie zurecht zu kommen … also machen wir das, was wir am besten können, okay? … Also … Ältester aller Schweden, ist der schwer! Das ist der dickere Frank! Fass mal mit an! …"

Sofort eilte Frank, der Dicke zu Hilfe. Gemeinsam hievten sie eine weitere Leiche – Frank, den Dickeren – aus dem Transporter und ins Wasser. Dank der sizilianischen Schuhe sank er umgehend auf den Grund des Hafenbeckens.

„Was ich versuche zu sagen, ist … der Boss ist tot, wir verlieren immer mehr Gebiete, die Leute zahlen das Schutzgeld nicht mehr freiwillig und so weiter und so fort. Scheiße, da kommt richtig Arbeit auf uns zu, Frank. Und du weißt, ich hasse Arbeit! Ich bin nicht zur Mafia gegangen, um richtig zu arbeiten, Frank! Ich war schon zweimal in Kur wegen Burn-out, Frank!"

Der Hagere war stehen geblieben und hatte angefangen, wild zu gestikulieren, um seinen Standpunkt klar zu machen. Frank hingegen versuchte, ihn zu beruhigen.

„Bleib locker, Paulie. So weit wird es schon nicht kommen … Die zwei noch, dann haben wir's geschafft."

Etwas ruhiger fuhr der andere – offenkundig Paulie – fort, während sie den nächsten Körper herauszogen, damit sie ihn den Fluten übergeben konnten.

„Gott sei Dank. Wir sind schon seit drei Stunden hier und reden ständig über denselben Mist! … Wer ist das denn?"

„Panini und Deagostini, wenn ich mich nicht irre."

„Gut, die sind leicht … mein Rücken bringt mich um … aber schade eigentlich. Mit denen hatte ich immer viel Spaß … na ja … jedenfalls … gibt es normalerweise, wenn so was passiert wie zurzeit, einen … hnnng! … einen Verräter, und den findet man früher oder … noch früher. Aber dieses Mal scheint es anders zu sein. Wir finden keinen. Was bleibt uns anderes übrig, als systematisch alle zu den Fischen zu schicken, bis zufällig der Verräter dabei ist? … Lass den Klotz einfach über die Kante gleiten. Der kommt schon von ganz alleine ins Wasser …"

Mit einem Platschen tauchte Panini ins Wasser ein, während Frank und Paulie ihm andächtig hinterhersahen. Doch er sank nicht tief, tatsächlich blieb sein Haaransatz über dem Wasserspiegel stehen.

„Der sinkt nicht", konstatierte Frank panisch. „Warum sinkt der nicht?!"

„Scheiße, wir hätten die nicht alle an derselben Stelle reinschmeißen sollen. Wir haben die so hoch aufgestapelt da unten, dass der aus dem Wasser guckt, Frank. Fuck! Wir müssen uns einen anderen Platz suchen. Hilft nichts", beschloss Paulie.

„Aber wir fahren doch jetzt nicht für eine Leiche wieder woanders hin", stöhnte der Dicke.

„Quatsch, wir gehen einfach zwei Meter nach links, dann klappt das schon."

„Und was machen wir mit dem da?" Frank deutete auf die Haare im Wasser. Sein dünnerer Gangsterkollege zuckte bloß mit den Achseln.

„Den lassen wir einfach so ... das sackt bestimmt noch nach da unten ... Wo war ich stehen geblieben? Ach ja, das tun, was wir immer tun et cetera ... Sam, der Dümmere legt sie um, du betonierst sie ein, Tony, der Neue, aber Vielversprechende fährt den Wagen und wir zusammen versenken sie im Hafenbecken. Das ist der Deal. Und solange du keine verdammt schlaue andere Idee hast, wie wir unser Geschäft ans Laufen kriegen sollen, dann schlage ich vor, wir bleiben bei dem, was wir am besten können und schleifen jetzt den letzten von diesen Bastarden aus dem Lieferwagen ins Wasser, okay?"

„Reg dich ab, Paulie", beschwichtigte der füllige Frank und packte erneut mit an. Beim letzten Kandidaten hatte sogar schon die Leichenstarre eingesetzt, was durch die Körperspannung den Transport vereinfachte. „Ich sage ja auch gar nicht, dass wir grundlegend anders verfahren sollten. Ich hatte mich nur gefragt, warum wir sie erst umlegen und sie dann im Hafenbecken versenken. Wir könnten die auch einfach nur versenken, das allein würde sie ja auch umbringen. Sparen wir uns einen Arbeitsschritt, Paulie."

„Kannst du dir vorstellen, wie stressig das wäre, wenn wir die lebend einbetonieren, liefern und versenken müssten? Nein, da soll Sam denen lieber vorher 'ne Kugel in den Schädel jagen … Und ins Wasser mit dir … so! … Diversifizierung, Frank. Damit wird jeder einzelne Aufgabenbereich kleiner und einfacher … Moment mal, wieso sinkt der nicht? Wir sind doch zwei Meter weiter nach links gegangen!"

„Das überrascht mich jetzt schon", sagte Frank, der Dicke, wenig überrascht.

„Was?"

„Mir ist der Beton ausgegangen, und weil wir unter Zeitdruck standen, hab ich Deagostini kurzerhand einen Styroporklotz an die Füße getackert und grau angemalt."

„Du hast was? Scheiße, Frank. Der Kerl sieht aus wie 'ne menschliche Boje, verdammt! Was soll das?!"

„Du weißt doch, dass ich unter Druck nicht gut arbeiten kann … außerdem, das kann doch gar nicht sein … so rein physikalisch … das geht doch nicht, Paulie! Kann das mal jemand durchrechnen?", entschuldigte sich der bullige Kerl.

„Verdammt, du siehst doch, dass der nicht untergeht! Was machen wir jetzt? So kann das definitiv nicht bleiben."

Henry fand, dass nun der richtige Zeitpunkt gekommen war, auf die beiden zuzugehen. In dieser Situation konnte er sich als nützlich erweisen, indem er als Problemlöser auftrat.

„Na, ihr zwei Mafins?", grüßte der Privatdetektiv. Sofort hatte er Paulies Kanone zwischen den Augen.

„Wer bist du? Was willst du?", rief der. Langsam hob der Detektiv die Handflächen nach oben. Frank stand daneben und stöhnte.

„Ganz ruhig, Paulie. Wir haben alle möglichen Verräter zu den Fischen geschickt. Weißt du noch?“

„Ach, stimmt ja …“ Der Dürre ließ die Waffe sinken. „Wer bist du? Was willst du?“

„Ich werde euch ein Angebot machen“, sagte Henry und nahm die Hände wieder runter, „das ihr natürlich ablehnen könnt, aber ich glaube, ihr braucht gerade ein bisschen Hilfe, oder?“ Er deutete auf den ziellos umhertreibenden Deagostini.

„Was willst du haben?“, wollte der Dicke wissen.

„Ich löse euer kleines schwimmendes Problem und dafür erzählt ihr mir ein bisschen was über euren verstorbenen Boss. Deal?“, schlug der Privatdetektiv vor. Paulie schaute skeptisch, aber Frank schien verständiger zu sein.

„Wenn du das wieder hinbiegst, dann erzählen wir dir was. Deal.“

„Fraaank … wir wissen nicht mal, wer der Typ ist.“ Der Schlankere von beiden wurde unruhig. Er hibbelte neben seinem Kollegen hin und her.

„Lass den mal machen, erschießen können wir den im Zweifelsfall immer noch.“

Tolle Aussichten für den Privatdetektiv. Im Zweifelsfall erschossen zu werden, das kam ihm nicht spanisch, sondern amerikanisch vor. Nervös räusperte er sich, dann zog er ein weißes Bettlaken aus seinem Mantel, das er gezielt über den im Wasser treibenden Deagostini warf.

„So. Fertig“, verkündete Henry. Stolz blickte er in die Runde. Stumpf glotzten die Mafiosi zurück. Diesmal war es Frank, welcher dem Detektiv den Revolver auf die Stirn drückte.

„Willst du uns eigentlich verarschen?“

„Lass mal, Frank. Ich glaube, ich weiß, was … Jetzt nimm doch die Knarre runter, verdammt … Ich weiß, was der da gemacht hat. Mit dem Laken über der Rübe werden alle Deagostini für einen kleinen Eisberg halten und einen großen Bogen um ihn machen … Bist du ein Genie oder so?“ Er wandte sich an Henry, der ein bisschen verwirrt aus der Wäsche guckte, was er jedoch sofort sein ließ. Eigentlich hatte er bezweckt, dass die Seeleute, die allgemein sehr abergläubisch sind, in Schikargo wie auf der ganzen Welt, die Leiche für ein Gespenst hielten und darum jeden Kontakt mieden. Allerdings hatte die Erklärung der beiden Gangster auch was für sich.

„NeejakeineAhnung“, stammelte er. „Was ist mit dem Deal?“

„Schön, wir haben es immerhin versprochen“, musste Frank eingestehen und Paulie fügte hinzu: „Grmpf.“

„Was willst du wissen?“

„Erzählt mir was über den Mord an Alfons Knurhahn“, verlangte der Privatdetektiv.

„Eines Tages war er weg, am nächsten war er im Stadtpark. Tot. Man erzählt sich, er sei rapide gealtert. Seltsame Geschichte, wenn du mich fragst“, knurrte der Größere, Dickere.

„Irgendwas stimmt da nicht. Bosse sterben nie grundlos, außer, sie sind sehr alt … aber so alt war Don Knurhahn noch gar nicht … also schon alt, aber nicht so alt … Jedenfalls, wenn sie sehr alt sind und von alleine hopsgehen, dann ernennen sie, verdammt nochmal, vorher einen Nachfolger und lassen nicht so ein Chaos zurück … verstehst du? …“, versuchte der andere zu erklären.

„Sieht ganz danach aus, als wollte jemand, dass es danach aussieht, als sei Don Knurhahn eines natürlichen Todes gestorben, um das von ihm hinterlassene Machtvakuum zu füllen.“

„Was zur Hölle redest du da, Frank?“

Frank seufzte. „Bosse sterben nie grundlos. Da ist immer jemand dran schuld, der selbst Boss werden will.“ Jetzt nickte Paulie, als habe er ihn endlich verstanden.

„Und was ist mit seiner rechten Hand?“, fragte Henry Frottey.

„Das hast du auch gehört? Harharhar!“, lachte der Dicke los. „Grandiose Geschichte! Wir dachten erst alle, dass es Don Knurhahns Consigliere auch erwischt hätte, aber als der dann putzmunter hereingestiefelt kam und wir dann herausbekamen, dass dem Don seine richtige, rechte Hand fehlte, da mussten wir schon ein bisschen lachen. Harhar! ... Entweder, da hat jemand einen ganz miesen Job gemacht, oder ...“

„Das war so'n kranker Perverser“, beendete Paulie den Satz für seinen Kollegen und spuckte aus.

Bisher waren alles, was die zwei Mafiosi von sich gegeben hatten, Meinungen, Gerüchte und Spekulationen gewesen – quasi wertlos. Doch sie fügten sich in das große Puzzlebild.

Irgendjemand wollte die Stadt übernehmen, das war eindeutig. Der Mafiaboss Don Alfons Knurhahn war da nur die letzte Hürde gewesen, die jener mysteriöse Superschurke zu nehmen hatte, um an die Spitze der Unterwelt zu gelangen. Der Hausmeister Manfred Glittenberg, Ernesto von Etepetete, Sulaiman Putimir abd el Dachschadên und die Drake & Mallard Investment Corporation arbeiteten ganz offenbar für ihn. Der Vergreissungsstrahler auf dem Odysseum diente vermutlich dazu, sämtliche Einwohner von Schikargo zu schwächen, um die Übernahme leichter zu gestalten. Er musste nur noch herausfinden, wer dieser mysteriöse Superschurke war und warum all das geschehen war.

„Eine Frage hab ich noch ...“, wollte Henry sagen, dann wurde er von Frank unterbrochen, der den Kopf schief legte und dabei zischend Luft durch die Mundwinkel einsaugte.

„Ich fürchte, du weißt schon zu viel. Wir müssen dich leider doch erschießen, aber danke, dass du uns geholfen hast.“ Zum dritten Mal an einem Abend hatte der Privatdetektiv den Lauf einer Pistole vor der Nase. So konnte das nicht weitergehen. Er wollte gerade völlig eskalieren, als Paulie erneut zu hibbeln begann.

„Fraaank ... scheiße, wenn du den Kerl jetzt umnietest, dann müssen wir seine Füße einbetonieren und ihn im Hafenbecken versenken und unter Wasser stapeln sich die Leichen schon und wir haben keinen Beton mehr! ... Zur Hölle, wir müssten in den Baumarkt fahren und Beton kaufen und den anmischen und trocknen lassen und zurückfahren und ihn im Hafenbecken versenken ... FRANK! WEISST DU, WIE VIEL ARBEIT DAS IST? ICH WAR SCHON ZWEIMAL IN KUR WEGEN BURN-OUT, FRANK! ICH GEH DA NICHT HIN ZURÜCK! DU ERSCHIESST DEN KERL NICHT, FRANK!“

„SCHREI MICH NICHT AN, PAULIE! DER WEISS ZU VIEL!“, brüllte Frank zurück.

Während die Mafiosi lauthals diskutierten, was sie nun mit Henry anfangen sollten, ergriff dieser die günstige Gelegenheit und machte sich aus dem Staub.

Grübelnd strich der Privatdetektiv durch die dunklen Straßen von Schikargo, mittlerweile war es nicht nur am Hafen Nacht geworden. Obwohl er in seine Überlegungen vertieft war, achtete er peinlich genau darauf, immer im Schatten zu bleiben.

Recht schnell kam er zu dem Schluss, dass er natürlich auch bei Alfons Knurhahn nicht lange genug nachgedacht hatte. Würde er auch nur einmal eine Sache zu Ende denken, hätte das alles hier wesentlich schneller vorbei sein können. Er hätte viel Leid verhindern können.

„Prrrau“, machte es plötzlich in der Dunkelheit vor ihm und zwei leuchtende Katzenaugen, die ihn ernst anstarrten, erschienen.

„Mau!“

Er verstand. Tempus fugit und zwar rapido! Die Zeit wurde knapp. Sofort fing er an, scharf nachzudenken und zu kombinieren.

»Asbest. „Asbest“ kommt aus dem Griechischen und bedeutet „unvergänglich“. Dinge, die auch unvergänglich sind, sind ... Gott ... Ach! Vernachlässigbar ... unvergänglich ... denk schneller, Henry ... es gab so gut wie nichts, was unvergänglich war. Nichts! Tatsächlich. Bei der Hand von Alfons Knurhahn war ja auch nichts gewesen. Da besteht also der Zusammenhang! Alles klar, ich muss also von der Hand ausgehen. Eine Redensart besagt, dass man seine Hand für jemanden ins Feuer legt. Das Feuer war der erste Vorstoß der Menschheit in den Bereich der Technologie. Ohne Technologie gäbe es keine Wirtschaft. Wirtschaft ... woran erinnert mich das? ... Natürlich! Die Drake & Mallard Investment Corporation! Aber was ist mit denen? Komm, denk nach, Henry! ... Ich muss noch mal zurück ... Wirtschaft ... Wirtschaft produziert irgendwas und dieses Irgendwas, das muss ja auch irgendwo aufbewahrt werden. Meistens in einem Lagerhaus ... Obwohl Drake & Mallard ein Lagerhaus haben?«

„Aber das ergibt doch gar keinen Sinn. Eine Investment-Firma braucht doch kein Lagerhaus“, beschwerte sich der Detektiv bei den Katzenaugen, an denen vermutlich sogar der Rest einer vollständigen Katze hing.

Das Tier fauchte ihn an. Was sollte ihm das jetzt sagen?

„Ach, natürlich!“, rief Henry Frottey aus, dabei schlug er sich mit der flachen Hand vor die Stirn. War er wirklich bereits derart müde?

„Gerade deshalb muss es dieses Lagerhaus geben! Weil es keinen Sinn ergibt!“

Die Katzenaugen schnurrten zufrieden, klappten zu, dann hörte er das Klickklick von Krallen auf Asphalt.

Mit wehendem Trenchcoat drehte sich der Privatdetektiv auf der Stelle um und rannte in die Richtung zurück, aus der er gekommen war. Die Lagerhäuser siedelten in der Nähe des Hafens.

Bis er das richtige Depot gefunden hatte, hatte es einige Zeit gedauert. Nur weil er wusste, dass es existierte, bedeutete das noch lange nicht, dass er auch wusste, wo es existierte. Zu seinem Glück stand in großen Buchstaben „Drake & Mallard Investment Corporation“ oben darauf, als hätte man es extra für ihn dort aufgehängt. Das war fast ein bisschen zu einfach.

Hell schien der Mond über die Szenerie und tauchte alles in ein graues Licht, als sich der Privatdetektiv Henry Frottey an das Gebäude heranschlich. Erst jetzt sah er, dass das frontale Rolltor nicht ganz geschlossen war, gerade so weit offen, dass er darunter hindurchpasste. Das war jetzt schon einiges zu einfach.

Henry legte sich vor dem Rolltor auf die Erde, rollte sich hinein und rollte einem Mann vor die Füße. Er konnte ihn im Dunkeln nicht klar erkennen, doch sein Knurren verriet, dass er entweder ein Menschenhundemischwesen war oder aber ziemlich ungehalten. Der Umstand, dass er einen Baseballschläger in der Hand hatte, sprach für Letzteres.

„Nabend“, grollte der Kerl.

„Viel zu einfach“, erwiderte Henry und rollte sich wieder raus. Doch der Knurrer reagierte schnell. Er trat ihm mit dem Stiefel auf den Trenchcoat, um ihn sofort an selbem zurück in die Halle zu ziehen. Von außen muss das echt lustig ausgesehen haben. Rollrollroll. Drin. – Rollrollroll. Wieder draußen. – Schlupp! Weg.

„Was hast du gerade gesagt?“, fragte der Mann von oben herab mit tiefer, kratziger Stimme.

„Nichts. Hau mir einfach mit deinem Knüppel auf die Rübe.“

Der Schlag kam sofort und mit ihm die große Leere.

Henry Frottey erwachte nicht. Er hatte nur in seiner Bewusstlosigkeit einen luziden Moment, an den er sich später nicht erinnern sollte. Die Gedanken rasten durch seinen Kopf. Kognitive Fetzen zogen an seinem Bewusstsein vorbei. Ein reißender Strom aus Nonsens.

»Ein einzelnes Haar
Ein einzelnes Haar ist so viel wert wie kein Haar
Kein Haar hat der Vogel
Kein Haar hat der Fisch
Der Fisch unter den Vögeln ist …
die Ente

Weißes Rauschen.

Würgemal
Klingt wie Würgemahl
Ein ungenießbares Essen
Ungenießbares Essen ist ein hartes Brot
Hartes Brot gibt man …
der Ente

Weißes Rauschen.

Killer Dachschaden
Ist der Dachschaden gekillt
Regnet's nicht mehr rein
Regen ist Wasser
Auf dem Wasser lebt …
die Ente

Weißes Rauschen.

Odysseum
Großes Haus
Für große Feste
Das größte Fest ist Weihnachten
Ein Weihnachtsschmaus ist …
die Ente

Weißes Rauschen.

Lagerhaus von Drake & Mallard
Ach, komm schon!
Das ist einfach nur Englisch!
Heißt: Erpel & Stockente!
Hätte man echt drauf kommen können …
ENTE!

Fertig.
KRCHSCH!«

Hätte er mal bis zu Ende gedacht.

Kapitel 24: Der böse Überplan des Todes und die Trilogie des Endes

Schriftsteller und Seefahrer zu sein, ist schön. Es gibt kaum zwei Berufe, die auf so romantische Weise zueinander passen außer vielleicht Astronaut und Fußpfleger.

Käpt'n Hansen President Jamaica Rumverschnitt beendete gerade seinen neuen Roman. Ein Jahr hatte er daran gearbeitet und war recht stolz auf das Ergebnis. Der mysteriöse Mann schrieb Bücher, wie andere ein einstöckiges Haus mit Keller bauen. Im Erdgeschoss mochte es sich um eine surreale, unsinnige Geschichte handeln. Doch all jene, die tiefer gehen wollten, würden im Keller einige interessante Räumlichkeiten vorfinden und darin vielleicht sogar die Konstruktionspläne. Schmunzelnd lehnte er sich zurück.

Henry Frottey erwachte aus tiefer Ohnmacht. Die Welt um ihn war unscharf und drehte sich. Irgendetwas machte er doch verkehrt. Es konnte einfach nicht sein, dass er in unregelmäßigen Abständen niedergeknüppelt wurde. Vielleicht sollte er seinen Lebensstil ändern.

Dann legte sich die Benommenheit etwas und er erinnerte sich, wer er war und was er tat, und nahm daraufhin alles zurück. Jetzt konnte er auch seine Umwelt klar wahrnehmen.

Er war in einer Lagerhalle. Was hatten Gangster nur immer mit ihren Lagerhallen? Entweder man traf sie in stattlichen Herrenhäusern oder abgeranzten Lagerhallen. Dazwischen schien es nichts zu geben. Schurken schienen sich von aufgestapelten Kartons und eingeworfenen Fensterscheiben angezogen zu fühlen. In all den Jahren war Henry nie dahintergekommen, warum. Doch der Raum an sich offenbarte noch mehr. Hinter dem Privatdetektiv waren Stuhlreihen aufgestellt worden und vor ihm eine Leinwand. Was war hier los?

Er war allein. Keine Menschenseele, kein Tier, keine Pflanze war neben ihm zu sehen. Wahrscheinlich würde es gleich wieder einen großen Auftritt mit viel Bohei geben. Das war auch so eine Sache mit Superschurken, alles musste immer groß zelebriert werden. Narzissten, allesamt.

Er war gefesselt. Aber er war nicht einfach irgendwie gefesselt, das stellte er nach einem kurzen Befreiungsversuch fest. Der Privatdetektiv war nach der alten Tung-Tradition gefesselt. Tzim Lee hatte ihm einmal davon erzählt. Das Tückische daran war, dass er sich im Laufe des Befreiungsprozesses zwangsläufig selbst strangulieren würde. Er konnte im Moment also nur auf Hilfe von außen hoffen.

Antipropos[30] „Hilfe von außen" – in diesem Augenblick flog eine Tür auf und spuckte ein ungraues Häuflein Bösewichte in den Raum. Auch wenn Henry unter ihnen Sulaiman Putimir abd el Dachschadên erkannte, hatte doch niemand die Ausstrahlung eines Anführers.

Auftritt der Handlanger, dachte Henry. Ohne ihn zu beachten begaben sich die Männer und auch Frauen auf ihre Plätze. Beamer, Lautsprecher, Musik und Licht wurden eingeschaltet. Die Show konnte beginnen, so erschallte auch nur einige Sekunden später eine sonore Stimme über die Anlage: „Ladies und Gentlemen, liebe Ganoven, er ist ein kriminelles Genie, der Schrecken der Unterwelt, der neue Herrscher von Schikargo. Macht Lärm für deeen … ENTLEMAN!"

30 Anm. d. A.: „Antipropos" ist das Gegenteil von „Apropos", wenn also eine Assoziation nicht mit etwas Gleichem, sondern mit dem Gegenteil des Gleichen erfolgt.

Ein Jubelsturm brach unter den Helfershelfern aus, während vorne an der Leinwand eine Rauchbombe explodierte. Als die wabernden Schwaden sich gelegt hatten, stand er vor ihm – der Fürst aller Enten. Das war er also.

Henry Frottey wäre bei seinem Anblick fast wieder ohnmächtig geworden, doch er durfte keine Schwäche zeigen. Es hieß durchhalten.

„Sei mir gegrüßt, Henry Frottey, du Bitch", schnatterte er. Der Privatdetektiv kam nicht an seine Tabletten. Das ärgerte ihn. „Hallo, Entleman", grollte er.

„Wohlan, mein Überplan hat also voll geklappt. Du bist hier, du weißt, wer ich bin. Fantastisch!"

„Es gibt da immer noch einige Dinge, die ich nicht verstehe", entgegnete der Privatdetektiv.

„Gemach, Bitch, gemach. Ich will dir alles erklären. Wenigstens doch die Grundzüge und was so mit dir zu tun hat so. Das alles ist nämlich irgendwie so total kompliziert. Einiges hast du ja bereits auch selbst entdeckt. Tatsächlich habe ich, um meinen Vortrag zu unterstützen, sogar eine megageile Powerpointpräsentation präpariert." Jubel unter den Handlangern. Der Entleman winkte ab und startete den Vortrag, der sein Vorgehen in allen erschreckenden Details darlegte, unterstützt durch die mit Diagrammen, Flowcharts und Stichpunkten gefüllten virtuellen Folien.

„Seit geraumer Zeit hatte ich es satt, dass die gesamte Entenheit von den Menschenvollspackos unterdrückt wird. Das fängt schon bei der Sprache und Sprichwörtern an: ‚Lahme Ente', ‚Ente gut, alles gut', ‚WC-ENTE', geht dann weiter bei der systematischen Herabwürdigung und Verspottung meiner Art in Literatur und Fernsehen – muss ich mehr sagen als ‚Donald Duck', ihr Affenärsche? – doch das Ganze gipfelt im tagtäglichen Genozid in asiatischen und französischen Restaurants sowie dem rituellen Genozid zu euren entenverachtenden Festen, wo ganze Heerscharen meines Volkes verspeist werden. Bah!

Ekelhaft! Es ist ein offenes Geheimnis, dass ihr Enten, wo ihr nur könnt, voll fertigmacht.

Immer wieder haben wir versucht, uns zu wehren, euch die ganze Schmach zurückzuzahlen. Wir haben versucht, euch buchstäblich zu verarschen, indem wir unsere Köpfe unter Wasser tauchten und euch unsere Ärsche zeigten, doch ihr habt unsere Geste des Protestes nicht verstanden, wie ihr nie versteht. Ihr fandet das süß und putzig und nanntet es ‚gründeln'. Ihr habt uns nie ernst genommen. Und das hatte ich so verfickt satt, doch glücklicherweise war ich mördermäßig in der Lage, was zu verändern. Ich, als Vorderster aller Wasservögel. Endlich eine Ente mit dem Verstand gesegnet, etwas zu bewirken, Bitches! Und ich schwörte mir, dies zu vollbringen." Erneut brandeten Begeisterungsbekundungen im Publikum auf. Henry fand das alles recht seltsam. Er legte den Kopf schief, doch das bemerkte der Vogel nicht und quakte weiter: „Ich schwor, dem Kack einen Riegel vorzuschieben, Homies!

Doch wie sollte ich dies bewerkstelligen? Wir konnten euch nicht einfach alle plattmachen, dazu waren wir zu whack, zu wenige Streiter, zu wenig kampferprobt. Wir wären von euch haarlosen Affen in Nullkommanichts gekillt worden. Ich konnte die Welt nicht im Sturm nehmen. Das schnallte ich.

Ich musste einen anderen Weg gehen, kleiner anfangen, hinterlistiger sein. Ich beschloss, mit einer City anzufangen und später die ganze globale Scheiße zu rulen, meine getreuen Bitches. Und hier bin ich nun … in Schikargo und errichtete meine Homebase. Aber der Reihe nach …

Ich hatte den krassen Geistesblitz, die Menschheit nicht kaputtzumachen, sondern nach meinen Wünschen zu formen. Doch zu was? Ich sah mich um in der Stadt und wen fand ich im Park, der sich um meinesgleichen kümmerte? Alte Menschen!

Sie waren keine Hater. Sie jagten uns nicht durch die Gegend wie die Kids. Sie waren die Einzigen, die uns mit Brot versorgten – freiwillig, friedlich, freundschaftlich. Ja, alte Menschen, Bitches. Und das Geilste an ihnen war … Sie würden bei der Entemachtung der menschlichen Unterdrücker keinen großen Widerstand darstellen. Da keimte in mir der Gedanke, alle Menschen alt zu machen. Globale Gerifikation!“

Ein Raunen ging durch die Menge. Langsam begriff Henry. Die Anhänger des Entlemans waren allesamt Menschen, die sich wünschten, in einer Welt der Greise zu leben, ohne Kinder, ohne Jugendliche, wie zum Beispiel der Hausmeister von Sändis Schule.

„Die erste Stufe zur allgemeinen Vergreisung sah unterschiedlichste unterschwellige Taktiken vor, Henry. Ganz easy, kaum auffällig. Ich begann heimlich, Steinchen für Steinchen die Alterspyramide umzudrehen, in mühevoller Kleinarbeit. Bitches, ich hab das verdammte Duckface auf Facebookfotos erfunden, damit eure Kinder sich lächerlich machen und ihr euch von ihnen abwendet! Ich habe alle Milchmänner der Stadt unter meine Kontrolle gebracht, damit sie den ganzen Assis den Kuhsaft in Glasflaschen an die Haustür karren, damit …“

„… die UV-Strahlung der Morgensonne alle Vitamine und vor allem das Calcium eliminiert, damit alle Osteoporose bekommen, genau wie alte Leute“, beendete der Detektiv den Satz. „Ja, ich weiß, aber die Milchmänner hab ich zum Glück aufgehalten.“

„Das hat er, Bitch. Vortrefflich. Ich muss geständig werden, dass unser Plan an jenem Punkt failte“, nickte der Entleman anerkennend. Die ganze Zeit watschelte er auf und ab, wobei er sich durch seine Folien arbeitete. Seine eigenen Handlanger waren natürlich ein dankbares Publikum. Sie klatschten und johlten an den richtigen Stellen. Vermutlich hatten sie alle zusammen genau diese Vorstellung für Henry tausendmal geübt.

„Aber nicht nur die Manipulation der Molkereiindustrie gehört zu meinen tighten skills“, fuhr die Ente fort.

„Ich hab die Einfuhr der Energiesparlampe durchgedrückt, um euch allen schlechte Augen zu verpassen! Ich stecke hinter jugendlichen Schlägertrupps, um die Angst vor den eigenen Bälgern zu schüren. Und so weiter und so fort, die Liste ist endlos. Langsam, aber sicher kreierte ich eine rentnerfreundliche Gesellschaft, doch das war nicht genug! Die Menschen wurden nicht schnell genug alt!

Und da kam die krasse zweite Phase meines hammergeilen Plans. Warum nicht einfach alle selber alt machen? Warum warten? Es musste doch eine Möglichkeit geben, euch alle auf einmal in Greise zu verwandeln. Es gibt quasi nichts, was mit den Wundern der postmodernen Technologie nicht erreichbar wäre. Das muss ich euch Menschen-Losern lassen."

Henry fragte sich, ob der Hochdeutschhelm auch beim Entleman funktionieren würde. Langsam ging ihm das echt auf den Keks.

„Bitte versteh mich jetzt nicht falsch", unterbrach er den Schurken, „aber kannst du eigentlich auch normal reden?"

Der Entleman sah ihn entrüstet an. „Wichser, ich muss schon hart an mich halten, um nicht sprachtechnisch volle Kanne auszurasten."

„Warum redest du denn überhaupt so?"

„Das ist total typisch, Henry. Jeder andere, der mich zum ersten Mal sieht, eskaliert hart, bloß ob meiner Fähigkeit zu sprechen. Aber du, ne? ... Boah!"

„Sag doch mal!", forderte der Detektiv. Er wollte das jetzt wissen.

„Was glaubst du denn, wie ich reden soll, Bitch? Ich bin ein feiner Herr und gleichwohl auch eine Ente."

„Versteh ich nicht."

„Enten sind, wie ich eingestehen muss, ganz schön assi, geschätzter Gegner. Nicht so assi wie ihr, aber schon ziemlich assi. Google das mal, was wir so machen. Krasse Scheiße, dies versichere ich dir."

„Ich geh dann mal und google das“, sagte Henry und versuchte aufzustehen, wurde aber sofort von zwei Handlangern zurückgehalten.

„Possierlicher Versuch, du Schnalle“, meinte der Entleman. „Nein, nein, aufmucken is’ nich’. Außerdem hab ich noch gar nicht meinen Plan fertig erzählt.“ Er lachte quakend und schüttelte sein Gefieder.

„Itzo hob ich an, dir von Phase zwei zu berichten, Bitch. Ich förderte eine kleine Forschungsgruppe an der Universität, machte sie schnell finanziell abhängig von meiner Entigkeit und … bat … ja, so will ich es mal ausdrücken … um eine kleine Gegenleistung. Prof. Clash sollte mir ein Gerät bauen, mit dem ich meine Pläne verwirklichen konnte, die kleine Schlampe. Das Beste dabei war, dass er voll keine Ahnung hatte, was ich damit wirklich vorhatte. Quakquakquak!“

Leise lachend schüttelte Henry den Kopf, doch der diabolische Wasservogel bemerkte das gar nicht, so sehr war er damit beschäftigt, sich an seinem eigenen bösen Genius zu erfreuen.

„Der erste Prototyp von der Gerät, du Opfer, Uhrensohn, ich schwöre, ich ficke deine Küchenzeile! … Verzeih, Henry, da gingen wohl gerade die Pferde etwas mit mir durch. Ich will versuchen, das zu unterdrücken. Was ich versuchte zu vermitteln, war, dass der erste Prototyp seinen Dienst nicht ordnungsgemäß tat. Dabei handelte es sich um eine Art Stoffwechselbeschleuniger, doch anstatt zu vergreisen, bekamen die Testobjekte bloß Hunger. Doch der ehrenwerte Professor ersann alsbald eine neue Maschine, die ihren Zweck wohl erfüllen würde: den Vergreisungsstrahler.

Die Tücke hieran war, das wir für dessen Fertigstellung das Haar eines Albinos brauchten. Das hängt mit der Abfuhr der Pigmentation beim Opfer zusammen. Technoanalogiezauber, Quantendampfelektromagie … frage mich nicht nach den physikalischen Details. Fakt ist, wir brauchten das Albinohaar. An dieser Stelle beginnt jedoch der wahrhaft meisterliche Teil meines überkrassen Plans … voll Laser, wie das abgeht! Megageil! YOLO SWAG! … Vergib mir diesen weiteren Ausbruch."

Verlegen schüttelte sich der Entleman und hielt sich ein Taschentuch vor den Mund. Anscheinend führte der Umstand, dass er einen Teil seiner Sprache unterdrückte, zu einem Rückstau und damit zu unregelmäßigen Ausbrüchen des zurückgehaltenen Codes. Der Vogel entwickelte vor Henrys Augen einen ordentlichen Fall von SWAG-Tourette.

„Sei es drum … wo war ich? Ach ja … Nun beginnt der Teil meines Plans, der parallel meine Ziele verfolgt und dich in die Falle lockt. Wundervoll teuflisch, nicht wahr, du Bitch? Ich erteilte also die Order, nach Albinos Ausschau zu halten. Und tatsächlich berichtete mir mein Sympathisant, der Hausmeister Manferd Mandolini von Hammerschmatz, kurz darauf, dass an seiner Schule tatsächlich eine Albina als Neuzugang vorhanden war – dieses bedauernswerte Geschöpf Sändi McLin Wu – und dass er herausgefunden habe, dass sie in einer örtlichen Jugendherberge wohne. Hammerschmatz fragte, ob er sie über die Klinge springen lassen sollte. Ich trug ihm auf, das Haar zu besorgen sowie sich ihrer in der Jugendherberge zu enteledigen."

„Dafür musste sie sterben? Für ein einzelnes Haar? Für deinen blöden Vergreisungsstrahler?", unterbrach der Privatdetektiv unwirsch. Er begehrte gegen seine Fesseln auf, sackte dann aber zurück, als er begann, sich selbst die Luft abzuschneiden.

„Na, na, na, was bist du denn für ein Opfer? Du hast ja mal voll keine Peilung, geschätzter Gegenspieler. Wie hätte ich denn deine Aufmerksamkeit mit einem Haardiebstahl erringen sollen, Henry? Was glaubst du, warum ich es in der Herberge geschehen ließ und nicht an einem beliebigen anderen Ort? In der Jugendherberge, genau vor deiner Nase, mein Lieber. Ich musste doch gewiss sein, dass du mir auf der Fährte bist, damit du schlussentelich hier in meine Falle tappen konntest, Bitch.

Derenthalben war auch der Tod von Horatio Strum unumgänglich. Für meinen Plan war es wichtig, dass Adalber Strum seine Sockenproduktion wieder aufnimmt, denn weißt du, Henry, wir Enten haben ein kleines Problem mit unseren Füßen. Es schickt sich nicht, als stolzer Vogel derartige Flossen an seinen Beinen zur Schau zu stellen. Wir brauchen die Socken, und weil Adalber unseren Deal nicht mehr fortführen wollte, musste Horatio sterben. Und wer wäre dafür besser geeignet gewesen, diesen reichen Schnösel abzumurksen, als der famose Ernesto von Etepetete, der Lackaffenwürger von Bottrop höchstpersönlich? Doch es gab noch mehr Gründe für den Tod von Adalbers Sprössling. Eine ganz bestimmte Person musste frei werden und dich kennenlernen, Bitch. Eine Person, die ich ursprünglich eingesetzt hatte, um die Familie Strum zu überwachen …“

„Ich.“ Lady Maria _ trat aus den Schatten. Sie war schön wie eh und je. „Na, Henry, überrascht? Überrascht, dass ich dich die ganze Zeit manipuliert habe? Dass ich dein Untergang sein sollte?“

„Wusste ich“, entgegnete Henry nüchtern. „Was glaubst du, warum ich dich abgesägt habe, als du deine Funktion erfüllt hattest?“

Sie sah den Privatdetektiv verdutzt an. „Wie bitte?“

„Na ja“, meinte Henry und zuckte mit den gefesselten Schultern. „Dass du mich immer genau an die Orte gelotst hast, an denen dann zufällig die Morde passieren, war mir schon klar. Die Sache mit deinem Ex-Ehemann war ziemlich offensichtlich. Genauso wie die Vernissage, zu der du mich geschleift hast. Die SMS, die mich zum letzten Abendmahl von Prof. Clash gelockt hat, kam ebenfalls von dir und es war auch deine Idee, dass wir im Park am See spazieren gehen. Du hast mich im wahrsten

Sinne des Wortes an die Hand genommen und zu den Opfern geführt, aber danach war deine Rolle ausgespielt und darum hab ich dich kurz darauf ja auch in die Wüste geschickt."

„Also hast du die ganze Zeit nur mit mir gespielt?", schluchzte Lady _. Große Tränen rannen über ihre Wangen.

„Moment mal, wir wollen nicht vergessen, wer hier wen benutzt hat, okay?" Henry war verwirrt. Wieso war er jetzt schuld?

„Du Arsch!" Echter Zorn leuchtete aus ihren Augen. Nichts von ihrer Entrüstung war gespielt und es war das erste Mal, dass Henry sie so sah. Unter dem gefühlskalten und berechnenden Kern, der unter ihrer gestellten liebevollen Fassade schlummerte, steckte anscheinend ein empfindender Mensch. Konnte es sein, dass sie sich tatsächlich in ihn verliebt hatte? Sie hatten doch beide nur ihre Rolle gespielt.

„Ach, ich bin der Arsch? Eben stolziertest du hier noch herein wie Lady Kannstmichmal persönlich und meintest, mir mit einem süffisanten Lächeln enthüllen zu müssen, dass du die ganze Zeit Teil des Plans warst, und jetzt bin ich der Arsch?!", begehrte Henry auf.

„Das verstehst du wieder nicht, ne? Aber das ist ja nichts Neues. Du verstehst ja nie irgendwas! Zwischendurch hab ich echt geglaubt, du bist eine Art Autist", erwiderte Lady _ und funkelte ihn zornig an.

„Entschuldigung, was hast du gesagt? Ich hab gerade nicht zugehört", fragte Henry.

„Äh? Hallo?", unterbrach auf einmal der Entleman. „Es geht hier schon um mich, ihr zwei Gefühlslegastheniker. Möget ihr eure Liaison erörtern, wenn ihr tot seid, Bitches! Apropos tot …" Der schurkische Wasservogel gab einem der Handlanger ein Zeichen, worauf dieser Lady Maria Strumbert – die Lady ohne Nachnamen – erschoss. Knallpeng – einfach so! So krass waren die drauf! Henry konnte nur tatenlos zusehen.

„Tja, das ist ja jetzt auch irgendwie schade, ne?“, meinte der Privatdetektiv.

„Boah, du bist aber auch voll so kaltblütig, Teuerster. Ich erhoffte mir, dass dich das mehr trifft“, quakte der Entleman.

„Bitte, was erwartet sie denn, wenn sie für die Bösen arbeitet?“, fragte Henry zurück.

„Alter, du bist echt total gemütsarm, weißte?“, sagte die Ente fassungslos und schüttelte den Kopf. „Wo war ich steh'n geblieben?“ Er drückte auf die Fernbedienung. Ein Bild von Lady _ erschien. „Ach ja … ähm, das Protokoll sah vor, dir ihre Rolle im Schachspiel meines überkrassen Plans zu erläutern, Bitch, doch dies scheint ja nun müßig. Du hast erkannt, dass sie dich von Mord zu Mord geführt hat und dich überwacht hat … schade. Tja, Fail. Kann man nichts machen, aber wo mach ich weiter?“ Der Bösewicht klickte sich durch einige der Folien, während es Henry Frottey innerlich zerriss.

Seine Gefühle überschlugen sich. Etwas, das ihm in gewisser Weise neu war. Er verstand die Welt nicht mehr. Was an seiner Beziehung zu Maria war nun echt und was gespielt gewesen? Was war Realität und was Fantasie? Spielte es noch eine Rolle? Lady _ war tot. Einfach tot. Dieser Bastard von einer Ente hatte sie mir nichts, dir nichts über den Haufen schießen lassen. Dafür würde er büßen. Henry würde es ihm vergelten, tausendfach. Brodelnder Zorn stieg in ihm hoch – quälend, weil er sich auf Grund seiner Fesseln kaum bewegen konnte. Wie so oft wurde ihm erst klar, was sie ihm wirklich bedeutet hatte, als er sie für immer verloren hatte. Seine Sicht verschwamm. Doch der Entleman machte einfach weiter. Wie konnte man so unmenschlich sein? Gut, er war eine Ente, aber hatte er trotzdem keinen Funken Mitgefühl in seinem gefiederten Leib?

„Henry, Henry, Henry, du lächerliche kleine Bitch", schnatterte er, ohne den Blick von seiner Präsentation abzuwenden. „Fahren wir fort bei diesen traurigen Clowns Joas und Klako. Die Zeit war reif für einen ersten Test des Vergreisungsstrahlers durch meinen getreuen Homie Sulaiman Putimir abd el Dachschadên. Du kennst ihn, Henry. Jeder Privatdetektiv kennt den besten Killer der Welt."

Die Helfershelfer johlten, Sulaiman knurrte und Henry musste unwillkürlich anerkennend nicken. „Und wer wäre für meinen ersten Auftritt ein dankbareres Opfer gewesen als diese beiden Symbole frischer, jugendlicher Eventkultur? Hand aufs Herz, bei ihnen habe ich mir nicht viel Mühe gegeben, dich hineinzuziehen. Mir war klar, dass du so oder so dort auftauchen würdest, spätestens zu jenem Zeitpunkt. Zwei unnatürlich gealterte Prominente? Etwas derart Abstruses würdest du dir niemals entgehen lassen. Hab ich recht? Selbstverständlich hab ich recht! Ich kenne dich.

Zu meinem nächsten Opfer erwählte ich Professor Darel H. Clash. Der Vergreisungsstrahler tat sein Werk vorzüglich, wozu brauchte ich ihn noch? Kabumm! Zersprengt in tausend Fetzen! Vor deiner Nase in deinem Lieblingsrestaurant durch einen meiner Selbstmordententäter. Nicht einmal der Kellner hat etwas geahnt. Freilich, ich musste einen meiner treuen Artgenossen in den Tod entsenden, voll megaschade, in echt jetzt, doch du solltest uns fürchten lernen. Quak!"

„Warum hast du ihn nicht auch vergreist?", presste Henry wütend heraus.

„Tz, tz, tz", machte die Ente. „Nur Bitches zerschroten einen Dude mit der Waffe, die der Dude selbst ersann. Schlechter Stil, Henry. Derartiges missfällt mir total. Ich habe doch Anstand. Hahahaquakquakquak! Aber weiter im Text, wir haben es fast geschafft, jetzt nicht schlapp machen, Bitch ...

Dieses Arschloch von einem Künstler also ... dieser Laermo West ... widerlicher Mutterverführer! Konnte er die Entenheit noch mehr verhöhnen als mit seiner voll so bescheuerten mechanischen Respektlosigkeit? Er war reif, eliminiert zu werden, was mir die glückliche Gelegenheit gab, dir auf seinen Mandeln eine kleine Botschaft zu hinterlassen und dich mit der Staatsgewalt in Zwietracht zu bringen. Oh, ich konnte es ganz genau in meinem Kopf voll so realistisch vor mir sehen, wie du seine Mandeln herausreißen würdest, um dann mit ihnen davonzulaufen. Verrate mir dies, war Kommissar Mosk sehr schockiert?"

Henry beschränkte sich darauf, zu schweigen und den Vogel zornig anzufunkeln.

„Sei's drum. Die nachfolgenden Ereignisse waren äußerst diffizil zu managen. Ich musste dich aus der Stadt schaffen, um in Ruhe den Vergreisungsstrahler auf dem Odysseum zu positionieren – ein hammergeiler Platz für das Teil, oder? Unerreichbar und doch so nah! Potzblitz, war es ein beschissener Aufwand, den da hinzubekommen! Ich musste meine Handlanger betrunken und mit verbundenen Augen durch die Stadt laufen lassen, damit sie auch nur den Hauch einer Chance hatten, das Odysseum zu erreichen. Da wäre es immens unklug gewesen, liefest du auch noch durch die Straßen. Anyway, nur von den Höhen des Veranstaltungszentrums aus konnte ich langsam die ganze Stadt vergreisen, auf dass ganz Schikargo mein Versuchslabor werden würde!"

Tosender Beifall unter den Handlangern. Die Stimmung war derartig aufgeheizt, dass sich sogar ein Zwischenrufer zu Wort meldete: „Aber was war mit Alfons Knurhahn?"

„Ja, da komm ich doch jetzt zu! Habt mal Geduld! Echt jetzt!", antwortete der tierische Superschurke gespielt ärgerlich. Er genoss das Spektakel. Henry begann sich zu langweilen. Hoffentlich war das bald vorbei ...

allerdings … wenn das so weiterging, musste er keine Zeit schinden.

„Alfons Knurhahn. Der Mafiaobermuffti von Schikargo. Mittlerweile war ich so überkrass mächtig geworden, dass ich ihn im Flügelumdrehen beseitigen konnte … Er musste weg, damit ich seinen Platz einnehmen konnte, ganz einfach. Ich dulde keine anderen Herrscher neben mir, Henry. Weiterhin war es doch recht entzückend, wie ich ihn im Park drapieren ließ, wo jeder ihn sehen konnte. Ist ihm bewusst, was das bei den Menschen ausgelöst hat? Angst. Der Pöbel wurde gewahr, dass sich etwas veränderte. Und ist ihm fürderhin bewusst, wer große Angst vor Veränderung hat? Alte Menschen! Meiner Herrschaft stand nichts mehr im Weg. Bald würden meine Schlägertruppen aus Spieß- und Stockenten die Stadt übernehmen. Ein geiler Gedanke!

Aber das Schönste an der ganzen Sache ist, ich hinterließ dir die gesamte Zeit über Hinweise, die nur du finden konntest, um dich zu mir zu locken, damit ich dich, meinen Erzfeind, den einzigen Mann, der mir gefährlich werden konnte, ein für alle Mal ausschalten konnte. Der Elefant, die Nachttischschublade, Teebeutel und Laminat, das E, Mandeln, Asbest und nichts. All das nur für dich, Bitch. Ein grauer Faden, von dem ich wusste, dass nur du ihn sehen würdest. Und die Hinweise bilden auch noch ein Akronym! Ist das nicht teuflisch genial? HAHAHAQUAKQUAKQUAK!“

„ENTLEMAN …“, zählte Henry an den Fingern ab. Er war verwirrt und sich nicht sicher, ob er alles richtig verstanden hatte, aber auch ein bisschen beeindruckt. „Wieso wusstest du, dass nur ich das finden konnte? Woher weißt du so viel über mich? Woher kennst du mich überhaupt?“

Der Entleman tat einen Schritt auf den gefesselten Privatdetektiv zu und streckte ihm einen seiner Flügel entgegen: „Warum ich das weiß? Henry … ich bin dein Vater!“

„Nein!", Henry schüttelte heftig den Kopf. „Bist du nicht. Das ist doch biologisch absolut unwahrscheinlich! ... Oder?" Der Privatdetektiv musste unweigerlich an seine Mutter denken.

„Verzeih mir bitte, du Bitch. Freilich bin ich das voll nicht", kicherte der Wasservogel. „Ich hab mich kurz von der Situation hinreißen lassen ... In der Tat bin ich aber dein Halbbruder."

„Ach, komm schon!", sagte Henry ungläubig, dabei zog er eine Augenbraue hoch.

„Nein, in echt jetzt! Ich schwöre! ... Ich schwöre auf unsere Mutter ... Albatrine Frottey", schnatterte der Entleman aufgeregt. Der Privatdetektiv erstarrte. Konnte das wirklich wahr sein? Konnte dieser gut gekleidete Vogel wirklich sein Halbbruder sein?

„Ich ... ich glaub dir kein Wort! Warum auch? Die ganze Zeit gibt es keinen Hinweis darauf und jetzt soll das auf einmal so sein? Beweis das doch erst mal!", stammelte Henry.

„So sei es!", proklamierte der Entleman, nahm seinen Zylinder ab und holte eine Fotografie hervor. „Siehe, du Bitch! Unsere Mutter Albatrine, die weibliche Albatros, und mein Vater, ein einfacher Erpel hier aus dem Teich im Stadtpark." Er hielt dem Detektiv das Bild vor die Nase. Es zeigte tatsächlich Henrys Mutter zusammen mit einer männlichen Ente.

„Nein ... du ... ich ... sie ... Mama?", stotterte der Detektiv.

Zur Erklärung: Albatrine Frottey war ein Mensch. Man nannte sie die „weibliche Albatros", auf Grund ihres Vornamens, den ihre Eltern etwas unglücklich gewählt hatten – sie sollte eigentlich ein Albert werden, doch nachdem ihr Vater fünf Stunden im Standesamt angestanden hatte, immer noch ziemlich grau von der Feier zur Geburt seines Kindes, war ihm die weibliche Form des Namens nicht mehr eingefallen – und zweitens interessierte Albatrine sich für alles, was mit Vögeln zu tun hatte. Sie kannte sich gut aus. Tatsächlich hatte sie sogar einmal einen One-Night-Stand mit einer Ente gehabt, erinnerte sich Henry. Zu ihrer Verteidigung muss gesagt werden, dass Partys von Ornithologen rauschende Feste sind, sie über jede Schmerzgrenze betrunken war und das Ganze von einem ebenfalls betrunkenen Kollegen, der hier unerkannt bleiben möchte, im Scherz vorgeschlagen wurde. Leider ist es ein wohlbekanntes Naturgesetz, dass hochgradig Betrunkene auf Partys sofort alles in die Tat umsetzen, was andere hochgradig Betrunkene ihnen vorschlagen.

Die Wahrscheinlichkeit p eines dummen Ereignisses a ist abhängig von Blutalkohol B, Gruppenzwang g und Grad der Dummheit des Ereignisses d, nach der Standardidiotieskala von Prof. Dr. Heribert Vollhorst. Steigen im Verlaufe einer Party Blutalkohol und Gruppenzwang immer weiter an, nähert sich die Wahrscheinlichkeit 1 oder eben 100 % an, gemäß der zu Grunde liegenden e-Funktion. Erstaunlicherweise spielt der Intellekt der handelnden Person in diesem Zusammenhang keine Rolle. Jeder macht mal was Dummes. Das alles ist Wissenschaft. Wenn dem nicht so wäre, wäre YouTube nur noch halb so lustig. Q. E. D.

An jenem Abend, an welchem Henrys gefiederter Halbbruder entstand, lag die Wahrscheinlichkeit p (Unzucht mit einem Wasservogel) bei 114,9 %.

Ein geistiger Blitz schlug in Henrys Fontanelle ein. Jetzt erinnerte er sich an seine dritte Regel. Der Privatdetektiv lebte nämlich nach drei einfachen Regeln:

1. Niemals zu Fremden ins Auto steigen.
2. Alle Angestellten müssen sich die Hände waschen.
3. TRAUE NIEMALS EINER ENTE!

Er hatte sie damals aufgestellt, als er den Fall „Die Affäre der Mutter“ gelöst hatte, doch dass sie davon schwanger geworden war und er einen Halbbruder hatte, davon wusste er nichts. Entsprechend verunsichert war er nun auch.

„Ah, geil, deine Erinnerungen wandern zurück zu jener Begebenheit. Ich vermag es zu lesen in your face! Du weißt, dass es wahr ist. Erforsche deine Gefühle“, quakte der Entleman.

Der Privatdetektiv nickte verhalten. Dies war schon das zweite Mal an diesem Tag, dass seine Gefühle Achterbahn mit ihm fuhren und zwar nicht auf einer spaßigen Achterbahn, sondern viel eher eine dieser richtig schnellen, in die sie einen freien Fall eingebaut hatten, um die Leute zu erschrecken, und das Ganze im Dunkeln und rückwärts und mit verbundenen Augen! Was zugegebenermaßen etwas sinnlos ist, wenn es ohnehin schon dunkel ist. Macht aber trotzdem Angst!

Henry Frottey war hin- und hergerissen zwischen absolutem Hass auf den Entleman und neu entdeckten brüderlichen Gefühlen, denn auch, wenn er seine Mutter für das Geschehene ein bisschen verurteilte, so konnte doch sein Halbbruder nichts dafür. Wie hätte aus ihm je ein ehrlicher Mensch – ehrliches humanoides Entenmutantenmischdingsi – werden sollen, so von seiner Mutter in jungen Jahren verlassen, enttäuscht, sein Leben lang unter Enten. Da muss man doch bekloppt werden. Ich stell mir das jedenfalls so vor.

„Begreift er jetzt, dass ich ihn voll krass in die Falle locken musste? Deine Brainpower, Halbbruder-Henry, ist die einzige, die an meine auch nur im enteferntesten heranreicht. Du bist der einzige, der mir gefährlich werden konnte, Bitch. Nun mehro sind wir bei der letzten Folie angelangt“, verkündete der Entleman. Ein Laut der Enttäuschung ging durch das Publikum. „Okay, der krasse Überplan war eher voll nicht so ganz perfekt, weil er hier und da ein bisschen so versagt hat, aber tutto kompletto hat er seinen Zweck getan. Wenigstens kennst du jetzt die ganze Wahrheit! HAHAHAQUAKQUAKQUAK!"

„Das hätte ich an deiner Stelle nicht so laut gesagt", murmelte Henry, dabei sog er scharf Luft durch den Mundwinkel ein und verzog das Gesicht. Natürlich hatte ihn der Entleman nicht gehört. Der war viel zu sehr damit beschäftigt, sich an seiner eigenen genialen Bösighaftigkeit zu ergötzen.

Nachdem er seinen Schnatterlachanfall beendet hatte, wandte er sich seinem Gefangenen zu und quakte: „Und nun mehro kannst du deinen Untergang selbst wählen, Bitch. Willst du mehr so von einer pferdegroßen Ente oder von einer Herde entengroßer Pferde zu Tode getrampelt werden, hä? Wähle, du Opfer!"

In dem Moment brach eine gigantische Pfote durch das Dach der Lagerhalle. Sie zermalmte die Zuschauertribüne der Handlanger. Alle waren augenblicklich tot, bis auf Sulaiman Putimir abd el Dachschadên, der vorne stand, und Steve, den Alliterationslosen, der den Beamer betätigt hatte, sich allerdings, noch bevor sich der aufgewirbelte Staub gelegt hatte, aus selbigem machte. Dem Entleman fiel vor Entesetzen das Monokel vom Schnabel. Selbst Sulaiman, der eigentlich immer cool blieb, schaute fassungslos drein.

Die samtige Pfote zog sich zurück und im Loch, das sie in das Dach gerissen hatte, erschien ein riesiges, getigertes Katzengesicht.

„Das Kätzchen der Wahrheit ...", raunte der Privatdetektiv ehrfürchtig, „... es ist endlich angekommen." Er war jedes Mal aufs Neue erstaunt, wie groß das Vieh tatsächlich war. Gut für ihn, dass es immer dann auftauchte, wenn ein sehr großes Geheimnis gelüftet oder ein sehr konfuser Plan erklärt wird. Henry war es tatsächlich gelungen, die Umstände genug zu verwirren, um diese alte, mystische Kreatur heraufzubeschwören. Jetzt hieß es rasch handeln, solange der Entleman und abd el Dachschadên noch schockiert waren.

„Befreie mich von meinen Fesseln, Kätzchen der Wahrheit!", bat Henry Frottey.

„Dein Wunsch sei gewährt", sprach das Kätzchen der Wahrheit, riss die Augen weit auf und feuerte aus ihnen feine Laserstrahlen auf den Detektiv ab. Es war sehr effektiv. Seine Fesseln verbrannten, ohne dass der Detektiv verstarb. Langsam erhob Henry sich.

„Danke, Kätzchen der Wahrheit, und nun ..."

„*Sterblicher, dies war dein dritter Wunsch*", sprach es, dabei hallte seine mächtige, tiefe Stimme durch die Lagerhalle. „*Meine Schuld ist getilgt, ich bin von meinem Eid entbunden. Nun kehre ich in den Weltraum zurück, um meinen ewigen Kampf gegen den Kosmischen Aal wieder aufzunehmen. Erleuchtung.*"

„Erleuchtung durch Konfusion", grüßte Henry zurück und nickte.

Das riesige Katzengesicht verschwand. Kurz darauf bebte die Erde, ein enormes Getöse erfüllte die Luft und durch das Loch im Dach konnte der Privatdetektiv sehen, wie das Kätzchen der Wahrheit ins All zurückkehrte.

„Verdammt! Ich war mir ziemlich sicher, dass ich noch zwei Wünsche frei hatte! ... Ach nein! Da war doch das eine Mal, wo ich auf dem Klo saß und kein Papier mehr hatte ... DAS ZÄHLT DOCH NICHT ALS WUNSCH, VERDAMMT! DAS IST DOCH MAXIMAL EIN GEFALLEN!", fluchte der Privatdetektiv und schüttelte die Faust gen Himmel, doch es half nichts. Dann machte er ein paar Lockerungsübungen für den bevorstehenden Kampf. Musste er es eben mit dem Entleman und Sulaiman allein aufnehmen. Die beiden rangen immer noch um Fassung, was dem Privatdetektiv die Gelegenheit zum Erstschlag gab. Er wählte den angeschlichenen dreifachen Augenpikser, doch die trainierten Reflexe des Profikillers wehrten den Angriff ab.

Plötzlich änderte sich die gesamte Atmosphäre in der Lagerhalle. Wo zuerst noch eine überwältigte Leere geherrscht hatte, regierte jetzt die knisternde Spannung des Kampfes.

Augenblicklich holte Sulaiman zum Gegenschlag aus. Ein mächtiger Schwinger, mit unglaublicher Geschwindigkeit vorgetragen. Nur knapp gelang es Henry, dem Hieb auszuweichen und mit einem Gegenangriff zu kontern, und weil er da gerade so geduckt vor dem Killer stand, versuchte er es damit, ihn zu kitzeln. „Killekillekille, du alter Killer!"

Der Privatdetektiv erwartete nicht, dass der grimmige Kerl tatsächlich in Gelächter ausbrach, es ging viel eher darum, ihn zu irritieren, und das gelang. In einer fließenden Bewegung griff Henry ihm in die Kniekehlen, stemmte den Oberkörper gegen den Bauch seines Feindes und riss ihn von den Füßen. In dem Moment, als abd el Dachschadên auf dem Boden aufschlug, schnellte der Detektiv mit der Faust nach unten. Er zielte auf Sulaimans Gesicht.

„Ich hab deine Nase!", rief Henry noch über den Killer gebeugt, dann packte sein Gegner ihn am Revers. Im Nullkommanichts hatte er einen Fuß in der Magengrube und wurde durch die Luft geschleudert. Kaum hatte er sich wieder aufgerappelt, da war Sulaiman schon wieder auf ihn zugestürmt. Ein heftiger Schlagabtausch begann, bei dem Henry Frottey nicht auf seine irritierenden Kampftechniken setzen konnte. Dafür setzte der erste Handlanger des Entlemans ihm zu hart und zu schnell zu.

Altruistisches Unterwasser-Ninjutsu traf auf Pingunojitsu und explodierte. Der Faustkampf forderte seine ganze Konzentration, während Sulaiman nicht mal ins Schwitzen geriet. Wenn der Killer am Ball blieb, würde Henry unterliegen. Hinzu kam, dass die grundlegende Natur seiner Kampfkunst nicht die Zerstörung, sondern der Aufbau war. Jeder seiner Angriffe machte seinen Gegner auf lange Sicht stärker.

Bescheuerte humanistische Kampftechnik, dachte Henry. Quittiert wurde dem Privatdetektiv dieser kurze Moment der Unaufmerksamkeit mit einem saftigen Tritt. Sofort konzentrierte er sich wieder – etwas, das ihm verständlicherweise unfassbar schwer fiel. Wie sollte Henry jemals siegreich aus dieser Schlägerei hervorgehen?

Der Entleman bemerkte, wie sein Erzfeind immer mehr in Bedrängnis geriet. Es hatte eine gewisse Ästhetik, wie die beiden Meister ihres Stils sich da auf die Mütze hauten. Sulaiman mit schneller, tödlicher Präzision und Henry mit gleichförmigen, fast tänzerischen Bewegungen. Dies erfreute den ornithologischen Schurken ungemein. Was ihn jedoch ungleich ungemeiner erfreute, war der Umstand, dass, während der Privatdetektiv immer weiter abbaute, Sulaiman hingegen mit jedem Schlag stärker zu werden schien.

Mittlerweile blockte Henry nur noch die Schläge und Tritte seines Gegners, was zwar auch spektakulär aussah, jedoch unweigerlich zu seiner Niederlage führen musste, und die rückte mit jeder Sekunde, die verstrich, näher. Er musste seine Taktik ändern, am besten möglichst rasch.

Am effektivsten waren seine Angriffe am Anfang gewesen, als er noch versucht hatte, ihn zu irritieren. Womöglich musste er sogar noch einen Schritt weitergehen und ihn vollständig verwirren. Ja, das war es doch!

Flink wich Henry Frottey dem aktuellsten Fausthieb des Killers aus, dabei drehte er sich mit einigen schnellen Schritten aus dem Infight raus, um so etwas Distanz zwischen sie beide zu bringen. Jetzt musste er Unsinn reden, wie er nie zuvor Unsinn geredet hatte.

Entgegen jeder Vernunft entfesselte er seinen gesamten Geist, selbst die ungezähmtesten Bereiche, und ließ sie sich frei entfalten. Dabei schleuderte er auch die kleinsten Details des schillernden Strudels aus chaotischem Quatsch verbal gegen seinen Feind:

»Piffpaff Schnickschnack!
Und lassen Sie mich Ihnen mal was sagen: „Warum bin ich denn nicht Hufschmied geworden?“ Warum bin ich nicht einfach Hufschmied geworden, wie es SEIN Vater war und dessen Vater vor ihm? Ich habe es zu was gebracht!
Sie schmiedeten! Schmackhaftestes Backwerk aus Florint!
Sie schmiedeten erlesensten Balsamico aus Kaschmir!
Sie schmiedeten feinste Gewürze aus dem Orient!
Heil mir, denn ich bin der König aller Gewürze! So heißt es doch! Es heißt doch so! Und die Heiligen Drei Könige brachten dem Jesuskindlein Gold, Weihrauch und Frottey! Ich war doch dabei! Wer bist du, dass du mich als König aller Gewürze verleugnest?
Piffpaff Schnickschnack!
Was soll das tote Fleisch? Was soll das? Mach das weg!
Die Verwahrstelle ist voll! Fahren Sie zum Wertstoffhof!
Wie … das singt? Warum singt denn das tote Fleisch?
Das soll nicht singen! Das soll tot sein! Dafür wird das doch bezahlt!«

Und das war nur das, was ihm in den ersten anderthalb Sekunden über die Lippen kam, also noch absolut harmlos. Nur als kleiner Vorgeschmack, denn von da an steigerte Henry die Nonsensrate sukzessiv alle 3,14156 Sekunden um über 9000 % und ließ die Absurditätenquote analog in den nicht messbaren Bereich hochschnellen. Er hatte die Schneider'sche Standardabweichung von Sinnhaftigkeit weit hinter sich gelassen.

Um zu verdeutlichen, wie weit das hinter ihm lag: Wenn Sie eine ungefähre Vorstellung vom Verhältnis der Größe eines Strangequarks dividiert durch seine eigene Kleinheit zur Größe des gesamten Universums multipliziert mit seiner eigenen Großheit haben, dann LÜGEN SIE. Niemand hat das! Pseudowissenschaftliche Vergleiche versagen an dieser Stelle! Man müsste Metaphysik mit Physik kombinieren, um daraus pseudowissenschaftliche Vergleiche abzuleiten, für die man aber eine neue Sprache erfinden müsste, damit sie ihre Gewichtigkeit behielten, und das ist mir jetzt echt zu kompliziert. Haben Sie mal auf die Uhr geguckt?

Der Unsinn war so absurd, dass ich Sie als Leser direkt ansprechen muss, um das irgendwie begreiflich zu machen, wie **SEHR!** das war, was ich eigentlich nicht tun wollte.

Da haben wir's! Ich muss das „sehr" fett, groß und mit Ausrufezeichen schreiben, damit das rüberkommt. Heutzutage sind Worte ja nichts mehr wert. Goethe oder so hätte einfach geschrieben: „Der Wahnsinn war sehr", und alle wären komplett ausgerastet!

„Waaas? So krass, Johann?! Boah."

Aber das waren andere Zeiten. Ein „sehr groß" von damals ist heute ungefähr ein „supermegaüberkrass groß". Manchmal ist Sprachwandel doof.

Ich würde Ihnen mit Vergnügen minutiös erzählen, was Henry im Einzelnen gesagt hat, aber das kann ich nicht. Dann würde mein Verstand explodieren. Und Ihrer auch! Beim Lesen. Also nicht das Gehirn oder gleich der ganze Kopf … der Geist an sich. Puff! Weg. Genau das ist dem armen Sulaiman passiert.

Der Privatdetektiv Henry Frottey stieg über seinen bewusstlosen Gegner hinweg. Er hatte, nachdem er seine Taktik geändert hatte, nicht einen weiteren Schlag benötigt.

Gesicht und Hände blutig, schritt er auf den Entleman zu, der behäbige Versuche unternahm davonzufliegen, doch mit Zylinder, Monokel und Spazierstock lässt sich nicht gut abheben. Er hatte nur Verstand und Bewusstsein behalten, weil er sich schnell genug die Ohrenlöcher zugehalten hatte. Schließlich wusste er, wozu Henry fähig war.

Der packte den Wasservogel nur bei den Füßen und ließ ihn erst mal baumeln.

„Für einen Verbrecher deines Kalibers bist du selbst ganz schön wehrlos", lachte Henry. „Trotz allem bist du auch nur eine Ente, oder?"

„Was heißt hier nur, du Bitch? Ich bin der Krasseste, der Geilste, der Genialste – ich bin der Entleman! Ich hab diese Stadt übernommen! Ganz egal, was du mit mir vorhast, Homie, du hast gefailt. Die Menschen von Schikargo seien dazu verdammt, fürderhin zu altern, Bitch, und es gibt voll gar nichts, was du machen kannst. HAHAHAQUAKQUAKQUAK! Meine entokratische Gesellschaft wird kommen und dann werden sich meine Brüder und Schwestern erheben! ... Auch wenn ich dann nicht ihr Boss sein kann, fuck ... gleichwohl werden sie dich als Erstes hinrichten, Bitch!"

„Ich seh das alles ein bisschen anders. Was du nämlich nicht weißt, ist, dass Prof. Clash in weiser Voraussicht eine Polarisationsumkehrautomatik in den Vergreissungsstrahler eingebaut hat, welche die Wirkung des Vergreisungsstrahlers umkehrt, und rate mal, wo ich vorgestern raufgeklettert bin und an welchem Gerät ich die Polarisation umgekehrt habe, na? Da kommst du nie drauf." Henry schüttelte die Ente ein bisschen. Die Wut des kultivierten Wasservogels manifestierte sich in einem handfesten Ausbruch mit Schnattern, Zappeln und Flügelschlagen.

„Tausendfach verflucht seist du, Henry Frottey! Mögen deine Stinkeeier von dir abfallen und auf deiner Schnoddernase wieder anwachsen, du Schlampe!"

Der Fall war gelöst. Der Entleman war gefangen. Die einzige Frage, die am Ende übrig blieb, lautete: Was sollte Henry Frottey jetzt mit seinem Halbbruder machen?

Er konnte bei einem derartig teuflischen Superverbrecher keine Gnade walten lassen, das wäre der Beginn einer unerträglichen Reihe von Sequels gewesen, die mit jedem Mal, dass die Entleman-Kuh aufs Neue gemolken wird, zwangsläufig immer miserabler wird. Ein Gefängnis schied daher ebenfalls aus. Da würde er zu leicht mal eben für eine weitere Geschichte ausbrechen können. Ein Menschengefängnis war noch lange kein Entengefängnis. Andererseits konnte er seinen Halbbruder auch nicht einfach umbringen. Das macht man nicht.

Plötzlich hatte der Privatdetektiv eine Idee. Er nahm dem immer noch zeternden Entleman das Monokel ab, Zylinder und Gehstock waren bereits heruntergefallen, und warf es fort.

„Ich weiß ganz genau, was ich mit dir mache."

„Bitch, mich deucht ... ach, weißt du was? Scheiß drauf ... fick dich, Henry Frottey, fick dich."

Abblende.

...

Aufblende.

Es hatte nur wenig Mühe in Anspruch genommen, den Jahrmarkt aufzuspüren, zum einen, weil Henry Frottey ein Privatdetektiv war, und zum anderen, weil sie nur eine Stadt weitergezogen waren. Kein weiter Weg. Gemächlich schritt er an den Buden und Attraktionen vorbei, eine Transportbox in der Hand. Henry war gerne auf dem Jahrmarkt. Das war er schon immer, aber dieses Mal war er traurig.

„Wo sind wir hier noch mal? Ich schwöre, ich weiß es gar nicht mehr."

„Das macht doch nichts, Bruderherz. Wir sind auf dem Jahrmarkt." Eine Träne rollte über seine Wange.

„Ahhh, jaja, ja, ich erinnere mich ... und warum, Bitch?", klang es aus der Transportbox.

„Wir ... besuchen einen alten Freund", log der Privatdetektiv zurück.

„Oh, das ist schön ... und wo sind wir?"

Henry reagierte nicht. Es hatte keinen Sinn. Er konnte es ihm nur so bequem wie möglich machen und ihm ein Gefühl der Sicherheit geben. Der Privatdetektiv hatte eine schwere Entscheidung getroffen und manchmal fragte er sich, ob es die richtige war. Immer wieder kam er zu dem Schluss, dass es das Beste für alle Beteiligten war. Doch warum fühlte er sich dann so schuldig? Als würde er ihn im Stich lassen.

Mittlerweile hatte er das gesuchte Zelt erreicht. Bevor er eintrat, wischte er sich kurz mit dem Ärmel seines Trenchcoats über die Augen und zog die Nase hoch.

Der Zelteingang schloss sich hinter ihm und vor ihm sah alles genauso aus, wie er es in Erinnerung hatte. Er stellte die Transportbox auf den Boden.

„Doktor Ulrich, sind Sie da?“

Aus dem abgetrennten hinteren Bereich drang die ruhige, langgezogene Stimme des Doktor Ulrich: „Ja.“ Und dem Geräusch folgte der Mann selbst.

„Ich erinnere mich an Sie“, sagte der Schausteller, als er Henry ansichtig wurde. „Sie waren in Schikargo in meiner Vorstellung, noch gar nicht lang her. Aber da war noch ein anderer Gast …“

„Ja, Doktor. Ein feiner Herr mit einem Schoßtier“, half Henry nach.

„Genau.“

„Nur, dass sich im Nachhinein der feine Herr als das Schoßtier herausgestellt hat und das Schoßtier als der feine Herr.“

„Die Welt ist voller Ungewöhnlichkeiten“, sagte Doktor Ulrich und nickte wissend. „Gehe ich recht in der Annahme, dass Sie den feinen Herren in der Transportbox mitgebracht haben?“

„Das habe ich tatsächlich.“ Der Privatdetektiv bückte sich und hob die Kiste an, damit der Schausteller sie einsehen konnte. „Ich dachte, er würde gut in Ihre Sammlung passen.“

„Oh, das würde er in der Tat“, bestätigte Ulrich, dabei streckte er sanft die Hände nach der Box aus.

Henry drückte sie an sich.

„Es gibt eine Bedingung.“

„Und die wäre?“

„Sie müssen gut zu ihm sein. Er ist schon sehr alt und sein Gedächtnis ist nicht mehr das beste. Sie sollten ihn nicht unbeaufsichtigt rauslassen. Seien Sie einfach gut zu ihm … er bedeutet mir viel.“

„Was heißt, sein Gedächtnis ist nicht mehr das beste?“

„Meistens weiß er nicht, wer oder wo er ist“, sagte Henry traurig.

„Was sagt man dazu. Eine Demente.“

Hatte Doktor Ulrich gerade einen Witz gemacht? Der Privatdetektiv konnte das bei ihm nicht sagen, darum blieb er lieber ruhig, auch wenn das ein unangebrachter Scherz gewesen sein sollte.

„Ach, und eins noch …“, fügte Henry hinzu.

„Ja?“, fragte der Doktor.

„Er spricht.“

„Natürlich spricht er.“

„Wo bin ich, Bitches?“

Damit verließ Henry Frottey das Zelt. Draußen mussten seine Augen sich erst mal wieder an das Sonnenlicht gewöhnen. Er blinzelte. Als er wieder einigermaßen sehen konnte, bemerkte er Lady _, wie sie auf ihn wartete.

Danke für kugelsichere Westen, Kunstblut und Dreifachdoppelagenten, dachte der Privatdetektiv und ging zu ihr herüber.

„Wie war’s? Schwierig?“, fragte sie und schloss ihn in ihre Arme.

„Ja“, sagte Henry knapp.

„Du hast das Richtige getan.“ Sie drückte ihn wieder von sich, um ihm in die Augen sehen zu können.

„Ich weiß“, erwiderte er gequält. „Aber es ist so … er ist immerhin mein Halbbruder, und dann einen Verstand wie seinen einfach zu verschwenden …“

Henry wollte sich abwenden, doch Maria umarmte ihn wieder.

„Brauchst du irgendwas?“, flüsterte sie.

„Urlaub“, antwortete Henry.

Abblende.

…

Aufblende.

Da war er nun – der weder besonders berühmte noch wirklich unbekannte Privatdetektiv Henry Frottey, in dieser altehrwürdigen Jugendherberge – und fühlte sich erst mal doof.

Seine Gedanken rasten immer noch nach den Ereignissen der letzten Tage. Ob er wohl lieber von einem Dutzend entengroßer Pferde oder von einer pferdegroßen Ente niedergetrampelt werden wollen würde? Leider kam er zu keinem befriedigenden Ergebnis und musterte missmutig sein Zimmer.

Hier war es cool. Die hatten ihm sogar was Süßes aufs Kopfkissen gelegt. Es gab drei Tischtennisplatten, Kicker und einen Bolzplatz, und unten im Haus einen Kiosk für noch mehr Süßigkeiten.

Gemächlich stieg er von seinem Bett und nahm die Zeitung, die sie ihm auch ins Zimmer gelegt hatten, obwohl er gar keine Zeitung las.

Es war die Böld. Die reißerische Tageszeitung der schwedischen Minderheit in Schikargo. Nicht sein favorisierter Anzeiger, doch die Titelstory erregte seine Aufmerksamkeit. Da hieß es:

„Gigantische Mutantenkatze verwüstet Industriegebiet
und fliegt davon!
Ist die Wissenschaft zu weit gegangen?“

Der Privatdetektiv musste lachen, dann warf er das Käseblatt in den Müll.

Das ist doch voll die … wie heißt das? … Zeitungsente, dachte er und zuckte dabei unwillkürlich zusammen, danach warf er sich wieder aufs Bett. Dafür war er nicht hier. Dafür hatte er sich nicht Urlaub genommen. Er gedachte, seinem Hobby zu frönen und sich ordentlich auszuschlafen.

Plötzlich drang ein markerschütternder Schrei durch die Tür. Es war der Schrei einer jungen Frau, das konnte man ganz deutlich hören, und es klang auch nicht danach, als sei er im Scherz ausgestoßen worden. Es hörte sich nach Tod an.

„Och nö!“, stöhnte der Privatdetektiv Henry Frottey, drehte sich von der Tür weg und schlief ein.

ENDE

Epilog

„Machen Sie das endlich aus!", forderte Lord Jannik. Seine Spiralantenne zitterte. Überall auf der Brücke krümmten sich die verwundeten Octofrmbl. „Warum mussten wir uns das so lange antun, Leutnant ZrRr?"

Aufgeregt zitterte die Antenne des Kommunikationsoffiziers: „Das terrestrische Störsignal war zu energiereich für unsere Octotronik. Grob geschätzt hat es mir die Hälfte der Schaltkreise durchgebrannt. Erst jetzt ist es schwach genug geworden, so dass ich die Kontrolle zurückerlangen konnte, mein Lord."

Sie waren gezwungen gewesen, das ganze Spektakel von Anfang bis Ende mitzuerleben und hatten nichts dagegen tun können.

„Für deine Unfähigkeit soll dir ein Tentakel abgeschlagen werden", schwang der Kommandant der Eroberungsflotte und winkte müde ab. Zwei octofrmbl'sche Sicherheitsoffiziere rappelten sich zitternd auf und schleppten ihren Artgenossen davon.

Lord Jannik wusste nicht, wer dieser Henry Frottey war oder woher er kam, doch offensichtlich war er ein mächtiger Krieger und der Beschützer dieses erbärmlichen grauen Planeten. Er allein hatte es geschafft, die komplette Angriffsflotte mit Tod, Verderben und Wahnsinn zu überziehen. Solange dieser Mensch auf Erden wandelte, hatten die Octofrmbl keine Chance, sie jemals zu erobern.

„Henry Frottey ... vermaledeit seist du! Mögen noch deine Enkel und Urenkel mit schiefen Krztak und asymmetrischen Hjikwar geboren werden!", stieß Lord Jannik den bitteren Fluch des Besiegten aus. Für sein Versagen bei dieser einfachen Eroberungsmission würden ihm auf Octognomp IV mindestens drei Tentakel abgeschlagen werden. Ein gesellschaftlicher Abstieg, den er vermutlich nicht verkraften würde. Eher würden den Shkar von Nekkmon VI all ihre Titanborsten ausfallen, als dass Lord Jannik jemals wieder auch nur ein Schiff kommandieren würde.

„Alle Kanäle öffnen", befahl der gescheiterte Eroberer.

„Mein Lord, Sie haben gerade den Kommunikationsoffizier zur Bestrafung entfernen lassen", schwang einer der Crewmen schwach.

„Ach ja, stimmt ... na gut ..." Seine Tentakel flogen über einige Tasten, dann drang seine elektromagnetische Stimme an die Spiralantennen der gesamten Flotte:

„Hier schwingt euer Kommandant Lord Jannik. Mich verließ die Lust, die Erde einzunehmen. Ich habe es mir anders überlegt. Die sind mir zu bescheuert und ihre bekloppten Gehirnwellen schmerzen unsere Spiralantennen, wie ihr ja alle mitbekommen habt. Wir fliegen jetzt nach Octognomp zurück. Die Aspikreserven sollten für den Weg und einen Stopp bei GalactoBurger reichen. Ich geb einen aus. Ende der Durchsage."

Die Aspikreaktoren der Flotte heulten kollektiv auf, was in der Luftleere des Alls natürlich nicht zu hören war, und mit einem Sprung auf ein lächerlich hohes Vielfaches der Lichtgeschwindigkeit ließen die Octofrmbl die Erde für immer hinter sich zurück. Dabei zog sich das Licht der umliegenden Sterne total lang, zu Lichtfäden, könnte man sagen, und die Kriegskreuzer ließen diese coole Energiespuren zurück – voll Raumschiff!

Die Octofrmbl verschwanden in den Tiefen des Alls. PLING!

Captain Eyewitness hatte alles genau gesehen.

Deutsch-
sprachiger
Poetry-Slam-
Meister
2013

Bei Lektora erschienen

Jan Philipp Zymny

Hin und zurück – nur bergauf!

„Hin und zurück – nur bergauf" ist keine bloße Sammlung von Poetry-Slam-Texten. Mit einer Menge surrealistischem Humor und überraschenden Ideen beschreibt Jan Philipp Zymny in skurrilen Erzählungen und Gedichten eine fantasievolle Welt, in der alles irgendwie miteinander zusammenzuhängen scheint. Dabei bleiben jedoch einige Fragen offen: Woher bekomme ich einen Bademantel aus Hummelfell? In welchem Verhältnis stehen ein Haiku schreibender Orang-Utan und ein konfirmierter Gorilla zueinander? Wer ist dieser Eugen-Jonathan? Was möchte der Autor uns damit sagen? Die Antwort auf diese und andere Fragen lautet: JA!

„Selten lagen Wahnsinn, Genialität und Hummelfellmäntel so nah nebeneinander."
(Fabian Navarro)

„Ich musste es Korrektur lesen. Nie las ich Wörter in der Reihenfolge. Manches ergab Sinn. Vieles auch Unsinn. In der Summe erzeugen alle Morpheme Frohsinn. Ich tät's lesen wollen müssen, wenn ich nicht schon dürfen hätte sollen."
(Vater)

ISBN 978-3-938470-78-7
12,00 Euro

www.lektora-verlag.de/shop

Bei Lektora erschienen

NRW-Slam-Meister 2013

Sulaiman Masomi

Ein Kanake sieht rot

Dieses Buch ist das beste Buch, das ich je gelesen habe. Als ich dieses Buch das erste Mal in meinen Händen hielt, wusste ich sofort: Dieses Buch versteht mich. Es wird mich nicht so wie die anderen Bücher behandeln. Ich meine diese anderen verlogenen, untreuen Bücher, die dir den Himmel versprechen, aber das Leben zur Hölle machen. Es ist ein Buch, das auch im Haushalt hilft und die Kleinen vom Kindergarten abholt. Seit ich dieses Buch auf einer Onlineplattform kennen gelernt habe, geht es mir viel besser. Ich bin viel selbstbewusster geworden und habe endlich mein Idealgewicht erreicht. Ich möchte Sulaiman dafür danken, dass sich mein gesamtes Leben dank seines Buches in eine positive und lebenswerte Richtung verändert hat, und ich rate jedem, zwei Exemplare zu kaufen. Warum zwei? Nur zur Sicherheit. Es werden nämlich bestimmt einige versuchen, dein Masomi-Buch zu stehlen. Weil es so gut ist und jeder sein Leben in eine positive, lebenswerte Richtung verändern will. Darum sei nicht böse, falls das mal passiert. Kauf einfach ein Neues und streichel es, bevor du dich schlafen legst. Es heißt nämlich, man hat dann fantastische Träume.

Anonymer Brief

Sulaiman Masomi versammelt in seinem ersten Prosaband seine gesamten Kurzgeschichten-Klassiker wie zum Beispiel „Ein Kanake sieht rot“ und „Ich weiß ES“. Darüber hinaus finden sich im Buch auch neue und unbekannte Werke des wort- und nasengewaltigen Deutschafghanen.

ISBN 978-3-95461-019-8
12,00 Euro

www.lektora-verlag.de/shop

„Ein Buch, das gespielt werden will."

WDR 2 Buchtipp!

Bei Lektora erschienen

Patrick Salmen & Quichotte

Du kannst alles schaffen, wovon du träumst. Es sei denn, es ist zu schwierig.

Lang ersehnt, endlich in Buchform: Die literarischen Rätsel.

Die bekannten Slam-Poeten Patrick Salmen und Quichotte laden ein zur literarischen Rätselweltreise. Auf jeder Etappe der 111 absurden Rätselgeschichten wartet ein neuer „Aha-Effekt". Immer getreu dem Motto „Einfach zu lernen, schwer zu meistern" ist jedes Rätsel eine eigene kleine Herausforderung.

Zum Prinzip dieses Spiels: Die Leerstellen in den Geschichten dieses Buches gilt es, sinngetreu durch einen geografischen Begriff auszufüllen. Die Antworten der Rätsel finden sich in Spiegelschrift und auf den Kopf gedreht auf der jeweils folgenden Seite. Die Rätsel sind nach Schwierigkeitsstufen von 1 bis 5 geordnet.

Beispiel (Schwierigkeitsstufe I):

„Hast du mal eine ruhige Minute?", fragte die Katze den Hund, der just in diesem Moment am Gartentor dem Postboten auflauerte.

„Nein", erwiderte dieser, „ich ____ ____."

(2 Silben) Antwort: Belgrad – bell grad

ISBN 978-3-95461-014-3
9,90 Euro

www.lektora-verlag.de/shop

„Ein Buch, das gespielt werden will."

WDR 2 Buchtipp!

Bei Lektora erschienen

Patrick Salmen & Quichotte

Du kannst alles schaffen, wovon du träumst. Es sei denn, es ist zu schwierig.

Beispiel, Schwierigkeitsstufe I:

Zwei jugendliche Hausbootbewohner wollten sich eines Nachmittages zum Spielen auf dem Steg verabreden. Nachdem sein Freund auch nach langen Minuten des Wartens nicht am verabredeten Treffpunkt erschien, wunderte sich der andere doch arg und rief seinen Freund umgehend auf dem Handy an. Daraufhin schilderte der Vermisste die Situation und erklärte, dass er aufgrund einer kecken Schelmerei bei den Eltern jüngst in Ungnaden gefallen war. Diese hätten nun zu einem altbewährten Sanktionsmittel gegriffen und ihm sowohl den Ausgang als auch das Betreten des hinteren Schiffteils untersagt. Deshalb fragte sein sich in Freiheit befindlicher Freund: „Warum halten sie dich denn die ganze Zeit auf der Vorderseite des Schiffes gefangen?" Die Antwort ließ nicht lange auf sich warten. „Das erklärte ich doch bereits. Ich hab ____ ____ ____."

Lösung im Buch: www.lektora-verlag.de\shop